글누림한국소설전집

화수분
전영택 단편선

사랑 손님과 어머니
주요섭 단편선

백치 아다다
계용묵 단편선

책임편집·해설 — 김한식
문학평론가. 상명대학교 한국어문학과 교수.
저서로는 『한국현대소설의 이론』, 『서정시의 운명』, 『현대소설과 일상성』, 『현대문학의 경험과 형상』 등이 있음.

일러스트 — 박선양
광주에서 출생. 조선대학교 한국화 전공.
작품으로는 〈무서운 손님〉, 〈하얀 아오자이〉, 〈투란도트〉 등이 있음.
현재 그림책 작업 다수 진행.

글누림한국소설전집 18

화수분 전영택 단편선
사랑 손님과 어머니 주요섭 단편선
백치 아다다 계용묵 단편선

초판발행 2008년 12월 24일

지 은 이 전영택·주요섭·계용묵
펴 낸 이 최종숙
펴 낸 곳 글누림출판사

편집기획 홍동선
진　　행 이태곤
디 자 인 이홍주
본문편집 김지향
편　　집 권분옥 이소희
마 케 팅 문택주 안현진

주　　소 서울시 서초구 반포4동 577-25 문창빌딩 2층(137-807)
전　　화 02-3409-2055(대표), 2058(영업), 2060(편집)
팩　　스 02-3409-2059
전자메일 nurim3888@hanmail.net
홈페이지 www.geulnurim.com
등록번호 제303-2005-000038호(2005. 10. 5)

값 12,900원
ISBN 978-89-91990-62-3-04810
ISBN 978-89-91990-67-8(세트)

출력·안문화사 **스캔**·삼평프로세스 **용지**·화인페이퍼 **인쇄**·한교인쇄 **제책**·동신제책

화수분
전영택 단편소설

사랑 손님과 어머니
주요섭 단편소설

백치 아다다
계용묵 단편소설

'글누림한국소설전집'을 새롭게 간행하며

 디지털 환경에 익숙해진 문학 독자들을 위해 '글누림한국소설전집'을 새롭게 간행한다.

 세계의 유수한 고전적 저작들의 목록 절반 이상이 소설이라는 것은 놀라운 일도 이상한 일도 아니다. 잘 짜인 한 편의 이야기인 소설은 사회가 지향하는 꿈과 소망을 고스란히 담고 있다. 소설을 언어로 직조한 시대의 세밀한 풍경화라고 하는 말은 그래서 가능하다. 소설이 그 짧은 역사에도 불구하고 인류 문화의 벗으로 자리 잡을 수 있었던 것도 이러한 특성과 무관하지 않다.

 시대의 격랑 속에 한치 앞도 전망할 수 없는 오늘날의 개인은 소설 속에 담긴 과거의 시공간과 만나면서 인간의 보편성을 확인하고 자신의 개별성을 확장하는 정서적 체험을 하게 된다. 소설과의 만남은 단지 즐거운 독서 체험에 그치는 것이 아니라, 가치의 기준과 삶의 저변을 확장하는 문화의 실천인 것이다.

 오늘날의 문학 환경은 과거에 비해 많이 변화되었다. 신세대를 위한 '글누림한국소설전집'은 시대의 디지털적 진화(?)를 고려하여 기획되었다. 무엇보다도 새로운 문화적 감수성으로 무장한 독자들에게 문자로 읽는 텍스트에 그치지 않고, 텍스트가 생산된 시대를 짐작하고 음미하며 즐길 수 있도록 배려한 것이 이 전집의 특징이다. 그 배려는 문학이 우리 삶에 기여하는 정서적·교육적 효과를 깊게 고려한 것이고, 동시에 역사가 주는 교훈과 달리 우리의 삶을 되비추는 거울과도 같은 성찰의 효과를 전제한 것이다.

'글누림한국소설전집'이 지향하는 기획 의도는 다음과 같다.

첫째, 이 기획은 문학교육 전문가들과 대학에서 문학을 강의하는 전공 교수들의 조언을 받아 이루어졌으며, 근대 초기로부터 한국전쟁 이전의 소설 중에서 특히 문학적 검증이 끝난, 이른바 정전(canon)에 해당하는 작품들을 중심으로 구성되었다. 정전이란 한 시대의 표준적 규범을 뜻하는 말로, 문학 정전이란 현대문학사에서 누구나 인정하는 성과와 질을 담보한 불후의 명작들을 의미한다. 이 전집을 통해서 근대 초기 이후 지금까지 삶의 이면을 관류하는 문학의 근원적 가치와 이념을 확인할 수 있을 것이다.

둘째, 이 전집은 디지털 환경에 익숙한 젊은 독자들의 취향을 고려한 편의성을 최대한 제고하고자 하였다. 이를 위해서 어려운 낱말에는 상세한 단어풀이를 붙여 이해를 돕고자 했고, 동시에 작품 속에 등장하는 인물들의 갈등과 내면세계를 삽화로 제시하는 한편 작품과 관계되는 당대의 풍속, 생활, 풍물 등의 사진을 본문과 함께 배치하여 다양한 볼거리를 제공하고자 했다. 아울러 작가의 산실이 된 생가와 집필 장소, 유품 등을 사진으로 수록하여 작가의 삶과 작품에 대한 총체적인 이해를 돕고자 했다.

셋째, 이 기획은 교양과목을 수강하는 대학생과 시험을 앞둔 수험생, 풍요로운 삶을 소망하는 일반 독자들에게 작가와 작품, 작품의 배경이 된 당대 현실에 대한 이해를 돕는 교양서로 기능하도록 배려하였다. 수록 작품들은 본래의 의미를 최대한 존중하면서 다양한 이본들을 발표 원문과 일일이 대조하면서 현대식으로 표기하였

고, 박사과정 재학 이상의 국문학 전공자의 교정 및 교열 작업을 거쳐 모범적인 판
본을 만들었다.

　현재 우리 소설의 역사는 1백 년을 넘어서 새로운 전통을 쌓아가고 있다. 우리 소
설들에는 우리의 선조들이 고심했던 역사와 풍속, 삶의 내밀한 관심과 즐거움이 한
데 녹아 있다. 독자들은 소설과의 만남을 통해 우리의 문화가 이룩해온 정체성을 확
인하고 상상하는 즐거움을 만끽할 수 있을 것이다.

　'글누림한국소설전집'이 디지털 시대를 살아가는 21세기의 젊은 독자들에게 새로
운 독서 체험을 제공해 주고 동시에 삶의 풍부한 자양분 역할을 하기를 희망한다.

글누림한국소설전집 간행위원회

목차

간행사 004

전영택 단편소설
운명 009
생명의 봄 034
독약을 마시는 여인 117
화수분 131
김탄실과 그 아들 145
금붕어 170

주요섭 단편소설
인력거꾼 186
사랑 손님과 어머니 206
아네모네의 마담 239
북소리 두둥둥 254
추물 273

계용묵 단편소설
최서방 298
백치 아다다 316
병풍에 그린 닭이 338
유앵기 354
마부 382
별을 헨다 398

작가 연보 415
작품 해설 424

전영택 단편소설

운명

1

오동준은 경성 감옥에 들어간 지 벌써 거의 석 달이 되었다. 남들은 형이라 아우라 아버지라 아내라 그 가족들이 천 리를 멀다 하지 않고 찾아와서 식사 *차입을 한다, 옷을 들인다, 면회를 한다 하는데 들어온 지 석 달이 되도록 동준을 찾아오는 사람은 하나도 없었다. 무명옷 한 벌 들여 주는 사람이 없었다. 그 옷에는 흰 쌀알 같은 이가 들끓었다. 그가 바라기는, 어떤 친구한테서 엽서 편지라도 받아 보았으면 하는 것이었다. 그러나 그의 바람은 헛되었다. 한방의 옆에 사람에게는 편지도 오고 책도 들어오고 한복 옷과 내의도 한 달에 몇 벌씩 들어오지마는 동준에게는 올 듯 올 듯하면서도 종래 아무 것도 들어오지 않았다.

동준은 매일 수수밥에 된장국으로 살아가고 감방 안의 단내와 구린내로 얼굴이 누우래지고 뚱뚱 부어 살이 찐 듯하여서 아주 몰라보게 되었다. 그러나, 그에게는 이것이 그리 심한 고통은 아니었다. 하루 종일 우두커니 앉아서, 눈을 감고 끝없는 공상으로 시간을 보내는 것이 오직 하나의 방법이었다. 그 공상 가운데는 H와 더불어 결혼식을 하고 만주 지방으로 시베리아로 톨스토이가 농사 짓고 지내던 야스야나폴야나까지 가보리라는 계획도 있었다. 그래서 어떤 친구만 들어오면 러시아 말 배울 만한 책을 하나 얻어서 들여 보내 달라고 하리라 생각했다.

몸과 마음이 몹시 괴로울 때에는 그는 마음껏 재미있는 공상을 하고 있었다.

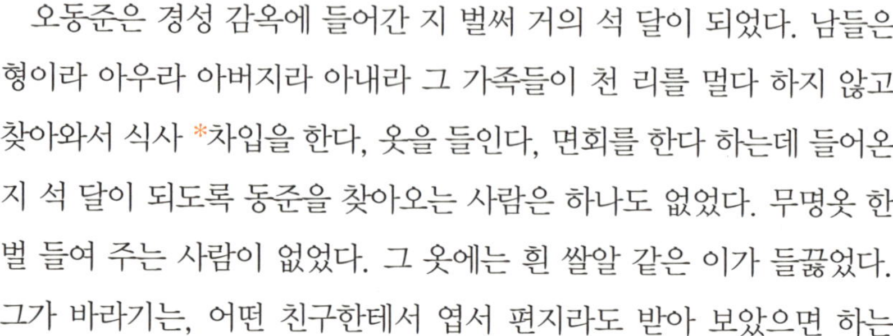

경성 감옥(현 서대문 형무소)

머릿니

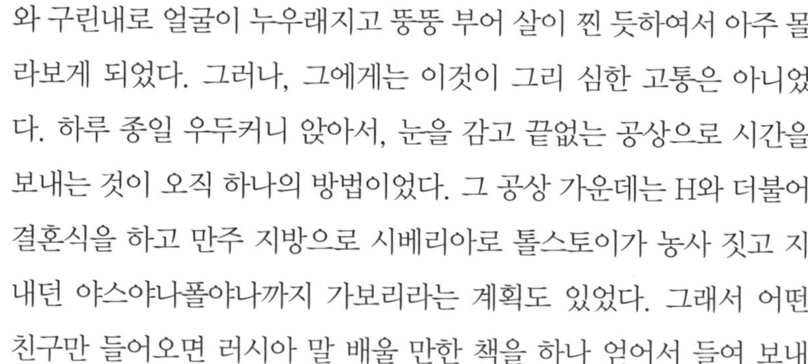

수수

─내가 언제든지 나가는 날이 있으리라. 나가면 그때는 일본 동경 갔던 H가 나를 찾아보려고 돌아오리라. 아홉 시 몇 분 차가 있지, 차에서 내리거든 내가 몇 해 전에 동경서 처음 사랑하며 지낼 때처럼 막 끌어안고 키스를 하리라. 그러면 그는 너무 반갑기도 하려니와 옛 생각이 나서 울며 내 가슴에 얼굴을 파묻고 쓰러지리라. 그때 나는 한 팔로 그 왼손을 쥐고 한 팔로 그 등을 쓸면서 뜨거운 눈물을 그의 부드러운 목덜미에 뚝뚝 떨어뜨리리라. 그리고 한참 있다가 인력거를 타고 어느 여관으로 들어가서 나는 전신과 몸이 피곤하여 나가넘어지리라. 그때에 H는 얼른 내 옆에 와서 펄썩 주저앉고 내 머리를 들어서 자기의 무릎 위에다 올려놓으리라.

인력거

─나는 기운 없이 눈을 떠서 그의 얼굴을 슬쩍 쳐다보리라. 그때에 두 볼이 발갛고 두 눈이 큼직한 그 얼굴에 근심빛이 가득해서 나를 들여다보는 것이 내 눈에 띄리라. 그리고 나는 천천히 입을 열어 지난 얘기를 하리라. H는 이따금 이맛살을 찌푸리고 가만히 앉아서 들으리라. 나는 갑자기 일어나서 밖으로 나가기를 청하리라. H가,

"어려우신데 어디를 나가세요?"

그러면 나는,

"아니 오래간만에 만났는데 같이 나가 봅시다그려."

하고 진고개를 나가서 서양 요릿집에를 들어가리라.

이런 공상을 하고 앉았다가 *간수가 누구를 부르는 소리에 깜짝 놀랐다. 삼십여 명 죄수의 주의와 시선은 일시에 한곳으로 모였다. 그런데 분명히 이천오백 얼마라고 부르는 것 같다. 부르기는 두 사람을 불렀는데 그 중 하나는 이천오백인 것이 확실하다.

'나를 부르지 않았나? 왜 불렀나?'

간수(看守)
'교도관(矯導官)'의 전용어.

처음에는 반갑더니 금방,

　'아이쿠 또 왜 부르ㄴ?'

하는 생각에 그만 가슴이 두근거린다. 다시 부르면 들어 보리라고 간수를 자세히 보며 귀를 기울였다. 간수는 얼굴이 흑인종과 백인종의 반종인지 새까맣고 빼빼 말라서 광대뼈만 두드러지고 빳드락 뻗친 수염과 오뚝한 코가 참 무섭게 생겼다. 머리는 희뜩희뜩 센 것이 여러 해 동안을 간수생활로 늙은 모양이다. 그는 늘 세상에 가장 장한 것은 관리요, 제일 귀중한 것은 법률이라 생각하고 사람이 죄를 범하면 마땅히 벌을 받을 것이요, 감옥에 들어온 사람은 모두 죄인이라고 단정하는 사람이다. 그래서 그는 간수 노릇을 이십 년이나 하면서도 죄수의 실수를 한 번도 용서한 일이 없다.

　이러한 간수장이 싱긋싱긋 웃으면서 한 손에는 칼을 붙들고 한 손에는 무슨 종잇조각을 가지고 그것을 힐끗힐끗 들여다보면서 다시 두 사람의 이름을 부르고 *불기소가 되었으니 나갈 준비를 하라고 한다. 그런데 두 사람 중 하나는 번호가 자기와 거의 같다. 그러나 동준은 아니다.

　그는 전부터 있는 신경통과 기침증이 일어나서 한참 동안이나 고통을 받았다. 기침을 한참 하고 난 뒤에는 앉은 두 무릎 위에 두 팔을 기역자로 꺾어서 뒤로 올려놓고 그 위에 얼굴을 숙여 얹은 채로 한참이나 정신을 못 차렸다. 한 십오 분이나 지난 뒤에야 겨우 머리를 들어 감방 안을 한번 휘둘러보았다. 얼굴은 모두 폐결핵 제 삼기가 된 사람처럼 누렇고 입은 해쓱하게 벌리고 눈은 아무 기운도 없이 멀겋게 뜨고 '나는 죽지 못해 산다'는 듯이 앉아 있다. 저 많은 사람들이 모두 다 제각기 무슨 생각을 하고 있으리라. 각각 자기 생각이 제일 가치 있고 가장 긴요한 줄로 알고 자기의 문제가 가장 어려운 문제라고 생각하리라. 그리고 각자가 다 자기의 문제만 바로 해결되면 그만이라고 생각하리라. 또 제각기 제가 제일 심한 고통을 맛보는 줄로 알리라. 동준은 이런 생각을 하다가 이마를 찌푸리고 머리를 흔들면서 가늘고 힘있는 소리로 "그렇지만 저희들의 문제가 무엇이 그렇게 대수로울꼬? 저희들 가운데도 나만큼 애타는 사람이 있을까?" 이렇게 중얼거리다가 목이 꺾어져 내려지는 것처럼 머리를 털썩 팔 위에 떨어뜨렸다.

두 사람이 불려 나간 뒤에는 고요하던 감방 안의 공기가 조금씩 움직여 냄새가 나고 뜨뜻한 바람이 두어 번 일어났다. 동준은 그 바람이나마 좀더 불어오기를 바라면서 기다리고 앉았다. 차차 시원한 바람이 좀 불어올까 하고 요행을 바라면서 기다렸다. 그러나 그런 바람도 다시는 오지 아니하고 공기가 다 없어져 진공이 된 듯이 견딜 수 없이 답답하다. 동준은 말도 못 하고 무슨 생각도 못하고 송장처럼 앉았다.

방바닥에서 단김이 물씬물씬 올라온다. 동준은 숨이 탁 막혀서 다시 머리를 기운 없이 들었다.

재미있고 즐거운 공상을 해가면서 스스로 위로를 받으려고 노력하는 동준은, 마치 수목과 잡초가 무성하여 험한 산에서 예쁜 나비를 따라가던 어린애가 갑자기 벼랑에 떨어져 헤매는 것처럼 이제 무슨 초조감과 고통에 들어가기를 시작했다.

동준은 머리를 젖히고 눈을 감았다. 무릎을 베고 쳐다보는 H의 얼굴, 큼직한 두 눈에서 뜨거운 사랑이 흐르던 얼굴을 다시 보려고 아까 하던 공상을 계속하기 위해서 많이 애를 썼지만 종내 실패하고 말았다. 동준의 머리에는 참을 수 없는 고통밖에 아무것도 없다.

한참 있다가 동준은 머리를 한번 흔들고 전신에 무엇이 찔리는 듯이 몸이 흠칫 떨렸다.

"어떻게 되었다?"

동준은 가만히 소리를 쳤다. 이것은 석 달 동안이나 생각하고 애를 쓰면서 '웬일인가 웬일인가' 하여 오던 커다란 의문의 해답으로 튀어나온 말이다.

동준은 다시 한번 머리를 끄덕끄덕하면서,

"어떻게 되었다!"

하였다. 그는 다시 중얼거렸다.

"분명히 어떻게 되었다."

세 번째는 분명히를 넣어서 자기의 판단을 옳다고 단단히 긍정하였다.

"그럼 어떻게 되었나?"

그는 새로운 의문을 발견하였다. 이 의문의 해답은 얼른 얻었다.

"마음이 변하였지, 나를 잊어버렸지, 그리고……."

동준은 차마 그 다음에는 더 생각할 수가 없었다. 아무리 생각하지 않으려고 애를 써도 마음대로 안 되었다.

'다른 사람을 사랑한다.'

그는 입술을 깨물고 속으로 다시 말했다.

이 순간에 몹시 밉고, 무섭고, 그리고 더러운 H의 화상이 나타났다. 그것은 꼭 여성의 사탄이다. 사탄을 그리기에는 가장 적당한 모델이다. 그 화상은 어떻다고 형용할 수 없으나 손과 목에서 황금빛이 찬란한 것은 똑똑히 보였다. 그 얼굴은 몹시 예쁘기도 하면서 또한 흉악하게 미웠다.

"아! 사탄."

　그는 소리를 질렀다. 그러나 그 화상은 더 똑똑해지면서 꼼짝도 아니하고 섰다. H는 아무 말도 없이 한참이나 자기를 빤히 쳐다보더니 생긋 웃고 손을 들어 번쩍번쩍하는 손가락을 본다.

　동준은 안타까워서 어찌할 바를 몰랐다. 그래서 감은 눈을 다시 한번 꼭 감았다. 그러나 보기 싫은 화상은 조금 흐려졌을 뿐이요, 없어지지는 않았다. 그냥 서서 자기를 바라보고 있다. 흐려졌다간 도로 아까 있던 자리에 와 서버린다. 이번에는 희미하지만 분명히 어떤 사람과 같이 섰다.

　그것은 꼭 남자인 듯싶었다.

　"옳다, 다른 남자를 사랑한다!"

이렇게 소리치면서 무심중에 눈을 떴다. 그 앞에는 아무것도 없다. 맞은편에 널쪽으로 한 살창이 보일 뿐이다. 눈을 뜨는 동시에 한숨을 길게 내쉬었다. 몹시 흉한 꿈을 꾸다가 깬 것같이 시원하였다. 그리고 입을 조금 방긋하면서 머리를 흔들었다.

　'아니다, 내가 잘못 생각했다. 의심하는 것은 가장 큰 죄다. 의심하여서는 안 되겠다.'

　이렇게 생각할 때에 또 일어나는 의문은 역시,

　'그럼 어떻게 되었나?'

하는 것이다.

　"옳다, 병이 났다, 대단한 병이 났다, 입원하였다. 아니 퇴원하여서 고적한 방에 혼자 누워서 눈물을 흘리며 울고 있다. 그렇다! 그렇다! 분명히 그렇다! 벌써 생각을 왜 못 했는고? 미스 H 용서하오. 내 죄를 용서하오, 내가 여태껏 당신을 의심하였소, 제발 용서하오."

　이렇게 혼자말로 중얼거리고 자기가 의심한 것을 H가 알면—병석에서 신음하는 애인이—그 마음이 어떠할까 하는 생각이 나서 동준은 새로운 고통을 느꼈다. 그 고통은 자기의 사랑이 불철저하고 약한 것을 느껴 스스로 부끄러운 생각이 났던 것이다.

어서 나가서 동경으로 가서 앓는 것을 봐주어야겠다. 이제는 이것이 유일의 간절한 소원이요, 제일 급한 일이다. 동준이 이제 감옥에서 나가기만 하면 곧 동경을 향해 떠날 것이다. 나는 그래도 행복한 사람이다. 내가 지금은 비록 옥중에서 고생을 하지만 내게는 애인이 있다. 나를 위하여 몸과 마음을 다 바친 사람이 있다. 천하 사람을 다 제쳐 놓고 나만을 사랑하는 사람이 있다. 그의 사랑은 완전히 내 것이다. 그의 몸도 내 것이려니와 그의 영혼도 꼭 내 것이다. 아니 그의 전생명이 내 것이다. 그는 이렇게 생각하다가,

"아, 나는 과연 행복한 사람이다."

하고 중얼거렸다. 나는 한 생명을 가졌다. 한 사람의 생명을 진정으로, 완전히 소유한 것은 전 세계를 소유한 것보다 훨씬 나을 것이다. 돈도 부럽지 않다. 명예도 부럽지 않다. 학문도 부럽지 않다. 세상에는 부러울 것이 아무것도 없다. 나는 가장 귀하고 가장 아름다운 것을 가졌다. 다른 사람들이 *졸연히 가지지 못하는 것을, 저마다 가지기 어려운 것을 내가 가졌다. 그러니 내가 장한 사람이다.

이런 생각은 동준이 처음으로 H의 사랑을 받고 처음으로 자기를 사랑한다는 증거를 얻었을 때에 고마움에서 우러나온 것이다.

한 사람의 생명을 얻은 것은 전 세계를 얻은 것보다 낫다는 전무후무한 격언을 자기의 경험으로 얻은 것처럼 말할 기회도 아닌 것을 K라는 친구에게 말한 일이 있었다. 동준은 그 생각이 나서 씩 웃었다. 동준은 오 년 전 일을 회상하였다.

졸연하다
쉽게 할 수 있는 상태에 있다.

2

동준이 M대학 법과를 졸업하고 본국에 가야 별로 할 일도 없이 실업자 노릇을 하면서 남에게 웃음을 사는 것보다 아무런 공부라도 더 하리라고 생각하였다. 동준은 부모가 있기는 있으나 없는 거나 다름없었다. 동준의 성이 참말 오씨인지 동준 자신도 알지 못하였다. 그래서 그는 그 부모를 참부모로 알지 아니한다. 알 수가 없었다. 동준은 어려서 아내가 있었다. 그러나 그것은 참말 아내가 아니라 처라고 하는 노예이다. 왜냐하면 동준은 아직 *양성을 가릴 만한 지각도 나기 전에, 물론 결혼의 가장 큰 목적이요 요소인, 적어도 지금 동준이 주장하는 성욕을 알지 못할 때에 다시 말하면 생식기능이 아직 발달되지 못하였을 때에, 이성에 대한 애정이 생기기 전에, 보지도 못하고 듣지도 못한 처녀아이를 하나 미래의 동준의 아내라는 이름으로 돈 삼십 원을 주고 사왔던 것이다. 그래서 그런 결혼 안 한다고 굳이 우겼지만 할 수가 없었다. 그런즉 동준은 아내가 있어도 없는 거나 다름이 없었다. 이리하여 동준은 집이 없는 사람이다. 동경 온 지 팔 년이나 되었지만 한 번도 편지가 오고 가는 일이 없었고 집이라고 가본 일도 없었다. 그래서 칠팔 년 동안이나 객지에 나와서 고생을 갖가지 하면서 공부하여 졸업을 하였지만 그를 위하여 기뻐해 줄 사람이 없었다. 그러니까 동준은 졸업을 했어도 별로 기쁜 마음도 없고 고국에 돌아가고 싶은 생각도 없었다.

M대학 졸업증서를 받아 가지고 돌아온 저녁에 하숙집 이층 방에서 혼자 밤새도록 울었다. 그는 울면서 생각하였다.

양성(兩性)
남성과 여성을 아울러 이르는 말.

'나를 위하여 기뻐할 자는 나요, 나를 위하여 슬퍼할 자도 나다! 나는 나밖에 없다. 나는 나를 위하여 살아야겠다.'

제 손으로 눈물을 씻고 앞으로 할 일을 생각했다.

이리하여 동준은 극단의 개인주의자가 되었다. 동준은 아무도 돌아볼 사람이 없는 제 몸을 위하여 부지런히 공부하였다. 그는 독학으로 영어를 공부하여 당시 유학생계에 한 사람도 영어하는 사람이 없는 가운데서 웬만한 원서도 보게 되고 회화도 하게 되었다. 그는 별로 통정할 만한 친구도 없었다. 집에 있을 때에도 혼자 있었고 산보를 해도 늘 혼자 했다.

그러다가 동준은 우연히 H를 만났다. 처음 만난 것은 분명히 오 년 전 사월 십오일 저녁이었다.

세 번째 만난 날이다. 동준이 열심으로 영어를 설명하는데 H는 설명하는 말은 듣지 않고 동준의 얼굴만 쳐다보다가,

"선생님! 저는 일평생 선생님을 섬기겠어요."

하였다. 동준은 눈이 둥그래져서,

"왜요?"

H는 두 뺨이 새빨개졌다. 그 눈에는 애원하는 듯한 빛이 보였다. 그리고 대답할 바를 몰라서 쩔쩔맸다.

"영어가 퍽 어렵다는데요!"

이것은 한참 있다가 겨우 나온 말이다. 그리고는 머리를 수그리고 책만 들여다보았다. 동준은 설명을 그치고 H의 머리와 한편 뺨과 방바닥에 닿은 한쪽 손을 번갈아 무의식적으로 쳐다보고 있었다.

H의 머리는 가운데로 갈라서 뒤로 쪽을 찌듯 했는데 이마에 늘어진 두어 오라기 머리카락이 눈을 가리는 것을 H는 연해 치켜올리고 있었

다. 주근깨가 드문드문 있는 뺨은 거무튀튀한 붉은빛이 도는 것이 몹
시 예뻤다. 길고도 가늘고 살이 포동포동한 손가락은 투명해서 꿰보일
듯한데 *장손가락을 움짓움짓하고 있었다.

동준은 자기의 대답이 너무 무미하고 무례하게 된 것을 후회하였다.
그리고 몹시 미안하게 생각하였다.

"어렵기는 어렵지만 부지런히 하시면 되지요. 저는 지금 좀 아는 것
이 혼자 배운 것인데요, 선생 없이도 할 수 있었어요."

이렇게 말하여 놓고는 처음에 한 말 대답까지 되었을까 생각하였다.
되긴 되었지만 또 싱겁게 되었군, 속으로 생각하고 부끄러워하였다.

동준은 설명하던 것을 마저 마쳤다. 그리고 가려고 일어섰다. H는
깜짝 놀란 듯이,

"왜 가셔요?"

하고 동준을 쳐다보았다.

"조금만 더 앉았다가 가셔요."

"가야지요."

"앉아 말씀이나 하다 가시지요."

동준은 겨우 한 삼십 분 앉았다가 돌아왔다. 이때 알기 어려운 H의
나이도 알았다. 더 알기 어려운 H의 마음도 대강 짐작하였다.

이튿날 동준은 또 갔다.

비가 부슬부슬 오고 사방이 고요하였다. 동준은 그 동안 자기가 공
부한 이야기를 했다. 남의 도움으로 공부하면서 온갖 고생을 맛본 얘
기며, 한때는 사상문제, 인생문제로 몹시 고민한 이야기며, 자기는 집
이 없다는 말도 하고, 소년 시대의 단편적 기억을 얘기하다가 그의 어
조는 차차 감상적이 되어 가다가 그는 갑자기 말을 그치고 두 사람은

장손가락
'가운뎃손가락'의 방언
(강원).

잠시 동안 깊은 침묵에 잠겼다. 그때 *다다미(돗자리) 위에 극히 작은 것이 떨어지는 둔한 소리가 들렸다.

그것은 동준의 말을 듣다가 감격해서 떨어지는 H의 눈물이었다.

"선생님은 혹 생각 못 하셨는지 모르지만 그때부터 저는 선생님을 사랑하기 시작했습니다. 용서하십시오."

이런 구절이 그 후에 받은 편지 가운데 있었다.

이리하여 동준은 H라는 애인을 얻었다. H는 동준의 것이 되고 동준은 H의 것이 되었다.

그 다음해 여름에 오구보의 어떤 집에서 한 달 동안 같이 있던 생각도 하였다. 그리고 한번은 저녁에 H와 그 친구 M이 같이 있을 때 찾아갔다. 동준이 몹시 충격을 받아서 달아날 때에 H가 따라나와서 오구보 들판 풀밭에 엎드려 동준을 쓸어안고 흑흑 느끼면서 울었다. 동준은 그것을 뿌리치고 가다가 우두커니 서서 기다렸다. H는 또 따라왔다. 두 사람은 컴컴한 *수림 속에서 만났다. 두 사람의 그림자가 합하여 한참이나 하나가 되어 있었다. H와 자기의 심장 뛰는 소리만 심하게 들렸다.

3

먼 데서부터 구두 소리가 뚜벅뚜벅 났다가 멎고 덜컹덜컹 옥문 여는 소리가 들렸다. 동준의 머리에 거침없이 나타나는 필름은 끊어지고 깜깜하여졌다. 네 사람이 간수 뒤를 따라나갔다. 면회하러 나가는 모양이었다.

석양이 되었다. 그러나 찌는 듯한 더위는 조금도 가시지 않고 도리어 더 덥다. 하루 종일 삶아 놓은 공기가 음울하고, 게다가 날이 음침해서 안타까워 견딜 수 없게 *물컸다.

오늘 하루 해가 또 다 갔지만 동준을 면회하러 오는 사람은 하나도 없다. 그러나 동준은 그것을 별로 슬프게도 생각지 않고 그다지 원통하게 여기지도 않는다. 옥중의 하루에서 그 시간이 몹시 길기도 하려니와 일년 중 제일 해가 길다고 하는 칠팔월에 하루 종일 우두커니 앉아서 더위와 *곤고와 싸워 가면서 지내는 것이 과연 어렵지 아니하다고 할 수 없다. 어렵기는 꽤 어렵다. 그리고 간수의 구속과 수모도 어지간히 고통이 되어 견디기 어렵지만 그것들은 다 동준의 진실한 생명에 저촉되는 것이 아니다. 문제는 'H가 어떻게 되었나?' 하는 것이다. 이것이 동준의 마음을 제일 괴롭게 하는 것이다. CK목사가 면회하러 갔다가 들어오는 것을 보고 동준이 차라리 면회하러 오는 가족이 없는 자기를 다행으로 생각하였다. CK목사는 서북지방에 이름난 목사인데 역시 이번에 만세사건으로 들어와서 자기와 한방 한자리에 앉게 된 사람이다. 면회하러 나갈 때에는 기쁜 빛이 얼굴에 가득하였는데 들어올 때는 눈이 벌개졌다. 동준은 못 본 체하고 물어 보았다.

"누가 오셨나요?"

"······."

"부인께서 오셨던가요?"

"네에."

얼굴을 돌리면서 대답한다.

"댁에서는 다 안녕하시대요?"

목사는 손수건으로 눈물을 닦으면서 대답을 못 한다.

물컸다
'물쿠다(날씨가 찌는 듯이 더워지다)'의 방언(함경).

곤고(困苦)하다
형편이나 처지 따위가 딱하고 어렵다.

"왜 그러십니까? 무슨 일이 있어요?"

"아닙니다. 별일이 있는 것이 아닙니다. 내 아내가 어린것을 데리고 왔는데, 아버지 아버지 하면서 손을 내미는 것을 보고 마음이 좋지 않아서 두 사람이 다 말을 못 하고 멍하니 섰다가 들어왔습니다. 그런데, 아내가 몹시 상해서 말이 아니어요."

"아마 밖에서 *심로를 하시고 고생을 하셔서 그런가 봅니다그려!"

"글쎄요."

"어린애가 몇 살입니까?"

"이제 세 살입니다."

"세 살 난 것이⋯⋯."

두 사람의 대화는 이만하고 끝났다. 동준은 눈물을 흘리는 목사를 비웃었다. 그리고 속으로 우습게 생각하였다. 자기도 나이 많아지면 저럴까 하고 생각해 보았다.

동준은 전부터 H에게 말한 것이 있었다. 사람이 결혼을 해가지고 집을 마련하고 궤짝을 사고 사발을 사고 밥을 해먹고 잠자고 아이 낳고 그 모양으로 소위 산다는 것을 자기는 절대로 못 하겠노라고 하였다. 동준은 가정이라는 것을 몹시 싫어하였다. 자유로 떠돌아다니고 마음대로 살지 못하는 것이 그에게는 제일 고통이다. 그래서 그는 결혼하기를 싫어했다. 결혼하지 않고 그냥 사랑하기를 바랐다. 사랑이라는 것은 신성한 것이지만 결혼은 인공적이요 허위적이라고 그는 생각했다.

지난 여름에 동경서 같이 나오면서 H가,

"결혼합시다."

할 때 동준은 웃으면서,

"결혼은 해서 무얼 합니까? 꼭 결혼을 해야 되겠소? 태곳적에는 결혼이라는 것이 없이도 잘만 지냈다오."

"그럼 결혼하지 않고 언제든지 그냥 이렇게 지내잔 말이죠? 그러면 저도 좋겠어요."

H는 장한 듯이 이렇게 말하였다. 그러나 동준을 의심하면서 한 말이다.

"그렇지만 어떻게요!"

"무얼 어떻게 한단 말이오? 베이비가 생기면 말이지요? 유모를 주거나 어떻게 기르거나 그게 무슨 걱정이오?"

"아니."

H는 씩 웃었다.

"아니는 무슨 아니, 좋은 수가 있으니 피임법을 연구합시다."

"피임법은 왜 연구해요?"

"압니까? 어디서 들었소? 피임법이란 말을?"

"그걸 몰라요!"

"경험이 있는가 봅니다그려!"

"아이구 망측해라."

"사실 그것이 문제외다."

이런 말을 한 일이 있었다.

동준은 또 우두커니 앉았다가 한 가지 *계교를 생각하였다. 손수건 좌우 끝을 젓가락으로 말아서 부채 대신 부쳐 보았다. 옆에 있던 CK목사도 그대로 하였다.

감방에 있는 사람들이 모두 부슬부슬 만든다.

계교(計巧)
요리조리 헤아려 보고
생각해 낸 꾀.

동준은 감옥에 들어간 지 꼭 백 일 만에 광명천지에 나와서 시원한 공기를 마시게 되었다.

밤 아홉 시에 감옥문 밖에 나왔다. 이때에 같이 나온 사람이 몇 사람 되기 때문에 마중 나온 사람이 옥문 밖에 수십 명이 와서 기다리고 있었다. 동준은 좋기는 좋지만 얼떨떨해서 한참이나 *어릿어릿하였다.

'나를 위하여 온 사람은 없겠지.'

동준은 그 사람들을 보지도 않고 가려고 하는데,

"미스터 오."

하고 등을 툭 치는 이가 있었다. 그는 동준이 나오기 한 이 주일 전부터 차입을 부쳐 준 친구 Y였다. Y는 작년 H로부터 약혼을 결정할 때에 동준이 이미 이혼한 것을 증명하고 두 사람을 위해서 끝까지 노력하였다. Y와 하룻저녁을 지내고 이튿날 새벽에 종로 청년회 위층으로 갔다.

동준은 자기가 쓰던 테이블의 서랍을 열고 뒤적뒤적하여 보았다. 아무리 찾아봐야 H의 편지는 없었다. 동경 있는 K한테도 칠월 초순에는 나가겠다는 편지와 평양 있는 O라는 친구한테서 결혼한다는 엽서와 청첩장이 와 있고, 그 외에 엽서 몇 장이 있을 뿐이다. 그것은 보지도 않았다.

다시 한번 찾아보다가 겨우 H의 엽서 한 장을 발견했다. 그것은 주소를 옮겼다는 간단한 사연이었다. *일부인을 보고 자기가 감옥에 들어간 다음날쯤 온 것인 줄을 알았다.

그는 답답해서 견딜 수가 없었다.

어릿어릿
말과 행동이 활발하지 못하고 생기 없이 움직이는 모양.

일부인(日附印)
서류 따위에 그날그날의 날짜를 찍게 만든 도장.

전에 받아 본 묵은 편지를 가방 속에서 꺼냈다. 아무것이나 하나 집
어서 읽어 보았다.

　사랑하는 낭군에게 받들어 올리나이다. 이 사이도 여행 중에
몸이나 건강하시오니까? 무슨 병이나 아니 나셨는지요. 너무 오
래 소식 없사오니 궁금하고 답답하기 그지없사옵니다. *불초한
소처는 괴로운 시간을 헛되이 보내고 있사오나 *하념하시는 덕
택으로 몸이 무고하와 아직까지 모진 목숨을 여전히 보존하여 가
오니 염려 마시옵소서. 웬일인가요? 편지 주신 지 벌써 *달포가
넘으려 하옵니다. 아무리 공부에 바쁘신들 어찌 엽서 한 장 쓰실
틈이 없사오리까? 웬일이신가요? 이제는 저를 버리시는가요?
저 같은 것은 선생님의 배우자가 될 만한 자격이 없다고 버리시
렵니까? 저는 벌써 한 주일 동안이나 잠을 못 잤습니다. 어젯밤
에는 꿈자리가 하도 사나워서 너무 답답하기에 학교도 그만두고
M형님하고 같이 점치는 사람을 찾아갔습니다.
　당신의 안부도 물어 보고 우리의 장래도 물어 보았습니다. 우
습기도 하고 부끄럽기도 하옵니다. 자세한 이야기는 만나 뵙고
말씀드리겠습니다. 저를 살리시려거든 속히 편지하여 주시옵소
서. 저를 죽이시려거든 그만두시옵소서. 졸업하실 날도 가깝고
뵙고 싶은 생각도 간절하와 일간 그곳으로 가려고 하옵나이다.
만일 내일도 소식이 없으면 괴로운 몸을 끌면서 계신 곳을 찾아
가겠습니다. 저는 죽어도 당신 곁에서 죽겠습니다. 어쩌면 저를
못 보실지도 모르겠습니다. *신열은 거의 사십도까지 되었습니
다. M형님은 저를 붙들고 울고 있습니다. 이것이 마지막 편진지

불초(不肖)
어버이의 덕망이나 유
업을 이어받지 못함. 또
는 그렇게 못나고 어리
석은 사람.

하념(下念)
윗사람이 아랫사람을
염려하여 줌. 또는 그런
염려를 아랫사람이 높
여서 이르는 말. 주로
편지에서 많이 쓴다.

달포
한 달이 조금 넘는 기간.

신열
병으로 인하여 오르는
몸의 열.

도 모르겠습니다.

　손이 떨려서 더 쓸 수가 없습니다. 눈물이 떨어져 종이를 적시나이다. 부디부디 천금옥체 보전하시며 내내 건강하시기를 하나님께 간절히 기도드리나이다.

삼월 십일 소처 H 올림

　동준은 이 편지를 끝까지 보고 방금 받은 것처럼 마음이 몹시 감격되었다. 보던 편지는 테이블 위에 가만히 놓고 유리창 열린 데로 남산의 아침 구름을 바라보며 우두커니 섰다.

　어떻게 하나 죄송, *보응, 거짓, 꿈, 돈, 곰, 사람, 여인, 운명, 사탄, 원수, 동준의 머릿속에는 이런 것들이 뒤섞여서 왔다갔다하였다.

　"H는 죽었다."

　이렇게 중얼거렸다.

　"죽은 H라도 가보아야겠다."

　일본으로 떠날 것을 결심하였다. Y한테서도 H의 소식을 몰랐다. 어쨌든 일본으로 가기로 작정하고 YMCA 층층대를 내려왔다.

5

　동준은 거의 일 년 만에 동경역에 내렸다. 그새도 많이 변한 것 같았다. 십 년이나 살고 갔지만 겨우 일 년 떠나 있다가 다시 오는데도 벌써 촌사람이 된 듯싶었다. 전차에 탄 사람들이 모두 자기만 주목해 보는 것 같아서 부끄러웠다. H의 주소를

전차

알기만 하면 곧장 그리로 찾아갈 것이지만 동준은 친구 K와 같이 들어갔다. "옮겼다는 주소로 찾아가려고 했지만 H가 만일 없으면 어떡할래요? 어서 나하고 갑시다" 하고 강력하게 권하는 데 못 이겨 K가 묵고 있는 하숙에 들어갔다.

동준은 그간 여러 달을 감옥에서 고생한 관계로 몸이 몹시 약해진데다가 사흘이나 잘 자지도 못하고 긴 여행을 했기 때문에 너무 피곤해서 당일은 H를 찾아볼 기운도 없이 일찍 자고 말았다.

사흘 후 동준은 평양 있는 C에게 이런 편지를 하게 되었다.

사랑하는 C형에게

먼젓번에 드린 글은 보셨을 듯하외다. 요새는 일보시기에 얼마나 고생하십니까? 아우는 삼 일 전에 이곳에 와서 K군에게 괴롬을 끼치고 있나이다. 이번에 온 것은 H를 만나려고 함이외다. 감옥에서 나와 즉시 H의 소식을 알 만한 사람에게 물었으나 종래 알 수 없었나이다. 동경 있다는 것 외에는. 마침 K군과 동행이 되어서 이곳을 왔습니다. 같은 시내에 있으면서도 그 주소를 알 수 없었나이다. 종래 찾지 못하였나이다. 나는 견딜 수 없어 나중에는 경찰서까지 알아보았습니다. 그러다가 사흘 만에 알았나이다. 이것은 사실이외다. H는 그사이 어떤 경상도 사람을 만나서 동거하더이다. 그뿐 아니라 *수태한 지 오 개월이나 된 것을 알았나이다.

알 수 없는 것은 세상 일이요 믿을 수 없는 것은 사람 마음이외다.

C형이여, 나는 과연 꿈을 너무 오래 꾸었나이다. 나는 내일로 곧 돌아가서 전과 같이 춘원 군이 말하는 곰이 되겠나이다. 부지런히 내가 보던 사무에 충실하겠나이다. 삼층 꼭대기 지붕 밑 내 방에

수태(受胎)
아이를 뱀. 또는 새끼를 뱀.

돌아가서 그럴 것이외다. 서울 가서 다시 글을 올리려 하나이다.

동경 A정에서 동준 올림

— 두 번째 부친 편지

형이 주신 글은 고맙다고밖에 더 할 말이 없소이다. 졸지에서 그런 편지를 보고 놀라셨지요? 놀라게 하려고 한 것이 아니라 그 것이 참말이었소. 그러면 점점 더 놀랄는지 모르지만 거기서부터는 내가 알 바가 아니오, *암만이라도 놀라시오.

셰익스피어는 "Frailty! the name is woman(약한 자여! 그대 이름은 여자이니라)"이라고 부르짖었지만, 나는 "Infidelity! the name is woman(못 믿을 자여! 그대 이름은 여자이니라)"이라고 부르오.

아! 형의 경우도 일경의 가치가 있소이다. 여인에게는 심장이 둘이 있습니다. 여인은 언제부터 *몰몬교를 순봉하게 되었는지요. 나를 지배하는 운명도 고약한 운명이려니와 나도 꽤 못난이였소. 이런 안타까운 괴로움과 아픈 경험을 하지 않고도 여인을 알려면 너무 많으리만큼 책이 있지 아니하오. 또 세상에 산〔生〕 책이 매일 얼마든지 출판되지 않습니까. 신문의 삼면 기사도 그 일부이지요. 그런 것을 으레 좌우전후로 여인을 사귀어 보고 비로소 안다고야 어찌 신경이 둔하고 머리가 나쁘고 감촉이 뜬 놈이 아니겠습니까.

하나님이 잘못하신 것이 꼭 하나 있습니다.

여인이 아니면 인류의 생식이 되지 못하게 하신 것 말이지요.

이제 누구든지 위대한 화학자가 나와서 사람 제조기계를 발명하였으면, 그렇지 않으면 용한 생물학자가 나서 다른 방법으로 생식을 하게 하였으면 그러면 여인은 아주 쓸모없는 존재가 될 것입니다. 언제나 그런 시대가 올는지요? 대해의 물도 한 방울로 그 짠맛을 알 수 있지 않아요? 여인 하나로 능히 저들의 전체를 알 수 있어요. 그야 개중에는 춘향이 같이 정조가 곧은 열부도 있기야 있겠지만 기막힌 행운아가 아니면 일생에 한 번도 만날 수 없는 어려운 일이겠지요. 대체 우리 사람이 그런 것을 가지고 이러고저러고 하는 것이 뭣하기는 합니다만 학자들은 아무것이나 연구하니까 심지어 풀이라 벌레라 *박테리아, *아메바 같은 것이라도 연구하니까 형과 내가 편지로 저들의 말을 하는 것도 한 학자로서는 할 만한 일이겠지요.

　여인을 하나 얻어 주시겠어요? 형도 꽤 농담을 좋아하는 사람이구려. 생애에 한 번이면 그만이지요. 제발 그만두셔요! 더구나 내게는 여인은 절대 불필요해요. 나는 지금 받는 월급으로 의복, 음식을 넉넉히 살 수 있소. 거처는 나 일보는 집 사층, 그만하면 사람의 생활은 다 되었지요. 여인이 필요하다면 그것은 때때로 안고 자는 것이겠지요. 무얼 그따위를 안고 자지 않아도 암만이라도 살 수 있어요. 백 년 내지 이백 년이라도 참을 수가 있어요. 오직 한 가지 여인이 필요되는 것은 하나님이 여인이 아니면 생식을 할 수 없게 잘못 만들어 놓으셨으니 그저 생식이나 하기 위하여 생식하는 기구로 쓰게 된다고 할 수 있으나 그러나 나 같은 사람은 자식을 낳아도 양육비가 없으니 거기에도 틀렸소. 그러면 여인은 아주 쓸데없소.

　그러나, 그도 형이니까 그렇지, 어쨌든 고맙소이다. 세상 놈들은 나의 시련을 보고 "망할 놈 온갖 간교한 수단을 다 쓰고 눈짓을 해서 남의 딸을 훔쳐 가더니 종내 실패를 했구먼, 네 보아라" 할 터에 형인 까닭에 여인을 얻어 주겠다는 것이지요. 좌우간 고맙긴 하지만 제발 그만두어 주시오. 싫어요. 백 년 만에 한 번밖에 나오지 아니하는 처녀가 나같이 몹쓸 운명아에게 차지가 되겠습니까. 나는 당초에 바라지도 않습니다.

여보 사람같이 못생긴 것은 없을 거요. 그만하면 넉넉할 것을 그래도 또 생각할 때도 있으니 그것은 내가 못난 탓인지도 모르겠소.

이제는 정말 그만둡시다. 말하기도 싫소이다.

때때로 글월이나 주시오. 우리끼리야 멀리 지낼 것 무어 있소.

부디 안녕히 계십시오.

고통으로 침묵한 서울 한 모퉁이에서

9월 25일 아우 동준 드림

6

동준은 동경에 다녀온 지 일 개월 만에 H에게서 긴 사연으로 쓴 자백의 편지를 받았다.

……(상략)

선생님은 저를 마음껏 저주하셔요. 여자를 끝까지 저주하셔요. 옳소이다. 사실 저주할 물건이로소이다. 마음의 괴로움이야 얼마나 하셨사오리까만 죽은 사람의 소리로 알고 부디 저의 자백을

한번 들어 주셔요. 제가 지난봄에 선생님을 H역에서 작별하고
들어와서는 죽 일주일 동안은 잠을 자지 못하였습니다. 저는 잠
시도 당신을 떠나서는 살 수가 없었나이다. 등불 앞에 *부나비였
나이다. 전에는 그렇게까지 당신을 떠나기 싫은 생각이 있었지
요. 부끄러운 말입니다만 그때 제게는 성의 욕망이 힘있게
깨어서 그런지 혼자서는 도저히 견딜 수 없는 적막과 슬픔
과 괴로움을 깊이깊이 맛보기 시작하였습니다. 밤마다 공
연히 울었나이다. 당신이 전에 결혼하지 아니하겠다고 하
신 말을 사실로 원망하고 의심하였나이다. 약혼이 되기는
했으나 그것은 당신의 본심이 아닌 것이 아닌가까지 생각하
였나이다. 대체 웬일인지 알 수 없으나 저는 갑자기 높은 벼랑에
서 깊은 골짜기로 떨어진 것처럼 마음이 어둡고 약해졌나이다.
처음에는 저도 혼자서 몹시 부끄럽고 괴로워하였나이다. 그래서
울면서 하나님께 전과 같은 사람이 되게 해달라고 간절히 기도도
하였나이다. 하나님도 벌써 저 같은 계집은 돌보지 아니하시기로
작정을 하셨는지 저는 종래 두 마음을 지닌 사람이 되고 말았습
니다.

불나비(불나방)

　지난 봄에 작별할 때에 저는 벌써 정신병자같이 되고 히스테리
가 된 것을 몹시 염려하시고 여러 가지로 위로도 하시고 훈계도
하시면서 애 많이 쓰신 생각이 나실 줄 압니다. 그 후에 얼마 지
나서는 당신과 영원히 헤어져야겠다는 생각이 때때로 났었나이
다. 그것이 대체 어찌 된 일인지 저 자신도 알 수 없고 도대체 사
람은 모를 노릇이외다. 당신과 저 사이에 어디 그럴 까닭이 털끝
만큼이나 있었습니까? 참말 생각할수록 이상해서 견딜 수가 없

었지요.

어쨌든 저는 점점 더 신경질이 늘고 비관하게 되고 점점 감정적 존재가 되고 결국 마음이 담대해져서 사회의 도덕이나 세상의 습관 같은 것을 아주 잊어버리게까지 되었습니다. 그리고 한면으로는 참을 수 없는 고독과 숨막히는 비애와 고통을 느꼈습니다. 그러니까 저는 어떻게 시간을 보낼까, 어떻게 해서 하루 해를 지낼까, 그보다도 어떻게 해서 하룻밤을 보낼까 함이 가장 어려운 일이요, 커다란 고통이었습니다. 그래서 저는 시간이라는 것이 몹시 무서웠나이다.

이때에 오직 한 가지 제게 도움이 된 것은 A와 더불어 이야기하고 먹고 산보함이었나이다. A는 저와 같이 음악학교 다닌 줄은 아실 듯하외다. 사람이 매우 쾌활하고 *너글너글해서 말도 잘하였나이다. 그는 밤마다 저를 찾아와서 웃고 이야기하다가 돌아가곤 하였나이다. 때때로 양식집에도 갔나이다. 제가 오기를 청하였나이다. *어물어물해서 시간을 보내기만 위주였으니까요.

그러니까 자연 당신께 편지할 정신도 없었지요. 한번은 제가 우연히 독감을 앓아서 사흘이나 열이 오른 채로 내리지 아니하여 아무런 정신도 차리지 못하고 있었나이다. 이때 A는 매일같이 찾아와서 극진히 간호를 해주셨나이다. 그가 제 육체에 접하기 시작한 것은 제가 처음에 신열이 몹시 올랐을 때에 제 손을 쥐고 맥박을 짚어 본 것이외다. 그리고, 머리도 만져 주셨나이다. 그는 밤을 새우며 불덩이 같은 제 머리에 찬물로 수건찜을 해주었나이다. 저는 아무리 남에게 허락한 몸이요, 이미 약혼한 사람이라도 그의 간호를 거절할 수 없었나이다. 첫째는 제가 너무 괴로워서,

둘째는 너무 고마워서…….

실상 거절할 정신도 없었나이다.

나흘 만에야 제 병이 쾌차하였나이다. 그것은 꼭 A의 은공과 사랑으로…….

그런데 나흘째 되던 날이외다. 그가 오후에 와서 이야기하다가 머리가 몹시 아프다고 하기에 좀 눕게 하였습니다. 석양에는 신열이 많이 나서 아무것도 먹지 못하고 앓았습니다. 저는 제가 받은 품삯으로라도 간호해 주지 않을 수 없었나이다. 더구나 그의 병이 나를 간호해 주다가 내 병이 전염되고 또한 너무 여러 날을 피곤하게 지내서 난 병이니, 목석이나 미물이 아니면 정성으로 간호해 주지 않을 수 있습니까. 과연 저도 정성껏 간호해 주었나이다. 밤에는 열이 사십 도가 넘어 정신을 못 차리고 앓는 것을 어떻게 그의 숙소로 가라고 할 수가 있어요, 차마 보낼 수 없었나이다. 그런 가운데 사랑이 생기고, 따라서 세상에 낯을 들지 못할 몸이 되었습니다. 어찌하오리까.

……(하략)

동경에서 죄인 H 드림.

『전영택창작선집』, 어문각, 1965.

전영택 단편소설

생명의 봄

나의 사랑하는 이의 목소리 들리도다

오, 보아라

산을 넘고 언덕을 뛰어넘어 오도다

나의 사랑하는 이는 노루와 같고

어린 사슴이 같도다

오, 보아라

그는 우리 담 뒤에 서고서

들창으로 엿보고

짝문으로 반만쯤 보이도다

나의 사랑하는 이가 내게 말하기를

오, 일어나오

나의 사랑, 나의 아름다운 이여

오, 나오시오

겨울은 이미 지나가고

비도 벌써 그치고 떠났도소이다

백 가지 꽃이 땅 위에 나타나고

새가 노래할 때가 돌아와

알락비둘기의 맑은 소리가

우리 땅에 들리도소이다

무화과나무는 그 푸른 열매를

가지가지 붉히었고

포도나무는 꽃이 피어

그 향그러운 내암새를 내이나이다

나의 사랑 나의 아름다운 이여

노루

사슴

무화과나무와 열매

포도나무와 열매

오, 일어나

오, 나오소서

바위 틈에 박혀 있는

절벽 밑 깊은 곳에 숨어 있는

나의 비둘기여 네 얼굴을 내게 보여라

너의 아름다운 목소리를 내게 들려라

아, 어여쁜 것은 너의 목소리

아, 너의 얼굴이 아름답도다

「솔로몬의 노래(2:8~14)」

1

평양 대동강의 대동문 주변

달구지

유리같이 맑은 얼음이 대동강의 장청류(長靑流)를 하루 저녁에 덮어 놓았다. 얼음 밑에는 고기들이 기운 없이 잠겨 있고 얼음 위에는 말, 소, 사람들, 빨간 *의롱(衣籠)짝 실은 이삿짐 달구지가 분주히 건너오고 건너가고 한다. 연광정(練光亭) 밑에는 어부들이 대여섯 사람이 뚱뚱한 솜옷을 입고, 발 달린 널쪽 위에 앉아서 얼음 밑에 잠겨 있는 주린 고기가 물리기를 기다리고 있다.

백설(白雪)로 소복(素服)을 곱게 입은 건너편 문수봉(文秀峯) 위에는 염회색(淡灰色) 구름이 떼를 지어 한가히 떠 있더니 용악산(龍岳山)으로부터 모란봉을 넘어 불어오는 노한 듯 미친 듯한 무서운 북풍에 조각조각이 떨어져서 쏜살같이 반공(半空)으로 날아간다.

아침 거리에는 아직 내왕하는 사람이 많지 아니하다. 큰구골 국숫집 문 밖에는 머리 깎은 미친 여인이 바람을 피해 햇볕 비치는 담 모퉁이에 서서 덜덜 떨면서도, 빙글빙글 웃으면서 무어라고 혼자소리를 중얼거리고 있다. 털로 한 방한모를 푹 내려쓴 중노인이 팔짱을 찌르고 "에, 추워" 하면서 국숫집으로 쑥 들어간다. (*어북장국을 먹으러 가는 듯.)

나영순은 어제 밤새도록 (새로 세 시까지) 지은 조문(弔文)을 양복 안 포켓에 넣고 바삐, 구두에 솔질을 두어 번 쓸쓸 해버리고, 옥골 모퉁이로 올라간다. 팔에 베헝겊으로 두른 이들이 많이 말도 없이 황해여관 앞으로 올라간다. 영순은 맹학교(盲學校) 앞으로 '아직 늦지 않았다' 하면서 비탈길을 터벅터벅 지나 남산현 예배당 대문으로 들어갔다.

영순은 예배당 대문 안에 들어서서 꽃으로 단장하고 백포로 싼 관을 보고, 그 옆에 높이 단 '故牧師 ＰＯＯ 氏 靈棺'이라 쓴 *만장을 보고, 예기하지 못하였던 무슨 무서운 광경을 갑자기 본 때처럼 가슴이 두근거리고 정신이 아득하였다.

회당 안에는 흰옷 입은 남녀노소 수천 명이 깜짝 소리 없이 가득히 들어앉았다. 영순은 가만가만히 들어가다가, 출입문 쪽에서 웅성웅성하는 기색이 있으므로 뒤를 돌아보았다.

앞에 붉은 (비단으로 싼) 십자가를 놓은 영관(靈棺)을, 흰옷에 베건을 쓴 청년 교우들이 받들어 메고 엄숙한 태도로 한 걸음 한 걸음 들어온다. 일동은 조용히 기립하여 경의를 표한다.

모란봉

어북장국
말린 명태를 넣고 끓인 장국.

만장(輓章/挽章)
죽은 이를 슬퍼하여 지은 글. 또는 그 글을 비단이나 종이에 적어 기(旗)처럼 만든 것. 주검을 산소로 옮길 때에 상여 뒤에 들고 따라간다.

장례식

영순을 이것을 보는 순간에 울음이 가슴에 북받쳐 올라와서 모르는 새에 눈물이 흘렀다. 강단 옆에 있는 의자에 엎드려 기도할 때에는 더욱 슬픈 마음을 억제하지 못하여 아무 말도 하지 못하고 있다가 그냥 일어났다. 모든 사람의 얼굴에 울음이 가득하고 눈에는 눈물이 고여 있다. 영순은 예식 집행자 중 한 사람으로 강단 위에 올라앉았다. 영관이 거의 성단 앞에까지 오는데, 좌우쪽에 갈라선 소복하고 흰 댕기 드린 어린 여학생들이 슬프고 낮고 가는 목소리로 영관을 맞는 찬송가를 부른다.

아름다운 내 본향을 목적삼고
한 찬미를 불러 보세
거기 무궁한 세월이 흘러갈 때
고난 풍파가 일지 않네

슬픈 노래가 끝나자 주례자 M목사가 일어나 간단한 말로 이제부터 식을 거행하겠다고 선언하고, 앉은 후에 S목사가 울음 섞인 목소리로 서러운 기도를 올리고, 다음에 S전도사가 조용히 성경 「이사야」 14장 3절로 23절까지 낭독하였다. (독자는 청컨대 이 성경을 펴보라.)

영순은 예비하고 있던 조문을 바른편 손에 들고 강도상(講道床) 옆으로 나아갔다. 숙이고 있던 *회중의 머리는 들리고, 모든 시선이 영순의 손으로 모였다. 말았던 종이를 펴가지고 잠깐 섰다가, 가슴속으로부터 우러나오는 슬픈 목소리로 읽기를 시작하였다.

"*오호애재통재(嗚呼哀哉痛哉)라.

유시(惟時) 1919년 12월 15일 오전 아홉 시에 고 목사 P○○ 씨 *엄연(奄然) 별세하시니 이 어이한 일인고. 이 꿈이 아닌가. 꿈이라면이거니와 참이라면 이 일을 어찌하리요.

아, 슬프고 아프다. 선생은 과연 가셨도다.

선생은 과연 가셨도다. 안으로는 연로하여 쇠약하신 양친을 하직하고 사랑하는 부인과 사랑하는 동생과 어린 자녀들을 내버리고, 밖으로는 일천여 명의 양 같은 교우를 돌아보지 아니하고 가련한 조선 동포를 내버리고 선생은 다시 돌아오지 못할 길을 가셨도다. 아, 가셨도다 가셨도다.

선생은 어려서부터 *구주 예수의 가르침을 진실히 믿고 행하여, 위로 하나님을 꽃같이 사랑하고 아래로⋯⋯."

영순은 손이 떨리고 발이 떨리고 아니 온몸이 떨리고 따라서 목소리가 떨리었다. 떨리는 것을 힘써 이겨 가면서 연해 읽었다. 떨리는 가운데도 슬프고 원통한 빛이 섞이고 굳세고 똑똑한 음성이 *굉걸(宏傑)한 당내(堂內)를 혼자서 울리고 회중은 잠든 듯이 고요하다.

"이웃을 자기 몸보다 더 사랑하였도다. 천국 건설사업을 위하여 봉사하기에나 정의를 위하여는 자기 몸을 조금도 돌아보지 아니하고 즐겁게 희생하는 정신을 가지셨도다. 선생이 *구세제민의 대지(大志)를 성취하기 위하여는, 후일에 만난(萬難)을 *제(除)하고 해외에 유학하여 더욱 학문을 배우고 인격을 수양하려고 하였으나, 아, 이 장지(壯志)를 이루기 전에, 이번 ○○○○○ 사건에 체포되어 입감(入監)하시더니, 그 철창의 몹쓸 고초로 인함인지 천만불행히 병마의 침습을 받아서 마침내 자기의 생명을 잃었으니, 이런 절절히 원통하고, 한없이 아픈 일이 어데 있으리요."

이 구절을 다 마치기 전에 아까부터 흑흑 느끼며 참고 있던 울음이 일시에 터져서,

아이고— 아이고—

당내에 가득한 수천 명 회중은 모두 목을 놓아 큰 소리로 통곡한다. 이 모퉁이 저 모퉁이에서 엉엉 우는 소리, 흑흑 느끼는 소리는 졸연히 그치지 아니한다.

"아, 이 울음을 어찌 참으며 언제나 멈추리요!

아, 이 울음을 누가 말리며 누가 멈추리요!"

조문을 읽던 영순이나 주례자나 기타 주식인(主式人)들이나 다 같이 울 따름이다. 요란한 울음 소리 가운데 뛰어나는 고인의 늙은 아버지의 아픈 울음 소리와 절통한 부르짖음의 말은 듣는 이의 간장을 녹이더라.

일동은 한참이나 울었다.

식을 주(主)해 보는 A전도사가 가만히 일어나서 말한다.

"울지 않을 수도 없고 울려면 끝이 없으나 예식을 진행해 가기 위하여 그만 울음을 그칩시다."

이 말을 듣는 회중은 더한층 설움이 일어나서 더욱 통곡을 한다.

이윽고 울음이 차차 멎어 간다. 그러나 관 좌우에 선 어린 여학생들과 어떤 부인 선생은 그냥 흑흑 느끼며 울고 관 뒤에 있는 그 가족들은 그냥 통곡한다.

영순은 다시 그 아래를 읽는다.

"그러나 선생은 구주 예수를 믿으신 후에 거룩한 생활을 하시고 사랑의 생애를 보내셨으니 악하고 괴로운 세상을 떠나매 주께서 보내신 천사는 영광의 면류관을 선생에게 드리고 주의 보좌 앞에까지 인도하여 지금은 사랑의 주로 더불어 영원한 나라에 안식하시리니 어찌하여 눈물을 흘려 슬퍼하리요. 생각건대 평시에 우리를 사랑하시던 선생은 천국에 가셔서도 오히려 우리를 잊지 아니하시고 우리 사정을 하나님께 고하셨으리로다. 그리하야 선생의 육신은 썩을지나 선생의 정신은 길이길이 살리로다.

선생이여 길이길이 안식하소서.

아, 슬프고 슬프다.

1919년 12월 18일."

영순은 낭독을 마치고 앉고 잠시 침묵이 있은 후에 강단 밑에서, 멀리 타계(他界)에서 들려 오는 듯한 애가가 가늘고 길게 울려 올라온다. 아까 영관을 맞는 슬픈 노래를 부르던 주일학교 어린 여학생의 어리고 아픈 가슴에서 우러나오는 것이다.

1
후일에 생명 끊일 때,
여전히 찬송 못 하나
성부의 집에 깰 때에
내 기쁨 한량없겠네

(코러스)
내 주 예수 뵈올 때에

그 은혜 찬송하겠네

내 주 예수 뵈올 때에

그 은혜 찬송하겠네

2

후일에 장막 같은 몸

무너질 때는 모르나

정녕히 내가 알기는

주 예비하신 집 있네

3

후일에 석양 가까워

서산에 해가 걸릴 때

주께서 쉬라 하리니

영원한 안식 얻겠네

다음에는 A전도사가 고인의 약력을 낭독하였다. 끝에 이르러 '여러분 안녕히 계십쇼. 나는 아버지한테로 갑니다' 한 고인의 최후의 일언을 전할 때에 A씨는 목이 메어 끝까지 마치지 못하였다. 눈을 감고 조용히 듣는 사람들에게, P목사가 *면류관을 쓰고 설백색 웃옷 입은 *미려한 천사에게 좌우편을 붙들리어 구름 사이로 올라가는 광경이 보이는 듯하였다. 적어도 영순에게는 그렇게 들렸다.

M선교사의 예문 낭독과 K교장과 B목사의 추도 연설로 예식은 끝났다. 당내에 가득 찼던 회중은 조용조용히 바깥으로 나갔다.

회중은 대략 삼천 명은 될 듯한데, 성내의 웬만한 교인이 거의 다 온 모양이요, 교인 아닌 신사도 많이 왔다. 영순은 뒤로 천천히 나가서 영관 있는 뒤에 섰다.

고인의 영관은, 생전에 이십 년 동안을 기도하며 찬미하며 울며 웃으며 자라난 이 회당, 일하던 이 회당을 향하여 *영결식을 행하고 남녀 학생들에게 들리어서 대문을 나가 영원히 영원히 떠나 나갔다.

*눈포래하는 찬바람은 사람의 귀를 베는 듯하다.

영관을 따라가는 남녀노소 삼천 명은 서문 거리로 종로로 신작로로 칠성문까지 연달아 나아간다. 시가의 상인들은 매매를 그치고, 행인은 걸음을 멈추고 P목사의 영에게 경의를 표한다.

평양 칠성문

2

'산 사람을 구해야 되겠다.'

'지난 여름에는 P목사를 여기서 만나서 이야기를 하였건만.'

혼자서 이런 생각을 하면서 슬금슬금 행렬을 따라 내려가던 영순은 대찰리에서 서문거리를 나서자 번개같이 일어나는 생각에 발길을 돌려서 서문으로 향했다.

'영선을 구하여야 되겠다. 불쌍한 영선을 누가 구하랴.'

영순은 이런 생각을 하면서 발걸음을 급히 해서 서문 밖으로, 광성학교 옆으로 일본중학교 옆을 지나서, 차입집 많은 거리를 지나서 의주행 진남포행 신작로를 건너서, 단숨에 평양 감옥 큰문 밖에 이르렀다.

간수
'교도관(矯導官)'의 전
용어.

문지기 *간수(看守) 보고 예를 하고 들어가서 바로 접수실로 가서 이영선을 면회하겠다고 하였다. 영순은 감옥에를 자주 다녀서 접수하는 관리 임씨를 잘 안다. 시간이 좀 늦어서 다른 사람 같으면 접수도 아니 해줄 것을 임씨는,

"나가 기다리시오."

하고 웃는다.

스토브(stove)
난로(暖爐).

영순은 *스토브 있는 대합실에 들어가려고도 아니 하고 감옥 뜰에서 외투 포켓에 손을 넣고 왔다갔다한다.

'감옥에도 꽤 왔다. 그만 이것이 마지막이면 좋겠다. 무얼 오늘인들 될 수가 있나. 마음대로? 어쨌든지 면회를 해보고 와서, 병이 과해서 보기에도 몸이 몹시 상했으니, 그대로 내버려두면 살 수가 없을 터이니 부디 내보내 달라고 졸라 보자. 어디 일본말로 한번 해보자. 오냐 그만하면 되었다. 그러면 저편짝에서는 무어라고 대답할까. 에그 모르겠다. 생각도 아니 하겠다. 아이고 안 되어 안 되어 안 되기가 쉽지. (이맛살을 찌푸리고 한숨을 지었다.) 무슨 일이든지 믿음이 있어야 된다는데 되리라고 믿자. 모르겠다. 오늘 안 되면 인젠 모르겠다.

오늘도 되지 않아, 졸연히 나오지를 못해, 그만 옥중에서 어려운 병이 생겨, 병이 아주 위중해진 다음에야 나가라고 *통기(通寄)가 나와, 인력거에 태워다가 기홀병원에 입원을 시켜, 하루이틀을 지나서 그만 죽어.'

통기
통지.

영순은 생각이 막다른 골목으로 들어가서, 영선의 죽음을 상상한다. 그러나 아무 고통도 없이, 도리어 재미로, 재미라는 것보다는 한 유머였다. 영순은 차마 진정으로는 영선의 죽음을 상상도 할 수 없었다. 영순의 이 상상은 마치 사랑하는 영선을 향하여 직접으로 '네가 죽으면

어떻게 될까, 내가 어떻게 할까' 하고, 희롱으로 말하는 셈으로 하는 것이요, 또 P목사도 옥에 갇혔다가 죽었으니 선영이도 더구나 연약한 선영이도 옥에서 고생하다가 죽을는지도 모르지―이러한 가벼운 논리적 상상에 지나지 못한다.

'죽는다. 죽으면 나는 생명 없고 온기 없는 시체를 붙들고 한바탕 실컷 울어 주리라. 그 어머니, 아이구 그 할머니 거의 기절을 하렷다. 실성을 하렷다. 나는 집으로 가서, 어느 외따른 조용한 방에서 방문을 걸어 매고 또 조문을 지으리라. 어려서 밥도 잘 못 먹고 옷도 잘 못 입고 몰래 숨어 가면서 몹시 고생스럽게 학교에 다니던 이야기로부터, 서울 가서 공부할 때에, 몹시 무섭 타는 사람이 밤을 새어 가면서 *채플에 혼자 가서 기도하다가 이상한 비전을 보던 말과 전도사업을 위하여 *연보(捐補)할 때에 그 형님이 해주었다는 파란 올린 은반지와 가장 귀중한 의복을 바치던 이야기며 어떤 촌에 가서 교사 노릇 할 때에 학생을 벌하는 대신에 자기 몸을 때려서 피를 흘리던 이야기며, 처음 남산현에서 만나서 (한 주일 동안이나 매일 석양이면) 조용히 이야기하다가 마침내 피차에 첫사랑이 생긴 것과 그러다가 결혼하게 된 것과 감옥에 잡혀 들어가는 전후 사정을 소설적으로 써놓고 끝에 가서, 오주여, 주의 사랑하는, 신실한 딸의 영혼을 받으소서. 주의 보좌 옆에 편안히 있게 하소서. 그리하다가 후일에 제가 가거든 다시 만나게 하소서. 사랑하는 영선 씨 괴롬 없는 아버지 집에 먼저 가서 기다리소서. 거기서 장, 봄만 있는 거기서 다시 만나지이다. 그대를 사랑하는 영순은 애곡재배(哀哭再拜)―이렇게 끝을 막으리라.

그리고, 열달 전에 결혼식한―영선이 어려서부터 길러난―○○○교회에서 그가 나와 가지런히 서서 M목사의 축복을 받고 내게 금반지를 받던 그 자리에서 같은 목사에게 영결식을 행하리라. 나는 친히 지은 조문을 읽어서 또 모든 사람을 울리리라. 그때에 우리 동생 은순이는 그 맑은 목소리로 조상하는 애가를 부르게 하리라. *장식(葬式)을 지나고 삼 일 만에 무덤을 한번 돌아보고, 나는 평시에 영선이 권고하던 말을 따라 혈혈단신으로 멀리, 미래의 운명 알 수 없는 길을 떠나리라.'

여기까지 생각하다가 영순은 죽음의 철학적 고찰을 할 여유도 없이, 처음에는 재미로 시작하였던 것이 진정이 되고, 괴로운 마음이 생겨서 휙 발길을 돌이켜서 접수실 문 앞으로 갔다.

접수실 문을 열고, 나이나 한 오십나마 먹어 보이는 부인이 무슨 처음 당하는 억울한 일을 보았는지, 청하던 일이 틀려서 기가 막히는지, 얼굴이 빨개서 입만 쫑긋쫑긋하면서 터덕터덕 *섬돌을 내려온다. 보매 촌부인이다.

"여보 누구를 찾소. 원 좀 똑똑히 전하소고레, 저만 접수하고는 씁쓸하니 나오면 어떡하잔 말이오? 남 지금 속이 타서 죽갔는데 거 누구 좀 거게 서서 부르는 대로 좀 말해 주문 도캈군."

역시 촌에서 온 부인이지만 벌써 많이 다녀서 감옥 출입에 졸업을 한 듯한, 한 삼십이나 되엄직한데 명주수건 쓰고 무명치마 입고 목에 두른 부인이 이렇게 동정 없는 나무람을 한다. 다른 부인들은 쳐다보고 웃기만 한다.

여기의 임시 관례가 이렇다. 나무람하는 말도 옳다. 면회하러 온 사람이 먼저 '초접수(初接受)'를 하면 얼마 있다가 다시 불러서 주소, 성명, 연령과 재감인(在監人)과의 관계와 면회 사건을 묻는 법이다. 이것

이 '재접수'라는 것이다. 그런데 한 사람이 재접수를 한 다음에는 그 사람을 시켜서 그 다음 재접수할 사람을—항상 재감인의 이름으로 찾는 것이다. 그런데 아까 그 부인은 반드시 다음 사람의 이름을 들었을 터인데 전하지 아니하니까 나무람을 들은 것이다.

그러나 그는 돌아도 보지 아니하고 한 모퉁이에 가서 돌아서고 있다.

한편에서는, 의주서 왔다는 키가 자그마한 노인이 백설 같은 수염을 내려쓸면서 웃는 낯으로, 그 옆에 이십이 겨우 넘어 보이는 아이 업은 젊은 부인과 무슨 이야기를 하고 있다. 영순은 귀를 기울여 들었다.

(젊은이) "바루 제 돌 지나서요."

(노인) "조옴 보고플까?"

(부인) "……."

(노인) "나는 우리 아녀석들이 세 놈이 다 여기 와 갇혔수다. 그래도 나는 아무 걱정도 안 함무다."

(부인) "면회하러 오셨소?"

(노인) "요—"

(부인) "저는 이거 오늘도 면회를 못 할까 부웨다. 발세 한 주일이나 되었는데."

(노인) "초접수는 했소?"

(부인) "못 했어요."

(노인) "이제라도 해보구레 왜 못 했소?"

(부인) "이제 해두 될까요."

(노인) "허 해보구 말이지, 믿디야 본전입디."

(부인) "……."

(노인) "어서 가보오."

영순은 기다리기에 갑갑증이 일어났다. 게다가 발이 잘라지는 듯이 시린 것을 깨달았다. 시리다고 하는 것보다도 아리고 아프다고 하여야 옳겠다. 좁은 뜰 가운데 좁은 한계에서 왔다갔다 한참 걸어 보았다. 한참 걸으니 좀 낫지만 윗몸이 춥다. 그때는 따뜻함직한 담모퉁이 양지 곁으로 가서 섰다. 거기는 양재울이 잘 나 있는데 젊은이들이 한번씩 제 몸을 달나 본다. 영순도 처음에는 물끄러미 바라보기만 하고 있다가 그 사람들이 다 간 다음에 한번 달나 보았다.

"이영선" 하고 어떤 청년이 전해 주는 소리를 듣고 얼른 가서 영순은 재접수를 시키고 나왔다. 이제도 한 시간이나 두 시간이나 기다릴 모양이다. 영순은 무슨 소설책이나 하나 못 가지고 온 것을 한하면서 우두커니 서 있다가 '옳지, 산 소설을 읽으리라' 이런 생각이 일어났다. 곧 산 소설을 찾아보았다. 그때에는 그의 주위에 보이는(있는) 모든 것이 죄다 소설로 보였다. '저 각처에서 모여 온 할머니, 아주머니, 노인, 청년, 저 장한 체하고 왔다갔다하는 간수들 죄다 소설이다. 이 감옥이라는 것이 벌써 소설 주머니다. 옳다. 이 감옥 안에 몇천 명 있는 죄수가 다, 아이구! 그것이 하나씩 하나씩 죄다 소설이로구나.'

'좋다!'

영순은 속으로 이렇게 부르짖었다. 마치 조각가가, 근육의 발달이 원만하여, 커브의 굴곡이 절묘하고, 체격의 조화가 완전한 것이며 안면의 표정이 비상한 것이며 통틀어 이상적인 모델을 만난 때의 그 감정, 화가가 좋은 자연계의 배경을 찾은 때에 일어나는 유쾌한 감정, 그러한 감정에서 나온 부르짖음이다.

영순은 조각가가 *마치와 끌을 잡기 전에 먼저 얼마 동안 모델을 바라보는 것처럼 눈을 감고, 아까 낙심하고 나오던 할머니, 나

마치
못을 박거나 무엇을 두드리는 데 쓰는 망치.

무람하던 부인, 낙관하던 노인, 할 바를 몰라 애를 쓰던 젊은 부인으로부터 감옥 안에 유죄 무죄지간에 갇혀 있는 사람들의 형형색색한 처지와 *비절참절(悲絶慘絶)한 사정을 가만히 상상하다가 이렇게 중얼거렸다.

“영선이도 소설이다. 나도 소설이다.”

“사람은 소설이다. 인생과 세계가 소설이다.”

“인생은 예술이다. 온누리는 예술이다.”

영순은 직각적으로 이러한 *단안을 내렸다. 그리고 생각하였다. 영선이 감옥에 갇힌 것도 한 소설을 짓고 있는 것이요, 내가 이렇게 추운데 영선을 구하려고 온 것도 한 소설을 짓고 있는 것이다. 그러면 내가 여기서 기다리는 것도 고통이 아니요, 무의미한 일이 아니요, 영선이 갇혀서 발을 벗고, 찬 자리에 자면서 고생하는 것도 또한 그러하다. 그도 사람인 때문에 아름다운 예술을 짓고 있는 것이다. 그러니 그다지 근심할 것이 아니다.

‘옳다. P목사가 죽은 것도 한 예술이다. 아니, 위대하고도 현묘한 한 시(詩)다. 오냐, 천만대에 길이길이 썩지 않고 더욱더욱 빛나 갈 시로다. 그의 죽음 그것은 무한히 고귀한 시이지만 그의 죽음을 애도한 내 조문은 도리어 그 산 시를 더럽힐지언정 빛나게는 못 할 가장 *졸렬한 것이다’ 생각하다가 ‘그 오리지널 시를 꼭 그대로 체현한 참 시를 못 짓나’ 하고 한탄하였다.

P목사의 죽음이 고귀한 시(詩)인 모양으로, 이제 영선이 죽더라도 또한 아름다운 시로다.

오오 지순지미(至純至美)한 영선의 죽음! 이것이 얼마나 귀하고 아름다운 시이냐. 이러한 의미로 나는 나의 사랑하는 사람을 내 손에서,

내 가슴에서 잃어도 그것을 한(恨)하지 아니하겠다. 영순은 생각이 여기까지 이르러 자기가 당장에 위대한 예술가가 된 듯싶었다.

영순은 다시 산 소설을 찾기 위하여 슬금슬금 대합실 편으로 가보았다. 대합실에 스토브불은 다 꺼져서 도리어 찬 기운을 내는 듯한데 좌우쪽 걸상에는 근심빛이 가득가득한 부인네들이 쭈그리고 떨고 있다. 영순은 여기서 과연 아름다운 소설을 보았다.

대합실 출입문에 한 오십이나 되었음직한 부인이 두 눈에 눈물이 넘실넘실하다가 쭈르르 흘리면서 혼자말로,

"어떡하노, 어떡하노. 데거 죽갔는데! 우리 아들이 죽갔소고레."

중얼거리더니 손에 쥐고 있던, 얼음보다 더 찬 우유병을 그 젖가슴을 헤치고 쑥 쓸어 넣는다.

영순은 그 참소설을 보고 무심중 두 눈에 눈물이 고임을 깨달았다. 그 부인을 향하여 공순(恭順)히 *배례를 하고 싶었다. 한번 쳐다보았다. 눈물을 흘리면서도 얼굴에, 미미하지만 빙그레 웃는 빛이 보였다. 그리고 영순은 분명히 그 얼굴에 이상한 광채를 보았다.

아, 이 울음이 신의 울음이 아니고 무엇이오. 이 웃음이 애(愛)의 신의 웃음이 아니고 무엇이냐. 그 부인이 이전에 그 아들이 어렸을 때에 한참 예쁠 때에 빙글빙글 웃는 것을 무릎 위에 올려놓고, 바깥에서 얼어서 찬 손을 하나는 젖가슴에 넣고 하나는 손으로 꼭 쥐고 입에다 대고 호호 불어 주면서 젖을 빨릴 때, 그때의 사랑의 기쁨이 잠깐 회상이 되어서, 그 사랑의 기쁨을 느껴서, 슬픈 가운데 무의식적으로 웃음을 발한 것이 아닌가.

이때에 영순은 소설, 예술이라는 것보다도 어머니를 생각하고, 종교, 하나님, 그리스도의 십자가를 생각하였다.

'오, 오마니의 사랑, 그리스도의 사랑.'

사랑이다, 사랑이다. *누리에 가장 아름답고 존귀한 것은 사랑이다. 사랑밖에 없다. 사랑은 누리를 지배한다. 온 누리에 오직 사랑이 있을 뿐이다.

옳다. 사랑은 예술의 본질이다. 예술은 사랑이다. 옳다. 사랑과 예술은 하나이다. 그의 생각은 이렇게 귀결하였다.

그는 다시 그 '사랑의 오마니'를 보았다. 그냥 가슴에 우유를 대고 서 있다.

'아, 내가 영선에게 대한 사랑이 저만할까?'

영순은 갑자기 이런 생각이 났다.

'영선이 내게 대하여 저런 사랑을 가졌을까?'

이것은 내가 스스로 판단할 수가 없는 것이라고 생각하고 속으로 이렇게 기도를 하였다.

'주여 사랑을 주소서, 사랑을 풍성히 주소서.'

그러는 동안에 간수장이 나와서 면회 허가한 사람의 이름을 부른다. 영순은 대흥부 여감(女監)에 가지고 갈 표 종이를 얻어 가지고 네 시간 만에 감옥문을 나섰다.

영선이, 적토(赤土)를 들인 *후리매 같은 것을 입고 머리는 골 없이 뒤로 빗겨 넘겨서 쪽을 찌고, 기운이 없어 그 비칠비칠하면서, 머리털 곱실곱실한 늙은이 여간수 옆에 나와 섰다. 그 얼굴빛은 *백랍(白蠟)촉과 꼭 같았다.

영순은 아무 말도 못 하였다. 한참 있다가 겨우 이렇게 물었다.

두루마기

“무엇이나 좀 잡수시오.”

“죽이라고 좀씩 먹다가 요새는 그것도 그만두었어요.”

“의사가 와서 진찰합디까?”

“네.”

잠깐 침묵이 있었다.

“집에서는 다 안녕하신가요.”

“네, 그런데 요새는 어때요, 대단히 더한가 보외다그려. 바로 말하오.”

“너머 걱정 마세요. 관계치 않어요.”

*“전옥(典獄)더러 잘 말해서 나가서 치료하도록 할 터이니 좀 기다려 주…….”

“너머 애쓰지 마세요. 저는 관계치 않어요. 그새 앓지 않으셨어요.”

“아니오.”

“그만 가세…….”

영선은 이 말 한마디를 채 못 마치고 얼굴을 돌리고, 발길을 돌려 들어간다. 자기의 우는 얼굴을 보이지 아니하려고, 사랑하는 사람의 마음을 상하게 하지 아니하려고, 칼로 가슴을 욱이는 듯하고 오장이 녹아 오는 듯한 원한과 설움을 머금고 돌아서 들어가는 영선의 뒷모양을 영순은 잠깐 바라보고, 입술을 깨물면서 감옥 널쪽 문을 나왔다.

영순은 문 밖에 나와서, 울면서 들어가는 영선의 눈물 흘리는 수척한 얼굴을 번쩍 보았다. 그 얼굴을 보고 그 마음을 생각하고 참았던 눈물이 뚝뚝 흘렀다.

지금은 생각할 여유도 없고, 눈물 흘리고 있을 여유도 없다. 곧 걸음을 급히 하여 다시 고등보통학교 앞으로 올라가서 오던 길로 도로 본감옥으로 향했다.

본감옥으로 가서 전옥을 면회하고 예비하였던 대로 말하여 보았다. 남은 전심전령(全心全靈)을 부어 사람의 생사에 관한 문제로 청하는데, 키 작고 앞이마털 빠진 전옥은 아주 냉랭한 말로 대답한다.

"감옥에도 의사가 있어서 상당히 치료를 해주니 염려하지 말고 돌아가시오."

이것이 전옥의 대답의 *대지(大旨)이었다.

영순이 기운 없고 맥 없이 감옥문을 나서서 원망스러운 듯이 한번 뒤를 돌아보고, 광성학교 정문을 지나 남산현 예배당 뒤로, M선교사의 주택 앞으로 외따른 골목을 지나서 정진여학교 앞으로 돌아 내려올 때에는 벌써 겨울해가 넘어가고 어슬어슬 황혼이 되었다.

대지
대의. 글이나 말의 대략적인 뜻.

3

영순은 자기 방으로 들어가서 저녁 먹을 생각도 없이 자리를 하나 내려깔고 나가넘어졌다.

아무 생각도 아니 하고, 손발 하나 달싹하지 아니하고, 반듯이 누워서 천장을 바라보고 있다. *반자를 하다가 한편 모퉁이는 채 바르지 아니해서 속에 신문지로 바른 것이 드러나서 모양이 매우 흉하다.

'저것을, 나오기 전에 발라야 되겠다. 담도 한번 발라야지.'

속으로 이렇게 중얼거렸다.

《매일신보》지의 '호카액' 광고가 뚜렷이 보인다.

"옳지, 잊어버리지 말자. 나오거든 저것을 한 댓 병 사다 주겠다. 영선은 도무지 화장할 줄을 몰라서……."

중얼거렸다.

호카액을 바르면 이렇게 얌전한 미인이 된다고 본때를 보이기 위하여 그려 있는 일본 현대식 미인이 희미한 가운데도 눈이 말똥말똥해서 내려다본다.

"왜 나를 자꾸 보노. 너는 싫다야. 미인은 싫어."

이렇게 중얼거렸는지 생각했는지 하고는 차차 깜깜해서 보이지도 아니하거니와 눈을 뜨고 볼 기운도 없어서 스르르 눈을 감았다.

영순은 그새에 잠이 들었었다. 꿈을 많이 꾸었지만 다 잊어버렸다. 그러나 영선을 본 것은 분명하다. 눈을 뜨니까, 옆에 누이동생 은순이가 얌전하게 앉았다. 잠든 자기의 괴로운 듯한 얼굴을 근심스러운 듯이 들여다보고 있는 것을 알았다.

"언제 오셨어요."

"방금 왔다."

"그런데 왜 그렇게 늦으셨어요? 수태 곤하신게구만."

"……."

"장례식 보고 감옥에 가셨지요?"

"응."

"그래 어떻게 되었어요?"

"망(亡)자에 니을 했다."

"저런! 어떡하노."

"너는 어데 갔었니? 공동묘지까지 갔었니."

"아니오, 추워서 거길 어떻게요?"

영순은 빙그레 웃기만 하고 아무 말도 아니 하였다.

"아이구 오라버니 시장하시겠구만. 저는 감옥에 가실 줄은 알았지요. 그래 S하고, S 아시지요, 접때 저하고 왔던 이 말이야요. 그이하고 어델 좀 갔었지요. 갔다가 오라버니 오시기 전에 일찍 오랴고 하든 것이 그만 늦었어요. 용서하세요."

"너도 울었니 아까."

"아이구 오라버니도 누가 안 울어요? 그런데 어떻게 그렇게 슬프게 읽었어요."

"너도 울었단 말이가?"

"처음엔 오라버니, 이상한 목소리 내시는 것이 우습기만 하더니 나중에 '철창의 몹쓸 고초'라고 내떨 때는 각 눈물이 나오겠지요."

"(웃으면서) 너도 눈물이 있니."

"전 사람 아니야요?"

"옳지, 너도 사람이니까 감정이 있고 감정이 있으니까 눈물을 흘리는구나."

"오라버니 노하셨구만. 그런 말도 한 히니쿠(빈정거림)지요. 나가서 늦게 왔다구."

“너도 P목사같이 이제 죽는단다, 그런 줄 알아라.”

“아이구 죽긴 왜 죽어, 나는 안 죽어. 참 형님 면회하셨어요?”

“그래.”

“보시니까 어때요, 더 상하셨어요? 병이 더해요?”

“그래 며칠 있으면 죽겠더라.”

“오라버니는 그게 무슨 소리야, 죽기는, 밤낮 왜 죽는 소리만 해요.”

“우리가 사는 것이 사실이면 죽을 것도 사실이지.”

“그야 그렇지요. 어서 들어가 저녁 잡수세요.”

“싫다, 싫어.”

“왜요.”

“아 죽음! 죽음!”

영순은 길게 한숨을 짚고 이렇게 중얼거리면서 은순의 손을 잡았다.

“아이구 차서 못살겠다. 괴로워 못살겠다. 이 차고 괴로운 겨울을, 모든 물건을 잡아매고 모든 생명을 죽이는 겨울을! 아, 죽음 죽음!”

“왜 그래요? 싫어요. 무서워요.”

하면서 은순은 손을 뗀다.

“내 눈앞에 죽음이 왔다갔다하누나. 아, 죽음의 겨울, 더 윈터 오브 데스(The winter of death)!”

“오라버니 그렇게 비관하지 마세요. 오라버니 오늘은 왜 그리 비관을 하세요. 늘 낙관을 하시더니, 오늘은 퍽 낙심을 하셨어요!”

은순은 이상한 듯이 또 걱정스러운 듯이 영순의 얼굴을 들여다본다. 영순는 또 중얼거린다.

“오, 죽음! 죽음! 죽음의 겨울이다.”

“오라버니 제 찬미 하나 할게 들으세요.”

"오냐 해라."

"에이 부끄러워."

"무엇이야, 또 또."

"보지는 마세요. 자 합니다. 문제는 라이트 애프터 다크니스(Light after darkness)라는 겁니다."

어둔 것 후에 빛이 오며
바람 분 후에 잔잔하고
소나기 후에 햇빛 나며
노곤한 후에 쉬임 있네

*잔약한 후에 강해지며
해로운 후에 복이 있고
눈물난 후에 찬송하며
씨 뿌린 후에 추수하네

영순은 눈을 감고 가늘고도 맑은 곡조만 듣다가 무심중 '좋다' 하였다. 그리고 은순의 얼굴을 바라보았다. 은순은 이어 삼절을 부른다.

괴로운 후에 평안하며
슬퍼한 후에 기쁨 오고
떠났다가도 만나지고
고독한 후에 사랑 있네

한줌이 넘을 만한 옻칠한 듯한 머리는 땋아서 테두리머리를 하고, 조금 나온 듯한 이마 밑에 붓으로 그은 듯한 눈썹, 그 아래 맑고도 정기 있고 광채 있는 까만 눈, 낮지도 않고 높지도 않고 알맞은 코, 광대뼈가 좀 높고 살이 있어 보숭보숭하고 늘 홍월계(紅月桂)빛이 도는 좌우 뺨, 그 사이에 좀 도톰하고 늘 생긋생긋 웃고 있는 그 입술이 달삭달삭하면서 새어나오는 그 옥소리 같고 청아한 노래는, 몹시 괴롭던 영순의 마음을 몽롱히 꿈나라로 인도하였다. 그는 어느새 다시 눈을 감았다. 은순은 목소리를 약간 높여서 마지막 절을 부른다.

십자가 후에 승리 있고
죽음이 가고 부활이 오며
죽음의 겨울 지나가면
생명의 봄이 돌아오네

"오, 생명의 봄이 돌아와! 오, 은순아, 그거 네가 지었니? 오, 생명의 봄이 돌아와!"

영순은 다시 은순의 두 손을 쥐어 잡아당기면서 얼굴에 갑자기 무한한 기쁨이 충만해서 빙글빙글 웃으면서 이렇게 말한다.

"오, 은순아, 지금 네 노래의 마지막 한 구절은 네 노래가 아니요, 천사의 노래다. 내가 지금 분명히 천사를 보았다. 천사를 나는 보았다. 죽음의 겨울이 지나가면 생명의 봄이 돌아오네. 오, 그것은 하나님의 말씀이다. 그것이 *묵시다. 오, 내가 네 입을 빌려 묵시를 받았다. 오, 은순아 고맙다. 오, 천사야!"

은순은 매우 만족한 낯으로, 고맙고 기쁜 듯이 영순을 바라보다가 깜박 잊었던 듯이 말한다.

"인젠 정말 들어가 저녁 잡수세요. 내올까요?"

"은순아 너 공부 잘해라. 확실히 너는 시인이 될 *천분이 있다. 수양 잘해라. 아, 너의 시적 천분과 그 음악의 천재! 너야말로 장차 큰 예술가가 되겠다. 네가 시인이 못 되면 참 아깝다, 은순아!"

"아이구 오라버니두, 왜 딴소리만 자꾸 해요. 공연히 남 일부러 찬미 한번 한 것을 놀리기만 하구. 싫어요. 인젠 찬미 안 해요."

"아니다, 은순아 참말이다. 너는 시인이다. 오냐 생명의 봄이 돌아온다. 살자 살자. 너의 형님도 산다, 나도 살겠다. 너도 살어라. 기운 있게 힘있게 살아서 생명의 봄을 맞아서 아름다운 봄동산을 짓고 생명의 복락을 누리며 생명의 주를 지성으로 찬송하자. 생명의 봄이 온 후에는 평화의 세계가 돌아올 것이다. 희망을 굳게 가지고 생명의 봄을 기다리자…… 은순아 기도하자."

영순은 은순의 등 위에 왼손을 올려 놓으면서 이렇게 말하였다.

"네."

두 사람은 일시에 머리를 숙였다.

"주여 이 자식이 오늘날까지 당신의 품에서 떠나서, 부질없이 어둔데서 헤매고 추운 데서 떨고 죽음의 종이 되어 있었습니다. 주여 이 막대한 죄를 용서하소서. 주께서 이 자식에게도 이미 생명을

주셨으매 이제부터 생명을 가진 사람이 되겠습니다. 제게 사랑을 주시옵소서. 사랑으로 누리를 지배하게 합소서. 주여 제게 힘을 줍소서. 새로운 힘을 줍소서. 굳게 서서 생명의 봄을 맞을 큰 힘을 줍소서. 제게 생명의 봄이 온다는 묵시를 주신 주여, 고맙습니다. 생명의 봄이 어서 오게 합소서. 오 주여, 영선을 구해 주소서."

영순은 안으로 들어가서 저녁을 잘 먹었다. 먹은 후에 할머니 어머니와 우스운 이야기도 하고 어린아이들 데리고 장난도 하다가 밤 열한 시가 지나서 자기 방으로 나왔다.

은순이 깔고 들어간 자리에 들어가서 일기를 폈다. 가운데 백지와 한 편에 있는 성구와 밑에 있는 역사의 기사를 잠깐 들여다보고 펜을 잡았다.

12월 18일 화요일 음(陰), 한(寒).

(대개 하나님이 해를 악인과 선인에게 비치게 하시며 비를 의로운 자와 불의한 자에게 주시나니라. 「마태(6:45)」

(미국 의회에서 노예 해방을 가결하다—1862)

오늘은 금년치고 추위로 클라이맥스가 될까 보다. 겨울의 중심이라 할까. 이날에 P목사는 추운 세상을 피해서 따뜻한 땅 속으로 들어갔다. 그의 영혼은 벌써 사흘 전에 사악하고 괴로운 현세를 떠나서 화평하고 즐거운 천국으로 올라가셨다. 그것이 무엇이 서러운지 여러 사람들이 소리를 내어 울더라. 나도 좀 울기는 하였다마는. 그는 먼저 갔을 뿐이 아니냐. 나도 이제 갈 것이다.

영선을 구하려고 감옥에 갔었다. 산 소설을 많이 읽었다. 영선

의 얼굴을 한 이 주일 만에 보았다. 그 수척하고 기운 없는 모양
만 보고, 나는 헛되이 돌아왔다.

　영선은 지금도 울는지 모르겠다. 은순의 노래로 새로운 희망과
기쁨과 능력을 얻었다. 이제는 생명의 봄이 오기를 기다리자. 저
야 다른 남성을 더 사랑할는지 모르지만 나는 저를 끔직이 사랑
하고 저로 인하여 위로를 많이 받는다. 은순아 오래오래 내 기쁨
과 위로가 되어 다고.

　오늘도 나는 고독의 한밤을 지내자

　영선은 언제나 오려는지

　아, 오늘도 오늘도 못 오고

　아, 오늘 저녁도 오늘 저녁도 옥중에서

　찬 자리에 찬 바람에,

　아, 저 찬 달을 보고

　오, 내 사랑하는 영선이여

　영순은 일기책을 밀어 버리고 불을 끄고 자리로 쑥 들어가서 눈을
감았다.

　눈을 감고 아무리 자기를 힘쓰지만 당일의 아침부터 밤까지 지난 일
이 몇 번이나 되풀이로 왔다갔다 꿈같이 생각이 나고 지난 일, 장래 어
찌할 걱정이 뒤섞여 떠나와 정신이 착란해지고 뇌가 몹시 복잡해져서
잘 수가 없다. 그 중에도 감옥에서 본 영선의 여위고 광대뼈만 두드러
진 뺨에 눈물이 줄줄 흐르는 것이 자꾸 보여서 잘 수가 없다. 그래 영
순은 도로 일어나서 불을 켜고 동경 어떤 잡지사에서 보내 준 원고용
지를 꺼내 놓고 펜을 잡았다.

옥졸(獄卒)
옥사쟁이.

회포(懷抱)
마음속에 품은 생각이
나 정(情).

기슬카리
'기스락(기슭의 가장자
리)'의 방언(황해).

녹음방초(綠陰芳草)
푸르게 우거진 나무와
향기로운 풀이라는 뜻
으로, 여름철의 자연경
관을 이르는 말.

일진광풍(一陣狂風)
한바탕 몰아치는 사나
운 바람.

아카시아나무

옥중의 아내에게

나의 지극히 사랑하는 아내여. 나는 오늘 당신을 겨우 삼 분 동안,
*옥졸이 경계하는 앞에서 꿈결같이 만나 보고, 마음에 울울하고 간절
한 *회포를 참지 못하여 지금 붓을 들어 쓰나이다. 그러나 용서하소서.
나는 뜨뜻한 내 집 아랫목에 평안히 누워서 이 글을 쓰기에 죄송스럽기
한이 없으나, 어찌하리까. 그대는 그대의 넓은 사랑으로 용서하소서.

아, 그대는 어찌하여 한번 가고 돌아올 줄을 모르나이까. 그대가 집
을 떠난 지 벌써 삼 개월이 지났나이다. 사람이 죽음의 그림자를 눈앞
에 보면서도 못 본 체하고, 생의 낙을 좀더 누리려고 급급히 애를 쓰는
것처럼, 우리도 앞에 당할 일을 환하게 알기는 알면서도 잊어버린 듯
이 (잊어버리고) 신혼의 남은 낙을 마음껏 탐하고 있었나이다. 그러다
가 하루 아침에 그대가 옥중에 들어가매 나와 우리 온 집안은 그 얼마
나 놀랐으리까.

아, 그러나 그대는 어찌하여 지금도 오히려 돌아오지 아니하나이까.
내가 그대의 뒤를 따라 감옥문 밖까지 전송(餞送)할 때에는, 서기산(瑞
氣山) *기슬카리의 아카시아나무 잎이, 간혹 누런 잎이 있지만, 그 파
릿파릿한 것이, 오히려 *녹음방초 시절에, 푸르러 우거지고 펴졌
던 자취가 많이 있었나이다. 그것이 그 후에 누런 잎이 차차 많아
지고 푸른 잎이 적어지듯이, 그 다음에는 된서리를 맞아서 온통
시들시들 마르듯이, 어느 날 밤에 북으로부터 불어오는 *일진광
풍에 우수수수수 다 떨어지고 지금은 여기저기 마른 잎이 하나씩
둘씩 한드작한드작 억지로 달려 있더이다.

그대는 어찌하여 지금도 아니 돌아오나이까.
그대가 들어가기 전에는 아직 서늘한 가을이었나이다. 그대는

모시다린 적삼에 모시치마를 입고 갔나이다. 그런데 그대가 들어
간 후에 찬바람이 불고, 대동강이 얼어붙고 눈이 몇 번을 왔는지
알 수 없나이다. 지금은 우리 금수강산이 온통 곱다랗게 소복을
하였나이다. 천지가 은세계가 되었나이다.

모시적삼과 치마

　우리는 불 땐 방 안에서도 춥다고 하나이다. 그런데 아 그대는,
들은즉 종이도 바르지 않은 살창대로 잇는 데서 용악산으로 만수
대로 몰아오는 찬바람이 마음대로 들어오는 방에서 자리도 없이 그 빙
판같이 차디찬 바닥에서 새우같이 웅크리고 오들오들 떨기만 하고 무
심한 찬달을 바람 들어오는 살창 새로 바라보고, 잠을 못 들어 애쓰는
양이 눈에 보여서, 아— 나도 잠을 이루지 못하겠나이다. 아 애닯다.
이 일을 어찌하리요.

　영순은 여기까지 쓰고 펜을 던지고 불을 끄고 이불을 뒤집어썼다.

4

　영순은 이튿날 아침 아홉 시에야 깨었다.

　어젯밤에는 두 번째 누워서도 잠을 들지 못하고 곤한 몸을 이리 뒤
척 저리 뒤척 하면서 몹시 애를 쓰다가, 맞은편 담에 걸린 자명종이
땡—땡— 두 번을 치는 소리가 고요한 깊은 밤의 죽은 듯한 침묵을 깨
뜨려 요란하게 울리는 것을 듣고,

　"지금 잠들었을까? 여태 깨였을까?"

　이런 생각을 하다가 닭 우는 소리를 꿈결같이 듣고는 잠이 들었다.

　눈을 떴지만 추워서 일어나기가 싫어서 그냥 자리에 누워 있다. 거

리로 향한 창에는 허옇게 *성에가 돋았다. 입김을 허— 하고 내불어 보았다. 허연 김이 나온다. 방 안이 이런데 감옥에야 오죽하랴. 더운 기운이라고는 조금도 없겠지, 뜨뜻한 맛이라고는 도무지 못 보겠지, 이런 생각이 나는 동시에 자기가 누운 자리가 *별로 더운 것을 깨달았다. 실상 새벽에 영순을 사랑하는 모친이 불을 때주어서 등 밑과 궁둥이 밑이 뜨뜻하다. 그는 손을 자리 밑에 넣어서 바닥을 짚어 보았다. 손을 넣고 오래 견딜 수가 없으리만큼 뜨끈뜨끈하다. 자리 밑이 뜨뜻한 맛에 손을 빼지 아니하고 그냥 눈을 감고 가만히 있어 보았다. 점점 뜨뜻한 맛이 올라온다. 이불을 잡아당겨서 어깨를 꼭꼭 덮고 두 손은 자리 속에 넣었다. 영순은 어느새 감옥에 있는 아내를 깜박 잊어버린

성에

듯이 자리가 더운 맛에 퍽 쾌감을 깨달았다. 몸이 둥둥 위로 떠올라가는 것 같은 말할 수 없는 순간의 행복을 깨달았다. '아, 좋다' 하면서 얼굴에 미소를 띠었다.

'오늘은 어떡하노. 할 일이 무엇인가.'

이런 생각이 번쩍 지나가서 잠깐 마음을 자극하였지만 '에그 모르갔다. 모르갔다' 하고 그 생각을 부러 흐려 버리고 다시 겨울 아침 자리 속에 뜨뜻한 낙을 계속하여 누리려고 아무 생각도 아니 하기를 힘쓰면서 등과 엉덩이를 한번 다시 음짓음짓하였다. 새로이 더운 기운이 생기는 것 같고 새로이 뜨뜻한 맛을 깨달았다. 눈을 껌먹껌 먹하면서 가만히 누워 있다가 안에서 아이들 떠드는 소리를 꿈결같이 들으면서 또 잠이 들었다.

"대문…… 열어……."

영순은 문 바깥으로부터 희미한 사람의 소리를 들었다. 그러나 처음에는 잠이 채 깨지 못해서 꿈결같이 들었으니 이어서 조금 큰 목소

리로,

　"대문 열어 주세요."

하고 소리지른다.

　영순은 벌떡 일어났다. 분명히 아내의 목소리다. 그러나 이게 정신 작용으로 이런 것이 아닌가 의심하면서 가만히 귀를 기울여 들어 보았다.

　"오마니— 은순아—"

　영순은 자리옷(일본옷)만 입은 채로 방문을 벌컥 열고 맨발로 나가서 대문을 열려고 하였다. 덕우가 잘 빠지지를 않아서 한참이나 애를 쓰다가 평시에 못 내던 힘을 다해서 대문을 열어 젖혔다. 영순은 딴 부인이 아닌가 하리만큼 의외로 생각해서 멍하고 서 있기 전에 맞은 편에 섰던 부인은 어느새 문 안에 들어서면서 영순에게 달려들었다. 그 때에 영순은,

　"오—"

하면서 부인을 껴안고, 얼어서 볼그레하고 싼득싼득한 뺨에 뜨거운 키스를 하였다.

　영순의 가슴에 안긴 이가 그 누구랴. 그의 사랑하는 아내 영선이다. 남편의 가슴에 파묻힌 영선의 눈에서는 더운 눈물이 솟아나와서 헤쳐진 영순의 가슴속으로 흘러 들어간다.

　두 사람은 소리 없는 말을, 각각 심장으로 맞잡은 손으로만 하다가, 영순은, 그냥 말 못 하고 기운 없이 쓰러져 안겨 있는 아내를 이끌고 방 안으로 들어가서 자던 자리 위에 펄적 주저앉았다. 영선은 영순의 내뻗친 무릎 위에 쓰러져 엎드려서 흑흑 느끼면서 운다. 영순도 한 손을 그의 등 위에 올려놓고 한 손은 그의 얼굴을 받치고 어쩐지 알 수 없는 눈물을 아내의 머리 위에, 목 위에 떨어뜨린다.

영순이 아내의 허리를 붙잡아 일으킬 때에는 영선의 눈물 있는 얼굴에 웃음이 가득 찼다.

빙그레 웃는 영선의 입에 다시 한번 스위트 키스를 하고 비로소 말을 끝냈다.

"웬일이오?"

"……."

영선은 웃기만 한다.

"죽지 않고 살아 왔구려."

"네…… 저 때문에 얼마나 고생하셨어요?"

"……."

영순도 웃기만 한다.

두 사람의 몸은 발로부터 다리 허리 어깨 머리의 측면이 서로 꽉 붙어서 앉았다. 영순의 왼편 팔은 영선의 등으로 겨드랑 밑으로 돌아가 그의 손은 그의 옷자락 속으로 들어가서 부드럽고 따뜻한 젖을 만지고, 영선의 바른편 팔은 영순의 어깨 위에 올려놓고 손은 목을 만지고 있고, 그의 왼편 손은 영순의 손목을 꼭 잡았다. 영순의 뺨과 영선의 뺨은 서로 붙어서 아무 말도 없이 숨소리만 들리고 심장의 고동만 뚝뚝 한다.

영선은 영순의 손목을 다시 힘을 주어 꼭 잡으면서 목을 꽉 끼면서,

"저를 꼭 껴안아 주세요!"

이 말이 채 마치기 전에 영순은,

'다시는 놓치지 아니하리라. 요것을 놓고 어떻게 살았던고.'

하는 듯이 두 팔로 영순의 작은 몸을 힘껏 껴안았다. 영선의 몸은 어느새 앞으로 돌아와 가슴과 가슴이 서로 합했다. 영선의 두 팔도 영순의

몸을 꼭 꼈다. 영순은 다시 뜨거운 키스를 주려고 하는데, 거리로 향한 창 바깥으로 지나가는 사람들의 요란하게 지껄이는 소리는 영순의 단잠을 깨웠다.

품안에 껴안았던 영선은 간 곳이 없다. 자리에는 자기 가슴을 두 팔로 끼고 반듯이 누운 영순 자신 하나밖에 없고 앞 창에는 아침 햇볕이 빨갛게 들이비쳤다. 그는 머리를 들어 방 안을 한번 휘 둘러보았다. 단칸방 안에 흩어진 책들과 《대판매일신문(大阪每日新聞)》, 《동경조일신문(東京朝日新聞)》 장들밖에 없다. 그는 그래도 의심스러워서 저 혼자 불룩한 이불을 눌러도 보고 펼쳐진 데를 들쳐도 보았다. 그래도 영선은 못 찾았다. 자리에서 못 찾은 영순은 눈을 치떴다가 머리맡 담에 흰옷 입고 서 있는 영선을 찾았다. 손을 내밀어 잡으려고 하니까, 흰옷 입고 서 있던 영선은, 자기가 영선이 감옥에 들어간 다음에 틀에 넣어서 걸어 놓은 영선의 사진과 합하고 말았다. 머리맡에서 못 찾은 그는 아랫목 담을 쳐다보았다. 거기에서 영순은 두 번째 영선을 찾았다. 그는 또 손을 내밀어 영선을 꼭 붙잡았다. 그러나 이번의 영선은 그가 감옥에 들어갈 때에 벗어 걸고 간 그의 속치마가 되고 말았다. 그의 붙잡은 것은 치맛자락이었다.

"응, 꿈이로군."

하면서 모로 돌아눕고 지난밤에 온 신문 한 장을 잡아당긴다.

이때에 바깥에서 방문 두드리는 소리가 들렸다.

"들어오오."

하는 소리에 문을 슬며시 열고 들어와서 앉는 사람은 은순이었다.

"인전 일어나 세수하세요."

아무 대답도 못 하고 은순을 물끄레 바라만 보는 영순의 얼굴에는 부끄러운 빛이 벌겋게 돈다. 저 애가 문틈으로 내 꼴을 들여다보지나 않았을까, 이불을 들쳐 보고 치마를 만져 보고 하는 것을 보았으면 어떡하나, 야단났다. 속으로 중얼거리면서 문에 구멍 뚫어진 데나 없나 하고 머리를 들어 쳐다보았다. 요행 구멍은 없다.

"무얼 그러세요, 인전 일어나세요. 일어나 진지 잡수세요. 지금이 어느 때기 그냥 주무세요. 엊저녁에 늦게 주무셨어요?"

"몇 시니?"

"열 십니다, 열 시야요."

"거짓말."

"아이구 기맥혀라. 언제 오라버니더러 거짓한 일이 있어요?"

"잘못했다."

하면서 그는 책상서랍을 빼고 영선의 가졌던 조그만 금손목시계를 꺼내 보았다. 아홉 시 반이 지났으니까 열 시라는 것도 그다지 엉터리없는 거짓말은 아니라고 하였다.

"그래도 제 말이 못 미더운가 봐요. 저게 큰 시계가 있는데 그것은 꺼내 무얼 해요?"

은순의 말에 그는 웃기만 하고 누웠다가 놓았던 시계를 다시 집어 줌 안에 꼭 쥐면서 말한다.

"시계라도 좀 보고 싶어서 꺼냈다."

은순은 무어라고 대답했으면 좋을는지 몰라서 웃기만 하고 있다가 얼른 생각이 난 듯이 말한다.

"참말, 오늘은 학교에 가셔야지요. 그러지 않아도 요새 오라버니 쉬기 잘 하신다고 학생들이 불평이 많다는데요."

"누가 그러던?"

"그건 알아 무얼 하세요."

"어제 정식이 왔었니?"

"참말, 정식 씨가 어제 오후 네 시쯤 와서 한참 기다리다가 갔대요."

"내가 광성학교 교사 노릇 하는 지가 오래지는 않았지만 그런 사람은 처음 보았다. 기어이 영어를 하고야 말겠더라, 그 사람은. 그 사람이 그러더니?"

"아니오, 그런데 영어를 가르쳐 주시겠다고 했으면 좀 똑똑히 부지런히 가르쳐 주시지 그게 무어야요."

"왜."

"그저께도 왔다가 그냥 가는데, 어떻게 불안한지."

"동정하는구나. 말이나 잘해 보냈니?"

"동정은, 깃이나요. 그저 안 계시다고 했지요."

"너도 영어나 좀 배와야지."

영순은 혀를 차면서 이렇게 말했다.

"저 같은 게 영어는 배와 무얼 합니까?"

"또 그런 소리를 하니?"

"배우고는 싶어도 부끄러워 못 배와요."

"너는 그저 부끄럽대지. 그것 좀 고쳐라."

"그럼 오늘도 학교에 안 가세요?"

"오늘은 정말 갈 기운이 없다."

영순은 한숨을 한번 지면서 이렇게 말한다.

"에그, 나도 몰라요."

"너 좀 가서 나 몸 아파서 못 간다고 말 좀 해주려무나."

"아이구, 처녀가 어델 가서 무어라고 해요."

"너두 여태 멀었구나, 처녀는 사람 아니가?"

"저는 그런 *구접스러운 데는 안 갑니다."

"무서워서 못 가지. 남학생들이 욱 달려들어 너를 뜯어먹을라."

"그따위 아이들은 우스워요."

"그게 무슨 소리냐? ……어제 찬미하던 은순이는 어데 갔니?"

"여기 있지요."

"참말?"

"그럼."

은순은 손과 머리를 한들한들 놀리면서, 까만 눈을 깜박깜박하면서 입 속으로 어제 저녁 찬미를 부른다. 영순은 어젯밤 듣던 그 노래 그 인상이 생각나서 빙그레 웃으면서 은순의 얼굴을 바라본다.

"또 한번 하렴."

"무얼요?"

"어제 그것 말이다."

"싫어요."

"얘, 은순아."

"왜요."

"나는 참 너 아니면 못살겠다."

"왜요?"

"은순아, 너 오늘 할 게 있다. 나 위해서."

"무어요?"

"내 구두 버선하고 손수건하고 좀 빨아 다고, 너의 형님 대신에."

"에그 망칙해라. 그게 형님의 직분인가요? 아이구 형님도 불쌍해라, 그런 일은 나는 싫어요."

"그럼 누가 해주겠니? 엊저녁에 시인이라구 칭찬을 해주었더니 하루 저녁 새에 교만해졌니?"

"글쎄 여자는 그런 것이나 하나요. 그게 여자의 직분인가요."

"그럼 직분이 무엇이냐. 직분론은 그만두고. 너 날 사랑하지?"

"오라버니 사랑하지요."

"나도 너를 사랑하지?"

"그건 오라버니가 말씀하지요."

"나는 참 너 아니면 못살겠다…… 그런 터이니까 그것 좀 하면 어떠니? 너 아니면 누가 하겠니."

"형님이 안 계시니깐 그러시지요. 형님만 나오시면 밤낮 형님하고만 같이 계시고 저는 아주 잊어버리실 걸 무얼요. 저와는 이야기할 틈도 없는걸. 임시대리는 싫어요."

"허는 소리가 또!"

"사실이지요."

"왜?"

"아이구 내가 정신없이 앉았었네. 저는 들어갑니다. 들어갈게 곧 일어나세요."

"그래 너의 형님 있을 때에 무슨 나무럽고 섭섭한 일이 있었니?"

"그야 물론 형님 계실 때야 형님하고 같이 지내시는 것이 재미있겠지요. 저는 방해물이나 되지요."

"왜?"

"아무래도 저보다 더 형님을 더 사랑하시지 않아요? 또 그것이 옳겠지요. 그러셔야지요."

"너의 형님도 사랑하지만 그만큼 너도 사랑하지. 그야 종류가 다를 뿐이지.”

“참말이야요? 거짓말.”

“내가 너더러 왜 거짓말을 하겠니.”

“벌써 열 시가 지나서 열한 시나 될랍니다.”

하면서 은순은 일어나서 문을 열고 나간다. 벌써 나가고 문을 닫친
것을,

“은순아, 은순아!”

불렀다. 은순은 문을 방싯 열고 들여다보고 웃으면서,

“왜 그리세요?”

“너는 이 담에 시집가면 너의 HB하고 나하고 누구를 더 사랑하겠
니?”

“몰라요, 몰라요.”

은순은 문을 덜컥 닫고 안으로 들어가고 말았다.

5

영순에게는 하루 해를 어떻게 지낼 것이 한 난문제였다. 말하면 그
는 생활의 중심을 잃어버렸다. 그러므로 그는 무엇이든지 일 닥치는대
로 하고 생각나는 대로 한다. 하루 종일이라도, 나가고 싶지 아니하면
집안에서 누워 굴거나 어린애들을 데리고 장난을 하면서 세월을 보내
고, 밖에 나갔더라도 들어가기가 싫으면 별로 일도 없이 이리저리 돌
아다니다가 늦게야 들어와서 집안사람에게 걱정을 시키는 일도 있다.
이렇게 충동적 생활을 하면서도, 얼른 보면 무심하고 태평한 것 같아

도, 은순이 '늘 낙관을 하시더니' 하리만큼 겉으로는 낙관을 하면서도 마음으로는 늘 무슨 보이지 아니하는 날카로운 것이 그의 영혼은 찌르는 것처럼 지근지근 아팠다.

그가 생활의 중심을 잃어버린 원인은 물론 신혼한 아내를 잃어버린 것이 그 한가지다. 아내의 사랑은 그 개인의 생활을 지배할 뿐 아니라 사회적 생활까지 지배하였다. 그러나 그는 아내를 떠나서, 육적 애정을 떠나서 사랑의 행복을 가지지 못하고, 마음으로 위안을 받고 장려함을 받는다 하더라도, 시원한 서신의 교통을 할 수 없는 감옥에 있는 아내에게서 받는 힘은 그의 생활을 붙잡아 나아가기에는 너무도 미약하였다. 다시 말하면 몹시 감정적이요, 육정(肉情)적인 그는, 떠나 있어서 소위 정신적 사랑으로는 만족할 수 없을 뿐 아니라, 서로 떠나게 되면 두 사람의 애정관계는 거의 공(空)이라고 할 만큼 직접 애정의, 육정의 즐김이 없이는 견딜 수 없었다. 그것은 그의 천성도 얼만큼 그러하거니와 그의 과거 십여 년의 기름 없고 쾌락 없고 마르고 썩은 나무 같은 생활로 인하여 마르고 썩었던 그의 영혼이 아직 완전하게 *회춘할 여유가 없음이었다.

다음에 그가 요새 생활의 중심을 잃어버린 것은 이것이다. 사랑이라는 것 외의 내부생활의 중심을 잃어버린 것이다. 그가 세상에서 살아나갈 길이 희미해진 것이다. 그의 개성의 발전—인격의 발휘, 나아가서는 사회적 봉사의 방향을 잃어버린 것이다.

그의 현재의 직업이 전도자요 교회학교의 교사인 것을 보면 그의 생활의 중심은 '하나님', '그리스도'일 것이요, 그가 사회적 봉사의 방향은 예수교인, 학생일 것이다. 그러나 사실상 그의 내부적 생활을 보면, 기왕에는 *하여(何如)하였든지 몇 달 이래로는 종교적 열정이 없고, 교

회춘(回春)
봄이 다시 돌아옴. 도로 젊어짐.

하여
어떻게. 또는 어찌.

인이나 학생에 대한 사랑이 적고, 비록 그것이 약하였으나 그의 오늘날까지의 생활의 중심에 대한 동경과 의식이 차차 차차 엷어진다. 어느새 엷어져서 매우 희미해졌다. 다시 말하면 그의 종교적 생활은 매우 불완전한 것이었다.

그러면 다른 방면으로 그의 마음을 지배하고 생활을 점령하는 무엇이 있느냐 하면 그것조차 있다고 할 수 없다……억지로 찾으면 그것은 예술이다. 예술적 천분은 그가 어렸을 때부터 자기 스스로 또는 그의 부형과 친구가 웬만큼 인정하는 것이었다. 그는 틈 있는 때에 붓을 잡으면 시도 좀 지어 보고 감상문도 좀 지어 보고 단편소설도 지어 본다. 그의 작품이 예술적 가치가 있느냐 없느냐는 둘째 문제요, 그는 시를 써보고 싶어서 쓰고, 소설을 쓰고 싶어 견딜 수 없어서 쓴다. 그는 무슨 시집이나 소설책을 손에 쥐면 미친 듯이 빙글빙글 웃고 책에다 키스를 하고 껑충껑충 뛴다. 교회에서도 장례식이 있으면 조문을 지어 오라 하고, 크리스마스 때면 아이들의 유희(드라마에 가까운)를 시키라고 하게 되면 웬만큼 성공을 한다. 교회 청년회에서 잡지를 발행하게 되면 그에게 편집인을 맡긴다.

그렇지만 아직은 예술이 그의 생활의 중심이라고 할 만큼 예술에 대한 열정과 충실한 태도가 없다. 그의 과거 반 년 동안에(아니 일 년 동안의)—물론 그의 아내가 감옥에 들어갔다는 사정도 있지마는—문학서라고 읽은 것은 알츠이파세코의 「*사닌」의 몇 페이지와 일본 아리시마 다케로(有島武郎)의 「선언」밖에 없고, 그의 작품이라고는 남산현교회 청년회 기관잡지 《대동강》에 낸 「평양성을 바라보면서」라는 소설과 그가 동인으로 있는 조선에 하나밖에 없는 (서울서 하는) 순문예잡지 《창작》에 「오동준」이라는 단편소설 한 개를 보내었을 뿐이다. 그것은 적막하던 문단에 주의(注意)감, 말거리가 되었고, 일부사회에 말썽을 일으켰다.

　창작사에서도 원고 보내라는 전보가 오고 그 밖에 몇 곳에서 원고 써달라는 부탁이 왔지만 그는 침착히 앉아서 붓을 잡을 수가 없어서 신문장이나 들여다보고, 갑갑하면 안에 들어가서 허튼 소리나 지껄이고 은순이 데리고 산보나 하고 혹은 그에게 문예에 대한 강연도 해주고 장난으로 남녀문제의 토론도 하고, 다시 갑갑하면 뛰어 나아가서 혼자서 대동강변으로 청류벽으로 모란봉으로 을밀대로 돌아오기도 하고, 사람 많이 모이는 K서점에도 가서 잠깐 앉아 보고, 몇 사람 친구도 찾아가 본다. 밤이면 광성학교에 가서 영어를 아홉 시까지 가르치고 돌아오면 자게 된다.

　이날은 수요일 날이라 영어 야학은 없다. 회당에 가면 자기가 지도자가 되는 터인데, 회당에 가려고 하는 은순을 붙잡고 이야기하다가 시간이 지나서 그만두고 말았다. 이러하는 가운데도 마음은 편안치 못하였다. 말하면 그는 교회에도 충실치 못하고 예술(문예)에도 충실치 못하였다. 그런고로 그는 요새 거의 무의식적으로, 습관적으로 이렇게 중얼거렸다.

　"어떡하노…… 무엇이 될꼬."

이리하는 가운데 그는 머릿속에 늘 무서움과 불안이 있었다. 하나님을 떠난 것 같고 그의 버림을 받은 것 같아서. 일편으로는 문예에 충실한 태도를 가지고 나아가는 친구를 보면 속으로 부끄러운 생각이 늘 있었다. 그러나 겉으로 그는 교계에 가면 가장 진실한—시내 *굴지의—종교가가 되고, 문예를 일삼는 친구 사이에 가면 또한 유수한 문사에 참

굴지(屈指)
(흔히 '굴지의' 꼴로 쓰여) 매우 뛰어나 수많은 가운데서 손꼽힘.

예하였다. 말하면 그는 남을 속이고 또 스스로 속여 왔다.

영순은 낮이면 학교에 가서 몇 시간 가르치기도 하고, 돌아오면 이럭저럭 시간을 보내고, 밤이면 영어를 가르치고 와서는, 안으로 들어가서 원시적 맛이 있는 부인네들과 단순한 이야기를 지껄여서 시간을 보내고 열한 시나 열두 시가 되면 자기 방에 나서 자곡하였다. 한 사흘 동안은 감옥에도 가지 아니하였다.

사흘을 지나서 감옥에서 영선이 가출옥으로 오후에 출옥한다는 통지가 왔다.

영순은 몹시 기뻐서 아내의 입고 나올 옷을 자기가 친히 들고 인력거를 데리고 감옥에 가서 기다리다가 저녁 여섯 시에 감옥문을 나오는 아내를 맞아 왔다. 창백한 얼굴에 찬바람을 쐬어서 버얼건 얼굴을 볼 때에 그는 기쁘기도 슬프기도 하고 그저 가슴이 두근거리는 것이 어떤지 몰랐다.

그날 저녁에는 나이 팔십이 넘은 할머니로부터 젖 먹는 어린애까지 온 집안이 통틀어 나가서 발이 땅에 닿는 듯 마는 듯 기쁨으로 영선을 맞아 왔다.

그날 밤에는 그는 배고픈 줄도 모르고, 영선이 보러 오는 손님도 접대하고 거리에 나가서 영선이 먹을 *자양품(滋養品)으로 약용 포도주, 우유, 계란 같은 것도 사오고 하느라고 정신없이 지냈다.

영선이도 나와서 처음에는 그리던 남편과 온 가족을 만나 반갑고 기뻐서 긴장된 정신의 힘으로 앉아서 찾아온 사람들과 감옥에서 지낸 이야기도 하고 무엇을 좀 먹어도 보았지만 그날 밤부터는 감옥에서 들린

자양
몸의 영양을 좋게 함.

유행성 감기로 기침이 나고 호흡이 곤란하고 두통이 나서 앓기를 시작하였다.

잠깐 반짝하였던 영순의―온 집안의―마음에는 다시 검은 구름이 덮였다.

이때의 유행성 감기는 그 형세가 자못 맹렬하였다. 교회는 앓는 사람으로 출석이 반이나 감해지고 이집 저집서 그치지 아니하고 죽어 나간다. 하루에 공동묘지로 나가는 수가 평균 오십 인이 넘는다 한다. 그것이 꼭 젊은이요 그 중에서도 젊은 부인이라 한다.

석 달 동안이나 먹지 못하고 감옥에서 누워 있던 영선이 그 병에 걸렸으니 어찌 위태하지 아니하며 걱정되지 아니하랴.

이튿날 기홀병원 C의사를 청해다가 진찰하니까, 벌써 폐렴이 되었다 한다. 그래 곧 동 병원에 입원을 시켰다. 그리고 영순은 하루에 두 번씩 (병원이 허(許)하는 대로, 오전 열시로 열두 시까지 오후 한 시로 네시까지) 그를 방문해서 간호한다.

벌써 이틀이 지나도 차도가 없다.

6

영순은 아침에 일찍 깨어서 파인애플 한 통과 콘덴스 밀크 한 통과 배 세 알을 사들고 달음박질로 기홀병원까지 단숨에 올라갔다.

원장실에 분홍 옷 입은 뚱뚱한 간호장을 힐끗 보면서 바로 층층대로 올라가서 삼층 일호 병실로 들어갔다. 침대에 누워서 영순의 들어오는 것을 보고 창백색 얼굴에 빙그레 웃음을 띠는 영선의 옆에 가서 힘없이 놓인 손을 잡으면서 지어서 웃음을 띠고 이렇게 물었다.

"좀 어떻소?"

영선은 얼른 대답을 못 하고 지즐지즐 터져서 허옇게 헤어진 입술을 움질움질하다가 가늘고 힘없는 목소리로 겨우 대답한다.

"거저 그래요."

"밤에 좀 잤어요?"

"자지 못했어요."

영순은 혀를 차면서 아무 말도 못 하고 영선의 여위고 하얀 얼굴을 들여다보았다. 영선의 두 눈에는 눈물이 핑 돈다.

"그러지 말어요."

하면서 얼굴에 덮인 머리카락을 치우고 머리를 짚어 본다. 두 눈이 벌개지면서 눈물이 술술 흘러서 귀 옆으로 떨어진다. 그는 베개 위에 놓였던 손수건을 쥐어서 흐르는 눈물을 씻어 준다.

"다시 못 뵐 줄 알았어요?"

"그게 무슨 소리요? 왜요?"

"어제 저녁에 열이 부쩍 올라서 혼났어요. 아주 정신 몰랐어요. 꼭 죽는 줄 알았어요. 그리고 밤에는 열은 좀 낮았지만 숨이 차고 기침이 몹시 나서 한잠도 못 자고 밤새껏 애를 썼어요. 에그, 밤도 길기도 해요."

"지금도 머리가 수태 덥구만."

그는 기가 막혀서 멍하고 서서 듣다가 이렇게 말하고 돌아서서 병상 일기를 갖다 보고 깜작 놀란다.

"아이구 열이 사십도! 맥박이 구십오! 호흡이 팔십!"

"지금은 많이 나았어요."

"응 오늘 아침은 꽤 낮았구만. 그런데 웬일이오?"

병상일기를 갖다 놓고 영선을 보고 말한다.

"어제 저녁에 밥을 조금 한 숟가락 먹었드니 그랬는가 봐요."

"저런! 그게 무슨 일이오?"

"간호원이 조금 먹어도 괜찮다고 하기 먹었더니……."

"간호원의 말을 들을 게요? 자기가 조심해야지."

"아무래도 살지 못할 것 같아요."

"왜요?"

"든든하던 사람도 자꾸 죽어 나가는데 나같이 약한 사람이 어떻게 살아요? 그리고 태중에 이 병이 걸리면 살지 못한대요."

"그건 누가 그럽디까. 죽는 사람이 죽지 아무나 죽는답디까. 나 듣는 데는 그런 소리 하지 말우. 내가 이렇게 간호를 하는데."

"용서하세요. 인젠 안 그러지요. 공연히……."

눈을 감고 가벼운 한숨을 내쉰다.

영순이 가지고 온 배를 깎고 있는데 금니하고 생긋생긋 웃기 잘하는 황간호원이 약을 가지고 들어와 또 생긋 웃으면서 인사한다.

"오셨습니까."

"신세 많이 집니다. 특별히 잘 보아 주어서."

"아이구 천만의 말씀이올시다. 바빠서 당초에 마음대로 돼야지요. 그래도 오늘은 퍽 나아졌어요."

"잘 보아 준 덕이외다."

영순은 속으로 웃으면서 '너 때문에 혼났다' 하면서 이렇게 말했다. 간호원이 약을 먹이고 곧 나가려고 하는 것을 불러서 콘덴스 밀크를 내주면서 뜯어서 더운 물에 타다 주기를 부탁했다. 그리고 배를 쪼개서 연해 영순의 입에다 넣어 준다.

"하나 잡수시지요. 저는 실과(實果) 하나 깎아서 대접은 못 하고 밤낮 앓는다, 감옥에 들어간다 해서 이렇게 걱정만 시키고 고생만 시켜서 어떡해요?"

"또 별걱정을 다 합니다. 어서 낫기나 하오."

"당신의 정성으로 낫겠지요."

"낫겠지요가 아니라 낫지요…… 춥지 않아요?"

"아니오."

"추우면 더 덮지요."

영순은 요를 만져 보면서 이렇게 말한다.

"괜찮아요. 밤에는 더 덮어 주어요."

손을 자리 속에 넣어 보고,

"다 식었구만. 더운 물을 넣어 오라지요."

"춥지 않아요. 그만 꺼내 주세요."

"그럼 꺼냅시다."

하고 더운 통을 꺼내서 마룻바닥에 놓았다.

"날이 흐리지요?"

영선은 머리를 쳐들었다 놓으면서 이렇게 묻는다.

"에그 눈이 오기 시작하는걸."

영순은 바깥을 내다보고 대답한다.

"오실 때에 몹시 추웠지요."

"응— 좀 춥지만."

"내일은 그다지 일찍 오시지 마세요…… 지금 몇 시야요?"

"열한 시 반."

"참 시간도 빠르기도 하다."

“시간이 가노라면 나아서 퇴원하게 되겠지요.”

“시간이 가노라면 죽을는지도 모르지요.”

“그런 소리는 하지 말라는데 그래.”

“그렇게 노하시지는 마세요.”

“누가 노합니까.”

두 사람 사이에는 잠깐 침묵이 있었다.

“이거 보세요.”

“왜요.”

“아까 오셔서 원장 만나 보셨어요?”

“만나 보지 못했어요. 바로 들어왔지요.”

“바로 말씀하세요. 무어라고 해요?”

“내가 언제 당신더러 거짓말합디까?”

“글쎄, 혹 의사를 먼저 만나 보셨을까 해서…….”

“당신을 먼저 보지, 의사를 먼저 보고 있어요? 의사에게 물어 보는 것보다도 내 눈으로 당신을 보는 게 낫지요.”

“…….”

영선은 속으로 ‘내가 잘못 말을 했군!’ 하고 대답할 말이 없어 빙그레 웃으면서 영순의 얼굴을 물끄러미 바라보다가 갑자기 가슴이 답답해지고 숨이 차서, 흰 얼굴이 빨개지면서 몹시 기침을 * 짖는다. 한참이나 그치지 못하고 괴로워하는 것은 차마 볼 수 없었다.

영순은 처음에는 어쩔 줄을 몰라 우두커니 서 있다가 나중에는 한 손으로 그 어깨를 붙들고, 한 손으로 바른팔을 붙들고 있다가 겨우 생각이 난 듯이,

“좀 일어나 봅시다.”

짖는다
‘기침하다’의 북한어.

하면서 붙들어 일으켰다. 일어나 앉은 후에 잠깐은 그치더니 이내 또 짖는다. 그는 겁이 나서 옆을 돌아보면서 가슴을 짚고 있다. 한참 있다가 겨우 기침을 진정하는 것을 보고 붙들어 뉘었다.

뉘어 놓고 보니까 얼굴은 더 몹시 희어졌는데 빗방울 같은 땀이 이마에 귀밑에 눈밑에 턱에 함빡 돋았고, 눈은 기운 없이 감고 있는데, 숨소리조차 낮아졌다. 영순은 겁이 덜컥 나서, 땀을 씻어 주면서 문 있는 편을 연해 바라본다. 행여나 간호부가 들어올까 하고. 간호부가 졸연이 들어오지 아니하니까 자기가 친히 진찰하기를 시작한다. 눈을 들여다보고 혀를 보고 맥박을 보았다.

영선은 *번열증(煩熱症)이 일어나서 덮었던 요를 차버리고 팔을 드러내 놓는다. 간호부가 들어와서 병상일기를 들고 나가려고 한다. 영순은 젖혀진 요를 덮으면서, 낮고도 힘있고 근심스러운 목소리로 간호부더러 말한다.

"여보 웬일인지 지금 갑자기 몹시 괴로워하고, 그러고 모양이 이상
스러우니 바삐 원장을 좀 오시라고 해주시오."

간호원은 영순과 병인을 한번 힐끗 쳐다보고 아주 맛없는 *예투(例
套)의 대답을 한다.

"네, 그 병은 그래요. 기침 그치면 숨차고 괴로워해요. 괜찮아요."

말을 채 마치지도 않고 나가는 간호원의 뒤를 영순은 눈을 흘겨보
았다.

"괜찮아요, 걱정 마세요."

영순은 겨우 눈을 뜨고 입을 열어 말한다.

"아, 나는 혼났소."

영순은 겨우 안심을 한 듯이 이렇게 말했다. 이때에 아래층에서 종
소리가 요란스럽게 들린다. 그것은 방문 시간이 다 지났다는 것이다.

"인전 가세요. 괜찮아요. 바쁘시면 오후에는 그만두시지요."

영순은 이 말에는 대답도 아니 하고 벗어 놓았던 외투와 모자를 들
고 눈으로만 말을 하고 나왔다. 나오면서 속으로, 내가 먼저 가려고
하면 내 손을 잡으면서, "조금만 더 있다 가세요, 오 분만 더 있다 가
세요……오후에 이내 오세요. 늦지 말고." 차라리 이렇게 말하면 좋겠
구만, 너무 정직해서……이런 생각을 하다가, 나 보지 아니하는 동안
에 혼자서 죽으려나, 이런 원망까지 하였다. 사람이라니 정말 죽게 되
면 *영각적(靈覺的)으로 스스로 알게 되는 것이니까 모양이 다를 터인
데, 나를 붙들고 못 가게 할 터인데, 그 다음다음은 이런 생각이 나서
좀 안심을 하면서 층층대를 내려왔다.

원장실 옆에서 간호원을 만나서, 원장 이야기는 그만두고 아까 부탁

활랑거렸다
심장이 몹시 두근거리
며 가쁘게 마구 뛰다.

한 우유를 곧 더운 물에 타다가 주어 달라고 이르고 아래층 진찰실에 가서 K의사를 만났다. 만나서 영선의 모양을 이야기하고 한번 보아 주기를 청했다. 이마에 반사경을 쓰고 무엇을 쓰고 있던 K의사는 얼른 일어나서 잠깐 앉아 기다리라고 하고 원장실로 올라갔다. 영순은 한 십오 분이나 기다렸다. 어쩐지 가슴이 *활랑거렸다. 며칠 전에 감옥 뜰에서 하던 공상이 정말로 그대로 되는 것 같아서, '야단났군 어떡하노' 하였다. 사흘 만에 무덤을 한번 가보고 먼 데로, 밖으로 나가리라까지 또 생각하였다. 사방으로 돌아다니다가 얼마 만에 다시 평양으로 돌아오리라. 그때는 무엇을 보든지 영선의 생전의 일이 생각이 나리라. 무덤에도 몇 번 가보리라. 그러다가 차차 그 생각이 적어지고 엷어지다가 나중에는 거의 잊어버리리라 하다가 머리를 흔들면서, 야! 그럴 수가 있나. 그렇게 잊어, 하였다. 어쨌든지 다시 혼인말이 나리라, 그러면 누구? 아니 없어 없어 영선이 같은 사람은 없어. 또 머리를 흔들었다.

의사의 책상을 의지하고 머엉하니 앉았는데 누가 와서 손을 가만히 잡았다. 그것은 K의사였다.

"말씀하기는 어렵지만 병이 매우 위태하십니다. 댁에 가셔서도 말씀하시고 할 수 있으면 오늘 밤에는 가시지 말고 병원에서 좀 지내시면 좋겠습니다."

"네."

영순은 간단한 말로 대답을 하고 집으로 내려와서 병이 좀 더하다는 말과 밤부터는 자기도 입원을 해서 병원에서 자겠다는 말을 하였다. 온 집안이, 점심 먹을 생각도 없이, 병원으로 뛰어올라갔다. 모두 우두커니들 섰다가 오후 네시가 된 다음에 다른 사람은 다 나간 후에 영순만 남았다. 영선을 끔찍이 사랑하는 모친은 아니 가려고 하는 것을 병

원의 규칙이라고 여러 말로 *간권(懇勸)을 해서 삼십 분만 더 있다가
나갔다.

간권
간절히 권함.

7

　겨울해는 차차 저물어 가고 종일 내려 쌓인 눈 위로 불어오는 찬바
람은 점점 세어진다. 유리창으로 내다보이는 성 밖 길가에는 인적이
끊어지고 인가의 등불이 하나씩 둘씩 반짝거리기를 시작한다. 어슬어
슬한 황혼에 싸여 있는, 파랗고 흰 눈 덮인 보통 벌에는 수만의 귀신들
이 웅성거리고 쑤군거리고 훌쩍훌쩍 울고 있는 것 같다.

　보통벌 저편 끝에서 빠알간 불이 하나 차차 차차 가까이 오다가 감
옥 있는 뒤에까지 와서 갑자기 없어진다. 한참 있다가 다시 나타나더
니 이번에는 분열작용을 하였는지 여러 개가 되어서 왔다갔다한다. 좌
악 널리 헤어졌다가 합했다가 헤어졌다가 한다. 영순은 그것을 재미있
게 보고 있다가,

“저게 도깨비불인가.”

혼잣소리로 중얼거렸다.

“무얼 그리세요. 날이 흐려요?”

영선이 머리를 약간 들썩하면서 말한다.

“흐린 모양이외다.”

“눈이 그냥 와요?”

“눈은 멎었는데 바람이 붑니다.”

“그런데 교회 일과 학교 일을 그만두세요?”

"누가 그럽디까."

"어쩌면 한마디 의논도 없이 *사면(辭免)을 하셨어요?"

"누가 그래요?"

영선은 갑자기 이와 같은 새삼스러운 문제를 꺼내 가지고 두 마디를 겨우 하고는 또 숨이 차고 기침이 나서 말을 못 하고 말았다. 기침이 진정된 다음에도 두 눈에 눈물이 고이고 말은 아니 한다. 한참 있다가 한숨을 한 번 길게 쉬고 원망스러운 듯이 영순의 얼굴을 쳐다보면서,

"나 같은 사람한테 말해야 쓸데는 없겠지요마는 그래도 하여간에 말은 해주셔야지요. 그렇지만 저야 그와 같은 사상 문제 정신상 문제에 대한 해결에 도움이 될 힘이 있어야지요…… 그래두 제게는 의논 아니 하시드래도 하나님에게는 잘 의논하시지요. 교회 일이나 학교 일을 그만두시는 것은 상관없어도 교회를 떠나는 동시에 하나님과 예수를 떠나시게 될까 걱정스러워 그럽니다. 혼인할 때에 무어라고 하셨어요. 우리 일평생에 주를 배반하지 말도록 피차에 돕고 힘쓰자고 하시지 않았어요. 그리고 우리 가정의 주인은 예수께서 되시도록 하자고 안 그리셨어요? 그리고 둘이 같이 기도한 것 생각나시지 않아요? 저와 같이 부족한 사람은 당신을 떠나서 없어져도 상관없지마는, 하나님과 예수는 당신을 떠나서는 안 되겠습니다. 제가 혹 죽은 다음에라도 부디……."

영선은 사력을 다하여, 두간두간 쉬어 가면서 여기까지 말하다가 말을 채 못 마치고 힘없이 눈을 감는다. 그리고 땀을 흠씬 내었다.

영순은 아무 말도 아니 하고 듣다가 영선의 얼굴의 땀을 씻어 주면서,

"몸 괴로운데 너무 말을 길게 해서 더 괴로운가 보외다그려. 용서하시오. 그새는 정신없이 지냈으니 언제 그런 말 할 틈이 있었소? 그런 생각은 했지만 아직 작정한 것은 아니오. 그렇지. 교회는 혹 떠나드래

도 하나님이나 예수야 떠나겠소? 내가 예수를 떠나면 따라서 당신을
떠나게 되고, 당신을 떠나게 되면 하나님, 예수를 떠나게 됩니다. 염려
마시오. 나도 그 동안에 이 문제로 번민을 많이 하였소. 그러나 며칠
전에 나는 깨달은 바가 있으니 인제는 염려할 것 없소. 그리고 당신은
그런 약한 소리를 하지 말고 병이 날 생각만 해주시오. 나아서 나의 정
신생활의 도움이 되어 주시오. 생명수가 되어 주시오.”

“네. 용서하세요, 용서하세요. 그런데 어떻게 깨달으셨어요?”

“나는 먼저 사람이 되어야 되겠소. 무엇보다도 먼저 진실하고 생명
있는 사람이 되어야 하겠소. 목사가 되는 것보다 교사가 되는 것보다
도 먼저 거짓이 없는 사람이 되어야 하겠소. 생명 있는 사람이 되어야
하겠소. 우리 앞에도 이제 봄이 돌아오겠지요. 생명의 봄이 돌아오지
요. 우리도 생명 있는 사람이 되어서 생명의 봄을 맞아서 참 신생활로
들어갑시다.”

영선의 얼굴에는 차차 웃음이 떠오르더니 힘없고 가는 목소리로 말
한다.

“고맙습니다. 하나님의 은혜 감사합니다. 아멘.”

눈을 떠서 영순을 바라보고 다시 말을 이어,

“생명 있는 새 사람이 되셔서 부디 조선 사람을 위하여 무엇이든지
유익한 일을 많이 하시고 오세요. 제 대신까지 해주세요.”

“하지요. 일하지요. 할 수 있으면 온 인류를 위해서 무엇이나 하지요.”

“인제는 저는 죽어도 한이 없겠어요?”

이때에 간호부가 *미음을 가지고 들어온다. 영선의 어깨 옆에 놓고
스푼으로 떠넣으려고 하는 것을 영순이 가까이 달려들면서,

미음
입쌀이나 좁쌀에 물을
충분히 붓고 푹 끓여
체에 걸러 낸 걸쭉한
음식. 흔히 환자나 어
린아이들이 먹는다.

“두어 두고 나가시오. 내 먹일 터이니.”

하였다.

“그러면 체온이나 보고 가겠습니다.”

간호부가 체온을 보고 깜짝 놀라면서,

“열이 퍽 올랐는데요. 환자와 길게 말씀하시면 안 되어요!”

간호부는 필경 들어오면서 영선의 마지막 말을 들은 모양이다. 영순은 속으로 후회는 하면서도 간호부가 그런 말 하는 것이 아니꼬운 듯이 딴말을 한다.

“미음은 잘 먹지를 않으니 우유를 타다 주시오.”

“네.”

간호부는 나갔다. 영순은 얼른 생각이 난 듯이 영선에게 묻는다.

“참 아까 우유 가져옵디까?”

“아니오.”

“하는 수가 없군.”

하면서 영순이 미음을 두어 번 떠넣으니까 영선은 머리를 흔든다. 그는 스푼을 놓고,

“그럼 인전 가만히 누워서 잠을 좀 드시오.”

“정신이 똑똑한 것이 잠이 들 것 같지가 않아요. 무슨 재미있는 이야기나 해주세요.”

“이제는 너무 이야기를 다 해서 할 이야기가 있어야지요. 처음 혼인했을 때에 밤마다 이야기하라구 야단해서 위고의 「레미제라블」을 하룻밤에 끝내고 셰익스피어의 「햄릿」, 「머천트 오브 베니스」, 톨스토이의 「부활」, 「산죽음」을 매일 밤 하나씩 하노라니까 열흘도 못 되어 바닥이 드러나고 말었지요.”

“그때는 참 재미있었어요. 그때는 마음이 쑥쑥 자라나는 것 같애요.”

“지낸 이야기나 하리다. 우리가 처음 혼인을 한 뒤에 여러 날 잠을 잘 못 자서 졸음이 몹시 왔던 모양이야요. 하루 저녁은 누워서 이야기를 하다가 그냥 잠이 듭디다그려. 그래 나는 가만히 나와서 목욕을 가면서, 지금 잠이 들었으니 아이를 들어가지 못하게 하고 깨우지 말라고 어머니 보고 부탁하고 갔다 오니까 깜깜한데 불도 아니 켜고 그냥 자다가 내가 들어와 껴안으니까 깜짝 놀라던 생각 나요?”

“정말! 그때는 어떻게 부끄러운지요.”

간호부가 김 나는 우유를 가져다 놓고 나간다. 영순은 자기가 한번 떠먹어 보고 조금씩조금씩 영선의 입에 떠넣는다. 영선은 한참 받아먹다가 손을 들어 그만두라는 뜻을 표한다. 그리고 영순을 바라보면서 말한다.

“인전 주무시지요.”

“내 걱정은 말고 당신이나 잠을 좀 드시오.”

“싫어요. 주무셔야 저도 자요.”

“에―그 그럼 자지요.”

하면서 옆에 있는 백(白)침대 위에 올라가 누웠다. 누워서도 영선의 얼굴만 바라보고 있다. 영선은 이마를 찌푸리고 눈을 감더니 잠을 좀 드는 모양이다.

영순은 외성으로부터 고요한 밤 공기에 울려 오는 기적 소리를 들으면서 가만히 누워 있다가 영선의 숨소리가 한참씩 간극이 있다가 나면서, 차차 높아지는 것을 보고 도로 내려가서 영선의 침대 옆에 있는 의자에 앉아서 그의 여윈 손목을 한 손으로 잡고 한 손으로 맥박을 보았다. 맥박이 한참씩 있다가 높이 뛴다.

눈포래
'눈보라'의 방언.

된바람
매섭게 부는 바람. 풍력
계급이 6인 바람. 초속
10.8~13.8미터로 부는
바람으로, 큰 나뭇가지
가 흔들리고 전깃줄에
서 "횡" 소리가 나며, 우
산을 쓰고 있기가 힘이
드는 정도이다.

이때에 주린 이리떼가 울면서 달아나는 것처럼 무서운 소리를 내면서 *눈포래하는 *된바람이 갑자기 불어와서 유리창을 덜거덕덜거덕 몹시 흔든다. 영순은 깜짝 놀라서 몸을 떨었다. 영선도 그 소리에 놀랐는지 깜짝 눈을 뜨더니 후 하면서 이불을 젖힌다. 그리고 흩어진 머리를 흔들면서 아이구— 하고 괴로운 부르짖음을 발한다.

"몇 시야요?"

영순은 영선의 베개 밑에 놓였던 시계를 집어 보니까 돌아가지를 아니한다. 그래 무심중 '시계가 죽었네!' 하였다.

"아, 주인이 죽게 되니까 시계도…… 아, 꿈도 이상도 해라."

"그런 미신의 소리는 하지 말우. 꿈은 또 무슨 꿈?"

"아니 세상에는 뜻없는 일이 없지요. 다 하나님의……."

"무슨 꿈이오?"

영순은 속이 타고 화가 나서 묻는다.

"아아, 아버지가! 아버지가! 없는 아버지가! 자꾸 나를 잡아 끌어요!"

"……."

침묵이 있을 뿐.

영선의 숨소리만 점점 높아 간다. 영선은 영순의 두 손을 꼭 잡고 있다.

"이렇게 당신이 옆에 계시면 맘이 편안해요. 죽어도 한이 없어요."

꺼득꺼득
'꺼덕꺼덕(고개나 손목
따위를 아래위로 가볍
고 크게 자꾸 움직이는
모양)'의 잘못.

영순은 머리만 *꺼득꺼득하고 아무 말도 못 한다.

"이제 새벽에는 낫지요."

"새벽! 새벽!…… 오 주여! 주여!"

침묵.

이때에 어느새 날이 개었는지 달빛이 환하게 유리창으로 들이비쳐서 영선의 얼굴에 비친다. 영선은 충동적으로 빙그레 웃고 얼굴에 환한 광채가 난다.

8

영선은 그 후 닷새를 지나서 퇴원하였다.

영선이 나아서 퇴원하게 된 것은 꼭 천운이었다. 영선 자신의 말을 빌려 말하면 '온전히 하나님의 뜻이었다.', '하나님의 은혜이었다.' 영순도 그렇게 생각한다. 영선이 퇴원할 때에 영순은 간호부들에게, 전도부인에게, "복 많이 받았습니다", "특별한 은혜를 받으셨습니다" 하는 인사를 많이 받았다.

이렇게 생각하는 것이 과연 마땅하다. 유행성 감기로 입원하는 사람이 너무 많아서 영선은 일등실에를 들어가지 못하고 보통실에 들어가기 때문에 나중에는 한방의 다른 사람도 같은 병으로 입원한 사람이 많았다. 처음에는 어떤 전도사의 부인이 그 딸의 병으로 입원하였다가 사흘 만에 죽은 아이를 데리고 나갔다. 그 다음에 어떤 모녀 두 사람이 병은 다 나은 것을 한 양생거리로 들어와 있다가 무사히 나가고, 그 후에 어떤 젊은 부인이 여덟 살 난 아들을 데리고 둘이 인플루엔자로 입원하였다가 이틀 만에 아들을 두어 두고 죽어 나갔다. 그는 바로 영선의 누운 침대 옆에 있었다. 영선은 그가 마지막에 "아이 죽겠소. 아이 죽겠소" 야단하는 것과 군소리하고 헛손질하는 것과 벌거벗은 몸으로 뛰어나가는 것을 보았다. 숨이 차차 차차 높아 가다가 최후의 괴로운 부르짖음을 발하고 차차 숨소리가 낮아지다가 종내 목숨이 끊어지는 것을 바로 두어 *자 사이 두고 보았다. 아니 보려고 힘썼지만 아니 볼 수가 없었다.

죽은 다음에도 병풍을 둘러막고 한 시간이나 있다가 내갔다. 영순이 올라가기는 그 주검을 내간 다음이었다. 주검을 들어 내간 다음에도 그 자리는 그냥 절반을 덮어서 그대로 침대 위에 놓아 두었다. 영순은 그것조차 보기가 싫어서 어서 내가라고 여러 번 간호부더러 재촉하였지만 분주한 간호부는 그것을 내갈 틈이 없고 웃기만 하면서 왔다갔다 한다.

영순은 그것이 너무 이상스러워서 몇 날 전에 갓 들어온 장간호원에게, 사람 죽는 것을 그렇게 보아도 무섭지 아니하냐고 물어 보았다.

"늘 보니깐 아무렇지도 않아요. 아까 그이도 제가 눈 감기고 옷 입혔어요. 요새 하루에 세 사람씩은 흔히 죽어 나가는데요."

장은 이렇게 가볍게 대답하였다.

간호부도 다 나가고 사람 죽은 뒤의 수선거림도 그치고, 죽어 나간 여인의 아들애는 잠들어 있고, 누운 영선과 그 옆에 선 영순 두 사람밖에 없는 병실은 도로 고요해졌다.

영선은 병이 다 나아서 매우 기운이 났다. 사흘 전부터 열은 다 낮아지고 지난 밤부터 죽을 먹게 되고 호흡곤란도 거의 나았다. 의사의 말이 어쨌든 살아났다고 한다.

영순은 아내의 따뜻한 손을 잡고 웃으면서 말하였다.

"고맙소이다. 살아나 주니."

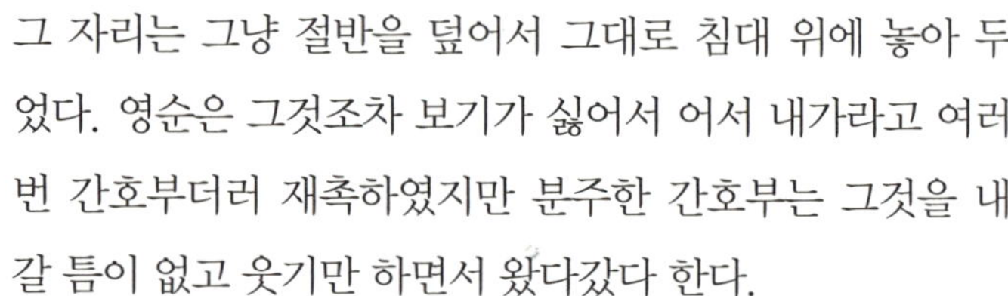

병풍

"참말 꼭 하나님이 살려 주셨어요. 그리고 당신의 정성으로 나았어
요."

이렇게 말하면서 영선은 남편의 얼굴을 바라보고, 한 손으로 그의
손등을 스을슬 쓸었다. 두 사람은 기쁜 얼굴로 서로 바라보고 있었다.

영순은 과연 정성을 다해서 간호하였다. 다른 모든 일을 다 제껴 놓
고 꼭 병원에 가 있어서 한편으로 음식을 극히 엄밀히 주의하고 그리
고 의사들에게 자주 물어 보아서 약을 쓰게 하고, 한편으로 늘 우스운
이야기만 해서 그의 마음을 위로하고 집안사람이 와서 아내의 병에 관
한 말이나 집안 걱정을 이야기하게 되면 질색을 하였다. 밤에 집에 가
서 혼자 있을 때에는 아내를 위하여 지성으로 기도하였다. 그리고 언
제든지 병원에 올라갈 때는 아내의 머리를 덮어 주기 위하여 손을 포
켓에 넣지 아니하고, 잘라지는 듯이 시리고 아린 것을 참으면서 드러
내 놓고 *얼쿠어 가지고 가곤 하였다.

입원한 지 사흘째 되는 밤에 몹시 위태해서 영순은 속으로 퍽 걱정
을 하였지만, 결단코 죽지 아니하리라는 자신을 가지고, 태연히 간호
하였다. 영순의 말과 같이 이튿날 새벽부터는 차차 열이 내리고 호흡
도 순해져서 적이 안심을 하였다. 그 후로는 나날이 열이 내리고 (조금
씩 올라간 일은 있지만) 기침도 차차 나아졌다.

영순은 아내의 손에서 따뜻한 온기가 자기 손으로 건너와서 온몸으
로 퍼지고, 뛰노는 맥박의 파동이 건너와서 자기의 심장으로 들어가
부딪쳐 반응이 되는 것을 깨달았다. 그리고 양편 혈맥이 연결이 되어
전신을 돌고 양편 심장이 서로 조율을 마쳐서 쉬지 아니하고 뛸 때에,
새로운 생명을 노래하는 듯한 어떤 머스티컬한 곡조의 합주를 들었다.
영선과 눈만 서로 마주보고, *무아몽중(無我夢中)의 상태로 서 있을 때

에 그는 영(靈)의 교통을 깨달았다. 영의 융합! 생명의 합체! 그는 이것을 확실히 경험하였다.

'사랑의 흐름이다. 사랑의 결정이다. 사랑의 신비성이 이것이다.'

영순은 혼자 속으로 중얼거렸다. 두 사람은 그냥 아무 말 없이 사랑의 심연 가운데 잠겨서 서로 바라만 보고 있다.

영순에게서는 모든 것이 다 스러졌다. 세상도 스러지고 자기 자신도 잊어버리고, 오직 연해 흘러 돌아가는 맑은 사랑의 흐름과 그 밑에 영롱한 사랑의 결정을 의식할 뿐이요, 한 개 새로운 생명이 노래하며 춤추는 것을 볼 뿐이다. 그는 어데서 나오는지 알 수 없는 수정보다 더 맑은 물이 좔좔 흐르는 앞에서, *백옥루의 선녀같이 끝없이 이쁜 처녀가 분홍 장미꽃 같은 몸이 비쳐 보이는 잠자리 날개 같은 옷을 입고 춤을 추는 것을 한참 보았다. 그 소녀는 혹 영선 같기도 하여 보이고 자기 같기도 하여 보였다.

누각

이윽고 영선이 빙긋이 웃는다. 영순도 빙긋이 웃었다. 영선의 손목의 맥박이 홀떡홀떡 뛴다.

"살았다."

그는 속으로 중얼거렸다.

"죽을 뻔했다가 살아났다."

또 이렇게 중얼거렸다.

"죽었다!"

이런 말이 들렸다. 자기 입에서 나왔는지 어디서 왔는지 모르지만 어쨌든지 몹시 날카롭고 가늘고 무섭고 슬픈 소리였다. 어느새 아리따운 소녀의 춤추는 무대는 깜깜해지고 말았다.

"한 사람은 죽었다."

분명히 자기 뒤에서 들렸다.

"한 사람은 살았다."

이것은 앞에서 들렸다.

"죽었다!"

뒤에서 들렸다.

"살았다!"

앞에서 들렸다.

"남은— 죽었다."

뒤에서 또 들렸다.

"아내는— 살았다."

앞에서 또 들렸다.

잠깐 있다가,

"죽는 사람은 죽었고 사는 사람은 살았다."

이것은 머리 위에서 들리는 듯하였다.

"한 사람은 살고 한 사람은 죽었다."

어디서 또 들렸다.

맑은 사랑의 흐름, 아름다운 새 목숨의 춤춤은 다시 보이지 아니하고 깜깜한 가운데서 이런 소리만 들린다. 돌부처처럼 얼빠진 듯이 서 있는 영순은 가만히 머리를 돌려 뒤를 돌아보았다. 덮어 놓은 자리밖에 아무것도 없다. 자리의 한편 끝에, 죽은 사람이 토한 듯한 얼러지가 보인다. 영순은 이맛살을 찌푸리면서 얼굴을 돌렸다.

돌부처

　"무섭지 않어요?"

　영순은 얼른 웃는 낯으로 아내에게 말했다.

"무섭긴요. 무섭지 않아요."

영선은 무심히 대답한다.

"오늘 저녁에 혼자 지내겠소?"

"글쎄요……."

"오늘로 퇴원하지요, 그만."

"괜치 않을까요."

"그—럼."

영순은 웃으면서 이렇게 대답했다. 영선도 웃었다. 잠깐 침묵이 있
었다.

9

"죽었다!"

또 들렸다.

영순은 깜짝 놀랐다. 영선도 놀라는 듯했다. 몇 시간 전에, 바로 옆
침대에서, 끔찍이 사랑받던 남편과 끔찍이 사랑하는 외아들을 내놓고
죽어 나간 여인의 원혼이 아직도 차마 가지 못하고 자기가 누웠던 침
대 위에, 자기 아들이 잠들어 있는 침대 옆에 떠돌고 있지 아니한가.
하고 영순은 마침내 생각하였다. 저편에 누워 있는 어머니 잃은 어린
애의 높은 숨소리가 들린다. 영순은 아내의 침대 옆에 있는 궤짝 속에
서 땅땅 언 귤을 두어 개 꺼내서 껍데기를 벗기면서 말한다.

"참 이상합니다……."

"……."

영선은 그 다음 말을 기다리고 있다.

"어떤 사람은 살고 어떤 사람은 죽고! 한방에서, 같은 병으로, 자리를 가지런히 하고 누웠다가?"

"그러시니 말이오, 참 이상해요. 암만해도 하나님의 섭리가 있는 것이 분명해요. 영어로 프로비던스라나? 우리야 알 수 없지요. 세상 사람은 그저 운명이라고 하지만 저는 프로비던스라고 생각합니다."

영순은 맑지 못한 얼굴로 머리만 끄덕끄덕하였다.

"그렇지만 당신은 살아야 하고 그 사람은 죽어야 할 무슨 까닭이 있을까요?"

"그러기 하나님의 뜻이니까 우리야 알 수 있어요? 아무러나, 저는 하나님의 은혜로, 당신의 사랑으로 살아났어요. 저는 당신을 위해서 살아나야 해요."

영선은 마지막 말을 힘있게 했다.

"나를 위해서…… 고맙소이다."

이렇게 말하고 영선의 손목을 꼭 쥐었다.

"그런데 원 사람이 그렇게 쉽게 죽을까요! 물거품 스러지듯이, 바람에 촛불 꺼지듯이? 알 수 없는 것은 사람의 죽음이야요."

"그러기 이상하단 말이오. 알 수 없단 말이오."

"글쎄 아까 열 시쯤 간호부가 우유를 갖다 먹여 주니까, 몇 숟가락 받아 먹더니 자기는 이젠 안 먹겠노라고 대구 저의 아들을 먹여 달라고 그러던 이가 고새 죽었어요. 그 우유를 마지막 먹고, 아들 생각도 마지막 했어요."

"죽으면서도 그렇게 아들 생각을 했구만." (머리를 끄덕끄덕하면서) "흥 아수 숙을 술이야 몰랐지. 사람이란 그렇게 살려고 하는 욕심이 두

텁구려. 그렇게 쉽게 죽는 것을……."

영순은 이렇게 말했다.

"그런데 저 어린애가 참 불쌍해요. 제 몸이 아파서 그런지 어쩐 일인지 가만 있어요. 저이 어머니 죽을 때에도 죽어서 내갈 때에도 *번번 바라만 보고 울지도 않아요. 어떻게 불쌍한지 모르겠어요."

영선은 동정의 눈물이 스르르 돌면서 말한다.

"흥 모르니깐 그렇지요. 철없어서 죽음이 무엇인지 모르니까. 그 애가 죽음이란 영원히 떠나는 것인 줄을 알았으면 좀 설워했겠소? 아, 우리도 언제 죽을지 모르지, 누가 먼저 죽을는지도 모르고."

영순은 느낌이 극하여 이렇게 *소연히 말했다.

"그런 말씀은 하시지 마세요. 어쨌든 저는 인제 살았으니 이 목숨을 당신을 위해 바치겠어요. 그리고 우리가 하나님의 은혜를 이만큼 받았으니, 잠깐 가는 세상에 우리도 언제 죽을지 모르는데, 그새에 우리 불쌍한 동포를 위해 우리 조국을 위해 무엇이든지 힘써 일하십시다. 저는 아무것도 모르고 부족하지만 이 몸에 피가 돌 동안, 이 몸에 온기가 있을 동안은 당신의 뜻을 따라 당신을 도우려고 합니다."

영선의 이 말은 그 생명을 쥐어짜서 하는 듯한 간절한 진정의 말이었다. 그 목소리에는 이상한 울음이 섞였다.

"네 고맙소 고맙소. 나는 세상에 나서 평생 이런 말을 처음 들었소. 염려 마시오, 일하지요, 일합시다. 나라는 인물이 할 수 있는 것이면 무엇이든지 하지요. 당신은 부디부디 오래 살아 주시오. 세상이 아무리 괴롭더라도 인생이 아무리 믿을 수 없더라도 당신이 내 길동무가 되었으니 나는 아무 걱정 없소. 마음이 든든합니다. 오— 당신은 과연 내 생명이오."

"당신이 제 생명이지요."

영순은 문득 아내의 등뒤로 손을 넣어 그러안고 키스를 하고 여위고 해쓱한 뺨에 자기 뺨을 갖다 대었다. 두 사람은 그러고 아무 말도 없이 한참 있었다.

"따뜻해요. 좋아요. 참말 밤인지 낮인지, 겨울인지 여름인지 모르겠어요."

영선은 남편의 등에 한 팔을 올려놓으면서 이렇게 말했다.

눈을 감고 있는 영순의 앞에는 아까 어두워졌던 무대가 어느새 다시 환하게 열리고, 스러졌던 아리따운 소녀가 다시 나타나서 춤을 춘다. 춤을 출 뿐 아니라 꿈에 들리는 한, 깊은 삼림 속에서 가늘고 희미하게 들리는 듯한 노래를 들었다. 아까는 소녀 혼자만 있는 것 같더니 자세히 보니까 어여쁜 홍의 소년으로 더불어 같이 춤을 춘다. 붙잡았다 떨어졌다, 합했다 헤어졌다, 멀리 갔다가는 달아와서 서로 엉기어 빙글빙글 돌면서 연해 춤을 춘다. 소년은 굵고 낮은 목소리로, 소녀는 가늘고 높은 목소리로 합창을 한다.

어지러운 세상에서
맑은 사랑 솟아나서
끝이 없이 흘러간다
불로초는 꽃이 피고
아름다운 두 목숨의
생명샘이 넘치노라
주의 은혜 기리면서
길이길이 살고지고

영순은 참지 못하여 아내의 어깨를 툭 치면서 말한다.

"여보 머 노래 들소? 머 댄스를 보오?"

"꿈꾸셨어요, 그새? 저도 가만 있노라니깐 무슨 좋은 노래가 희미하게 들리는 것 같애요."

영선은 웃으면서 이렇게 말했다.

"두 사람의 심령이 사랑으로 합할 때에 노래가 생겼나 보이다."

"어떤 노래가 들렸어요."

"당신도 들었다면서, 무슨 노래를 들었어요?"

"들으신 노래를 먼저 말씀하세요."

"어지러운 세상에서 솟아나온 두 목숨의 맑은 사랑 솟아나서 끝이 없이 흘러간다. 그 담엔, 불로초는 꽃이 피고 생명샘이 넘치노라. 주의 은혜 기리면서 길이길이 노래하세."

"썩 좋은데요."

문 두드리는 소리에 두 사람의 말은 그쳤다. 간호부가 들어와서 가운데 있던 사람 죽은 침대를 고치고 새 자리를 꾸민다. 그리고 새 환자를 갖다 누인다. 새로 온 사람도 젊은 부인이다. 그야 몇 시간 전에 사람이 죽어 나간 줄을 어찌 알랴. 같은 침대의 먼저 오고 다음에 온 두 사람의 운명은 신 외에는 모를 것이다. 그 사람도 같이 죽을는지 그 사람은 살는지 영순이나 영선은 알 바도 아니요 관계할 바도 아니다.

그러나 영선이 원장의 말대로 다음날 퇴원하려면 하룻밤을 지나야 할 터인데, 혼자 지내려면 좀 재미없을 것을, 사람이 들어왔으니 그것만이 다행이라고 생각하였다.

그러는 동안에 영선의 형님과, 모친과 은순이가 올라왔다. 영순은 먼저 내려왔다. 그는 병원 출입문을 나서서 층층대를 내려오면서, 병원 담장을 돌아가면서, 아내의 소생한 것이 신묘하고 다행스러운 기쁨을 느끼면서도, '죽음'이란 더욱 신기하고 알 수 없는 문제를 아니 생각할 수 없었다.

사람의 생명이 과연, *창망한 바닷가의 적은 물거품이 지극히 작은 소리를 내면서 터져서 스러지는 듯하는 것인가. 아— 끝없는 공간과 한없는 시간 사이의 사람의 생명이! 바람에 흔들리는 작은 불꽃이 점점 엷어지다가 그만 깜박 꺼져 버리고 마는 셈이로구나! 사람의 생명이 이렇게 넋이 없이 스러진다 하면 사람이야말로 참 가련한 것이 아닌가.

그런데 사람이 죽으면 어떻게 되는고. 살과 뼈는 변해서 도로 물과 흙이 되겠지. 청년남녀가 사랑에 취하고 미쳐서 서로 안고 뜨거운 키스를 하던 그 입술도, 몹시 뛰놀던 그 심장도, 반가움에 반짝이고 설움에 붉어지며 눈물 내며 남모르게 정 깊고 뜻 많은 말을 하던 그 눈도 마침내는 스러져서 물이 되고 흙이 되겠지! 주먹으로 강도상을 두드리며 발로 강단을 구르며 죄악을 저주하고 정의 인도를 부르짖던 P목사도 이제는 공동묘지에서 슬금슬금 썩기를 시작하겠지. 몇십 년 지나면 흔적도 없어지겠지, 나도 언제든지 장차는 그렇게 썩어지겠지. 사랑하는 영선도, 은순도…… 아아, 그것이 인생의 최종일까? 그러면 사람의 정신은, 그 아름다운 마음은, 울고 웃고 성내며 반기던 마음은, 영혼은 어떻게 될까. 연기같이 사방으로 흩어지나. 하늘 공중으로 둥둥 떠올라가서 어디 한곳에 가서 평안히 쉬는가. 죄를 많이 지은 놈은 지옥이라는 데로 가나? 지옥이란 데는 「신곡」에 있는 것같이 온갖 무서운 괴물이 횡행하고 불비가 내리고 비린내 나는 피의 강물이 흘러가는 델까……모르겠다.

창망(滄茫/蒼茫)하다
넓고 멀어서 아득하다.

어떤 사람은 살고 어떤 사람은 죽는고. 그 젊은 여인은 어떻게 먼저 죽었는고, 그것이 '운명'인가 잘못해 죽었나 어쨌든지 그 사람은 죽었다, 아들을 두고.

그는 문득 청년 루터를 생각하였다. 어떤 날 자기 친구와 그칠 줄 모르는 이야기를 재미있게 하면서 들로 거닐어 가다가, 별안간에 요란한 벽력 소리가 나자마자, 당장 어깨를 *겯고 이야기하며 같이 가던 그 친구가 금시에 넘어져 죽는 것을 자기 눈으로 보고 '아, 이게 웬일이냐, 사람이 이렇게 종잇장 살아지듯이 죽는단 말이냐' 하고 몹시 놀라고, 이 캄캄하고 무서운 '죽음'이란 문제, 알 수 없는 신비적 대문제로 한없이 *초민(焦悶)하다가 곧 수도원으로 들어간 것을 생각하였다. 그리고 자기도 그만 수도원으로 들어가고 싶은 생각도 났다.

그리고 루터가 수도원에 들어간 다음에도 갖은 고생을 다 지내면서 오래 애를 쓰다가 어떤 선생의 도움으로 마침내 과연 *제월광풍(霽月光風)이랄 만하게 소위 *대오철저(大悟徹底)하여 *리뎀프션(redemption)을 경험하고, 만인에게 그 경험을 전하고 그 진리를 더 가르친 것을 생각하였다. 그리고 그의 위대한 인격과, 위대한 혁명적 사업을 연상하였다. 그는 그러한 경건 종교적 경험의 심오하고 숭고하고 귀한 것을 새삼스럽게 깊이 느꼈다. 그리고 루터를 높이 우러러보았다. 그리고 자기가 몹시 보잘것없고 작은 것을 불쌍히 여겼다.

그는 서양 선교사 주택의 담장 사이를 돌아서 남산현(南山峴) 예배당 대문 앞에 나섰다. 멀리 눈앞에, 다 한빛으로 덮어 놓은 굽이굽이 벋쳐 있는 대동강과, 그 건너 망망한 벌판과, 파랗고 희고 강하고도 *세미한 곡선을 나타낸 매수봉(玫繡峯)의 봉우리 봉우리는 우윳빛같이 뽀얀 석양의 치운 아지랑이에 싸였는데, 구름 사이로 쌓여서 쏘아 내려오는 붉은빛을 반사하여, 무어라고 형용할 수 없는 진실로 아름다운 색채를 이루었다. 이 지극히 장엄하고 지극히 미려한 석양의 설경을 내다볼 때에 그는 문득 가슴이 시원하고 정신이 깨끗함을 깨달았다. 그는 발을 멈추고 우뚝 서서 한참이나 얼빠진 듯이 바라보고 있다가 숨을 후— 내쉬면서 혼자 중얼거렸다.

"아, 좋다. 언제 보든지 좋다."

그는 과연, 언제 보든지 몹시도 아름다운 그 자연미에 견딜 수 없는 동경과 애착을 느껴 한참이나 엑스터시(황홀상태) 가운데 들어갔었다. 그리고 그 순간의 영상을, 그 자연을 어떻게든지 자기 손으로 표현하고 싶은 극히 강한 무럭무럭 일어나는 예술적 충동을 깨닫고 따라서 전신의 피가 한번 새로 뒤끓어 돌아가는 듯한 힘과, 참예술가가 홀로 맛볼 것 같은 기쁨과 만족을 느꼈다.

이윽고 그는 또한 공연히 알 수 없는 기쁜 한숨을 지으면서 천천히 걷기를 시작하였다. 성중(城中)의 이곳 저곳에서는 저녁 짓는 연기가 가늘게 올라간다.

10

이튿날 오후.

"이번에는 정말 살아오누나!"

영선이 병원에서 내려와서, 인력거에서 내려서 양피(羊皮) 갓저고리를 입고 목테를 두르고 수건을 푹 쓰고 웃으면서 대문 안으로 들어설 때에, 누가 안에서 이렇게 소리지르면서 문을

갓저고리

열었다. 아이들이, 언니! 작은어머니! 하면서 달려들었다. 영선은 그중 어린 조카의 손을 잡고 큰방으로 들어갔다. 병원으로 갔다가 뒤로 따라온 영순과 은순도 들어왔다.

영선은 아랫목에 눕고 영순은 그 옆에 앉고, 온 집안이 둘러앉았다. 영선의 친구도 몇 사람 오고 전도부인과 동네 노친네들도 왔다. 전도부인의 인도로 감사의 기도가 끝났다. 끝난 뒤에는 잡담으로 들어갔다. 장국밥이 들어왔다. 손님도 대접하고 주인들도 먹고 영선도 일어나서 땀을 흘리면서 좀 먹었다.

장국밥

"아직도 단단히 조심해야 됩니다."

이렇게 주의해 주고 나가는 전도부인의 뒤를 따라서 손님들은 다 갔다.

"참 이 댁에서 은혜 많이 받으셨습니다."

전도부인은 잊어버렸던 듯이 또 한번 이렇게 말하면서 대문을 나선다.

영순은 아내와 은순과 남아 있던 그의 친구 S와 같이 건넌방으로 갔다. 오늘은 영선이 퇴원하겠다고 특별히 불을 많이 때고 방을 깨끗이 치우고 잘 단장을 하여 놓았다.

영선은 깔아 두었던 자리에 눕고 세 사람은 물러앉았다. 은순과 S는 책상 위에 놓였던 귤을 까면서 영선을 권하다가 한편 모퉁이 잠잠하고 앉아 있는 영순을 바라보았다. 빙글빙글 웃는 것을 보고, S가 말한다.

"기쁘시지요?"

"글쎄요."

영순은 웃으면서 이렇게 대답하였다.

"글쎄요가 무엇입니까. 잔치나 한번 굉장히 하셔야 됩니다. (영선을 보고) 네! 형님 그렇지 않아요?"

S는 다시 말했다.

"그렇지 않아도 이번에 형님이 퇴원하시면 잔치를 하신다고 그러셨는데."

은순은 옆에서 응원을 했다.

"너까지 그러니? 너희들이 그러지 않은들 아니 하겠니?"

영순은 이렇게 말하고 아내를 보았다.

영선은 세 사람의 이야기를 듣고 재미있는 듯이 기쁜 듯이 웃기만 하고 누웠다가, 실과그릇을 내놓으면서 말한다.

"S도 귤 먹지. 은순이도 먹고."

"싫어요. 그까진 것은 안 먹어요. 형님도 참 흉측하신데, 선생님 *경제(經濟)시키려고 그것으로 때우려고요?"

하면서 웃었다. 세 사람은 다 하하하하 웃었다.

"그러지 말고 S 찬미나 하나 해. 은순이하고 둘이. 오래간만에 좋은 목소리를 한번 들어 봅시다."

영선이 점잖게 말했다.

"슬그머니 비행기를 태우면서 흥! 찬미할 줄 몰라요! 은순이 유명한 독창이나 하나 하렴."

S는 옆에 앉은 은순을 꾹 찌르면서 이렇게 말했다.

"둘이 하나 하지."

영순이 명령 비슷이 원조 비슷이 이렇게 말했다.

"그 목소리 듣기가 참 어렵구만."

영선이 *비양같이 말했다.

"자! 그럼 하나 하자. 우리 형님 환영하는 뜻으로 하나 하자."

S의 무릎에 팔을 놓으면서 은순은 이렇게 말했다.

"그래, (책상 위 찬미책을 집으면서) 무얼 할꼬. 이번엔 환영가 안 지으셨어요. 지난 여름에 이 형님 보석으로 나오셨을 때에 환영가 지어서 은순이와 둘이 불렀다지요."

하면서 S는 영순을 보고 말했다.

"이번에는 바빠서 못 지어 두었지만, 응…… 접때 그 봄노래 그거나 하지."

영순은 두 처녀를 쳐다보았다.

"봄노래가 무어야. 나 모르는 게구만 한번 해요."

영선은 갑갑해서 이렇게 물었다

"접때 오라버니가 지으셨다오. S가 그걸로 독창했다오."

"좋다. 제가 하고는, 저런 앙큼스럽게."

"이야 너도 너무한다."

S와 은순은 나이가 같고 학교년급이 같
은 의좋은 동무다. 두 사람의 논쟁
은 곧 끝나고, 영선을 환영하
는 충정으로, 청춘을 자
랑하는 듯한 기운 있
고 청아한 목소리로
부르는 '봄노래'는 유
곡의 맑은 시냇물처
럼 연해 흘렀다.

시베리아 찬바람에
깊이깊이 묻히니
보기는 죽은 듯하나
실상은 살았도다
버려지는 땅에서
들썩들썩 하면서
*양춘가절 기다리면서
나오기를 힘쓰네

눈을 뜨네 눈을 뜨네
무서운 잠 깨어서
죽음의 겨울 지나서
생명의 눈을 떴네
굳은 땅을 뚫고
무거운 돌 들치고
빵끗 웃고 나오는 임은
어여쁘기 끝없네

춤을 추네 춤을 추네
나풀나풀 춤추네
백화가 피어 우거진
봄동산 저 *봉접들
부화노래 부르며
향기를 맡으려고

양춘가절(陽春佳節)
따뜻하고 좋은 봄철.

봉접
벌과 나비를 아울러 이르는 말.

벌

나비

기쁨의 춤을 추면서

꽃으로 날아든다.

영순은 눈을 시르르 감고 아내의 손을 가만히 잡고 두 사람의 합창을 들으면서 다시 '생명의 봄'을 느꼈다. 이따금 '좋다, 좋다'할 뿐이었다.

영선은 숨을 죽이고, 두 처녀를 부러워하는 듯이 벌신벌신 웃고 노래하는 이의 얼굴을 바라보면서 들었다.

"영순 씨 계시오?"

대문 밖에서 찾는 소리가 들렸다. 영순은 얼른 나가 보았다. 손님은, 평양에 오직 한 사람의 문사친구 같은 창작사 동인 T였다.

"좀 늦었지만 나갑시다."

키 크고 얼굴 희고, 커다란 무테안경 쓴 T는 *체모 없이 이렇게 말한다.

"나갑시다. 왜요!"

"오늘 부인께서 퇴원하셨다지요. 축연을 베풀겠소. 부인의 무사 출옥과 무사 퇴원을 겸해서."

"고맙소이다."

"얼른 나오. 잔말 말고."

T의 마치 영순을 잡으러 온 형사처럼 야단하는 통에 영순은 *두루막 고름도 못 매고 따라 나섰다.

"아이 참 야단일세."

두 사람이 간 뒤에 S는 혼난 듯이 말한다.

"그이는 늘 그래, 퍽 재미있어."

체모
체면.

두루막
'두루마기'의 잘못.

은순은 눈을 깜박거리면서 말한다.

"어디들을 가노. 문학가들끼리……."

영선은 혼자말처럼 웃으면서 말했다.

영순이 나간 다음에는 흥이 없어져서 S도 일어섰다. 은순과 영선은 좀더 놀다 가라고 권했지만,

"어머니한테 걱정 들어요."

하면서 돌아갔다. 은순은 어두운 골목 나가는 데까지 데려다 주려고 S를 따라 나갔다. 나갔다가 곧 들어올 줄 알았던 은순이도 아무리 기다려야 들어오지 아니한다.

11

영선은 큰방으로 들어가려고도 아니 하고 혼자 누워 있었다. 여러 사람 같이 있을 때에는 자기 병이 나아서 나은 것을 여러 사람이 기뻐해 주는 것도 좋거니와 자기가 스스로 생각해도 몹시 고맙고 기뻐서 미래의 단꿈을 상상하고 있었지만, 혼자 가만히 있노라니까 갑갑한 끝에 이것저것 생각하기를 시작하였다.

"암만해도 요새 몹시 번민을 하는 모양인데……."

그는 혼자소리로 이렇게 중얼거렸다.

영선은 짐작하였다. 여러 가지를 미루어서 근일에 그 남편의 사상이 많이 변해서 어떤 위험성까지 띤 것을 짐작하였다. 얼마 전에 병원에 있을 때에도 울면서 남편에게 권고를 하였다. 말로 하는 것보다 속으로, 기도로 더 간절히 빌었다. 남편이 예수를 떠나지 말고 교회를 떠나

지 말기를 늘 간절히 간절히 기도하였다. 그러나 그때는 참사람이 되어야 하겠다는 말에 더 말하지를 못하고 말았다. 그리고 적어도 영순 자신으로서는 모든 문제가 해결되어서 앞으로 용진할 길을 찾은 줄 알고 안심하였었다. 아니 억지로 안심하였다. 그러나 근일에 그의 말과 태도를 보매 아직 번민이 걷히지 아니한 듯하였다.

영선은 기왕에는 문학이라면 찬미를 짓고 좋은 노래를 짓고 고상한 사상으로 논설을 짓고, 사회를 감화하여 선도할 만한 소설도 짓고 하는 것인 줄로만 알았다. 그러나, 남편의 감화와, 가르침으로, 라이프 이스 쇼트, 아트 이스 롱(Life is short, art is long)이란 말도 듣고 *심벌리즘이니 *로맨티시즘이니 *자연주의니 실사주의니 하는 말도 많이 듣고, 그 뜻도 대강은 짐작하였다. 남편에게 늘 들어서 예술이라는 것이 무엇인지도 희미하게나마 짐작하였다. 그러나 어려서부터 순전하게 종교적으로 자라난 그는 종교 외에 다른 세계를 생각할 수 없다. '예술이라는 것이 재미있는 것이려니' 이렇게는 생각하지만 그것의 고귀한 가치는 생각지 못한다. 그리고 자연주의니 실사주의니 하는 것이나, 아트 이스 포 아츠 세이크(Art is for art's sake)니 하는 생각은 다 종교에 위반되는 위험한 생각인 줄을 알았다. 어쨌든지 문학에 너무 치우치면 위험한 줄을 분명히 알았다. 그는 그런 전례를 본 까닭이다.

영선은 남편이 차차 종교의 열이 식어 가고 문학에 치우치는 것을 알고 몹시 걱정한다.

그는 눈을 감고 가만히 누웠다가 꿈결같이 환몽(幻夢)을 보았다.

그 영순을 애를 써 찾아다니다가 마침내 연극장까지 갔다. 무대에서 어여쁜 소녀와 손목을 맞잡고 그 등에다 손을 놓고 미친 듯이 열심으</p>

심벌리즘
상징주의. 상징적인 방법에 의하여 어떤 정조나 감정 따위를 암시적으로 표현하려는 태도나 경향.

로맨티시즘
낭만주의. 꿈이나 공상의 세계를 동경하고 감상적인 정서를 중시하는 창작 태도.

자연주의
인간의 삶과 사회의 문제를 있는 그대로 묘사하는 것에 중점을 둔 문예 사조.

로 이야기하는 청년화가라는 사람이 자기 남편인 줄을 알고는 곧 나왔
다. 그날은, 전 같으면 그가 강대에 올라가서 성경말로 강도할 주일날
이었다. 영선은 집으로 돌아와서는 고꾸라져서 자꾸 울었다.

"아이고 내가 별생각을 다 했네."

하면서 돌아누웠다. 잠을 들었다가 밖에서 대문 여는 소리에 깜짝 놀
라 깨었다.

"용서하시오. 너무 늦었소. S는 이내 갔소. 은순이는 어데 갔소?" 하
면서 영순은 방문을 열고 들어온다.

"어데 가셨어요? 이리 내려오세요."

영선은 웃으면서 일어나 앉고 자리를 내인다.

"왜 얼굴빛이 언짢우? 내가 *날래 오지 않아서 그랬소? 아 그 사람
이 축하를 한다나, 당신을 위해서. 그래 저 위에 지나요리(支那料理)집
에를 가서 실컷 잘 먹고 왔소, 나 혼자. 당신은 아주 나은 담에 자기 부
인과 같이 자기 집에 청해 간답디다."

영선이 일어나 앉은 옆에, 요 위에 펄썩 앉아서 영선의 두 손을 잡으
면서 영순은 이렇게 말한다.

"고마워. 무얼 그렇게 잘 잡수셨어요."

"뭐 별거 다 먹었지요. 그런데 그 사람은 참 쾌활하고 재미있어! 그
사람 만나서 이야기를 하면 속이 시원해. 나는 참 그 사람이 부러워.
그 사람은 아무 걱정이 없는 것 같애."

"당신도 그렇게 되시지요."

"글쎄!"

하면서 책상에서 일기책을 꺼내서 편다.

"오늘이 이십구일이구려 꼭. 참 이상하오. 이십구일이란 날은 우리

하고 무슨 인연이 있는가 보구려."

영선을 돌아보면서 말한다.

"참 지난봄에 혼인하던 날!"

"(손을 꼽아 보고) 참 세월도 빠르외다. 그새가 벌써 여덟 달이 되었구만."

"그새 지난 생각을 하니까 꼭 꿈 같애요."

"(아내의 등을 뚝뚝 두드리면서) 꿈도 무서운 꿈이오. 참 수고 많이 했소."

"그날 선창집에서 잔치하노라고 사람들이 많이 모여서 욱적북적하는 것이든지, 자동차 타고 회당에 가서 강단 앞에 섰던 것이 다 눈에 선해요!"

"그리고 예습하느라고 오전에 회당에 갔던 생각 하오? 그리고 그 분칠은 왜 그렇게 허옇게 했어요."

"아이 부끄러워 혼났어요."

"그리고 잔치 뒤끝에 색시 손님들과 양복쟁이 몇하고 장난하던 것 생각나요. 신이 통한다나 그러구 *해관(海關)에 갈 때에 무얼 가지고 가겠소 하는 장난 참 재미있었어. 그리고 제일 우스운 것은, '당신 아버지 이름 뭐요' 하면 바루 시치미 뚝 떼고 '돼지꼬랭이' 하는 것이 제일 우스워."

"참 잘들 놀아요."

두 사람은 한참 웃었다.

"그리고 확실이 다락에서 떨어져서 까무러친 것, 그리고 할머니 자리 깔아 줄 이 없다고 소리치든 일 생각나요? 그날은 참 곤했어요."

영순은 또 시작하였다.

"참말!"

"아, 그 이튿날, 그 이튿날 아침에 김전도사랑 C랑 은순이랑 다 같이 밥 먹다가, 당신은 얼굴이 까매져서 입에 물었던 밥을 비앝아 버리고, 신혼의복을 벗어 놓고 반지를 빼놓고, 그자의 뒤를 양같이 따라갔지요. 온 집안은 먹던 밥숟가락을 놓고 모두 치를 부들부들 떨고 있었지요. 그리고 우리 둘이 순사휴게실에 잠깐 앉았었지요. 그리고 당신은 불려 들어가고 나는 잠깐 변소에 갔다가 당신은 벌써 구류간에 들어간 것을 보았지요. 집에 와보니까 할머니는 혼이 다 나가셔서 하늘만 바라보고 아니 잡숫던 독한 담배만 자꾸 피우시던 것이 눈에 선합니다.

아, 그리고 그 이튿날, 당신의 손목을 거룩하고 깨끗한 손목을 그 더럽고 고약한 줄로, 방화죄 여인과 같이 매여 가지고 검사국으로 갔지요. 그때에 나는 기가 막혀서 그만 집으로 왔지요. 할머니는 벌써 누워서 앓으십디다. 그날 저녁에 당신은 처음으로 감옥 구경을 했구려. 그날 밤, 아니 새벽에 혼자서 어떻게 깨어서 자꾸 울었지요. 그 다음에도 혹 감옥에 갔다가는 둘이 지내던 그 방에 당신이 잡혀가고 없으니 들어가기가 싫어서 무엇을 꺼내려면 구두 신은 채로 기어 들어가서 집어내 왔지요. 모든 물건은 산산이 흩어지고 책상에, 방바닥에 먼지가 케케 쌓였었지요. 감옥에 갔다가 곤한 몸을 끌고 방 안에 들어가기만 하면 곧 이불을 쓰고 눕지요. 눕기만 하면 아니 울 수가 없어요. 그냥 눈물이 술술 나와요."

영선은 감정이 극하여 영순의 무릎 위에 쓰러졌다. 영순은 다시 이야기를 꺼낸다.

"그때에 은순이와 S와 K가 저녁마다 내려와서 나를 위로하느라고

'사랑하는 나의 형님 언제나 돌아오려나……' 하는 노래를 처량하게 부를 때에 온 집안이 다 눈물을 흘렸지요. 난들 어떻게 참았겠소. 하루는 감옥에 갔다 와서 방문을 닫아걸고 먹지도 않고 누워 있으니까 온 집안이 너무 야단을 하며 화들을 내기에 억지로 나가서 아이들을 데리고 장난한 일도 있었지요. 그때에 아이들은 나의 유일의 벗이었소. 대동강 위에 한가히 떠나가는 배의 흰 돛을 바라보는 것도 나의 유일한 위로이었소. 그리고 한번은 오후에 감옥에 가서 면회하고 돌아와서 대동강을 정신없이 바라보고 앉았다가 그만 내가 없어졌지요. 온 집안이 밥을 못 먹고 떨어 나서 찾으러 다녔다오. 여덟 시 반인가 돌아온 때에는 온 집안이 슬픈 가운데도 기뻐하였지요. 내가 그렇게 지났거던 감옥에서 당신이 고생한 것이야 말할 것이나 무엇 있소."

"아이구, 저 때문에 고생도 퍽 하셨지요."

"참말 지난 여름에 보석하느라구 감옥에, 재판소에 매일 다닐 때에는 지독하게도 더워서 혼났지요. 밖에 있는 사람이 그렇게 더우니까 갇혀 있는 사람이야 오죽했겠소."

"안에선 마음이나 편안했지요. 밖에 있는 이가 더 고생이야요."

"어쨌든 이젠 사나운 꿈을 깨었소."

"에그 참 생각만 해도 진저리가 납니다. 그래도 여태도 고생하는 이들이 많은데."

"이 담에 소설이나 하나 씁시다."

영순은 한숨을 지으면서 이렇게 말한다.

밖에서 밤엿 장수의 길게 뽑아 외치는 소리가 깊은 밤의 적막을 깨트렸다.

12

사흘 후에 영순이 어디 갔다 오후에 들어와서 아주 침착한 목소리로,

"여보 나는 아무래도 떠나야겠소. 내 문제는 해결된 것 같아도 아직 안 되었소. 사람이 된다고 했으니 무엇이 해결이 되었소? 이 지경에서 벗어나야겠소. 무엇이나 하나 되어야 하겠소. 이렇게 지나 가지고는 안 되겠소. 세상에 나온 보람을 해야겠소. 참 불안하지만 나는 내일 곧 떠나겠소이다."

감정이 극해서 이렇게 말했다.

"괜찮아요, 떠나시지요."

영선은 얼른 대답하였다. 그리고 떠날 준비를 급히급히 하였다. 그러나 그날 밤에 잘 때에는 말도 아니 하고 눈물로 베개를 펑펑 적셨다.

이튿날 오후차에 영순은 어디로 가려는지 평양정거장으로 나갔다. 영선은 웃는 낯으로 남편을 보냈다.

"몸 조심하세요. 항상 기도하세요."

이것은 영선의 마지막 인사이었다.

영순은 백 마디 말보다 더 힘있는, 인자한 눈으로 아내를 바라보았다. 그의 눈이 좀 벌건 것을 깨달았다.

"굿바이 마이 디어."

할 때에는 벌써 영순의 탄 인력거채는 돌아섰다.

영선이 우두커니 서서 바라보는 인력거는 어느새 큰 구골 골목을 나서서 보이지 않았다.

그날 밤에는 영선은 잠을 이루지 못하고 영순의 장래를 위하여, 그

의 신앙생활을 위하여 눈물로 기도하였다. 혼자 남은 영선은 눈물 아니 흘리는 날이 적었다. 더구나 영순의 편지를 받아 보고 늘 울었다.

은순이 정거장까지 가서 영순을 전송하고 들어오니까 영선은 자기 방에 이불을 뒤집어쓰고 돌아누웠더라.

《창조》, 1920. 3~7.

독약을
마시는 여인

1

오늘 밤은 다섯째 밤이다.

견우성과 직녀성이 하늘 한가운데서 서로 바라보고 희들희들 웃었다가 눈물을 뚝뚝 흘리면서 엉엉 울었다가 다시 희들희들 웃었다가 한다. 또 쿨적쿨적 운다.

상투

사랑 속에 빠진 사람들을 제일 좋아한다지만 그에게는 원수같이 싫은 밤이 점점 깊어 갈 따름이다. 밤은 코웃음만 하면서 열한 살 먹은 장난꾼 새서방의 새가 깃들일 만한 상투 같은 그의 머리를 웅크리고 앉아서 노려본다. 입을 삐쭉하기도 하고 눈을 부릅 뜨기도 하고 주먹을 가지고 쥐어박을 듯이 연해 주먹질을 한다. 그는 모른 체하고 앉아서 들여다보고 있다. 옆방에는 송장이 하나 가득 찼는데 온통 열어 놓은 방문으로 썩어진 냄새가 흔들흔들하면서 바깥으로 기어나온다. 지옥같이 캄캄한 방에서는 어느 모퉁이에선지 이따금 잉잉 앓는 소리 같은 소리가 난다. 미친 개 짖는 소리가 한 십 리 밖에서 들리는 것 같다. 바삭 소리 하나 없는 밤은 흘러가다가 딱 멎고 발을 버티고 섰다. 세상 모든 것이 잠들었다. 낮에 생각하고 하던 일을 되풀이해서 복습해 보느라고 사람들은 제가끔 더럽고 음탕한 꿈을 꾸고 있다. 구멍이 숭글숭글 뚫어진 모기장 가운데 그의 옆에는 머리가 사자 대가리 같고 코가 우뚝 높은 사나이가 가로누웠는데 헷작 벌린 입을 히물히물한다. 멀신 웃는다. 큰방에서는 송장이 두어 개 일어나면서 두어 마디 중얼중얼 말을 한다. 다시 아무 소리 없다. 그것이 모두 거짓말이다. 그것들이 모두 악마들이다. 남을 사랑한다는 것은 거짓말이다. 태양은 잠자코 제 갈 길만 간다. 절벽같이 캄캄한 하늘이 이런 소리를 속삭인다.

2

어두운 밤은 점점 깊어 간다. 그는 가만히 앉아서 왔다갔다한다. 엉거주춤하고 엎드린다. 일어났다. 온 목숨 온 영혼을 모아 들여다본다. 깜박깜박하던 것이 흐릿하다. 왔다갔다하는 것이 가만 있다. 땅에서 갑자기 무서운 소리가 난다. 공중에 맑은 물이 괸다. 땅에서 나는 소리는 점점 작아지고 공중에 괴는 물은 차차 많아져서 흘러내린다. 땅에서 자주자주 나던 *장송곡(葬送曲) 같은 엷은 소리가 아주 끊어졌다. 그는 앞으로 한자리에서 달려갔다. 공중에서 자주자주 소리난다. 시커먼 것이 보인다. 얼음장 같은 것이 보인다. 다섯 *치쯤 그는 옆으로 뛰어갔다. 그의 옆에 가로누웠던 사나이가 눈을 뜨고 일어나고 한자리 뛰어가기를 한순간에 하였다. 눈 세 쌍은 움직이지 아니한다. 눈 한 쌍은 움직였다. 모난 것과 둥근 것이 가까워졌다. 불이 펄펄 붙는다. 불길이 사방으로 가을 국화꽃같이 퍼져서 흩어진다. 아름다운 불꽃이 가늘고 붉은 줄을 수없이 발한다. 기차가 떠나려고 한다. 코가 바룩바룩한다. 흰 바람이 가늘게 분다. 기차는 어느새 떠나가 버렸다. 둥그런 악마는 꽃 같은 불길을 한꺼번에 들이마셨다.

시집갔던 그의 딸이 도로 왔다. 그가, 그의 어머니가 도로 찾아왔다. 가는 것을 그의 영혼이 따라가서 중간에서 도로 잡아 왔다.

장송곡
장례 때 연주하는 곡을 통틀어 이르는 말.

치
길이의 단위. 한 치는 한 자의 10분의 1 또는 약 3.33cm에 해당한다.

국화

"너는 내가 낳은 것이니 암만해도 늘 내 품에 있어야 되겠다. 나와 같이 살아야 된다."

"저는 낳기는 어머니가 낳으셨어도 나기는 다른 분 위하여 났으니 언제든지 그분의 품으로 가야겠습니다. 갈 때는 가야겠습니다. 어머니 절 놓아 주십시오."

어쨌든 어머니는 딸이 돌아온 것을 기뻐하였다. 이런 말은 귀에 들리지도 아니하였다. 놓아 달라는 딸을 붙들고 있다.

닭이 세 번 울었다.

암탉이 울었다. 수탉이 *지치를 요란스럽게 푸닥거린다.

한참 있다가 수탉이 까악까악 죽어 가는 소리를 길게 뽑았다. 암탉이 새끼를 버리고 도망쳤다. 늙은 개가 한 번 짖었다.

사나이는 꿈꾼다. 알지 못하는 딴 곳에 가서 알지 못하는 사람과 알지 못할 이야기를 밤새도록 하였다.

그는 깨어서 딸이 다시는 시집가지 아니하기를 울면서 기도하였다. 사람의 기도를 들으시는 하느님은 머리를 흔드셨다. 그러나 그는 그것을 보지 못하고 머리를 숙여 기도만 하였다.

외양간에서 말발굽 소리가 뚜거덕뚜거덕 요란하게 났다. 늙은 개가 바라보고 웃었다. 쥐가 웃었다. 사람들은 모른 체 하였다.

그는 혼자서 곡조도 없고 말도 없는 노래를 부른다. 사나이는 꿈속에서 웃으면서 이야기한다. 말이 혼자서 크게 웃으면서 말한다.

그의 사랑하는 딸은 잠들었다. 개와 쥐와 말은 다 깨었다. 다 한곳에

외양간

모여서 비밀회를 열고 연설을 한다. 강아지가 성을 내서 강연한 쥐를 막 욕한다. 개는 꼬리를 흔들면서 돌아앉았다. 슬그머니 일어나서 기지개를 한번 켜고 *어청어청 나간다. 마당에 있던 조약돌들이 춤을 추면서 정거장으로 누군지 환영 나갔다. 문 밖의 섬돌은 집에서 우쭐우쭐 춤을 추고 있다.

어청어청
키가 큰 사람이나 짐승이 자꾸 이리저리 천천히 걷는 모양.

그는 잠자는 딸의 얼굴을 눈으로 지키고 있다가 몹시 보들보들하고 조그맣고 가는 손에 일곱 번 연해서 미친 여인같이 웃으면서 키스하였다.

어두움이 휘파람을 불면서 뒷짐을 지고 비웃는 듯한 얼굴로 대문 밖으로 지나갔다. 송장빛 같은 등불이 졸리듯이 껌벅껌벅한다.

이때에 그는 이상한 것을 보았다.

잠들어 있는 딸의 코에서 조그맣고 하얀 생쥐가 한 놈 나와서 방바닥으로 바르르 기어가다가 방 한가운데 있는 물그릇을 넘어가지 못해서 올라갔다가는 떨어지고 올라갔다가는 떨어져서 입을 짝짝 벌리고 빨간 배를 드러내 놓고 가는 발을 하늘을 향하고 파들파들 떨고 있다. 그는 그것을 우두커니 들여다보고 있다가 *자막대기를 물그릇 위에다 가로놓아 주었다. 흰 쥐는 자막대기를 다리삼아 물그릇을 넘어서 바르르 기어가더니 눈 깜박하는 새에 없어졌다. 어느새 열어 놓았던 방문 바깥으로 나갔다.

자막대기
자로 쓰는 대막대기나 나무 막대기 따위를 이르는 말.

그는 흰 쥐가 돌아오기를 한참이나 기다렸다. 없어진 흰 쥐는 아무리 기다려야 돌아오지 않는다. 그래서 그는 잠든 딸을 내버리고 문 밖으로 뛰어나갔다. 문 밖으로 뛰어나가다가 기둥에 이마를 부딪혔다. 불이 번쩍 나면서 주저앉았다. 다시 일어나서 섬돌을 내려섰다.

거기서 잠자던 개가 그의 빨갛게 벗은 발을 깨물었다. 그는 피를 뚝뚝 흘리면서 흰 쥐를 찾느라고 이 모퉁이 저 모퉁이 왔다갔다하였다. 아무리 찾아도 흰 쥐는 없다. 지붕 위에 조그마한 것이 해뜩한 것이 보인다. 그는 사다리도 없는 것을 죽을 애를 다 써서 올라가 보았다. 그것은 참새똥이었다. 겨우 내려왔다.

옆방에 송장이 그득한 방에 희뜩한 것이 보였다. 그는 무서운 줄도 모르고 들어가서 이 구석 저 구석 찾아보았다. 흰 쥐는 거기 있었다. 송장 새에서 왔다갔다하던 어여쁘고 흰 쥐는 그를 보고 얼른 기어올랐다. 그는 반가워서 치맛자락을 벌려서 받았다. 곱게 싸서 쳐들어 가지고 돌아왔다. 돌아와서 펴보았다.

아! 슬프다. 흰 쥐는 어느새 없어졌다. 그의 치맛자락에는 아무것도 없었다. 그의 발에서 그냥 피가 방울방울 떨어진다. 그는 주저앉았다.

참 귀신이 곡할 일이다. 남들 같으면 무당한테라도 물어 보겠지만 어디로 갔나 참말 모를 일이라 생각하다가 문을 열고 다시 뛰어나갔다.

하늘을 쳐다보았다.

파란 별이 한 개 한참 있다가 한 번씩 반짝반짝한다.

이 일을 어찌하오리까.

오, 이년을 살려 주소서.

이 목숨과 바꾸어 주소서.

그는 땅에 꿇어앉아서 두 손을 합하여 싹싹 빌면서 재배삼배하였다.

너는 너 갈 길을 가거라.

꽃이 한번 떨어진 다음에는 마를 뿐이니라.

태양은 저 갈 길을 가나니라.

3

원수의 어두움도 가고 차차 훤해졌다. 사나이는 웅크리고 앉아서 세 모난 눈으로 딸을 들여다본다. 손을 한 번 쥐어 본다. 몸을 한 번 만져 본다. 그는 사나이의 얼굴을 말없이 한번 쳐다보고 딸의 옆에 바싹 가까이 갔다. 딸의 눈만 바라본다. 딸은 입으로 코로 자줏빛 불을 토한다. 바늘 같은 소리는 그의 가슴을 찔렀다. 그는 뛰어 일어났다. 이번은 빛도 없는 불덩이를 소리도 없이 수없이 토한다. 그는 달려들어서 딸을 껴안고 딸의 입에서 나오는 빛 없는 불덩이를 숨도 안 쉬고 들들 마셔 받아 먹었다.

딸의 입에서 나오는 불덩어리는 붉은 피였다. 그것은 독약이었다. 그는 더 이어 마셨다. 그의 몸은 얼음덩어리가 되었다.

환한 빛이 난다.

사나이 얼굴이 노래졌다.

하늘과 땅이 노래졌다.

공중의 소리 있어 가로대,

"너는 너 갈 길을 가거라.

태양은 저 갈 길을 갈 따름이니라."

4

사나이는 일어나서 여섯 모 난 솥뚜껑 같은 두 손으로 얼음덩

솥뚜껑

이 같은, 돌부처 같은, 대리석 조각 같은, 악마 같은, 여신 같은 그의 등허리를 듬썩 쳐들어서 문을 열고 바깥으로 내놓으려고 하였다. 그는 몸을 흔들면서 주저앉았다. 딸에게로 달려들었다. 사나이는 다시 그의 손목을 이끌어 내었다. 바깥으로 나가라고 억지로 몸을 내밀었다. 그는 다만 딸의 있음을 알고 그 밖의 그 사회나 온 세상의 만 가지 일, 만 가지 물건의 있음을 인정치 아니하는 듯이 사나이를 돌아보지 아니하고 팔을 뿌리치고 또 딸에게로 달아났다.

사나이는 뛰어나왔다.

그는 자기 가슴에서 피를 뽑아 내어서 숟가락에 받아서 딸의 입에 떠넣었다. 그는 마지막 의무를 다하였다. 그의 영혼은 그에게서 나와서 그의 딸의 붉은 몸을 간다는 인사로 굽히는 허리를 끌어안았다. 그의 몸은 밖으로 나왔다. 하늘 한가운데 가로질러서 한숨짓는 차디찬 새벽달을 바라보는 허수아비가 하나 서 있다.

허수아비

5

그의 방에서 갑자기 듣지 못하던 슬픈 소리가 들렸다. 그는 넘실넘실 넘치는 독약을 쭉— 들이켰다. 그는 송장 있는 방으로 뛰어들어갔다. 송장 가운데 섞여서 뉘어졌다.

그는 송장이 되어서 송장 가운데서 중얼거렸다. 송장 가운데 하나가 대답하였다.

"그것이 네 딸이면야 설마 그렇게 가려고 할까. 너는 마침내 독약을 마셨다.

　그것은 네 것이 아니니라, 아무리 네가 독약을 먹기로 그는 제 집으로 갈 따름이니라.”

　그의 방은 비었다. 길쭉한 나무곽이 천천히 나왔다. 마루에 앉았다. 오래간만에 졸리운 찬송 소리가 들렸다. 막대기가 우뚝 일어섰다. 옆방에서 키 큰 넓적한 송장이 하나 나와서 곽을 업고 대문 밖으로 나갔다. 먹을 것밖에는 모르는 누런 목에 털이 구실구실한 늙은 개가 종이돈을 물고 따라간다.

　넓적한 막대기가 따라갔다. 나갔던 송장은 밤에 다시 돌아왔다. 늙은 개도 혀를 빼면서 헐떡거리면서 돌아왔다. 그러나 송장에게 업혀갔던 나무곽과 따라갔던 막대기는 다시 아니 왔다.

　어두운 밤이 되었다.

　텅 빈 방에서는 파리, 박쥐, 설레발이, 빈대, 벼룩, 지네, 진드기, 이런 것들만 마음대로 왔다갔다하면서 방바닥의 향수와 독약 쏟아진 이상한 냄새를 맡고 있다. 나중에는 이 냄새를 맡고 어디서 왔는지 모르게 쥐와 고양이, 독사 들이 들어와서 냄새를 맡는다. 빈방은 그것들의 자유천지가 되었다.

　뒷담에 걸렸던 시계가 뗑— 하고 한 번을 쳤다. 늙은 개가 문밖에서 짖는다. 그것은 이 말이다.

　“때가 되었다.

　거룩한 곳을 지킬 주인이 올 때가 되었다.”

　검은 개가 벌레들을 앞세우고 수탉과 비둘기가 어깨를 나란히 천천히 들어왔다. 파리, 설레발이, 박쥐, 빈대, 벼룩, 지네, 진드기 들은 어느새 돗자리 틈 도배 찢어진 종이 밑에서 더러는 꾸물꾸물하고 있고

빈대

벼룩

지네

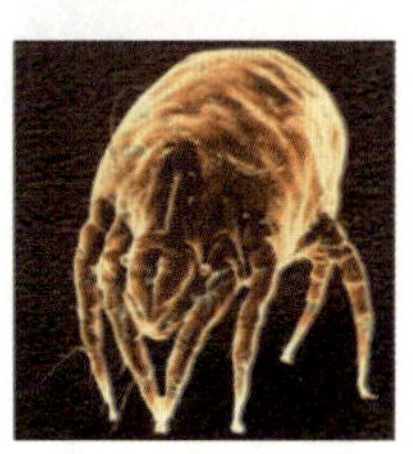

진드기

대개는 잠들어서 꼼짝 아니 하고 있고, 쥐, 고양이, 뱀은 서로 잡아먹으려고 이를 갈고 싸움만 하다가 어느새 잠들었다. 더러는 반만큼 깨어서 서로 눈을 흘기고 있다. 더러는 대가리를 휘저으면서 향수와 독약 냄새를 맡으면서 왔다갔다한다.

검은 개가 컹컹컹컹 짖었다.

수탉은 꼬꼬— 하면서 지치를 치면서 요란스럽게 울어 댔다.

흰 비둘기는 아무 말 없이 마당에서 빙빙 돌아다닌다.

늙은 개가 문 밖에서 또 크게 짖었다. 갖가지 벌레들과 쥐와 고양이, 뱀 들은 임시 대회를 열었다. 사람과 호랑이 새에서 나온 짐승의 후손이라는 고양이가 회장이 되었다. 새로 온 개와 수탉과 비둘기를 맞이하여 환영 좌담회를 열기로 하였다. 좌담회의 주제는 '저 여인이 어찌해서 독약을 마셨을까' 하는 것이었다. 불쌍한 여인이 독약을 마시게 된 이유를 이야기해 보자는 것이다.

고양이가 일어나서 말하기를,

"우리집 주인아씨가 독약을 마시고 쓰러지는 것을 보니 참 비참하기 짝이 없는데, 우리는 어찌 된 셈을 알 수가 없구려. 당신네는 혹 아는지 이야기해 보소."

늙은 개가 일어났다.

"내가 말해 볼까요."

"이야기해 보소."

고양이의 말을 따라 개가 말하기를,

"저 여인은 독약을 마실 까닭이 없지만 제 집을 지키다가 갑자기 먹게 된 독약이니 어쩌겠소. 마시는 것이 자기 운명이겠지."

"그건 무슨 말인지 알 수가 없소."

회원들은 떠들었다.

"수탉이 말할 차례요."

누가 소리쳤다.

"그럼 제가 말하지요."

하고 수탉이 지치를 한 번 치고 나서,

"그 여인은 때가 되었다고 소리칠 때가 되어서 여러 동무들하고 목
소리를 합해서 꼬끼오 꼬끼오 소리치고 야단하다가 고양이가 듣기 싫
다고 야단하는 통에 종내 고양이한테 물려서 꼼짝 못 하고 있다가 겨
우 살아나서 제 집에 돌아왔지요. 독약이 든 이상한 선물을 받아 가지
고 나와서 그 선물을 품고 있다가 저밖에 마실 사람이 없으니 마셔 버
린 거지 뭐요?"

"그 다음엔 비둘기 차례요."

"그럼 제가 이야기할까요."

비둘기가 가만가만 나서서 말하기를,

"그런 것이 아니라오. 저 여인은 본시 우리 비둘기처럼 양순한 양반
인데 수탉의 말대로 동무들 따라 때가 됐다고 요란스럽게 소리치다가
인간 고양이가 저의 말로 종알종알하면서 물어다가 굴 속에 가두어 두
는 바람에 본시 하느님에게 선물로 받은 새끼 비둘기같이 예쁜 것을
품고 있었는데, 땅굴 속에서 아무것도 먹이질 못해서 다 죽어 가던 것
이 간신히 세상에 나오니 갑자기 제 피를 먹여 보아도 살릴 수가 없고
그 선물이 변해서 독약이 되었다오. 그 독약은 자기가 마실 것인 줄 알
고 마신 것이라 그 사나이도 여인이 마시는 걸 멍하니 바라만 보고 있
었다오."

"그러면 그 고양이를 모두 잡아 없애지 않고 고놈들을 그냥 두었

소?"

수탉이 장한 듯이 말한다.

이때에 꼬리 길고 귀가 오뚝한 쥐란 놈이 홀랑 나서서,

"옳소, 옳소!"

소리쳤다. 회장이 말이 없이 어리둥절하자,

"그네들은 우리같이 순하기만 하고 재간이나 날랜 힘이 없으니 어쩔 도리가 없거든."

비둘기가 다시 말했다.

노란 눈을 굴리고 수염이 빳빳해 가지고 듣고 있다가 그 어느 틈에 자취를 감추고 말았다.

이윽고 때가 되어 수탉이 지치를 치면서 꼬끼요 꼬끼요 하고 기운차게 울어 댔다. 모든 미물인 동물들은 다 저 갈 곳으로 갔다.

6

그는 어느새 일어나 앉았다.

그는 돌아앉아서 그의 가슴에서 거룩한 피를 양철통에 뽑아 낸다. 눈에서 마알간 피가 뚝뚝 떨어진다. 그는 그의 가슴에서 뽑은 피를 그 사나이에게 내어주었다. 사나이는 양철통을 두 손으로 받아서 받들고 눈감고 하느님께 감사를 드리고 단숨에 쭉 들이켰다.

그는 그 사나이와 같이 새벽에 길을 떠나서 북으로 하루 종일 갔다. 나무 많고 들 많고 물 맑은 높은 산 속으로 들어갔다. 거기에는 하늘에

닿을 듯한 나무기둥이 우뚝우뚝 서 있고, 그 틈에 밑들일 만한 넓적넓
적한 바위가 첩첩이 쌓여 있다. 대륙의 '무리뫼'가 발밑에 꺼지고 산밑
에 흘러가는 개울물이 *실오라기 같다.

해가 저물어 어슬어슬했다.

검은 당나귀가 흰 김을 토하면서 달아난다. 벌판에 홑이불이 기어간
다. 개미가 기어간다. 개미가 노래를 부른다. 장사하고 돌아오는 사람
들이 우쭐우쭐 희뜩희뜩 산밑으로 간다.

그들은 눈을 들어 먼 데를 바라본다.

문득 자줏빛이다. 금빛이 번득번득한다. 우뚝 높다. 희다. 꿈같다.
취한 것 같다.

사나이가 혼자서 슬그머니 나갔다. 곧 돌아왔다. 갑자기 넘어졌다.
팔다리를 움직이지 못 하고 말도 못 하고 눈을 감고 가만히 있다. 그는
사나이가 죽을까 겁이 났다.

어두운 밤을 또 지나갔다. 사나이는 간신히 또 일어났다.

그들은 삼 일 만에 곧 다시 돌아왔다.

돌아온 이튿날 새벽에 그들은 북문을 나섰다. 이십 리를 걸어갔다.

나지막한 산으로 올라갔다. 콩알은 누웠고 돌은 일어섰다. 얼마 찾
다가 넓적한 몽둥이를 찾았다. 그들은 꼭 같이 우뚝 섰다.

'옥성(3·1기념)의 무덤'이라는 먹글자는 부는 바람 퍼붓는 비
에 알 수 없이 흐려졌다.

그는 곧 머리를 돌렸다.

피려던 도라지꽃 봉오리가 떨어졌다. 불 같은 태양이 고함을
치면서 슬금슬금 올라온다.

외폭이 소나무에서 금 같은 이슬이 방울방울 떨어졌다.

도라지꽃

까치

까치가 운다. 먼 데서 개가 짖는다. 늙은 사람이 느린 노래를 부른다. 중얼중얼 말한다.

사람은 모두 잠잔다. 그들은 아직 깨지 못했다.

맹물이 떨어진다. 벌개졌다.

공중에 소리 있어 가라대,

"해는 저 갈 길을 가나니라.

만물은 마침내 될 대로 되느니라.

사람은 흙이니라.

사람은 물이니라.

그러나 봄이 오면 흙과 물로 된 인생도 다시 일어나리라.

모든 참말은 다 거짓말이니라.

그러나 참말이 참말 될 때도 있나니라."

*부기(附記)

이야기는 아내가 기미년 3·1운동에 참가하여 만세 부르고 잡혀서 감옥살이를 하는 동안에 임신했던 아기가 영양 불량으로 난 지 석 달 만에 죽은 것을 기념하기 위해서 쓴 것이다. 아기 이름을 감옥에서 된 별이라고 해서 옥성(玉星)이라고 했었다.

『전영택창작선집』, 어문각, 1965.

화수분

1

첫겨울 추운 밤은 고요히 깊어 간다. 뒤뜰 창 바깥에 지나가는 사람 소리도 끊어지고, 이따금 찬바람 부는 소리가 '휙— 우수수' 하고 바깥의 춥고 쓸쓸한 것을 알리면서 사람을 위협하는 듯하다.

"만주노 호야 호오야."

길게 그리고도 힘없이 외치는 소리가 보지 않아도 추워서 수그리고 웅크리고 가는 듯한 사람이 몹시 처량하고 가엾어 보인다. 어린애들은 모두 잠들고 학교 다니는 아이들은 눈에 졸음이 잔뜩 몰려서 입으로만 소리를 내어 글을 읽는다. 나는 누워서 손만 내놓아 신문을 들고 소설을 보고, 아내는 이불을 들쓰고 어린애 저고리를 짓고 있다.

"누가 우나?"

일하던 아내가 말하였다.

"아니야요. 그 절름발이가 지나가며 무슨 소리를 지껄이면서 그러나 보아요."

공부하던 애가 말한다. 우리들은 잠시 그 소리를 들으려고 귀를 기울였으나, 다시 각각 그 하던 일을 계속하여 다시 주의도 하지 아니하였다. 그러다가 우리는 모두 잠이 들어 버렸다.

나는 자다가 꿈결같이 '으으으으으으' 하는 소리를 들었다. 잠깐 잠이 반쯤 깨었으나 다시 잠들었다. 잠이 들려고 하다가 또 깜짝 놀라서 깨었다. 그리고 아내에게 물었다.

"저게 누가 울지 않소?"

"아범이구려."

나는 벌떡 일어나서 귀를 기울였다. 과연 아범의 우는 소리다. 행랑
에 있는 아범의 우는 소리다.

'어찌하여 우는가. 사나이가 어찌하여 우는가. 자기 시골서 무슨 슬
픈 상사의 기별을 받았나? 무슨 원통한 일을 당하였나?'

나는 생각하였다. '어이어이' 느껴 우는 소리를 들으면서 아내에게
물었다.

"아범이 왜 울까?"

"글쎄요, 왜 울까요?"

<h2 style="text-align:center">2</h2>

아범은 금년 구월에 그 아내와 어린
계집애 둘을 데리고 우리집 행랑방에
들었다. 나이는 한 서른 살쯤 먹어 보이
고, 머리에 상투가 그냥 달라붙어 있고,
키가 늘씬하고 얼굴은 기름하고 누르퉁
퉁하고, 눈은 좀 큰데 사람이 퍽 순하고
착해 보였다. 주인을 보면 어느 때든지
그 방에서 고달픈 몸으로 밥을 먹다가
도 얼른 일어나서 허리를 굽혀 절한다. 나
는 그것이 너무 미안해서 그러지 말라고 이르려
고 하면서 늘 그냥 지내었다. 그 아내는 키가 자그마하고 몸이 똥똥하
고, 이마가 좁고, 항상 입을 다물고 아무 말이 없다. 적은 돈은 회계할

줄 알아도 '원'이나 '백 냥' 넘는 돈은 회계할 줄을 모른다.

그리고 어멈은 날짜 회계할 줄을 모른다. 그러기에 저 낳은 아이들의 생일을 아범이 그 전날 내일이 생일이라고 일러주지 않으면 모른다고 한다. 그러나 결코 속일 줄을 모르고, 무슨 일이든지 하라는 대로 하기는 하나 얼른 대답을 시원히 하지 않고, 꾸물꾸물 오래 하는 것이 흠이다. 그래도 아침에는 일찍이 일어나서 기름을 발라 머리를 곱게 빗고, 빨간 댕기를 드려 쪽을 찌고 나온다.

댕기

그들에게는 지금 입고 있는 단벌 홑옷과 조그만 냄비 하나밖에 아무것도 없다. 세간도 없고 물론 입을 옷도 없고 덮을 이부자리도 없고, 밥 담아 먹을 그릇도 없고, 밥 먹을 숟가락 한 개가 없다. 있는 것이라고는 보기 싫게 생긴 딸 둘과 작은애를 업는 홑누더기와 띠, 아범이 벌이하는 지게가 하나, 이것뿐이다. 밥은 우선 주인집에서 내어간 사발과 숟가락으로 먹고, 물은 역시 주인집 어린애가 먹고 비운 가루 우유통을 갖다가 떠 먹는다.

지게

아홉 살 먹은 큰 계집애는 몸이 좀 뚱뚱하고 얼굴은 컴컴한데, 이마는 어미 닮아서 좁고, 볼은 아비 닮아서 축 늘어졌다. 그리고 이르는 말은 하나도 듣는 법이 없다. 그 어미가 아무리 욕하고 때리고 하여도 볼만 부어서 까딱없다. 도리어 어미를 욕한다. 꼭 서서 어미보고 눈을 부르대고 "조 *깍쟁이가 왜 야단이야" 하고 욕을 한다. 먹을 것이 생기면 자식 먹이고 남편 대접하고, 자기는 늘 굶는 어미가 헛입 노릇이라도 하는 것을 보게 되면 "저 망할 계집년이 무얼 혼자만 처먹어?" 하고 욕을 한다. 다만 자기 어미나 아비의 말을 아니 들을 뿐 아니라, 주인마누라나 주인나리가 무슨 말을 일러도 아니 듣는다. 먼 데 있는 것을 가까이 오게 하려면 손수 붙들어 와야 하고, 가까이 있는 것을 비

깍쟁이
이기적이고 인색한 사람 또는 아주 약빠른 사람.

키게 하려면 붙들어다 치워야 한다.

다음에 작은 계집애는 돌을 지나 세 살 먹은 것인데, 눈이 커다랗고 입술이 삐죽 나오고, 걸음은 겨우 빼뚤빼뚤 걷는다. 그러나 여태 말도 도무지 못 하고, 새벽부터 하루 종일 붙들어매여 끌려가는 돼지 소리 같은 크고 흉한 소리를 내어 울어서 해를 보낸다.

울지 않는 때라고는 먹는 때와 자는 때뿐이다. 그러나 먹기는 썩 잘 먹는다. 먹을 것이라고 눈앞에 보이기만 하면 죄다 빼앗아다가 두 다리 사이에 넣고, 다리와 팔로 웅크리고 '옹옹' 소리를 내면서 혼자서 먹는다. 그렇게 심술 사나운 큰 계집애도 다 빼앗기고 졸연해서 얻어먹지 못한다. 이렇기 때문에 작은것은 늘 어미 뒷잔등에 업혀 있다. 만일, 내려놓아 버려 두면 그냥 땅바닥을 벗은 몸으로 두 다리를 턱 내뻗

치고, 묶여 가는 돼지 소리로 동리가 요란하도록 냅다 지른다.

그래서 어멈은 밤낮 작은것을 업고 큰것과 싸움을 하면서 얻어먹지도 못하고, 물 긷고 걸레질치고 빨래하고 서서 돌아간다. 작은것에게는 젖을 먹이고, 큰것의 욕을 먹고 *성화 받고, 사나이에게 '웅얼웅얼' 하는 잔말을 듣는다. 밥 지을 쌀도 없는데, 밥 안 짓는다고 욕을 한다. 그리고 아범은 밝기도 전에 지게를 지고 나갔다가 밤이 어두워서 들어오지만, 하루에 두 끼를 못 끓여 먹고, 대개는 벌이가 없어서 새벽에 나갔다가도 오정 때나 되면 일찍 들어온다. 들어와서는 흔히 잔다. 이런 때는 온종일 그 이튿날 아침까지 굶는다. 그때마다 말없던 어멈이 '옹알옹알' 바가지 긁는 소리가 들린다. 어멈이 그 애들 때문에 그렇게 애쓰고, 그들의 살림이 그렇게 어려운 것을 보고, 나는 이따금 이렇게 생각하였다.

아내에게 말도 한다.

"저 애들을 누구를 주기나 하지."

위에 말한 것은 아범과 그 식구의 대강한 정형이다. 그러나 밤중에 그렇게 섧게 운 까닭은 무엇인가?

3

그 이튿날 아침이다. 마침 일요일이기 때문에 내게는 한가한 틈이 있어서 어멈에게서 그 내용을 들을 기회가 있었다.

"지난밤에 아범이 왜 그렇게 울었나?"

하는 아내의 말에 어멈의 대답은 대강 이러하였다.

성화
몹시 귀찮게 구는 일.

"어멈이 늘 쌀을 팔러 댕겨서 저 뒤의 쌀가게 마누라를 알지요. 그 마누라가 퍽 고맙게 굴어서 이따금 앉아서 이야기도 했어요. 때때로 '그 애들을 데리고 어떻게나 지내나' 하고 물어요. 그럴 적마다 '죽지 못해 살지요' 하고 아무 말도 아니 했어요. 그러는데 한번은 가니까, 큰 애를 누구를 주면 어떠냐고 그래요. 그래서 '제가 데리고 있다가 먹이면 먹이고 죽이면 죽이고 하지, 제 새끼를 어떻게 남을 줍니까? 그리고 워낙 못생기고 아무 철이 없어서 에미 애비나 기르다가 죽이더라도 남은 못 주어요. 남이 가져갈 게 못 됩니다. 그것을 데려가시는 댁에서는 길러 무엇 합니까. 돼지면 잡아나 먹지요' 하고 저는 줄 생각도 아니 했어요. 그래도 그 마누라는 '어린것이 다 그렇지 어떤가. 어서 좋은 댁에서 달라니 보내게. 잘 길러 시집 보내 주신다네. 그리고 젊은이들이 벌어 먹고 살아야지. 애들을 다 데리고 있다가 인제 차차 날도 추워 오는데 모두 한꺼번에 굶어죽지 말고……' 하시면서 여러 말로 대구 권하셔요. 말을 들으니까 그랬으면 좋을 듯도 하기에 '그럼 저희 아범보고 말을 해보지요' 했지요. 그랬더니 그 마누라가 부쩍 달라붙어서 '내일 그 댁 마누라가 우리집으로 오실 터이니 그 애를 데리고 오게' 하셔요. 해서 저는 '글쎄요' 하고 돌아왔지요. 돌아와서 그날 밤에, 그젯밤이올시다. 그젯밤 아니라 어제 아침이올시다. 요새 저는 정신이 하나 없어요. 그래 밤에는 들어와서 반찬 없다고 밥도 안 먹고, 곤해서 쓰러져 자길래 그런 말을 못 하고, 어제 아침에야 그 이야기를 했지요. 그랬더니 '내가 아나, 임자 마음대로 하게그려.' 그러고 일어서 지게를 지고 나가 버리겠지요. 그러고는 저 혼자서 온종일 이리저리 생각을 해보았지요. 아무려나 제 자식을 남을 주고 싶지는 않지만 어떻게 합니까. 아씨 아시듯이 이제 새끼 또 하나 생깁니다그려. 지금도 어려운

화수분 137

데 어떻게 둘씩 셋씩 기릅니까. 그래서 차마 발길이 안 나가는 것을 오정때가 되어서 데리고 갔지요. 짐승 같은 계집애는 아무런 것도 모르고 따라나서요. 앞서 가는 것을 뒤로 보면서 생각을 하니까 어쩌 마음이 안되었어요."

하면서 어멈은 울먹울먹한다. 눈물이 핑 돈다.

"그런 것을 데리고 갔더니 참말 알지 못하는 마누라님이 앉아 계셔요. 그 마누라가 이걸 호떡이라 군밤이라 감이라 먹을 것을 사다 주면서 '나하고 우리집에 가 살자. 이쁜 옷도 해주고 맛난 밥도 먹고 좋지, 나하고 가자, 가자' 하시니까 이것은 먹기에 미쳐서 대답도 아니하고 앉았어요."

이 말을 들을 때에 나는 그 계집애가 우리 마루 끝에 서서 우리집 어린애가 감 먹는 것을 바라보다가, 내버린 감꼭지를 쳐다보면서 집어 가지고 나가던 것이 생각났다.

어멈은 다시 이야기를 이어,

"그래, 제가 어쩌나 보려고 '그럼 너 저 마님 따라가 살련? 나는 집에 갈 터이니' 했더니 저는 본체만체하고 머리를 끄덕끄덕해요. 그래도 *미심해서 '정말 갈 테야. 가서 울지 않을 테야?' 하니까, 저를 한번 흘끗 노려보더니 '그래, 걱정 말고 가요' 하겠지요. 하도 어이가 없어서 내버리고 집으로 돌아왔지요. 그리고 돌아와서 저 혼자 가만히

미심(未審)
일이 확실하지 아니하여 늘 마음을 놓을 수 없음.

생각하니까, 아범이 또 무어라고 할는지 몰라 어째 안되었어요. 그래, 바삐 아범이 일하러 댕기는 데를 찾아갔지요. 한번 보기나 하랄려고, 염천교 다리로 남대문통으로 아무리 찾아야 있어야지요. 몇 시간을 애써 찾아댕기다가 할 수 없이 그 댁으로 도루 갔지요. 갔더니 계집애도 그 마누라도 벌써 떠나가 버렸겠지요. 그 댁 마님 말씀이 저녁 여섯 시 차에 광핸지 광한지로 떠났다고 하셔요. 가시면서 보고 싶으면 설 때 에나 와보고 와 살려면 농사 짓고 살라고 하셨대요. 그래 하는 수가 있습니까. 그냥 돌아왔지요. 와서 아무 생각이 없어서 아범 저녁 지어 줄 생각도 아니 하고 공연히 밖에 나가서 왔다갔다 돌아댕기다가 들어왔지요. 저는 눈물도 안 나요. 그러다가 밤에 아범이 들어왔기에 그 말을 했더니, 아무 말도 아니 하고 그렇게 통곡을 했답니다. *여북하면 제 자식을 꿈에도 보두 못 하던 사람에게 주겠어요. 할 수가 없어서 그렇지요. 집에 두고 굶기는 것보다 나을까 해서 그랬지요. 아범이 본래는 저렇게는 못살지는 않았답니다. 저희 아버지 살았을 때는 벼 백 석이나 하고, 삼형제가 양평 시골서 남부럽지 않게 살았답니다. 이름들도 모두 좋지요. 맏형은 '장자'요, 둘째는 '거부'요, 아범이 셋짼데 * '화수분'이랍니다. 그런 것이 제가 간 후부터 시아버님이 돌아가시고, 그리고 맏아들이 죽고 농사 밑천인 소 한 마리를 도적맞고 하더니, 차차 못살게 되기 시작해서 종내 저렇게 거지가 되었답니다. 지금도 시골 큰 댁엘 가면 굶지나 아니할 것을 부끄럽다고 저러고 있지요. 사내 못생긴 건 할 수가 없어요.”

　우리는 이제야 비로소 아범이 어제 울던 까닭을 알았고, 이때에 나는 비로소 아범의 이름이 ‘화수분’ 인 것을 알았고, 양평 사람인 줄도 알았다.

4

갓

행장(行裝)
여행할 때 쓰는 물건과
차림.

　그런 지 며칠이 지난 어느 날 아침이다. 화수분은 새옷을 입고 갓을 쓰고, 길 떠날 *행장을 차리고 안으로 들어온다. 그것을 보니까, 지난밤에 아내에게서 들은 말이 생각난다. 시골 있는 형 거부가 일하다가 발을 다쳐서 일을 못 하고 누워 있기 때문에, 가뜩이나 흉년인데다가 일을 못 해서 모두 굶어죽을 지경이니, 아범을 오라고 하니 가보아야 하겠다는 말을 듣고, 나는 "가보아야겠군" 하니까, 아내는 "김장이나 해주고 가야 할 터인데" 하기에 "글쎄, 그럼 그렇게 이르지" 한 일이 있었다. 아범은 뜰에서 허리를 한번 굽히고 말한다.

　"나리, 댕겨오겠습니다. 제 형이 일하다가 도끼로 발을 찍어서 일을 못 하고 누웠다니까 가보아야겠습니다. 가서 추수나 해주고는 곧 오겠습니다. 그저 나리댁만 믿고 갑니다."

　나는 어떻게 대답을 했으면 좋을지 몰라서,

　"잘 댕겨오게."

하였다.

　아범은 다시 한번 절을 하고,

　"안녕히 계십시오."

하면서 돌아서 나갔다.

　"저렇게 내버리고 가면 어떡합니까? 우리도 살기 어려운데 어떻게 불 때주고 먹이고 입히고 할 테요? 그렇게 곧 오겠소?"

　이렇게 걱정하는 아내의 말을 듣고 나는 바삐 나가서 화수분을 불

러서,

"곧 댕겨오게, 겨울을 나서는 안 되네."

하였다.

"암, 곧 댕겨옵지요."

화수분은 뒤를 돌아보고 이렇게 대답을 하고 달아난다.

5

화수분은 간 지 일주일이 되고 열흘이 되고 보름이 지나도 아니 온다. 어멈은 아범이 추수해서 쌀말이나 지고 돌아오기를 밤낮 기다려도 종내 오지 아니하였다. 김장때가 다 지나고 입동이 지나고 정말 추운 겨울이 되었다. 하루 저녁은 바람이 몹시 불고, 그 이튿날 새벽에는 하얀 눈이 펑펑 내려 쌓였다.

아침에 어멈이 들어와서 화수분의 동네 이름과 번지 쓴 종잇조각을 내어놓으면서, 오지 않으면 제가 가겠다고, 편지를 써달라고 하기에 곧 써서 부쳐까지 주었다.

그 다음날부터는 며칠 동안 날이 풀려서 꽤 따뜻하였다. 그래도 화수분의 소식은 없다. 어멈은 본래 어린애가 딸려서 일을 잘 못 하는데다가, 다릿병이 있어 다리를 잘 못 쓰고, 더구나 며칠 전에 손가락을 다쳐서 일을 하지 못하는 것을 퍽 미안하게 생각한다.

그리고 추운 겨울에 혼자 살아갈 길이 막연하여, 종내 아범을 따라 시골로 가기로 결심을 한 모양이다.

"그만, 아씨, 시골로 가겠습니다."

"몇 리나 되나?"

"몇 린지 사나이들은 일찍 떠나면 하루에 간다고 해두, 저는 이틀에나 겨우 갈걸요."

"혼자 가겠나?"

"물어 가면 가기야 가지요."

아내와 이런 문답이 있은 다음날, 아침 바람이 몹시 불고 추운 날 아침에 어멈은 어린것을 업고 돌아볼 것도 없는 행랑방을 한번 돌아보면서 아창아창 떠나갔다.

그날 밤에도 몹시 추웠다. 우리는 문을 꼭꼭 닫고 문틈을 헝겊으로 막고 이불을 둘씩 덮고 꼭꼭 붙어서 일찍 잤다.

나는 자면서, 잘 갔나, 얼어 죽지나 않았나 하는 생각이 났다.

화수분도 가고, 어멈도 하나 남은 어린것을 업고 간 뒤에는 대문간은 깨끗해지고 시꺼먼 행랑방 방문은 닫혀 있었다. 그리고 우리집에는 다시 행랑 사람도 안 들이고 식모도 아니 두었다. 그래서 몹시 추운 날, 아내는 손수 어린것을 등에 지고 이웃집의 우물에 가서 배추와 무를 씻어서 김장을 대강 하였다. 아내는 혼자서 김장을 하면서 눈물을 흘리고 어멈 생각을 하였다.

6

김장을 다 마친 어떤 날, 추위가 풀려서 따뜻한 날 오후에, 동대문 밖에 출가해 사는 동생 S가 오래간만에 놀러 왔다. S에게 비로소 화수분의 소식을 듣고 우리는 놀랐다. 그들은 본래 S의 시댁에서 *천거해

보낸 것이다. 그 소식은 대강 이렇다.

화수분이 시골 간 후에, 형 거부는 꼼짝 못 하고 누워 있기 때문에, 형 대신 겸 두 사람의 일을 하다가 몸이 지쳐 몸살이 나서 넘어졌다. 열이 몹시 나서 정신없이 앓으면서도 귀동이(서울서 강화 사람에게 준 큰계집애)를 부르고 늘 울었다.

"귀동아, 귀동아, 어델 갔니? 잘 있니……."

그러다가는 흐득흐득 느끼면서,

"그렇게 먹고 싶어하는 사탕 한 알도 못 사주고 연시 한 개 못 사주고……."

하고 소리를 내어 어이어이 운다.

연시

그럴 때에 어멈의 편지가 왔다. 뒷집 기와집 진사댁 서방님이 읽어 주는 편지 사연을 듣고,

"아이구, 옥분아(작은계집애 이름), 옥분이 에미!"

하고 또 어이어이 운다. 울다가 펄떡 일어나서 서울서 *넝마전에서 사 입고 간 새옷을 입고 갓을 썼다. 집안 사람들이 굳이 말리는 것을 뿌리치고 화수분은 서울을 향하여 어멈을 데리러 떠났다. 싸리문 밖에를 나가 화수분은 나는 듯이 달아났다.

싸리문

넝마
낡고 해어져서 입지 못하게 된 옷, 이불 따위를 이르는 말.

화수분은 양평서 오정이 거의 되어서 떠나서, 해져 갈 즈음 해서 백 리를 거의 와서 어떤 높은 고개를 올라섰다. 칼날 같은 바람이 뺨을 친다. 그는 고개를 숙여 앞을 내려다보다가, 소나무 밑에 희끄무레한 사람의 모양을 보았다. 그것을 곧 달려가 보았다. 가본즉 그것은 옥분과 그의 어머니다. 나무 밑 눈 위에 나뭇가지를 깔고, 어린것 업는 헌 누더기를 쓰고 한끝으로 어린것을 꼭 안아 가지고 웅크리고 떨고 있다. 화수분은 왁 달려들어 안았다. 어멈은 눈은 떴으나 말은 못 한다. 화수분도 말을 못 한다. 어린것을 가운데 두고 그냥 껴안고 밤을 지낸 모양이다.

이튿날 아침에 나무 장수가 지나다가, 그 고개에 젊은 남녀의 껴안은 시체와, 그 가운데 아직 막 자다 깬 어린애가 등에 따뜻한 햇볕을 받고 앉아서, 시체를 툭툭 치고 있는 것을 발견하여 어린것만 소에 싣고 갔다.

『전영택창작선집』, 어문각, 1965.

전영택 단편소설

김탄실과 그 아들

1

　백두산 천지에서 흐르는 물은 두 줄기로 갈라져, 하나는 동으로 내려가다가 두만강으로 흘러들고, 하나는 서편으로 흘러들어 압록강 줄기로 들어간다. 사람의 운명도 같은 처지에 나서, 같은 환경에서 자랐지마는 그럭저럭 세월이 흘러서 십 년 이십 년 지나는 동안에 서로 거리가 엄청나게 멀어져서, 아주 딴 세상 사람이 되어 버리는 수가 있다. 두 사람이 이웃에서 나고, 혹 형제로 태어나고, 한 학교에서 한 책상 한 걸상에서 같은 선생에게 공부하고 자랐으나, 몇 십 년이 지나간 다음에 한 사람은 학업을 성취하고 출세도 잘해서 일국과 일세에 이름을 날리고, 한 사람은 비참한 자리에 빠져서 언제 두 사람이 같은 처지에서 자랐던가를 의심하게 되는 일이 있다.

*

　한국은 *동란을 만나서 무서운 파괴를 당하고 처참한 고생을 하고 있는 동안, 패전 일본의 수도 동경은 파괴되고 불타서 시커먼 벌판 같던 자리에 차차 새 집이 생기고, 큰 빌딩이 늘어서게 되었다. 학교 많고 책사 많은 '간다'에도 다 깨끗한 새 집이 쭉 들어서서 훌륭한 시가가 되었는데, 그 한 모퉁이에 다행히 폭격과 화재는 면했으나, 수리도 못 하고 별 신통한 사업도 못 하고, 옛 모습만 그대로 지니고 있는 삼층집이 하나 우뚝 서 있었다. 컴컴하고 침침한 벽돌집이 새로 지은 아담한 문화주택이며, 훌륭한 호텔과 번듯한 음식점과 상점 새에 있어서

동란(動亂)
폭동, 반란, 전쟁 따위가 일어나 사회가 질서를 잃고 소란해지는 일.

더 무색할 뿐인데, 간판만 눈에 띄어서 오고 가는 사람 발을 멈추고 쳐다보게 되는 것이 곧 동경의 우리 청년회관이었다.

쓸쓸하던 청년회관에는 새 간판이 또 하나 붙고, 사무실이 하나 새로 생겨서 약간 활기를 띠었는데, 그것은 일본에 재류하는 교포를 지도하고 교화할 목적으로 뜻있는 이들의 노력으로 한글 주간신문이 하나 생겨서 그 사무소를 이 회관에 정하고 간판을 붙이게 되었고, 그 주간 신문으로 예전에 본국에서 소설도 쓰고 신문도 해본 문사요 종교가를 겸한 새 인물이 최근에 초청을 받아 본국에서 와서 회관의 새 식구가 되자, 이 회관 사람들은 물론이요, 재류 동포들과 특히 신자들과 청년들이 적지 않은 관심과 기대를 가지게 되었다.

삼십여 년 만에 처음 온 Y라는 이 신문 *주간도 많은 흥미를 가지고 하루하루를 지내게 되었다.

하루는 Y가 이층 자기 방에서 좀 느지막하게 내려와서 아래층 사무

주간(主幹)
어떤 일을 책임지고 맡아서 처리함. 또는 그런 사람.

실로 들어가려는 즈음에, 마침 현관 한편 담에 걸린 거울에 어떤 여성의 얼굴이 비치고, 그리고 무슨 이상한 노래를 부르고 싱긋싱긋 웃으면서 머리를 어루만지고, 두 팔을 벌리고 앞뒤로 옷 모양을 보고 있는 것이 눈에 띈다. 아무리 보아도 보통 성한 여자는 아니다.

Y는 깜짝 놀라서 물끄러미 들여다보았으나, 줄곧 보고 있을 수도 없어서 사무실로 들어가 버렸다. 암만해도 그 얼굴 모습이 낯익은 모습이다.

"그런데 저 현관에 있는 부인이 누구요? 일본 여자요 한국 사람이오?"

마침 사무실에 놀러 들어온 K라는 학생에게 물었다.

"선생님, 모르십니까? 그가 유명한 김영순 씨랍니다. 참, 선생님 아시겠군요."

Y는 K의 말에 깜짝 놀랐다.

"뭐? 김영순이라니!"

"그런데 선생님, 왜 그렇게 놀라십니까?"

K는 이상스러운 듯이 Y의 얼굴과 거동을 살펴본다.

"놀라시는 게 이상하시군요. 선생님도 그이와 무슨 연고가 있는 모양이군요. 잘 아십니까?"

"연고는 무슨 연고요. 그런 말 마시오. 그럼 저이가 예전에 시도 쓰고 하던 평양 여자 김영순이란 말이오?"

"그렇답니다. 그런데 선생님, 왜 그렇게 놀라셔요? 암만해도 수상한데요."

"그런 장난의 말은 말고, 도대체 이야길 좀 하시오."

"절더러 이야기를 하라구요?"

　　K라는 청년은 와세다 대학 문과를 금년에 막 마치고 대학원에서 연구하고 있는 열성 시인으로, 이 회관에서도 유명한 사람이다. 고향이 함북 국경에 있기 때문에 가족과는 소식이 끊어져서 늘 우울한 생활을 하고 있다가, 같은 문학인인 Y를 만나서 *연배는 틀리지마는 좋은 친구가 되어 지내는 형편이었다.

　　"그래, 이야길 좀 하시오."

　　"날더러 이야길 하라구 하시지 말구, 선생님이 이야길 하셔요. 그에게 대해서는 나보다도 선생님이 더 잘 아실 것 같은데요."

　　"그럼 내가 아는 대로 이야길 할 테니, K군 아는 것을 우선 이야기 하시오. 그 동안 일본서 지낸 일, 현재의 생활에 대해서 이야기를 하시오. 도대체 어떻게 되었소? 어떻게 저렇게 되었소?"

　　"공연히 아시면서 그러시지…… 간단히 말하면 소위 사랑에 속고 돈에 울고, 실연 비관한 끝에 정신이상이 생기고, 어찌어찌 해서 이 회관에 와서 살게 되었는데, 결국 이 회관과 이 근방에서 명물이 되었답니다. 저 뒤뜰에 있는 문화주택이 그분이 사는 집이랍니다."

　　K는 웃음을 참지 못한다.

　　"그래? 문화주택이라니, 저 뒤에 있는 그게 닭의 우린가 했더니 그것 말이오?"

　　Y는 점점 호기심의 도가 높아져 이렇게 묻는다. 과연 회관 뒤뜰에 닭의 우리 같은 이상스러운 건물이랄까가 있는 것을 무심히 본 생각이 났다.

　　"아 참, 잊었습니다. 그 집에는 그분이 혼자 사는 것이 아니라, 그분의 아드님, 스무 살 먹은 아드님이 같이 있답니다. 저 제본소에서 일하지요."

연배
비슷한 또래의 나이.
또는 그런 사람.

K는 다시 이야기를 이어서 이렇게 말한다.

"아드님이라니, 웬 아들이 있던가?"

"모르지요. 웬 아들인지…… 좌우간 아들이라니 아들인 줄 알지요."

K는 볼일이 있다고 나갔기 때문에 두 사람의 대화는 우선 이만큼으로 끝났다.

일본 여사무원은 부지런히 신문 독자의 주소 성명을 쓰고 있고, 사무실은 조용하였다. Y는 테이블을 의지하고 손으로 턱을 괴고 앉아서 무슨 생각에 잠겨 있다.

2

지금으로부터 삼십오 년 전, 아득한 옛날이라고도 할 수 있는, Y도 청춘시절이었다. Y는 몇 친구들과 같이 《문예》라는 잡지를 시작한 일이 있었다. 이때는 아직 우리 사회에는 문예에 대한 이해가 썩 부족한 때이었다. 소설, 그 중에서도 연애소설을 쓰면 타락한 사람이 오입하는 일로 알던 때였다.

사상가, 이때에 사상가라는 것은 민족주의자, 애국자를 이르는 것이었다. 교육가, 종교가, 문학가—그것은 *비분강개한 문구를 늘어놓아서 민족의 운명을 통탄하고 자유와 독립을 *은어(隱語)와 비사(譬詞)로 노래를 짓는 사람을 문학가로 쳤는데, 이러한 몇 가지 전문가를 청년의 이상으로 희망하고 나아가며, 사회에서도 일러주는 부류의 사람이요, 그 외에 화가라든지 배우라든지 소설가 따위는 뜻있고 생각 있는 사람은 못 할 것으로 치고, 배척을 받는 형편이었다. 사람의 지성을 찾

비분강개(悲憤慷慨)
슬프고 분하여 의분이 북받침.

은어
어떤 계층이나 부류의 사람들이 다른 사람들이 알아듣지 못하도록 자기네 구성원들끼리만 빈번하게 사용하는 말.

고, 인간의 감정을 그대로 노래하고 그리는 것은 별로 가치가 없는 것일 뿐 아니라, 도리어 죄로 인정되었다. 그것은 금욕적인 사상을 다분히 가진 초대 교회의 영향도 다분히 있기도 하고, 나라를 잃은 설움과 독립과 자유를 찾는 영웅적인 기풍에서 나온 것이었다.

교회의 추천을 받아서 스칼라십을 받아 가지고 일본 유학생이 되어서, 장차 교회와 교육계의 지도자가 되려고 하고, 또 그러기를 기대받는 Y로서, 소설과 시를 전문으로 하는 순문예잡지를 한다는 것은 상당한 오입이요 모험이 아닐 수 없었다. 이 잡지는 남자만 사오 인 모인 동인제(同人制)로 한 것이었다. 그 동인들은 Y 한 사람을 빼놓고는 다 그 뒤에 당대에 쟁쟁한 소설가, 시인으로 한국 신문학계의 선구자, 창시자(創始者)의 명예를 가지게 된 사람 들이었다. 얼마 뒤의 일이었다.

"우리 남자만 동인으로 하는 것보다, 여자도 한 사람 넣으면 어떤가?"

이것은 동인 중의 H라는 사람의 제안이었다.

"여자? 여자 중에 어디 동인 될 사람이 있을라구?"

이것은 T라는 동인의 반대의 의견이었다.

"아니야, 있어. 어디 처음부터 다 된 사람이 있어? 착실히 소질이 있고 희망이 있으면 되지 않는가?"

이것은 Y 자신의 말이었다.

"저 사람의 말이 옳은걸. 저 사람도 가끔 바른말을 할 줄 아는걸."

"도대체 누구란 말인가? 누가 그럴 만한 사람이 있단 말인가?"

"있네. 유망한 사람이 있네. 무엇보다 문학을 지망하려고 나아가는 그 용기가 훌륭해!"

제안자 H는 자신과 *열 있는 어조로 말한다.

"누구? 그러면 넣기로 하지."

열
열성 또는 열의(熱意).

T는 마침내 찬의를 표한다.

이리하여 후보자로 오르고 택함을 입은 사람이 김영순이었다. 바로 지금 이 회관과 동네의 명물이라는 미스 김이었다.

이때에는 여자로 글쓰는 사람이라곤 새벽 하늘에 별처럼 드물었다. 또 하나 김이라는 사람이 글을 쓰고 잡지도 하노라고 하지마는, 그는 창작의 소질은 없는 사람이요, 오직 영순이 한 사람이 택함을 입을 만하였다. 아직 미성품인 김영순을 서둘러서 동인으로 넣은 것은, 이때에 본국에서 《문예》에 뒤이어 나온 《신조(新潮)》라는 잡지에 끌려가나 아니할까 하는 *기우에서 나온 원인도 있지만, Y의 누이동생의 소학 동창으로 그의 자라 온 환경도 알지마는 문학을 하게 된 동기와 내력을 잘 알기 때문이다.

Y는 지나간 청춘시절의 일을 더듬어 생각하고, 영순의 기구한 운명의 현실을 바라보고 자못 *감개함을 금치 못했다.

기우
앞일에 대해 쓸데없는 걱정을 함.

감개
어떤 감동이나 느낌이 마음 깊은 곳에서 배어 나옴. 또는 그 감동이나 느낌.

관변
정부나 관청 쪽. 또는 그 계통.

상계
상업계.

3

영순은 역사의 도시요, 명승지로 제일 강산이요, 색향인 평양, 기독교로 더불어 근대 문화의 발상지 평양에서 첫손가락으로 꼽히는 명문가 김박천의 집에 막내딸로 태어났다. 아버지가 박천 군수를 지낸 대지주로 *관변으로나 *상계로나 쩡쩡 울리는 집의 규수로 곱게곱게 귀엽게 자랐던 것이다.

어려서부터 천생 인물이 곱고 태도가 귀엽기 때문에 이름을 탄실이라고 부르고, 색동저고리에 긴 치마를 입혀서 인형처럼

색동저고리

곱게 단장을 시켜 가지고, 이방 저방으로 사랑으로 외갓집으로 끌려다니면서 무척 귀염을 받았다. 예수 믿는 외할머니는 탄실이를 데리고 정진학교라는 교회학교에 가서 입학시켰다.

물론 학교에서도 선생의 귀염을 받았다. 탄실이는 온 학교에서 선생들의 귀염을 독차지하고 인기의 중심이 되었다. 탄실이는 곱고도 재주가 있고, 그 동무 명숙이는 복스럽게 생긴데다가 활발하고 말을 잘하기 때문에, 학예회나 크리스마스 때에는 늘 뽑혔다. 두 아이는 다 공부도 잘하고 똑똑하다고, 학교에서나 집에서나 이 다음에 이화대학까지 시켜서, 한국의 유명하고 훌륭한 여자가 되기를 바랐다.

세월은 흘렀다. 탄실이는 영순이라고 이름을 고치고, 관립 여자고보에 입학한 지 삼 년 만에 어머니를 여의고, 아버지 김박천은 전부터 첩을 얻어 가지고 살면서 금광을 하다가 파산을 당하고는 서울로 만주로 다니며, 오빠들은 서울로 일본으로 나가고, 영순이는 무척 고독하고 우울하게 지냈다. 학교에는 결석하는 날이 많고, 집에 들어앉아서 미술하는 큰오빠가 보던 일문 소설책만 읽고 있었다.

외할머니는 이것을 걱정하여 교회에 데려가려고 하고, 목사가 찾아와서 권하고 (교회학교) 정의학교에 다니는 명숙이가 끌어도 시간 낭비라고 다 거절하고 여전히 소설책만 읽었다. 아버지는 연애소설만 읽는다는 것을 알고 꾸중을 하면서 교회 가기를 권했으나, 영순은 교회에는 *염증을 내고 질색을 하였다. 이것도 저것도 하지 말라는 것이 싫다는 것이었다.

영순이가 졸업할 무렵에는 연애한다는 소문이 높아졌다. 할머니는 이것을 알고 몹시 걱정하고, 아버지는 부랴부랴 약혼을 시켰다. 공부를 더 하겠다고 아무리 졸랐으나, 아버지는 들은 체도 않고 졸업도 하기

염증
싫증.

전에 시집을 보내려고 서둘렀다. 여학교 교장이 중재를 해서 졸업이나 하고 결혼을 하라고 권했으나, 영순은 졸업하던 날 일본으로 달아났다. 문학을 지망하여 동경으로 간다던 숙원을 이루려고 한 것이다.

"영순은 자기의 눈이 뜬 사람이다. 지혜의 열매를 맛보고 미의 세계를 동경하고 있다."

고 하는 것은 그때 일본인 영어교사의 평이다.

4

Y는 별로 일도 없이 현관 쪽으로 나가 보았다. 김영순이라는 그 여자가 혹 그냥 있는가 하고. 있으면 그 꼴을 좀 자세히 보려고 나가 보았으나, 어디로 나갔는지 자기 처소로 들어갔는지 보이지 아니한다. 잠깐 *서슴서슴하고 섰는데, 어디서 계집애 목소리로 찢어지는 소리가 들린다.

"쌍! 어떤 놈이 우리 애기를 때려서…… 쌍!"

'저게 누군가?' 하면서 Y는 그 소리나는 방향을 따라서 강당 쪽으로 가보았다. 강당 뒤 회관 뒤뜰 한가운데 한 다리를 뻗치고 비스듬히 앉아서 병아리 한 놈을 만지고 들여다보면서, 혼자서 계집애 목

소리로 떠드는 것은 아까 현관에서 보던 영순이다. 머리는 굉장히 구실러지고, 찢어진 스커트 틈으로 거의 엉덩이까지 드러낸 그 모양을 자세히 오래

보기가 거북해서 Y는 얼굴을 돌렸다.

'저이가 과연 영순일까?'

Y는 곰곰 생각하여 보았다. 나이는 늙었으나 목소리는 늙지 아니했는지, 분명히 옛날에 듣던 그 목청이 분명하다.

"김가, 네가 우리 아가를 때려서 다리를 절게 했지? 응, 이 쌍 김가야."

고개를 들어서 어딘지 위를 쳐다보고 그는 소리를 지른다. 애기라는 것은 병아리를 말하는 것이다. 김가라는 것은 Y가 사귀어 지내는 젊은 친구 K를 말하는 것 같다. K는 삼층에 있었다.

"미스 김! 그건 오햅니다. 내가 미스 김을 얼마나 존경하고 사랑하기에 미스 김네 병아리를 다쳐서 상하게 해요?"

"호호호호, 우리 김씨는 나를 사랑하지. 우리 애인이지, 호호호호."

'과연 미치기는 미쳤구나' 하고 Y는 속으로 썩 가엾게 생각하였다.

몇 날 지난 밤이었다. 달이 유난히 밝은 초가을 밤이었다. 저녁식사를 마친 Y는 갑갑하고 *홈식(Homesick)도 나고 해서, K를 찾아서 같이 책방 구경을 하고 다방에도 들러서 들어오는 길에,

"우리 어디 저 미스 김한테나 가서 이야기나 붙어 볼까요?"

하는 K의 말대로 회관 뒤로 갔다. K는 창을 노크하였다.

"미스 김 계세요?"

"그거 누구가?"

자려고 벗었던지 아래만 입고 위는 벗다시피 한 주인은 창으로 내다본다.

"미안합니다, 실례합니다."

"왜덜 밤에 밀려다녀, 젊은 사람들이."

"달이 좋아서 산보 갔다 왔답니다. 달이 좋지요, 미스 김?"

홈식(Homesick)
향수병. 고향을 그리워하는 마음이나 시름을 병에 비유하여 이르는 말.

"달이 좋으면 무얼 해. 돈이 있어야지. 다 쓸데없어!"

"달구경도 돈 있어야 하나. 좀 나와 보아요, 저 달을."

"싫어, 싫어!"

"그럼 미스 김, 노래나 하나 해요."

"제나 하지, 날더러 왜 하라나?"

"그러지 말구 하나 해요."

"싫어! 싫어! 저 손님은 누구야? 모르는 손님 있는데 싫어!"

한편에 서서 두 사람의 회화를 듣고 있던 Y를 손가락질하면서 미스 김은 말한다.

"참, 실례했습니다. 소개합니다. 이분이 Y선생님, 이분이 미스 김, 김영순 씨, 아시지요? 피차에……."

K는 이렇게 제법 인사를 시켰다.

"몰라, 몰라! 나는 저런 사람은 몰라."

"왜 몰라요. 유명한 Y선생을 몰라요? 옛날에 같이 잡지에 글을 쓰시고…… 미스 김 젊었을 때에……."

"몰라, 몰라. 김씨, 오늘 저녁 오고루(한턱)해."

미스 김은 그러면서도 슬쩍슬쩍 Y의 얼굴을 쳐다본다.

"명숙이란 계집애는 밤낮 미국 간다더니, 미국 가문 돈이 많이 생기나? 미국 사람하구 사나 봐."

"이분도 바로 그 명숙이라는 이를 잘 아신답니다."

K는 Y를 가리키면서 미스 김을 들여다보고 옛날 기억을 끌어내 보려고 하였다.

"그분이 누군데? 그런 말 하지 말구 어서 한턱해. 김씨 코하며 눈썹하며 미남잔데. 저 사람이 김씨 고이비도 빼앗은 사람이지?"

미스 김의 말은 점점 험하게 나온다. Y는 K를 재촉해서 들어가 버렸다. 들어가서도 달은 밝은데 잠은 아니 오고, 옛날 일이 하나씩 둘씩 생각힌다.

《문예》 잡지 할 때에 H랑 같이 찾아서 원고를 청할 때에 그 시대의 첨단을 걷던 영순이, 좋은 집에서 축음기며 기타며 갖은 악기를 놓고, 명화를 걸고, 커피를 내고, 맥주를 내서 권하고, 자기도 마시고 명랑하게 웃으면서 이야기하던 일, 그런 지 몇 해 후에 해외로 다녀온 동안 M이라는 자기보다 어린 사람과 한동안 동거하다가 헤어진 뒤에 지내던 일, 그 뒤에 떨어진 몸이 되어 카페로, 다방으로 *낙화생과 담배를 팔러 다니는 것을 보던 일, 그리고 옛날 동생 명숙이와 같이 다니면서 놀던 귀여운 탄실이 시절 일을 생각하고,

'저는 일찍이 남보다 먼저 개성의 눈이 떠서 용감하게도 *금제의 열매를 따먹기는 했으나, 험악한 사회의 거센 물결을 이길 길이 없어서 파선의 역경을 당한 결과 백발이 되었구나!'
하고 깊은 탄식을 하였다.

Y는 그 뒤에 구태여 영순에게 자기가 누구라는 것을 알도록 하려고도 하지 않고, 모른 체하고 지냈다. 한번은 밥과 찬을 보내 보았으나, 웬일인지 받지 아니한다고 도로 가지고 온 일이 있었다.

5

Y는 한 반 년 만에 본국에 갔다가 여름을 지내고 와서, 밀렸던 사무를 처리하고, 급한 원고를 쓰기에 바빴다. 그래서 회관 뒤뜰 미스 김에

낙화생
'땅콩'으로 순화.

축음기

금제(禁制)
어떤 행위를 하지 못하게 말림. 또는 그런 법규.

대한 생각을 할 여유도 없었다. 하루는 오후에 사무실에 앉아서 오래 간만에 미국 있는 동생 명숙에게서 온 편지를 받아 읽고 있는데, K가 나오라고 찾는다.

Y는 무심코 나가 보았다. K는 Y를 강당 쪽으로 끌고 가서 뒤뜰을 가리킨다. 자동차가 한 대 오고, 수선수선한다. 동네에서 구청에 말해서 미스 김을 시립 뇌병원에 데려간다는 것이다.

"아이구, 왜, 왜? 내가 어쨌다고…… 나를 어디로 가자는 거야?"

미스 김은 자동차를 두 손으로 떼밀고 안 타려고 버둥거린다.

"오바상(아주머니)! 이런 집에서 늘 사시겠어요? 아들이 좋은 집 얻어 놓고 모셔 간다는데 어서 가세요, 그러지 말고……."

제본하는 집 일본 마누라가 이렇게 달랜다.

"아니야! 거짓말이야, 거짓말. 나를 미치광이라고 병원에 데려가는 거지 머야. 망한 것들…… 내가 왜 미쳐…… 미치긴 저희들이 미쳤지. 성한 사람을 미쳤대, 호호호호."

"어머니, 어서 가세요. 그런 게 아니구 무슨 병이구 다 고치는 큰 병원이랍니다. 어머니 늘 가슴 아파서 그러지요? 그리구 또 심장병이 있지 않아요? 심장병도 고치구, 자, 어서 타세요."

아들 정일의 말이다. 일본말로 쇼오이찌, 혹 쇼오짱이라고 부르는 아들이 어머니의 팔을 붙들고 차에 올라타기를 권한다.

"그럼 그렇지. 그래두 우리 아들이 바른대루 말한다. 병원이지 병원이야. 이사는 무슨 이사. 집이 집이구 이사라면 짐두 안 싣고 그냥 가? 정일아! 그래도 웬 돈 있니? 돈 내라면 어쩔 테야?"

제법 병원에 입원하면 입원비 낼 걱정을 하는 것이다.

Y는 전화가 오고 바빠서 사무실에 들어와 있다가, 한참 만에야 다시

나가 보았다. 수선거리던 뒤뜰은 조용해졌다. K의 말에 의하면 영순은
결국 아들과 같이 차를 타고 아오야마(靑山)에 있는 시립 뇌병원으로
갔는데, 가면서 닭을 잘 보아 달라고 부탁을 하고, 자기 집이나 닭의
우리를 몇 번 돌아보면서 차를 타고 갔다고 한다.

　미스 김이라고 부르는 김영순이 떠난 다음날, 그가 몇 해 동안 아들
정일이와 살던 집이랄까, 우리랄까 하는 것은 정일이의 손으로 헐어
버리고, 그가 가면서 간곡히 부탁한 닭들도 처분하고…… 아들의 손으
로 회관에 신세졌다고 몇 마리 내서 학생들이 먹고, 더러 팔아먹고, 청
년회에서 깨끗이 *소제를 시킨 뒷자리에는 흔적도 없이 말갛게 치워
지고 낙엽진 은행나무 잎만 뒹굴고 있다.

소제
청소.

<h1 align="center">6</h1>

　　영순의 아들 정일이는 어머니와 같이 살던 집이자 닭의 우리를 제
손으로 헐고 뜯어서 이웃집 고물상에게 넘겨주고, 닭 몇 마리는 팔아
먹고, 몇 마리는 회관에서 자취하는 사람들에게 그 동안 신세졌다고
인사 겸 *선사를 하였다.

선사
존경, 친근, 애정의 뜻
을 나타내기 위하여 남
에게 선물을 줌.

　“어디 갈 데가 있소? 불쌍하니 방 하나 줍시다. 제칠 호실을 주지요.”

　청년회 C총무는 이사장 대리인 Y선생보고 이렇게 의논한 결과, 삼
층에 한 방을 주어 들도록 하였다. 그 대신 뒤뜰에 있는 모양 숭한 움
집은 헐어 치우기로 한 것이었다.

　“Y선생과 여러분이 너를 동정해서 방을 하나 주기로 했으니, 앞으
로는 방세도 내고 그리구 회관 규칙을 잘 지켜야 한다. 그리구 말이야,

김탄실과 그 아들 159

너도 차차 나이두 먹어 가니 저렇게 병이 있는 너의 어머니도 생각하고, 네가 독립해서 살면서 부지런히 일을 해서 돈도 모아야 한다. 그래 가지고 장가도 가서 남과 같이 살아야 하지 않느냐. 너만 진실하게 일을 하면 딸들을 주려고 할 게 아니냐.”

마음 좋은 C총무는 그날 밤에 정일이를 불러 놓고 이렇게 일렀다.

“하이 하이(네 네).”

키가 크고 얼굴이 허여멀쑥한 정일이는 허리를 굽실굽실하면서 일본말로 대답을 하고 돌아서 나갔다.

정일이 어떻게 영순의 아들이 되느냐?

그것은 이 회관에서도 자세한 일을 아는 사람이 별로 없었다. 영순이 친히 낳은 것은 아니다. 영순은 한 번도 제대로 생산을 해서 길러 본 일은 없었다. 늘 혼자 있기가 허전하기도 하고 외로워서, 어떤 동무의 권으로 겨우 돌이 지난 사내아기를 맡아 길렀다. 누구가 난 아긴지, 아이의 아비는 누군지, 그것도 절대 비밀로 해달라고 해서 그 비밀을 지키기로 하고 맡았다. 영순은 대강 짐작은 했지만, 구태여 자세히 알려고 하지도 아니하고, 또 아무에게도 말도 하지 아니하였다.

“어머니, 아부지는 왜 없어요?”

어린 정일이 가끔 이렇게 물어 보면,

“너의 아부지는 공부를 너무 열심으로 하다가 그만 병이 나서, 오래 앓다가 죽었단다. 너는 그다지 애써서 공부하느라고 그러지 마라. 공부하다가 몸 약해지고 죽으면 쓸데 있니!”

영순은 이렇게 어름어름 대답을 해버리는 것이었다. 사실 자기 자신이 공부를 하다가 아무 보람도 없이 고생만 하는 것이 원통하고, 제 몸이 약해서 남과 같이 씩씩하게 겨루어 나가지 못하는 것이 한이 되었기 때문에 그런 말을 한 것이었다. 그럭저럭 전쟁이 나서 한 몸도 살기 어려운데, 어린것을 등에 업고 다니면서 고생은 많이 하였으나, 언제나 안정한 생활을 못 하고, 더구나 남자에게 속고 버림을 받고 하는 동안 쓰라린 경험을 하기 때문에 정일이를 공부를 시키거나 따뜻한 품에서 돌보고 가르쳐 본 일은 없었다.

"그 애는 목숨이 살아온 것만 다행이야."

이런 것이 영순이를 알고 정일이를 아는 사람이 가끔 하는 말이었다.

정일이는 한 달에 한 번씩은 꼭 어머니를 그 병원으로 찾아가 보았다. 병원에서 한 달에 한 번씩 치료비 지불하라는 청구서가 오면 돈이 있으면 곧 가거나, 그렇지 아니하여 며칠 지체하게 되면 독촉하는 엽서가 오기 때문에, 두 번째 청구서를 받으면 일하는 제본공장 주인에게 선불을 해달래 가지고라도 기어이 가지고 갔다.

"닭들이 잘 있니? 잊지 말고 모이를 잘 주어라."

정일이 가면 무엇보다도 닭의 문안부터 먼저 하는 것이었다. 정일은 거짓말을 하는 것이 안되었지만, 잘 있다고 대답을 하고, 먹고 싶

은 것이 있으면 사서 먹으라고 백 원짜리 돈을 한 장이고 두 장이고 주면 웃고 좋아하면서 받고는, 병원에서 고맙게 잘 해주니까 제 걱정은 말라고 하는 어머니의 말을 듣고 돌아서 나오곤 하였다.

오는 길에는 청년회 제 방으로 들어가지 않고, 그 근처 술집에서 술을 몇 잔 사먹고 얼근하게 취해서 허둥지둥 거리로 다니다가, 늦게야 처소에 돌아와서 쓰러져 자는 것이 버릇이었다.

7

지루한 장마가 한 달이나 끌어 가는 유월 그믐이었다. Y선생은 원고를 쓰다가 머리를 쉴 겸 슬슬 아래층으로 내려갔다. 총무 사무실 앞에서 사람들이 모여 서서 수군수군 무슨 이야기를 하고 있는 모양으로 보아서, 무슨 심상치 아니한 일이 있는 모양이었다. 거기에는 Y선생의 젊은 친구 K도 서 있다.

"당초에 알 수가 없구만요. 무슨 일로 그랬는지. 우리집에서는 그럴 일이 없는데요."

정일이 일하는 제본공장 마누라의 말이다.

"회관에서도 그럴 일이 있을 리가 없는데요. 내가 모르긴 하지만."

회관에서 소제하고 일하는 일본 노파가 걱정스러운 모양으로 하는 말이다.

"C총무두 저러는 방을 내라지도 않았을 텐데. 글쎄 여자관계는 아닐까?"

K가 웃으면서 던지는 말이다.

"아니, 그런 것 같지도 않은걸요. 나는 여자가 찾아다닌 것을 못 보았으니깐요."

제본공장 마누라의 말이다. 알고 본즉 정일이 어디서 쥐 잡는 약을 먹고 죽는다고 야단법석이 나서 병원에 입원을 했는데, 생명에는 관계없으나 처치 곤란이니, 치료비를 물고 데려가라는 통지가 보호자에게 온 것이라는 것이다. 보호자는 C총무를 대고 주소는 제본공장으로 했기 때문에 자기네게로 전화가 왔다는 것이다.

C총무는 지방에 출장 가고 없기 때문에, 제본공장에서 정일이를 동정하기도 하고 일이 바쁘기 때문에 사람이 아쉬워서, 주인마누라가 친히 가서 (월급에서 제할 셈치고) 병원 돈을 물고 데려왔다는 말을 Y선생은 나중에 듣고, 정일이가 자살하려고 하던 까닭을 다시 생각해 보았다.

정일이 자신은 일체 침묵을 지키기 때문에 알 수는 없으나, 별 대수로운 일은 아니라는 것이다. 제본공장 마누라의 말에 의하면 정일은 가끔 술을 먹는다고 한다. 같이 다니는 동무도 없는 모양인데, 가끔 저보다 나이도 많고 깡패 같은 녀석들에게 놀림거리가 되어서 돈을 쓰는 모양이라고 한다.

"그래서 그런지, 요새는 자꾸 *옹색하다고 하면서 선불을 해달라구 찾아갔기 때문에 이달에는 별로 받을 것도 없답니다. 밥은 집에서 먹으니깐 좀 절약하면 매달 어머니한테 좀씩 갖다 드리구 돈두 모일 텐데……."

제본공장 마누라의 이런 말도 들었다. 그러니깐 돈 때문에 주인에게 언짢은 말을 들었는지도 모른다.

"그러면 돈 때문에 그랬을까? 사나이자식이 설마 그만 돈 때문에 죽

옹색하다
형편이 넉넉하지 못하여 생활에 필요한 것이 없거나 부족하여 불편하다.

으려고 했을까?”

Y선생은 어느 날 C총무와 같이 앉아서 이런 이야기가 나서 C총무에게 의견을 물었더니,

“글쎄 나도 모르겠어요. 그놈 참 시끄러워서…….”

정일이의 자살소동은 별로 대수롭지 아니한 일인 것처럼 C총무는 말하고, 딴 이야기를 꺼냈기 때문에 더 알아볼 수 없었다. 그러나 Y선생의 생각에는 돈보다도 그의 고독감, 혹은 열등감이 그런 대수로운 일까지 저지르게 되는 것이 아닌가 하고 생각되었다.

8

장마도 개고 더위도 지나고, 아침 저녁은 선선한 어느 날 밤이었다. Y선생은 앙드레 지드의 『전원교향악』을 읽다가 놓고, 막 자려고 누웠다가 방문을 노크하는 소리를 듣고 귀찮은 듯이 일어나 나가 본즉, 뜻밖에도 정일이가 말도 없이 고갯짓으로 인사를 하면서 들어선다.

Y선생은 몇 날 전에 C총무에게 정일의 일을 들은 일이 있었기 때문에 반기어 악수를 해주고, 침상 옆에 있는 의자에 앉기를 권했다. 그러나 정일은 미안한 듯이 앉지도 아니하고 말도 아니하고 우두커니 서 있다.

“선생님, 저 신분증명 좀 해주셔요.”

아무리 앉으라고 해도 앉지 않고 서 있다가 일본말로 이렇게 말하는 것이다.

“왜? 신분증명은 무엇에 쓰게?”

Y도 일본말로 이렇게 물을 수밖에 없다.

"아무쪼록 부탁합니다."

묻는 말 대답은 아니 하고 이렇게 말하는 정일을 Y선생은 이윽고 바라보았다.

"C총무님더러 해달라지, 왜 날더러 해달라는 거야?"

"C총무님에게는 미안해서요."

정일의 이 말을 기다릴 것 없이 Y선생은 그 사정을 잘 알 수 있었다. C총무의 방에서 돈 몇만 원과 여러 가지 귀중한 서류가 든 손가방을 훔쳐 갔다가, C총무가 곧 짐작을 하고 정일을 조용히 불러서 간곡히 타이르고 책망도 하고 위로도 하면서 이야기한 결과, 돈은 오천 원이나 거진 소비하고 남은 것을 가져온 일이 있는데, 정일은 눈물을 흘리면서,

"돈이 급해서 그랬어요. 이제 제가 아뭏게도 벌어서 물겠어요. 어디 다른 데 취직 좀 시켜 주세요. 그 집에는 월급이 적어서 그만두겠어요."

Y선생은 이미 들은 일이 있었기 때문에 곧 짐작이 되었다.

"신분증명이 꼭 필요하다면야 총무님이 해주시든지 내가 해주든지 염려 없지만, 글쎄……."

Y선생은 다시 정일의 얼굴을 유심히 들여다보고 태도를 살펴보았다.

"선생님, 저는 부끄러워요. 저도 제 마음을 모르겠어요. 저 같은 게 살아 무얼 하겠어요."

정일은 Y선생의 태도를 짐작했는지 땅바닥을 들여다보면서 이런 말을 하는 것이다.

"아니야, 자네는 아직 나이가 어리니까 그런 거지. 이제라두 진실하게 살아가면 좋은 사람이 될 수 있는 거야……."

Y선생은 부드러운 말로 위로하였다.

"Y선생님, 저는 정말 믿을 데가 없어요. 저는 지금까지 사랑을 모르고 자라났어요. 어머니도 아마 저 같아서 그런 병이 생겼나 봐요. 정말 어머니는 저렇구, 저는 믿을 데가 없어요."

정일의 양쪽 큰 눈에서 눈물이 뚝뚝 떨어진다.

"믿을 데가 없긴 무어 믿을 데가 없어! 자네 몇 살이지? 스물한 살? 사내가 나이 스물이 넘고 몸이 그만큼 튼튼해 가지구 믿긴 무얼 믿어. 제가 제 힘으로 살지. 허긴 자네 말이 옳아. 세상에는 믿을 데가 없는 거야. 하나님을 믿지, 예수를 믿고…… 하나님께서 이렇게 튼튼한 몸을 주셨으니깐, 손과 발을 주시고. 그러니까 내 손과 내 발을 가지고 독립으로 살아갈 생각을 해. 무슨 고생이나 참구 마음만 바루 가지고 살면 그만이지. 세상은 아무 놈도 믿을 놈이 없어. 하나님을 믿고 저를 믿고 살면 되는 거야……."

Y선생은 처음으로 정일에게 이런 말을 해주었다. 벌써 그를 찾아보고 위로해 주고 지도해 주지 못한 것을 후회하면서 간절히 일러주었다.

"선생님, 저 이제부터는 마음을 고쳐먹고 잘하겠어요. 잘 지도해 주셔요."

흐르는 눈물을 주먹으로 씻어서 젖어 있는 정일의 커다란 손을 선생은 꽉 붙잡고,

"그래 마음을 고쳐먹고 마음을 든든히 먹고 씩씩하게 살아가… 자네 어머니는 모르는 모양이지마는 나는 자네 어머니를 젊어서부터 잘 알아. 한고향 사람이구…… 자네가 매달 어머니한테 병원 치료비를 갖다 준다는 말을 듣고 참 기특하고 고맙게 생각했어……."

정일은 아무 말도 아니 하고 눈물만 흘리고 있다가 자랑인 듯 말한다.

"몇 날 전에도 가보았어요. 깨끗하게 하고 계신 걸 보니깐 제 마음도 좋던걸요. 닭이 잘 있느냐, 그새 더 불었느냐고 닭 염려를 퍽 하시던걸요."

9

크리스마스가 몇 날 남지 아니한 십이월 중순이 지난 어느 날이었다. 조용하던 회관은 본국에서 영국으로, 미국으로, 석 달 동안 교육 시찰단으로 다녀온 각 대학 교장, 교수 몇 사람을 환영하는 파티로 수선수선하였다. 파티가 끝난 다음에 다른 손님들은 바쁘다고 먼저 가고, 그 중에 서울 S여자대학 학장 오박사는 남아서 회관 안을 한번 구경한 뒤에, C총무와 Y선생과 같이 앉아서 일본에 있는 한인 사회와 특별히 한인 학생의 형편을 물어 보고, 자기가 전에 젊어서 동경에서 공부할 때에 지내던 이야기도 하고 있었다.

"그런데, 참 김탄실이가 아직도 일본에 있다는데 어떻게 되었어요?"

오박사는 옛친구가 문득 생각이 난 듯이 C총무와 Y선생을 돌아보면서 이렇게 묻는다. 오박사는 바로 탄실의 소학 동창 명숙이다.

"김탄실이요?"

C총무는 김탄실이가 누군지 몰라서 반문을 한다.

"참 탄실이는 애명이지. 영순이지, 김영순이라구 왜 한동안 여류 문사로 시도 쓰구 하던 사람 있지 않아요?"

"네, 압니다. 있지요."

Y선생이 먼저 대답하고, C총무더러 눈짓을 하고 뒷마당을 가리키면

서 귀에다 대고 수군수군해서 알게 하였다.

"네, 네, 선생님께서 그를 아십니까?"

C총무는 희한한 듯이 묻는다.

"옳아, 옳아. 닥터 오께서 잘 아실걸요."

Y선생은 고개만 끄덕거리면서 웃는다. 오박사도 고개만 끄덕거리고 있는데, 총무는 그 동안 실성을 해서 뒷마당에 *움집을 짓고 살던 이야기를 하다가, 지금은 정신병원에 가 있다고 하고 나서, 손님을 끌고 가서 그 자리나마 구경을 시켰다. 오박사는 그냥 고개만 끄덕거리다가 겨우 입을 열어서 묻는다.

"그러면 아무도 없이 혼자 살았어요?"

C총무와 Y선생 두 사람은 번갈아 정일의 이야기를 하였다. C총무는 정일이 때문에 트러블을 많이 당하는 이야기를 하였다.

"두 사람이 다 불쌍해요."

Y선생은 지난 가을에 정일이 자기 방에 와서 울면서 이야기하던 일을 생각하고 말하였다.

"불쌍하군요. 내가 시간이 있으면 두 사람을 좀 더 찾아보고 갔으면 좋겠는데……."

"만나 보셔야 모를 겁니다. 나도 몰라보던데요."

Y선생이 웃으면서 이렇게 말하는데, 전화 신호가 따르르 운다. C총무는 얼른 일어나서 수화기를 들었다.

"네, 네, 제가 총무올시다. 왜 그러십니까. 김정일이요? 네, 네, 여기 있는 사람입니다. 왜요? 그렇습니다. 다른 관계는 없지만 내가 여기 총무인 관계로 보호자의 이름을 가지고 있습니다. 내가 가야 돼요? 왜요? 무슨 일이 있어요, 네? 자살이오? (C총무는 머리를 벅벅 긁으면서 뒤를 돌아본다.) 언제 그랬습니까? 어제 밤에요? 생명에는 관계없습니까? 네, 네, 알았습니다. 곧 가겠습니다."

전화를 끝내자 세 사람은 말없이 서로 바라보고 섰다가 누가 그랬는지 "어서 가보십쇼" 하는 말이 들리고, C총무는 모자와 손가방을 들고 먼저 나가고, Y선생은 손님과 같이 뒤따라 나가서 택시를 타고 어디로인지 달려갔다.

『전영택창작선집』, 어문각, 1965.

금붕어

금붕어

이날도 아침 *시발택시 한 대가 찻길에서 인도 쪽으로 굴러 들어온다.

맹기호는 발걸음을 빨리 옮겨서 쫓아갔다.

"합승 안 해요?"

눈치가 좀 다르다 했더니 아니나 다를까 손님을 청하는 것이 아니요, 독차로 누가 부른 모양이다.

버젓이 오르는 사람은 한 청년 신사다. 이 차를 부른 사람이 분명하다. 맹도 이제는 좀 졸업을 해서 누가 부른 차든지 좀 같이 타자는 배짱을 부리게 되어서 처음엔 물러섰다가 덮어놓고 올라탔다. 택시를 부른 젊은이 눈치가 타도 좋다는 것을 보고 안심하고 앉아 있었다. 어느 틈에 뒤에도 한 사람 타고 앞에도 두 사람이 탔다.

"좀 빨리 갑시다…… 응, 이거 늦겠는데!"

아직 아홉 시는 멀었는데 이 택시 부른 사람이 퍽 조바심을 하고 서두르는 걸 보니 어떤 관청에 다니는 사람으로 여덟 시 반까지는 들어가야 할 책임이 있는 모양이라고 생각했다.

그는 남의 밑에서 일하고 있는 자신의 경우에 비추어 생각해서 공연히 애가 쓰였다.

차가 종로에 와 닿았다. 그는 화신 앞에 내려 달라고 청했다.

"합승이 아닌데요. 일행입니다."

택시를 부른 사람이 이렇게 말하자 운전사는 말이 없다.

고마운 사람도 있다고 생각하고 목례를 잊지 않고 내렸다.

물론 백 환짜리를 그에게 주었다. 기특한 사람이 있다.

요새 젊은이로 쉽지 않은 사람이다, 생각을 하면서 그는 화신 앞을 서쪽으로 돌아 안국동 쪽으로 올라가는 것이다.

몇 날 전이었다. 전차는 벌써 만원이 되어서 오는 것이라 매달리거

시발택시
1950년대에 운행되던, 지프차를 개조한 택시.

화신백화점

전차

나 떼밀고 비비대고 들어가지 않으면 탈 수 없고, 더구나 버스는 말할 것도 없으니 벌써부터 단념을 한 것이고 합승을 타기로 한 그였다.

요새는 가끔 보통 택시가 와서 합승을 하기 때문에 편리하다고 생각해서 이용을 해왔는데, 이날도 좀 큰 차가 하나 굴러서 인도로 들어오는 것을 보고 맹은 택시인 줄 알고 달려갔다. 택시가 아니요 합승이다. 노타이 잠바짜리가 왁 달려든다.

여느 때는 그런 경우에 애써 탈 생각도 아니 하고 물러서던 그가 이날따라 '에라, 한번 대들어 보자' 하고 기를 쓰고 달려들었다. 타기는 탔다. 정신없이 탔다. 전 같으면 탈 염도 못 했지만 타려고 하다가도 밀려 나오고 마는 것이었다.

맹을 떼밀어 내고 올라가 타는 자들은 모두 삼십 내외의 자식 또래의 젊은이들이었다.

도의심(道義心)
사람이 마땅히 행하여야 할 도덕적 의리를 소중히 여기는 마음.

"이렇게도 양보할 줄을 모르나! 우리나라 젊은이들이 왜 이렇게 *도의심이 없는가."

저 혼자서 중얼거리면서 하늘을 바라보다가 다른 합승이나 택시를 기다려서 늦더라도 천천히 타던 그가 이날은 제법 젊은 축에 끼어서 비비대고 올라앉은 것이었다.

"시간이 어떻게 되었나."

팔목에 있을 시계가 없다. 가슴이 선뜩하다. 좌우를 돌아보아야 전차와 달라서 그럼직한 사람은 없다. 운전사를 찾아서 시계가 금방 없어졌으니 어떻게 하면 좋으냐고 해보았다.

"아저씨, 시계를 가진 자는 타질 않았습니다."

운전사는 대수롭지 않은 일인 듯이 앞만 보고 차를 몰고 있다.

"시계를 집에 놓고 온 것이나 아닙니까?"

"바닥에 떨어졌나 보시지요."

차에 탄 사람들은 가장 동정이나 한다는 것이나 반갑지가 않았다.

몇 번을 팔목을 되보고 바지 포켓을 보고 하면서 정신없이 앉았다가 종로에 와서 내릴 수밖에 없었다.

하루 종일 기분이 나빴다.

속으로 요새 젊은이들이 나쁘고 세월이 고약한 것을 *개탄하고 공연히 여러 사람이 밀려드는 차에 덤벼들어 탄 것을 몇 번이고 후회하면서 썩 기분 나쁜 하루를 지냈다. 왜 이렇게 실수를 하나, 이게 벌써 몇 번짼가, 집에 가서 무어라고 하나, 복잡하게 사람이 밀려드는 차는 전차나 합승이나 안 타기로 작정을 하고도 또 이렇게 실수를 하는 자기 자신이 퍽 딱하게 생각되었다.

"왜 또 그랬어, 이 담엔 애여 그러지 말어."

예 예, 대답하고도 또 그러고 그러고 하는 어린 자식 타이르듯이 맹은 자기 자신을 타이르는 것이었다. 그리고 그 동안에 가깝고 먼 과거에 실패한 경험이 하나하나 머리에 떠 나와서 마음에 괴로움을 느꼈다. 하루 종일 아무 일도 손에 붙지 않고 정신없이 지냈다.

다음날이 마침 월급날이라 시계가 없이는 하루를 견딜 수 없기 때문에 덮어놓고 만 오천 환을 뚝 잘라서 시계를 샀다. 시계 장수에게 속으면 안 되겠다 생각하여서 장사를 좀 해본 경험이 있는 조카딸을 데리고 가서 샀다.

"아저씨, 물건을 사실 땐 혼자 가시지 말고 꼭 저를 데리고 다니세요. 아저씨는 으레 속으시니까."

"그래, 너는 물건 시세를 잘 알고 똑똑한 사람이니까."

이렇게 조카딸을 집에 데리고 있으면서 믿고 일을 시키곤 한 것이었다. 장사라고 좀 해보는 것이 잘 안 되어서 아이들을 데리고 살기는커녕 국민학교짜리, 중학교 일학년짜리 공부도 시키기 어려운 형편이니 무슨 다른 도리가 있어야 하겠다고 하던 참이었다. 그래서 조카를 시계 장사나 시켜 보았으면 하였다. 같은 교회에 나오는 청년 가운데 상점도 안 내고 시계 장사를 해서 곧잘 지내는 사람이 있는 것을 생각한 것이다.

"무엇이든 해보아라."

"아무거라도 할 테야요."

부모 없고 남편까지 없는 조카가 독립으로 살아가게 되기를 바랐는데, 물건도 잘 고르고 값 흥정도 잘 하는 걸 보고,

'그만하면 장사를 꽤 하겠는걸.'

하고 다행으로 생각했다.

시계를 잃어서 손해를 보았으니 이 기회에 조카가 시계 장사를 하여 장사가 잘된다면 화가 복이 되는 셈이라고 하였다.

"너 누구하고 뭘 해보겠다던 걸로 시계 장사나 해보렴, 응."

시계를 사가지고 오면서 권해 보았으나 조카는 대답이 없었다.

시계는 샀지만, 시계는 도리어 전에 것보다 마음에 드는 것을 샀지만 돈문제보다 시계를 잃어버리도록 한 자기 자신이 딱한 것이 괴롭고, 더구나 그 시계는 바로 작년에 미국에 교육시찰로 다녀올 적에 마침 시계를 잃어서 친구들이 사준 것이라 그 친구들에게도 말도 못 하는 형편이었다. 그리고 요새 젊은이들의 질이 나쁜 것을 몹시 개탄하고 있었는데, 마침 기특한 청년을 만나서 차를 잘 타고 종로까지 기분

좋게 왔다.

그날은 매우 기분이 좋았다. 주위에 있는 사람이 나쁘고 고약한 것만 생각하고 실망하고, 실패하는 일만 생각하고 마음을 괴롭히고 신경을 쓸 필요가 없다고 생각하면서 자신을 스스로 위로하였다.

그날은 마침 토요일이었다. 오후 한 시가 지났다. 웬만한 선생들은 다 나가고 학교 일이나 제 일이나 미진한 일이 있는 듯한 선생들만이 사오 인 남아 있다. 교무주임 박선생도 무슨 책을 뒤적거리고 앉아 있다.

"박선생, 냉면이나 먹으러 갑시다. 일어나시오."

옆에 있는 다른 선생까지도 바라보면서 맹은 큰 소리로 박선생을 불렀다.

"교감선생님, 오늘 한턱하시렵니까?"

"그래그래, 한턱하지요. 선생님들 일어나셔요."

"교감선생님을 발라먹으면 되나. 식구두 많으시구 어려우신데…… 우리가 대접을 해드려야지요."

"별소릴 다 하시오, 황선생은…… 선생님들, 어서들 갑시다."

윤선생, 백선생, 차선생 다음 자리에 앉아 있는 국어선생인 황선생이 어물어물 테이블을 정리하고 있는 것을 보고 한번 큰소리를 쳤다. "식구두 많으시구 어려우신데……" 어쩌구 하는 말이 듣기 싫은 것이었다.

"교감선생님이 모처럼 청하시는데 어서들 가십시다."

교무주임이 이렇게 재촉을 해서 모두 여섯 사람이 평양루에 가서 맛배기 청하는 사람, 보통 청하는 사람 해서 냉면을 먹고 맹은 천칠백 환을 치르고 돌아왔다. 주머니에는 겨우 오백 환짜리 한 장이 남았다. 그 누가 볼까 봐 얼른 집어넣었다.

"오백 환, 오백 환."

집에 가면 무얼 사가지고 오기를 기다리는 손주놈을 위해서 무얼 살 것이라든지, 마누라가 찬거리 돈 달라고 하면 줄 것이라든지, 다음날 출근할 때에 합승값이나 점심값이라 무어라 생각하면 오백 환이란 돈이 셈이 안 되는 돈이다.

'왜 이렇게 남자가 대범하질 못하고 *옹졸할까.'

맹은 속으로 부끄러웠다. 그러면서도 왜 또 집으로 바로 가지 못하고 장한 척하고 *호기를 뺐는가 하고 후회하는 생각이 번개같이 머리에 떠오르고 지나갔다.

앞뒤를 생각해서 무슨 일을 하지 못하고 마음 내키는 대로 기분에 따라서 해버리는 것이 탈이라는 것을 맹은 잘 알면서 같은 실수를 밤낮 되풀이하는 것도 자기의 결점이라는 것은 어쩔 수 없는 일이었다.

오늘 오후엔 일찍 가서 쉬리라—이런 생각을 하면서 맹은 사무실에 들어갔다. 일찍 가서 쉰다는 것은 아침에 나올 때 아내의 주의를 받고 부탁을 받은 것이요, 좀 쉬고 나서는 자기 방에 창문도 바르고 원고도 정리하고, 시간이 있으면 할 일이 많다고 생각에 예산한 것이 많았다.

"교감선생님, 손님이 오셔서 기다리고 있습니다."

급사아이의 말을 듣고 맹은 응접실에 들어가 보았다.

"선생님, 안녕하셔요? 아버지가 선생님이 토요일 오후쯤 와보라구 그리셨다구 가뵈라구 해서 왔어요."

친구의 딸이다. 취직시켜 달라는 부탁을 받고 우선 이력서를 가져오라고 했고, 토요일 오후에 보내 보라고 했던 것을 맹은 깜빡 잊어버리고 있었던 것이다.

"선생님이 E여학교 교장과 친하시다지요? 편지를 써주시면 제가 가
보겠어요."

명함이나 한 장 보낼까 하고 생각하던 차인데 마침 당자가 그렇게
말하니 다행이다. 제가 가보겠다는 것이 기특하다 하고 그는 서랍에서
양면괘지를 꺼내서 편지를 쓰고 있었다.

"가만있자, 저……."

무슨 생각을 했는지 그는 쓰던 편지 종이를 구겨서 휴지통에 던져
버린다.

"그럴 것 없이 내일 오후에 나하고 같이 가보지. 편지를 가지고 가서
는 안 될 거야."

맹은 다음날 오후에 종로 어떤 다방에서 만나서 대한희망원 원장 집을 같이 방문하기로 하였다.

맹은 지난봄에 예전 어떤 여학교에 *봉직하고 있을 시절의 학생이던 사람의 부탁으로 그 남편의 취직을 시켜 주려고, 아는 친구가 교장으로 있는 학교 교장을 찾아보고, 또 어떤 여학교 교감에게도 부탁을 간단히 했건만 아무 데도 틀려서 몹시 미안했던 일을 생각하였다.

직업이 없어서 곤란한 사람에게 양요리 대접을 받고, 또 집에 고기며 계란 꾸러미를 가져온 것을 받은 것이 늘 마음에 꺼렸던 것이다. 애초에 못 한다고 딱 거절을 했더면 좋지 않았던가. 집에 계란 꾸러미나 가져온 것은 옛 선생이라고 찾아오면서 들고 온 것이니 무방하다고 스스로 변명을 하더라도 고급 양식 대접을 받은 것은 아무리 생각해도 가시처럼 마음 한구석을 찌르고 있는 것이었다. 다시는 취직 부탁은 받지 않으리라. 취직 알선에는 아예 나서지 아니하리라. 그는 얼마나 맹세를 했는지 모른다.

"요새 세상에 친구가 어디 있어요. 그저 돈이 있든지 세력이 있든지 해야지. 일개 이름 없는 중학교의 교감으로 있는 당신을 무엇이 대단하다고 청을 들어주겠소. 공연히 부질없이 다니지 마시구 가만히 계시오."

동창이 교장으로 있는 유명한 중고등학교에 교장을 찾아갔다가 거의 냉대를 받고 돌아와서 기분이 좋지 않아서 집에 들어왔을 때에 하던 아내의 말을 생각하였다.

"자리가 없으니까 그렇지, 머, 그 사람이 그럴 리가 있나! 세상이 다 그런 걸 할 수 없지만, 하긴 그 사람이 교장이 된 다음엔 달라졌어, 전엔 그렇지 않았는데. 좀……."

아내에게도 체면을 세워 보느라고 변명을 했다. 개탄을 해보았으나 아내의 말이 옳기는 옳기 때문에 말끝을 맺지 못하고 말았던 것이다.

"그것들이 예전 선생이라고 생각이나 하는 줄 아셔요. 제게 긴하니까 알랑거리고 찾아다니지, 일이 안 되면 성의가 없느니 되지 않을 걸 공연히 찾아댕겼느니 그런다오. 글쎄 왜 대답을 하구 나서요."

아내에게 이런 핀잔까지 받고 또 한 마디 대꾸도 못 한 일이 있었다는 것은 그리 좋은 기억이 아니었다.

맹은 슬슬 걸어서 전차를 타거나 합승을 타려고 종로 화신 쪽으로 왔다. 감기 기운이 있고 몸이 거북하기 때문에 이미 예정한 대로, 자기가 예정했다는 것보다 아내의 부탁을 받은 대로 일찍 집에 가게 된 것을 다행으로 여기고 합승을 기다리고 서 있었다.

"선생님 어디 가셔요? 오늘 K여사의 출판기념회에 안 가셔요? 가십시다. 선생님 같은 문단의 선배가 나가시면 퍽 기뻐할 겁니다."

"글쎄, 이번 그의 기념회에는 꼭 가볼려고 하긴 했지만……."

뜻밖에 시인 C를 만나서 깜박 잊어버렸던 K여사의 출판기념회에 갔다가 열 시가 지나서야 고단한 다리를 끌고 집에 들어갔다.

이튿날은 일요일이었다.

맹은 아침에 어느 날보다도 약간 일찍 일어나서 다음날 주기로 한 원고를 정리하고 나서 아침밥을 먹고, 정하고 다니는 교회엘 갔다가 예배가 끝나는 대로 친구 한 사람과 종로로 나왔다. 냉면을 한 그릇씩 먹고 나서 친구는 한강 구경을 가자는 것을 누구를 만나기로 약속했다고 하고 간신히 거절을 하고 병으로 누워 있는 친구의 딸 H양을 만나기로 한 다방을 향해서 바삐 걸었다.

'장마 뒤에 한강 구경도 한번 가볼 만한 것인데. 그러나 어린 사람하고 약속한 일을 지키느라고 거절한 것이니 당연하지. 아무렴, 친구의 딸을 오라고 해놓고 딴 데를 갈까.'

이런 생각을 해보면서 약속한 다방에 갔더니 친구의 딸은 벌써 와 앉아 있다.

여대 출신이면서도 별로 다방 출입을 안 했던 모양인지 퍽 어색해하는 것을 억지로 자기도 마실 겸 커피 한 잔을 같이 먹고 일어나서 영천 방면으로 가서 불광동행 버스를 탔다.

실상 남을 데리고 가기는 가면서 자기 자신이 길을 잘 모른다. 가는 방향도 집도 잘 모르고 짐작으로 가는 것이다. 불광동 종점까지 갔으나 아무리 보아도 알 수가 없다. 지서에 가서 물어 보았다. 시외버스를 타고 좀더 가다가 내리면 된다는 것이다. 걸어가도 얼마 안 된다는 것이다. 친구의 딸 보기가 미안스럽다. 파주행 버스를 기다려 타고 가서 결국 원장집을 찾았다. 집은 찾았으나 원장 자신이 막 시내에 들어가고 없다는 것이다.

기다릴까, 갈까 하고 망설이다가 원장이 곧 온다고 해서 결국 기다리기로 했다. 한 시간이 지났다. 전화는 없다고 해도 편지라도 하고 올 걸. 설사 만난다 해도 될지도 모르는 걸 공연히 왔다고 후회하기를 얼마나 했는지 모른다. 그래도 친구의 딸에게는 그런 체를 내지 않기로 노력했다.

"잠깐 다니러 갔다니까 곧 올 거야. 이원장은 나하고 퍽 가까운 사이요, 그리고 상당한 사업가니까 어떻게든지 일자리를 만들어서라도 취직을 시켜 줄 거야."

자기 변명 겸 갑갑하게 앉아 있는 친구의 딸을 위로할 겸, 실상은 자기 자신을 위로할 겸 이따위 소리를 하고 앉아 있었다. 이원장이란 사람은 예전에 맹이 봉직하고 있던 여학교에서 가르친 제자인데, 그때에 여러 학생 중에 유난히 맹을 따랐고 또 맹 자신이 귀애했고 그리고 6·25사변 때 부산 피란 당시에 맹의 신세를 진 사람이었다. 여자라고 해도 웬만한 남자 이상의 활동력이 있고, 교제 잘하고, 뱃심이 대단하고 게다가 소녀시절부터 매력 있는 용모를 타고났기 때문에 해방 이후로 특히 동란 이후에 고관들과 미군을 교제하여서 사회사업으로 교육사업으로 눈부신 활동을 했고 놀라운 업적을 보여 주었다.

초여름 긴 해가 기울고 어슬어슬 해가 질 무렵에야 원장은 지프차를 몰아 가지고 돌아왔다.

"어떻게 이런 *궁벽한 데를 찾아오셨어요. 감사합니다, 선생님."

원장은 반가이 인사를 하고 자기가 경영하는 학원과 고아원의 시설을 대강대강 구경시켜 놓고는 그 동안 지낸 이야기, 미군 부대가 많이 떠난 후에는 그 영향을 받아서 운영이 곤란하기 때문에 사업을 줄여서 요새 학원은 문을 닫아 버렸다는 이야기를 벌여 놓아서 맹은 미처 친구의 딸의 취직건은 이야기를 꺼낼 새도 없었다.

"벌써부터 한번 와보려고 하면서도……."

"바쁘신데 이런 데를 어떻게 오셔요. 선생님이 저를 기억하시고 계신 것만 감사하지요."

원장은 학교를 갓 나온 듯한 젊은 여자를 데리고 온 것을 보고 취직을 시켜 주려고 온 것을 벌써 눈치채고 그 동안 발길을 하지 않고 있다가 취직 부탁을 받고 비로소 찾아온 것을 원망 비슷이 또 우습게 생각하면서 말을 좋게 둘러서 거절하는 것을 맹은 나중에 시내에 들어와서야 비로소 알았다.

"오래간만에 이렇게 절 찾아오셨는데 여기는 시골이 돼서 아무것두 없어서…… 시내로 들어가시지요, 선생님……."

원장은 자기가 타고 왔던 지프차를 타라고 서두르는 바람에 맹은 그냥 따라 들어왔다. 친구의 딸은 자기 집에 가보아야겠다고 먼저 가버리고 두 사람은 국제호텔에서 저녁식사를 같이 하였다.

'아무려나 나보다 낫구나. 제자요, 여자연만 나보다 낫구나. 결국 오늘도 거절을 당했구나. 사업을 축소한다는 것이 사실인지, 듣기 좋게 말하는 취직 알선에 대한 거절인지도 모르겠다.'

무작정 장담을 하고 데리고 왔던 친구의 딸에 부끄러웠다.

"선생님, 오늘 더운데 수고 많이 하셨어요. 피곤하시겠어요."

말이 적은 여자로서 제법 인사를 하고 돌아서 가던 친구의 딸의 표정을 다시금 생각해 보았다.

"댁에까지 모셔다 드리지요."

원장의 친절한 말이 고맙기는 하고 속으로는 집에까지 데려다 주었으면 하면서도 가다가 볼일이 있다고 딴소리하고 종로 네거리 화신 앞에서 내렸다.

종로 거리는 어느새 네온사인이 휘황하게 번쩍거리고 버스며 합승에는 말할 것도 없고 고급 자동차가 꼬리를 물고 달려서 좀처럼 그칠 줄을 모르니 건너갈 수도 없어서 맹은 얼빠진 사람처럼 사방에서 어른거리는 네온사인을 바라보고 어리둥절해서 있었다.

"선생님은 약하시고 인제는 나이도 유만하신데 맡은 일이나 보시고 글이나 쓰시고 가만히 계셔요. 웬만한 일은 못 한다고 딱 거절을 하셔요. 제가 학교 있을 땐 몰랐지만 나중에야 알았어요. 선생님은 참 좋으시면서도 그게 결점이야요."

"무얼 알았던가."

"선생님이 저의 모교를 떠나시게 된 동기랄까? 이유가 그게 아니야
요. 예스, 예스만 하시고 노 소리를 못 하신다는 게……."

'아이 고단하다…… 어떻게 집엘 갈까.'
하던 끝에 바로 전에 호텔 식당에 원장하고 이야기하던 일이, 아니 옛
제자의 경고를 듣던 일이 생각나서 맹은 '응' 하고 고개를 흔들었다. 혼
자서 괴롬을 느낄 때 하는 버릇이었다.

가시처럼 괴로웠다. 원장의 까먹고 닳아먹은 태도가 밉살스럽기까
지 했다. 얼마 만에 간신히 길을 건너서 화신 건너편 차를 타는 곳에
건너와 섰다. 마침 길가에 금붕어 가게가 있다.

'거리낌없이 자유롭게 한가히 아무 짐도 책임도 없이 가볍게 꼬리를
치고 떠다니는 금붕어가 행복스럽구나…… 네가 나보다 낫구나.'

차를 기다리는 동안 가게 앞에 진열해 놓은 금붕어를 물끄레 들여다

보고 있었다. 금붕어를 들여다보는 동안 합승을 기다리는 갑갑증도 면하고 아까 원장의 이야기도 잊어버릴까 하고 들여다보고 있다가, 또 딴생각을 하게 된다.

'금붕어나 사가지고 가자!'

애들이 원하고, 그리고 아내도 금붕어나 길러 보았으면 하는 소리를 들었고, 며칠 전에,

"금붕어 장사가 지나가는 걸 돈이 없어서 못 샀군."

하던 아내의 말이 생각나서 어항과 금붕어 한 쌍을 사가지고 얼마 만에 청량리행 합승을 얻어타고 집으로 돌아온 것은 열 시가 넘어서였다. 근래에 맹이 이렇게 늦어지기는 처음이었다.

몸을 씻고 일찍 쉬려고 마음먹고 들어간 맹의 계획은 여지없이 깨어졌다.

"반가운 손님 오셨어요."

아내의 말이다. 젊었을 적부터 가까이 지내는 친구로 지방에서 농촌 사업을 하는 사람이다. 그 밖에도 두어 사람 손님이 있다. 한 사람은 한 사십이 약간 넘은 듯한 여자, 한 사람은 키가 큰 젊은 여자, 사십이 넘은 듯한 여자는 서울서 다방도 하고 가까운 시골서 여러 가지 사업과 장사를 한다는 활동가이다.

용무는 곧 알았다. 맹이 데리고 있는 조카가 장사를 해보겠다고 해서 맹 자신을 보증으로 돈 오십만 환을 돌려준 사람은 지금 온 친구요, 사십대 넘은 여자는 내용으로 그 돈의 *전주였다. 친구가 자기 돈을 준 것이 아니요, 그 여자의 돈을 얻어 주었다는 것이다. 그는 보통 여자가 아니다. 눈으로 웃는 모습과, 가끔 보이는 매서운 눈띠가 *창기 타입이요, 여우형의 무서운 여자라는 것을 느꼈다. 돈을 곧 내야 한다는 것이

전주
사업 밑천을 대는 사람.

창기
몸을 파는 천한 기생.

다. 또 한 젊은 여자는 친척인데 어디 취직을 부탁하는 것이다. 다 골치 아픈 사건이다.

손님은 곧 갔다. 그러자 조카가 울면서 고백하는 것은 기막힌 이야기다.

"그 여자는 글쎄 계를 하다가 빚을 잔뜩 지고 어디로 도망을 했대요, 이걸 어떻게 해요?"

"그러게 애초에 내가 안 된다고 그랬지. 네가 하두 조르기에 해주었더니 종내…… 잘됐다. 내가 물지 별수 있니?"

그 여자라는 것은 서울 어떤 변두리에서 다방을 같이 하기로 하고 조카의 돈을 맡았던 사람이다.

맹은 적지 않은 돈을 쓰는 것도 처음엔 반대했고 다방을 한다는 것은 처음엔 알지도 못했던 것이다. 조카가 울고 있는 꼴을 보고 결국 도장을 찍어 준 것이다. 결국 맹이 책임지게 된 일이다.

"애들이 어항을 깨뜨렸어요. 금붕어두 죽구 어떻게 해요."

아내의 걱정 소리가 마루에서 들린다.

"아이구, 이놈의 팔자야."

맹은 이층 자기 방으로 올라갔다. 층층대를 올라가는 발걸음이 몹시 허청거렸다.

『전영택창작선집』, 어문각, 1965.

인력거꾼

주요섭 단편소설

1

밤 새로 두 시에야 자리에 누웠던 아찡이 아직 날이 채 밝기도 전에 졸음 오는 눈을 비비면서 일어났다. 잠자리라는 것이 되는 대로 *얼거리 해놓은 *막살이 속에 누더기와 짚을 섞어서 깔아 놓은 돼지우리 같은 자리였다. 그 속에서는 그야말로 돼지처럼 뚱뚱한 동거자가 아직도 흥흥거리며 자고 있는 것을 억지로 깨워 일으켜 가지고 아찡이는 코를 힝 하고 풀어서 문턱에 때려 뉘면서 찌그러진 문을 열고 밖으로 나왔다.

잠자던 거리가 깨기 시작하는 때이었다. 상해 시가의 이백만 백성이 하룻밤 동안 싸놓은 배설물을 실어 내가는 꺼먼 *구루마들이 요란한 소리를 내며, 잔돌 깔아 우두럭투두럭한 길 위로 이리 달리고 저리 달리고 하는 것이 아찡이 눈앞에 나타났다. 동편으로 해가 떠오르려고 하는 때이다. 일찍 일어난 동리집 부인님네들이 벌써 나무통으로 된 대변통들을 부시느라고 길가에 쭉 나서서 어성버성한 참대 쑤시개로

얼거리
얽이. 물건을 보호하기 위하여 겉을 새끼나 노끈 따위로 이리저리 싸서 얽는 일. 또는 그렇게 얽는 물건.

막살이
아무렇게나 되는대로 사는 살림살이.

구루마
'수레', '달구지'로 순화.

일정한 리듬을 가진 소리를 내면서 분주스럽게 수선거렸다. 아찡이와 뚱뚱보는 한꺼번에 하품과 기지개를 길게 하고 바로 그 맞은편에 있는 떡집으로 갔다. 거리로 향한 왼편 구석에 널빤지 얼거리가 있고, 그 얼거리 위에 원시적 기분이 농후한 꺼먼 질그릇 속에 삐죽삐죽하게 콩기름에 지져 낸 유자꽤(조반죽 반찬 하는 떡)가 담뿍 꽂히어 있고, 그 옆에는 방금 구워 놓은 먹음직스런 쪼빙(떡)들이 불규칙하게 담겨 있는 위로

질그릇

는 벌써 잠코 밝은 파리 친구들이 날아와서 윙윙거리면서 이떡 저떡으로 돌아다니면서 먹고 싶은 대로 실컷 그 고소하고 짭짤한 맛을 빨아들이고 있었다. 이 선반 바로 뒤에는 사람의 *중키나 되리만큼 높이 쌓인 가마가 놓여 있고 그 가마 밑 네모진 아궁이에다 지금 떡 굽는 사람이 풀무를 갖다 대고 풀떡풀떡 해서 불을 피우고 있고 가마 위 나무뚜껑 아래에서는 길쭉길쭉하게 빚어서 한편에 깨알 몇 알씩을 뿌린 쪼빙들이 우구구 하면서 뜨거운 진흙 위에서 모래찜들을 하고 있었다. 그것들이 모래찜을 실컷 해서 엉덩이가 꺼무죽죽하게 되면, 그 손톱이 세 치씩이나 자란 떡장수의 손이 들어와서 한 놈씩 한 놈씩 잡아 내다가 앞에 놓인 선반 위 파리 무리의 잔치터 위에 던져 주는 것이었다. 바로 이 떡 가마 왼편에는 기다란 부뚜막을 가진 가마가 걸려 있고 그 위에서 지금 유자꽤들이 오그그 하면서 콩기름 속에서 부어 오르고 있었다. 그리고 역시 행길 쪽으로 향한 이편 한

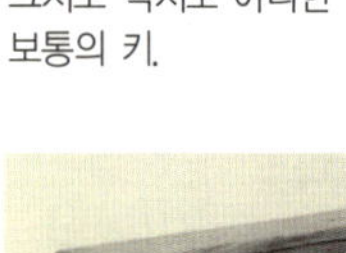

풀무

부뚜막

모퉁이에는 네모 반듯한 부뚜막 위에 보름달만큼씩이나 둥근 서양철 뚜껑을 덮은 깊다란 물솥들이 네다섯 개 줄리리 걸려 있고 부뚜막 바로 한복판에는 직경이 두 치나밖에 안 될 쇠통이 뚫려 있어서 가마지

기가 이따금씩 그 조그맣고 뚱그런 뚜껑을 열고는 바로 그 부뚜막 안
쪽에 쌓아 둔 물에 젖은 석탄가루를 한 부삽씩 쭈르르 쏟곤 하는 것이
었다. 그리하면 그 구멍 속으로부터는 까만 연기와 붉은 불길이 힐끗
힐끗 밖으로 내치미는 것을 서양철 뚜껑으로 덮어 막아 버리고는 놋으
로 만든 물푸개를 바른손에 들고 왼손으로 이편 솥뚜껑을 열고는 부글
부글 끓는 맹물을 퍼서는 저편 솥 속으로 쭈루루 붓고는 또다시 왼편
솥 속 물을 퍼다가 바른편 솥 속에 넣고, 이렇게 쭈룩쭈룩 소리를 내면
서 분주스레 퍼 옮기고, 쏟아 옮기고 하다가는, 엽전 두어 푼이나, 나
뭇조각 물표 서너 개씩을 가지고 와서 빙 둘러섰는 아가씨들과 할머니
들의 서양철 물통(오리주둥이 같은 것이 달린 것), 혹은 세숫대야, 혹
은 쇳주전자, 혹은 사기주전자 등에 엽전 두 푼에 물푸개 하나씩, 그
절절 끓는 물을 담아 주는 것이다.

　아찡이와 쭐루(돼지)라는 별명을 가진 동거자 뚱뚱보는 어두컴컴한
부엌 속으로 들어가서 둥그런 탁자를 가운데 놓고 뒷받침 없는 걸상
에 삥 둘러앉은 때묻는 옷 입은 친구들 틈에 끼여 앉아서 떡 두 개씩
과 *꺼룩한 미음을 한 사발씩 먹고는 쩔렁쩔렁하는 전대 속에서 동전
을 여섯 푼씩 꺼내서 탁자 위에 메치고 코를 힝힝 아무 데나 풀어 붙이
면서 거리로 나왔다.

　둘이서는 잠잠히 걸었다. 조약돌을 깔아서 올통볼통한 좁은 골목을
지나 나와서 전찻길을 끼고 한참 올라가다가 다시 조그만 골목으로 조
금 들어가서 인력거 세놓는 집 앞에 다다랐다. 벌써 수다한 인력거꾼
들이 와서 널찍한 창고 속에 줄줄이 세워 둔 인력거를 한 채씩 끌고 나
아갔다. 아찡도 거의 해져서 나들나들하는 종이로 돌돌 싸둔 대양(大
洋) 오십 전을 인력거세 하루 선금으로 지불하고 어둑신한 창고로 들

어가서 제 차례에 오는 인력거 한 채를 들들 끌고 거리로 나아왔다. 그는 잠깐 우두머니 서서 분주스럽게도 왔다갔다하는 군중을 바라다보다가 인력거 뒤채를 부득부득 밀면서 나아오는 뚱뚱보에게 이렇게 말했다.

“오늘 어째 *신수가 궁해. 어젯밤 꿈이 숭하더라니!”

뚱뚱보는 이 말 대답할 사이도 없이 벌써 맞은편 거리에서 오라고 손짓하는 서양 여자를 보고 설마 남에게 빼앗길세라 줄달음질을 쳐가서 인력거 앞채를 내려놓고 그 여자를 태웠다.

아찡이는 절반이나 잊어버려서 무엇이었는지 잘 생각도 안 나는 꿈을 되풀이해 생각해 보려고 애를 쓰면서 정거장 쪽으로 향해 갔다.

마침 남경서 떠난 막차가 새벽에 북정거장에 닿았다. 제섭원(齊燮元)이가 노영상(盧永祥)이를 들이친다는 풍설이 한창 돌 때인데 이번 차가 아마 마지막 차일는지도 모른다는 염려로 소주(蘇州)서, 곤산(昆山)서 쓸어 밀리는 피란민들이 넓은 정거장이 찌어져라 하고 밀려 나왔다. 정거장 정문이 있는 곳에는 벌써 그 동안 각처에서 몰려든 피란민들의 잃어버린 짐짝으로 가득 채워 있어서 교통 단절이 되어 버렸고, 좌우 옆문으로 쏠려 나오는 군중이 문간에 수직하고 있는 군인들의 몸수색을 당하면서 이리 밀치우고 저리 밀치우고 흐늑흐늑하였다.

아찡은 이 기회를 안 놓치려고 이리 기웃 저리 기웃 하며 기회만 엿보고 서 있었다. 아니나 다를까 저편 한구석으로 늙은 할머니 한 분, 젊은 색시 한 분, 또 돈푼이나 있어 보이는 젊은 사내 하나가 고리짝, 참대궤짝, 바구니 등 수십 개의 짐짝을 겨우 검사를 마친 후 시멘트 길바닥에 쌓아 놓고 어쩔 줄을 몰라 안달을 하고 있는 것이 보이었다. 아찡은 곧 그곳으로 뛰어가려다가,

‘이놈야’ 하고 외치는 순사의 고함 소리에 눌려서 한편으로 물러서 면서 아까운 듯이 그쪽만을 바라다보았다. 짐은 산더미처럼 쌓아 놓고 촌계 관청식으로 두리번두리번하기만 하던 사내가 마침내 짐짝들을 여인네더러 보라고 맡기고 인력거를 부르려고 정거장 구외로 나왔다. 아찡은 인력거를 내던지고 번개처럼 이 사내에게로 달려들었다. 벌써 네다섯 다른 인력거꾼들도 달려와서 이 젊은이를 에워쌌다.

“어디로 가오? 어디요? 여관으로요?”

젊은 사람은 어찌해야 좋을는지 모르겠다는 모양으로 한참이나 어 릿어릿하다가 겨우 상해 말은 아닌 어떤 다른 지방 사투리로 사마로 (四馬路)까지 얼마에 가겠느냐고 물었다.

“사마로까지 육십 전만 내슈.”

하고 한 인력거꾼이 즐거운 듯이 웃으면서 말했다.

젊은이는 딱하다는 듯이 잠시 망설이더니,

“이십 전에 가면 가구 그렇잖으면 그만둬.”

하고 중얼거리었다. 인력거꾼 서넛이 펄쩍 뛰면서 한꺼번에 외쳤다.

"이십 전이라니, 어딜, 우리 그렇게 에누리 없어요."

"그자 촌놈이다. 상해 말은 할 줄 모르는 모양이다."

하고 인력거꾼 하나가 외쳤다. 그래서 그들은 이 시골뜨기를 잔뜩 곯려먹으려고 그냥 육십 전을 내어야 한다고 떠들었다. 얼마 동안 승강이 계속되다가 값은 마침내 매 인력거에 사십 전씩(보통때 값의 사 배)에 작정이 되었다. 아찡이도 새벽부터 이게 웬 떡이냐 하고 새벽부터의 운수를 웃고 떠들며 서로 축하하는 동무 인력거꾼들과 섞여서 정거장 구내로 들어가서 고리짝을 한 개 들어 내왔다. 아찡은 큰 고리짝 한 개와, 또 어제 먹다 남은 것인지 생선 대가리 같은 것을 주워 싼 조그만 보꾸러미 한 개를 인력거 위에 올리어 놓고 앞장을 서서 줄곧 달음질해 나아갔다.

사마로에 즐비한 여관들은 여관마다 피란민으로 가득 차 있었다. 그래 그들은 이여관 저여관으로 한참이나 왔다갔다하다가 마지막에 겨우 어떤 좁고 더러운 여관으로 가서 그것도 남은 방이 없다고 해서 응접실에 그냥 있기로 하고, 겨우 짐을 풀어 놓았다. 인력거꾼들은 그 동안 미리 흥정한 장소까지 와가지고도 여기저기를 한참이나 끌려 다녔다는 것을 핑계로 해가지고 세상이 떠나갈 듯이 싸고 덤벼들어 떠들어 댄 결과로 마침내 매인 앞에 대양 일 원씩을 떼내었다. 아찡은 그의 손바닥에 놓인 번들번들 빛나는 은전 일 원짜리 한 푼을 눈이 부신 듯이 바라보면서, 저고리 앞자락으로 얼굴에 흐르는 땀을 훔치었다.

그가 인력거 채를 질질 끌면서 다시 큰거리로 나아올 때 혼자서,

"이게 웬 호박인구? 꿈자리가 사나우문 생시엔 되레 신수가 좋은 법인가?"

하면서 속으로는 좀 있다 밤에 방장이네게로 가서 한잔 할 기쁨을 예
상하면서 그 번들번들하는 큰 돈을 허리춤 전대에 잘 간수하였다.

참말로 그날은 특히 운이 좋았던지 큰거리에 척 나서자 마침 가랑
이 넓은 바지를 입고 팽갱이 같은 모자를 쓴 미국 해군 하나를 만나서
태우고 팔레스 호텔까지 가서 해군들 보통 버릇으로 그냥 막 집어 주
는 돈을 받아서 헤어 보니 이십 전짜리 은전이 한 푼, 동전이 열두 푼
이었다.

그는 너무나 좋아서 벙글벙글 웃으면서 전차 궤도를 건너 인력거 정
류소로 들어가서 차를 내려놓고 그 *살대 위에 편안히 걸터앉아서, 행
상하는 어린애를 불러 동전을 여섯 푼 던져 주고 쪼빙(떡)을 두 개 사
서 맛있게 먹었다.

해가 벌써 오정이나 되었으리라고 생각되는데 앞자리에 앉았던 인
력거가 다 풀려 나가고 마침내 아찡이 차례에 이르렀다. 방금 팔레스
호텔 문지기인 인도인이 망치를 휘두르면서 '인력거꾼' 하고 부르는 소
리를 듣고 달려가려고 일어서다가 아찡은 그만 벌떡 나가자
빠졌다. 아찡이 바로 뒷자리에서 참새 눈깔 같은 눈을 도록도
록하며 앉아 있던 뾰죽이가 번개같이 아찡 옆으로 뛰어나가
서 손님을 태우려고 달려갔다.

아찡이는 저도 모르게 '에쿠쿠' 하고 신음하였다. 뒷자리에
차례로 앉았던 다른 인력거꾼들이 삥 둘러서면서 눈이 둥그

참새

래서 아찡이를 내려다보았다. 아찡이는 겨우 몸을 일으켜 인력거 채
위에 걸터앉으면서 '으륵' 하고 아까 먹었던 쪼빙 두 개를 그대로 토해
버렸다. 머리가 횅하고 온몸이 노곤해 들어 왔다. 오 분, 십 분, 십오
분! 그는 다시 제 기운을 차려 보려고 노력했으나 소용없는 일이었다.

의아스런 눈으로 바라다들 보고 있던 동료들 중에, 그중 나이 많이 먹은 곰보 영감이 마침내 가까이 와서 아찡이의 싸늘하게 식은 손을 주물러 주면서 말했다.

"여보게, 요 골목을 돌아 들어가서 사천로(四川路) 청년회로 가문, 돈 안 받구 병 보아 주는 의사 어른이 계시다네. 그리 가보게. 그저께 우리 장손녀석이 갑자기 아프대서 거기 가서 약 두 봉지 타먹구 나았다네. 어서 가보게."

아찡이는 무의식하게 고개를 끄덕이었다. 아마도 이 곰보 영감 말대로 하는 것이 좋을까 보다 하고 흐릿하게 그는 생각하였다. 그러나…… 글쎄 어젯밤 꿈이 불길하더니…… 그는 마치 꿈속에서 길을 걷는 사람처럼 벌떡 일어나 남경로(南京路)로 뛰어들어갔다.

2

그가 어떤 모양으로 어떻게 여기까지 왔는지를 기억할 수가 없었다. 하여간 이사람 저사람에게 물어 보아 가며, 핀잔을 먹어 가면서 여기까지 찾아는 왔다. 방 안에는 자기 이외에도 서너 노동자들이 먼저부터 와서 아무 말도 없이들 서로 번번이 쳐다들만 보고 앉아 있었다. 한 사람은 어디서 무엇에 치었는지 그냥 피가 뚝뚝 흐르는 팔을 추켜 들고 '호 호' 하면서 부들부들 떨고 앉아 있었다. 아찡은 한참 동안이나 벽을 기대고 반쯤 누워 있다가 차차 정신이 드는 것을 깨달았다. 인제는 정신은 똑똑해졌는데 몸이 그저 사시나무 떨리듯 와들와들 떨리고 멎지를 않았다.

의사님은 어디를 갔나?

그곳 하인 비슷한 사람 하나가 비를 들고 들어왔다. 아찡은 거의 본능적으로,

"의사님 어디 가셨수?"

하고 물었다. 하인은 아무 대답이 없이 비로 방바닥을 두어 번 슬쩍거리고 나더니 기지개를 하면서,

"규칙이 의사님이 새루 두 시가 돼야 오우! 갔다가 두 시에들 오라구. 두 시 전에는 의사님이 안 오시는 규칙이야."

하고는 다시 방을 쓴다. 아찡은 비가 가는 곳마다 풀썩풀썩 일어나는 먼지를 흠뻑 맞으면서, 잇몸이 딱딱 마주 붙어서 떨리는 소리로 다시 물었다.

"지금 몇 시쯤 됐소?"

"열두 시."

하고 그 하인은 마치도 시간을 따로 외워 가지고 다니기나 하듯이 빨리 거침없이 대답했다.

두 시간! 그러나 여기서 기다릴밖에 없었다. 지금 아무 데도 갈 기력이 없었다. 왜 이다지도 몸은 자꾸만 떨릴까?

아찡이 한참이나 정신없이 있다가 다시 정신을 차린 때에는 떨리는 증세는 모두 없어지고, 그저 머리를 무슨 몽둥이로 얻어맞은 듯이 띵할 뿐이었다. 팔 부러진 사람은 아직도 그냥 '호 호' 하고 앉아 있고 다른 사람들은 일체 상관없다는 듯이 천장들만 쳐다보고 앉아 있었다.

흐리멍텅한 아찡의 귀로는 바깥 길 위로 뿡뿡 쓰르르 하며 오고 가는 자동차 소리들이 어디 멀리서 들려 오는 소리같이 들렸다. 그는 침묵이 무서워졌다. 그래서 그는 이 답답한 침묵을 깨뜨리는 것이 자기

의 책임이나 되는 것처럼,

"지금 몇 시나 됐을까요?"

하고 공중을 향하여 물었다. 천장만 쳐다보던 사람들이 잠깐 얼굴을 돌려 표정 없는 흐리멍텅한 눈동자로 바라다볼 뿐이요, 누구 하나 말대답하는 이가 없었다. 아찡은 무서운 생각이 나서 몸을 부르르 떨었다.

'글쎄 어젯밤 꿈자리가 사납더라니!'

문이 열리면서 깨끗이 양복을 입고 금테 안경을 쓴 뚱뚱한 신사 한 분이 들어왔다. 아찡이는 직감으로 이 사람이 의사어른이려니 하고 벌떡 일어나면서,

"의사나리님, 제가 오늘 갑자기……."

하고 말을 건넸더니, 그 신사는,

"아니오, 아니오, 의사는 아직 한 시간이나 더 있다가야 오십니다. 좀더 기다리시오."

하고 대답하고 안으로 들어가 버렸다. 그러나 조금 후에 그 신사는 다시 나타났다. 아픈 몸과 가슴을 가진 노동자들의 멀건 눈들이 이 젊은 신사의 *일동일정을 멀거니 바라다보았다.

이 신사는 좀 뚱뚱하고 퍽 쾌활스런 사람이었다. 그는 조그마한 세 다리 교의에 펄썩 주저앉으면서 구둣발로 마룻바닥을 한 번 쿵 구르고 나서,

"당신들 의사 뵈러 왔소? 좀더 기다리시오. 아, 당신은 팔을 다쳤구려? 무슨 일 하오? 또 당신은?"

하면서 이사람 저사람 번갈아 보면서 대답은 쓸데없다는 듯이 남이 미처 대답할 사이도 없이 혼자 주절대었다.

그러나 그도 입을 다물고 한참 동안 다시 침묵이 계속되었다. 그래

서 표정 없는 여러 눈들이 신사의 몸을 떠나서 다시 천장으로 향하려
하는 때에, 신사가 다시 버룩버룩하면서 말을 꺼냈다.

　"세상은 고해이지요. 죄 때문이외다. 아담 이브가 한 번 죄를 진 이
후로 그 죄악이 온 세상에 *관영해서 세상이 이렇게 괴로움 많은 세상
이 되었습네."

하고는 가장 동정이나 구하는 듯이 군중을 한번 쭉 둘러보았다. 군중
의 얼굴은 일제 '무슨 소린지 모르겠다' 하는, 그러면서도 약간 호기심
에 끌린 표정이 나타난 것을 그는 간파한 모양이었다.

　"당신들은 기도를 해본 적이 있소?"

하고 신사는 일동에게 물었다. 아무도 대답하는 이는 없었다. 모두 신
사의 얼굴만 열심으로 바라다볼 뿐이었다.

관영(貫盈)
가득 참.

신사는 잠깐 말을 멈추었다가,

　"기도함으로 죄 사함을 얻습니다. 요한복음 삼장 십육절에 말하기를
'하느님이 세상을 이처럼 사랑하사 독생자를 주셨으니 누구든지 그를

거문고

믿으면 멸망하지 않고 영생을 얻으리라' 했습니다. 하느님의 *독생자 예수 그리스도가 우리의 죄짐을 지시고 골고다에서 십자가에 못박혀 죽으셔서 그 피로 우리 죄를 속해 주셨습니다. 그래서 누구든지 예수를 믿으면 세상에서는 이렇게 괴롭다가도 죽은 후에는 천당에 가서 금 거문고를 뜯고 천군 천사와 함께 하느님을 찬양하면서 생명수가의 생명과를 먹으면서 살아가게 된답니다."

하면서 절반이나 설교체로 혼자 흥분해서 한참 내리엮고는 다시 한번 일동을 둘러보더니, 벌떡 일어나며 눈을 하늘을 향하여 올려뜨고,

"오! 사랑하시는 하느님이시여, 이 불쌍한 무리들을 굽어 살피사 당신의 거룩한 *성신의 불로 그들의 죄를 태워 버리고, 그들의 마음을 감동시키사 하느님을 믿게 하시오며, 풍성하신 은혜를 베푸소서."

하더니 다시 눈을 내리떠 군중을 둘러보면서,

"여러분, 오늘부터 예수 품안으로 들어오시오. 예수 말씀하시기를 '내 *멍에는 가볍고 쉬우니라' 하셨습니다. 이 세상 괴로움을 모두 잊어버리고 예수만 믿었다가 이 다음 죽은 후에 천당에 가서 무궁한 복락을 같이 누립시다."

하고 끝내고는 그만 불쑥 나가 버렸다.

소 눈깔같이 우둔한 눈으로, 이 흥분한 신사의 머릿짓 손짓을 열심으로 바라다보던 눈들은 다시 일제히 어딘가 보이지 않는 곳을 물끄러미 바라다보면서 각기 입으로는 약속했던 듯이 한숨을 내쉬었다.

아찡이는 열심으로 그 신사의 말을 들었다. 그러나 그는 그것이 모두 무슨 소리인지 잘 알아들을 수가 없었다. 무슨 '죽은 후에는 무궁한

복락을 누린다'는 소리를 들을 때에는 '그렇게 되었으면 오죽이나 좋으랴' 하고 속으로 부러워했다. 그러나 지금 세상이 무슨 아담과 이브의 죄 때문에 괴롭게 되었다는 소리는 미련한 생각에도 믿어지지가 않았다. 자기 같은 인력거꾼들은, 모두 아담 이브의 죄의 형벌을 받는 중이라고 하려니와 그러면 어찌하여 자동차를 타고 다니는 양귀자들이나 또는 자기도 가끔 인력거에 태우는 비단옷을 입은 색시들은 아담 이브의 죄 형벌을 받지 않고 잘 사는지 알 수 없는 일이었다.

신사가 나아간 후에도 아찡이는 한참이나 그 신사가 하던 말을 알아들은 대로 되풀이해 보았다. '세상에서는 괴롭게 지내다가 일후 죽은 후에 천당에 가서는 금거문고를 타고……' 죽은 후에 금거문고를 타려면 살아서는 왜 꼭 고생을 해야 되는가? 죽은 후에 천군 천사와 함께 노래 부르면서 잘 살려고 하면 왜 살아서는 매일 뚱뚱한 사람을 인력거 위에 태우고 땀을 흘려야 하며 발길에 채어야 하고 '홍도아째' 순사 몽둥이에 얻어맞아야만 되는가? 죽은 다음에 생명과를 배부르게 먹으려면 살았을 적에는 어찌하여 남 다 먹는 아침 죽 한 그릇도 맘대로 못 먹고 쪼빙과 미음으로 요기를 하여야만 되는 것일까? 이것을 아찡이는 아무리 하여도 깨달을 수가 없는 것이었다…… 그 신사가 말한 바 그 소위 천당이라는 데는 그러면 우리 같은 인력거꾼들만이 몰려가는 데일까? 그렇다면 양귀자들과 양복 입은 젊은 사람들과 순사들은 죽은 후에는 어떤 곳으로 가는가? 그들도 예수만 믿으면 천당으로 가는가? 만일 그들도 천당으로 간다면 그들은 이 세상에서도 고생이라곤 아니 했으니 그것은 불공평하지 않은가? 옳다. 만일 천당이라는 데가 있다면 거기서는 필시 우리 이 세상 인력거꾼들은 아까 그 사람이 말한 모양으로 금거문고나 타고 생명과를 배불리 먹고 놀고 이 세상에서 인력거를 타고 다니던 사람들은 모두 인력거꾼이 되어서 누더기를 입고 주리고 떨면서 인력거를 끌고 와서 우리를 태워 주게 되나 부다! 그렇다. 그리만 된다면 나도 한번 그들을 '에잇끼놈' 하고 소리 지르면서 발길로 차고, 동전 서 푼 던져 주고, 예수 만나 보려 대문 안으로 들어가게 될 터이지. 정말 그럴까…… 하고 그는 혼자 흥분하여졌다. 그래 그 신사가 아직 있으면 천당에도 인력거꾼이 있느냐고 물어 보고 싶었다. 만일 그렇다고만 하면 그는 이제라도 어서 속히 죽을 것이었다. 그래서 그 좋은 천당으로 한시바삐 갈 것이다. 그는 호기심에 끌려서 미닫이 칸 막은 안방에서 무슨 책인지 웅얼웅얼하면서 읽고 있는 하인에게 말을 건넸다.

"여보, 영감님, 영감님두 예수 믿수?"

웅얼웅얼하던 소리가 뚝 끊기고 잠시 가만 있더니,

"네, 왜 그러우?"

한다.

"천당에두 인력거꾼이 있답디까?"

"인력거꾼? 흥, 천당에도 인력거꾼이 있으문 천당이 좋달 게 무얼꼬. 없어요."

눈만 멀뚱멀뚱하고 앉아 있던 다른 사람들도 빙그레 웃었다. 피가 뚝뚝 듣는 부러진 팔을 들고 앉았는 사람만이 아무것도 모두 귀찮다는 듯이 그냥 물끄러미 팔만 들여다보고 앉아 있었다.

아찡이는 낙망했다. 천당에는 인력거꾼이 없다! 그러면 역시 고생하는 놈은 우리들뿐인 것이다. 돈 많은 사람들은 세상에서나 천당에서나 늘 즐거운 것뿐이니!

그는 그런 천당에는 가기가 싫었다. 천당에 가서도 낮은뎃사람이 위로 가고, 위엣사람이 아래로 가지지 않는다고 할 것 같으면 그런 데까지 일부러 다리 아프게 찾아갈 필요는 조금도 없는 것이었다. 차라리 괴롭더라도 이 세상에서나 쪼빙이나마 잔뜩 먹고 몸이나 성해서 한 달에 한 번씩 이십 전짜리 *갈보네 집에나 가서 자면 그것이 더 행복스러운 일이라고 그는 생각하였다.

몸이 퍽 가뜬해진 것처럼 생각되어서 아찡이는 오지도 않는 의사를 기다리기가 싫어져서 그만 밖으로 나와 버렸다. 그런데 그가 분주스런 거리로 이사람 저사람 피하면서 걸어나갈 때 홀로 큰 고독을 깨달았다. 아찡은 제가 갑자기 이 세상 밖에 난 것같이 생각이 되어서 슬퍼졌다. 지나가는 사람, 지나오는 사람 들이 모두 희미하게 멀리 딴 세상에 사는 사람들 같고, 자기는 지구 밖 어떤 곳에 홀로 서서 이 사람떼를 바라다보는 것처럼 생각되어졌다. 그는 이것이 흉조라고 생각되어 몸을 떨었다.

그는 정신없이 다리가 움직여지는 대로 걸었다. 팔레스 호텔 앞에 버리고 온 인력거는 기억에 나오지도 않았다. 그 인력거를 잃어버리면 제 앞에 어떠한 비참한 일이 오리라는 것조차도 인식하지 못하였다. 저도 모르게 제 집 쪽으로 걸어오다가 건재 약국에 들어가서 감초 가루약을 동전 서 푼 어치 사들고 그냥 걸어갔다.

감초

아찡이 얼마나 오래 걸었던지 제 집 동구 밖에까지 왔을 때 동구 밖에 울긋불긋한 기를 늘이운 책상 뒤에 앉아 있는 안경 쓴 점쟁이를 발견하였다. 아찡이는 저도 모르는 새 그리로 끌리어갔다.

전대에서 이십 전짜리 은전 한 푼을 꺼내 이 점쟁이 앞에 던져 주고 우두머니 서서 점괘를 기다리고 있었다. 점쟁이는 누런 안경 속으로 그 큰 두 눈을 희번덕거리면서 아찡이의 아래위를 한번 훑어보더니 자그마한 상자 속에 손을 넣어 돌돌 말린 종이 한 장을 꺼내서 펼쳐 읽어보고는, 책상 밑에서 커다란 장지책 한 권을 꺼내 들고 세 치나 자란 시커먼 엄지 손톱으로 장장 들쳐 가면서 고개를 끄덕끄덕하며 몇 곳 읽어 보더니 책을 덮어놓고서 책상 위에 놓인 유리판에다가 먹붓으로 글자를 넉 자를 써서 아찡 앞에 쑥 내밀었다. 아찡이가 그 글자를 알아볼 리가 없었다. 점쟁이는 가장 점잔을 빼면서 *관화가 조금 섞인 듯한 영파 방언으로 점의 해석을 길게 늘어놓았다. 이러쿵 저러쿵 *중언부언한 해석을 다 모아 보면 대략 이러한 뜻이었다.

……아찡이가 지금은 전생의 죄값으로 고생을 하지만 인제 얼마 안 있으면 돈 많이 모으고 잘살게 되리라는 것이었다.

3

아찡이는 정신없이 제 방 안으로 들어가서 꼬꾸라졌다. 그는 몸을 떨었다.

몸이 다시 으스스하고 구역이 나기 시작하였다. 아찡의 눈앞에는 그의 전 생애가 한번 죽 나타났다. 어려서 시골서 남의 집 심부름 하던 때로부터 상해로 굴러들어와서 공장에 들어갔다가 거기서 쫓겨 나서는 이내 인력거를 끌게 된 것…… 그것이 벌써 팔 년이라는 긴 동안이었다.

팔 년 동안 인력거를 끌던 신산한 기억이 다시금 생각났다. 애스톨 하우스 호텔에서 어떤 서양 신사를 태우고, 오 리도 더 되는 올림픽 극장까지 가서 동전 열 푼을 받아 들고 너무도 억울해서 동전 두 푼만 더 달라고 빌다가 발길에 채던 생각이 났다. 또 언젠가는 한번 밤이 새로 두 시나 되어서, 대동여사에서 술이 잔뜩 취해 나오는 꺼우리(조선 사람) 신사 세 사람을 다른 동무들과 함께 한 사람씩 태우고 불란서 조계 보강리까지 십 리나 되는 길을 끌고 가서 셋이서 도합 십 전짜리 은전 한 푼을 받고 너무도 기가 막혀서 더 내라고 야단치다가 그 신사들에게 단장으로 얻어맞고 머리가 터져서 급한 김에 인력거도 내버리고 도망질쳐 달아나던 광경이 다시 생각났다. 그러고는 또다시 언젠가 한번 손님을 태우고 정안사로 가다가 소리도 없이 뒤로 달려온 자동차에게 떠밀리어서 인력거를 바수고 다리까지 삐인 위에 자동차 운전수의 발길에 채고 인도인 순사 몽둥이에 매맞던 일도 새삼스럽게 다시 생각이 났다.

갈하다
목이 타고 마르다.

길다면 길고 멀다면 먼, 또는 짧다면 또 짧은 팔 년 동안의 인력거꾼생활! 작은 일, 큰 일, 눈물난 일, 한숨 쉰 일들이 하나씩하나씩 다시 연상되어서 그는 어린 애처럼 엉엉 울었다. 그러다가 그는 갑자기 목이 *갈한 것을 느끼면서 몸을 일으키려 하다가 온몸에 쥐가 일어서는 것을 감각하여,

"끙."

소리를 지르며 도로 엎으러지고서는 다시 아무것도 인식하지 못하게 되고 말았다.

4

종일 인력거를 끌다가 새벽녘에야 집으로 돌아와서 아찡의 시체를 발견하고 공보국에 보고한 뚱뚱보를 따라서 공보국에서 순사와 의사가 검시를 하러 이 더러운 방 안으로 들어왔다.

의사는 방 안에서 검시하고 영국인 순사 부장은 중국인 순사 통역을 세우고 뚱뚱보에게 여러 가지를 물어서 조그만 수첩에 적어 넣었다.

"아찡이가 언제부터 인력거를 끌었지?"

"글쎄 똑똑히는 모릅니다. 이 집에 같이 있게 되기는 바루 삼 년 전부터이올시다. 그때 제가 인력거를 처음 끌기 시작하면서부터 함께 있게 되었사와요."

"그래 똑똑히는 모른단 말야?"

"네, 네, 아찡이 제 말로는 이 노릇을 시작한 지가 금년까지 팔 년째라구 말을 합니다만, 나리!"

순사 부장은 알았다는 듯이 고개를 끄덕끄덕하더니 안에서 검시하고 나오는 의사를 향해 웃으면서 영어로 이렇게 말했다.

"무얼요, 저 죽을 때가 다 돼서 죽었군요. 팔 년 동안이나 인력거를 끌었다니깐요. 남보다 한 일년 일찍 죽은 셈이지만, 지난번 공보국 조사에 보면 인력거 끌기 시작한 지 구 년 만에는 모두 죽는다구 하지 않았습니까?"

의사는 고개를 끄덕거리면서,

"흐흥! 팔 년으로 십 년, 그저 그 이내지요. 매일 과도한 달음질 때문으로……."

5

공보국에서 온 일꾼들이 아찡이의 시체를 거적에 담아 실어 가지고 간 후, 뚱뚱보는 한참이나 멀거니 앉아 있다가 벌떡 일어나서 밖으로 나갔다.

거적

그날 오후 두 시에 사람들은 그 뚱뚱보가 역시 아무 일도 없다는 듯이 인력거에 손님을 태우고 기운차게 달리고 있는 것을 볼 수가 있었다. 그는 아까 순사 부장과 의사와의 회화를 못 알아들은 것이 그에게는 다행이었다. 오 년이나 육 년 후에 그도 아찡이의 뒤를 따르게 될 것을 모르므로 뚱뚱보는 껑충껑충 아스팔트 매끈한 길 위를 기운차게 달리는 것이었다…… 마치도 한 백 년 더 살 것같이…….

『사랑 손님과 어머니』, 수선사, 1948.

주요섭 단편소설

사랑 손님과 어머니

1

나는 금년 여섯 살 난 처녀애입니다. 내 이름은 박옥희이구요. 우리 집 식구라고는 세상에서 제일 이쁜 우리 어머니와 단 두 식구뿐이랍니다. 아차 큰일났군, 외삼촌을 빼놓을 뻔했으니.

지금 중학교에 다니는 외삼촌은 어디를 그렇게 싸돌아다니는지 집에는 끼니 때나 외에는 별로 붙어 있지를 않으니까 어떤 때는 한 주일씩 가도 외삼촌 코빼기도 못 보는 때가 많으니까요, 깜빡 잊어버리기도 예사지요, 무얼.

우리 어머니는, 그야말로 세상에서 둘도 없이 곱게 생긴 우리 어머니는, 금년 나이 스물네 살인데 과부랍니다. 과부가 무엇인지 나는 잘 몰라도 하여튼 동리 사람들은 날더러 '과부딸'이라고들 부르니까 우리 어머니가 과부인 줄을 알지요. 남들은 다 아버지가 있는데 나만은 아버지가 없지요. 아버지가 없다고 아마 '과부딸'이라나 봐요.

2

외할머니 말씀을 들으면 우리 아버지는 내가 이 세상에 나오기 한 달 전에 돌아가셨대요. 우리 어머니하고 결혼한 지는 일 년 만이고요. 우리 아버지의 본집은 어디 멀리 있는데, 마침 이 동리 학교에 교사로 오게 되기 때문에 결혼 후에도 우리 어머니는 시집으로 가지 않고 여기 이 집을 사고 (바로 이 집은 우리 외할머니댁 옆집이지요) 여기서 살다가 일 년이 못 되어 갑자기 돌아가셨대요. 내가 세상에 나오기도 전에 아버지는 돌아가셨다니까 나는 아버지 얼굴도 못 뵈었지요. 그러기에 아무리 생각해 보아도 아버지 생각은 안 나요. 아버지 사진이라는 사진은 나두 한두 번 보았지요. 참말로 훌륭한 얼굴이야요. 아버지가 살아 계시다면 참말로 이 세상에서 제일가는 잘난 아버지일 거야요. 그런 아버지를 보지도 못한 것은 참으로 분한 일이야요. 그 사진도 본 지가 퍽 오래되었는데, 이전에는 그 사진을 늘 어머니 책상 위에 놓아 두시더니 외할머니가 오시면 오실 때마다 그 사진을 치우라고 늘 말씀하셨는데, 지금은 그 사진이 어디 있는지 없어졌어요. 언젠가 한번 어머니가 나 없는 동안에 몰래 장롱 속에서 무엇을 꺼내 보시다가 내가 들어오니까 얼른 장롱 속에 감추는 것을 내가 보았는데, 그것이 아마 아버지 사진인 것 같았어요.

아버지가 돌아가시기 전에 우리가 먹고 살 것을 남겨 놓고 가셨대요. 작년 여름에, 아니로군, 가을이 다 되어서군요. 하루는 어머니를 따라서 저 여기서 한 십 리나 가서 조그만 산이 있는 데를 가서 거기서 밤도 따먹고 또 그 산 밑에 초가집에 가서 닭고깃국을 먹고 왔는데, 거기 있는 땅이 우리 땅이래요. 거기서 나는 추수로 밥이나 굶지 않게 된다고요. 그래도 반찬 사고 과자 사고 할 돈은 없대요. 그래서 어머니가 다른 사람의 바느질을 맡아서 해주지요. 바느질을 해서 돈을 벌어서 그걸로 청어도 사고 달걀도 사고 또 내가 먹을 사탕도 사고 한다고요.

청어

그리고 우리집 정말 식구는 어머니와 나와 단둘뿐인데 아버님이 계시던 사랑방이 비어 있으니까 그 방도 쓸 겸 또 어머니의 잔심부름도 좀 해줄 겸해서 우리 외삼촌이 사랑방에 와 있게 되었대요.

3

금년 봄에는 나를
유치원에 보내 준다고
해서 나는 너무나 좋아서
동무 아이들한테 실컷 자랑을 하
고 나서 집으로 들어오노라니까 사
랑에서 큰외삼촌이 (우리집 사랑에 와
있는 외삼촌의 형님 말이야요) 웬 낯선 사람 하나
와 앉아서 이야기를 하고 있었습니다. 큰외삼촌이 나를 보더
니 '옥희야' 하고 부르겠지요.

"옥희야, 이리 온. 와서 이 아저씨께 인사드려라."

나는 어째 부끄러워서 비슬비슬하니까, 그 낯선 손님이,

"아, 그 애기 참 곱다. 자네 조카딸인가?"

하고 큰외삼촌더러 묻겠지요. 그러니까 외삼촌은,

"응, 내 누이의 딸…… 경선 군의 *유복녀 외딸일세."

하고 대답합니다.

"옥희야, 이리 온, 응! 그 눈은 꼭 아버지를 닮았네그려."

하고 낯선 손님이 말합니다.

"자, 옥희야, 커단 처녀가 왜 저 모양이야. 어서 와서 이 아저씨께 인
사해여. 너의 아버지의 옛날 친구신데 오늘부터 이 사랑에 계실 텐데
인사 여쭙고 친해 두어야지."

나는 이 낯선 손님이 사랑방에 계시게 된다는 말을 듣고 갑자기 즐

유복녀
태어나기 전에 아버지
를 여읜 딸.

거워졌습니다. 그래서 그 아저씨 앞에 가서 사붓이 절을 하고는 그만 안마당으로 뛰어들어왔지요. 그 낯선 아저씨와 큰외삼춘은 소리를 내서 크게 웃더군요.

　나는 안방으로 들어오는 나름으로 어머니를 붙들고,

　"엄마, 사랑방에 큰삼춘이 아저씨를 하나 데리구 왔는데에, 그 아저씨가아, 이제 사랑에 있는대."

하고 법석을 하니까,

　"응, 그래."

하고 어머니는 벌써 안다는 듯이 대수롭잖게 대답을 하더군요. 그래서 나는,

　"언제부텀 와 있나?"

하고 물으니까,

　"오늘부텀."

　"에구 좋아."

하고 내가 손뼉을 치니까 어머니는 내 손을 꼭 붙잡으면서,

　"왜 이리 수선이야."

　"그럼 작은외삼춘은 어디루 가나?"

　"외삼춘두 사랑에 계시지."

　"그럼 둘이 있나?"

　"응."

　"한방에 둘이 있어?"

　"왜, *장지문 달구 외삼춘은 아랫방에 계시구 그 아저씨는 윗방에 계시구, 그러지."

장지문
지게문에 장지 짝을 덧들인 문.

4

　나는 그 아저씨가 어떠한 사람인지는 몰랐으나 첫날부터 내게는 퍽 고맙게 굴고 나도 그 아저씨가 꼭 마음에 들었어요. 어른들이 저희끼리 말하는 것을 들으니까 그 아저씨는 돌아가신 우리 아버지와 어렸을 적 친구라고요. 어디 먼 데 가서 공부를 하다가 요새 돌아왔는데, 우리 동리 학교 교사로 오게 되었대요. 또 우리 큰외삼촌과도 동무인데, 이 동리에는 하숙도 별로 깨끗한 곳이 없고 해서 우리 사랑으로 와 계시게 되었다고요. 또 우리도 그 아저씨한테서 밥값을 받으면 살림에 보탬도 좀 되고 한다고요.

　그 아저씨는 그림책들이 얼마든지 있어요. 내가 사랑방으로 나가면 그 아저씨는 나를 무릎에 앉히고 그림책들을 보여 줍니다. 또 가끔 과자도 주고요.

　어느 날은 점심을 먹고 이내 살그머니 사랑에 나가 보니까 아저씨는 그때에야 점심을 잡수셔요. 그래 가만히 앉아서 점심 잡수는 걸 구경하

고 있노라니까, 아저씨가,

　“옥희는 어떤 반찬을 제일 좋아하누?”

하고 묻겠지요. 그래 삶은 달걀을 좋아한다고 했더니 마침 상에 놓인 삶은 달걀을 한 알 집어 주면서 나더러 먹으라고 합니다. 나는 그 달걀을 벗겨 먹으면서,

　“아저씨는 무슨 반찬이 제일 맛나우?”

하고 물으니까, 그는 한참이나 빙그레 웃고 있더니,

　“나두 삶은 달걀.”

하겠지요. 나는 좋아서 손뼉을 짤깍짤깍 치고,

　“아, 나와 같네. 그럼, 가서 어머니한테 알려야지.”

하면서 일어서니까, 아저씨가 꼭 붙들면서,

　“그러지 말어.”

　그러시지요. 그래도 나는 한번 맘을 먹은 다음엔 꼭 그대로 하고야 마는 성미지요. 그래 안마당으로 뛰쳐들어가면서,

　“엄마, 엄마, 사랑 아저씨두 나처럼 삶은 달걀을 제일 좋아한대.”

하고 소리를 질렀지요.

　“떠들지 말어.”

하고 어머니는 눈을 흘기십니다.

　그러나 사랑 아저씨가 달걀을 좋아하는 것이 내게는 썩 좋게 되었어요. 그것은 그 다음부터는 어머니가 달걀을 많이씩 사게 되었으니까요. 달걀장수 노친네가 오면 한꺼번에 열 알도 사고 스무 알도 사고 그래선 두고두고 삶아서 아저씨 상에도 놓고 또 으레 나도 한 알씩 주고 그래요. 그뿐만 아니라 아저씨한테 놀러 나가면 가끔 아저씨가 책상 서랍 속에서 달걀을 한두 알 꺼내서 먹으라고 주지요. 그래 그 담부터

는 나는 아주 실컷 달걀을 많이 먹었어요.

나는 아저씨가 아주 좋았어요. 마는 외삼촌은 가끔 툴툴하는 때가 있었어요. 아마 아저씨가 마음에 안 드나 봐요. 아니, 그것보다도 아저씨 상 심부름을 꼭 외삼촌이 하게 되니까 그것이 싫어서 그러나 봐요. 한번은 어머니와 외삼촌이 말다툼하는 것까지 내가 들었어요. 어머니가,

"야, 또 어디 나가지 말구 사랑에 있다가 선생님 들어오시거든 상 내가야지."

하고 말씀하시니까, 외삼촌은 얼굴을 찡그리면서,

"제길, 남 어디 좀 볼일이 있는 날은 으레 끼니 때에 안 들어오고 늦어지니……."

하고 툴툴하겠지요. 그러니까 어머니는,

"그러니 어짜갔니? 너밖에 사랑 출입할 사람이 어디 있니?"

"누님이 좀 상 들구 나가구려. 요샛세상에 내외합니까!"

어머니는 갑자기 얼굴이 발개지시고 아무 대답도 없이 그냥 외삼촌에게 향하여 눈을 흘기셨습니다.

그러니까 외삼촌은 흥흥 웃으면서 사랑으로 나갔지요.

5

나는 유치원에 가서 창가도 배우고 댄스도 배우고 하였습니다. 유치원 여자선생님이 풍금을 아주 썩 잘 타요. 그런데 우리 유치원에 있는 풍금은 우리 예배당에 있는 풍금과는 아주 다른데, 퍽 조그마한 것이지마는 소리는 썩 좋아요. 그런데 우리집 윗간에도 유치원 풍금과

풍금

꼭 같이 생긴 것이 놓여 있는 것이 갑자기 생각이 났어요. 그래 그날 나는 집으로 오는 길로 어머니를 끌고 윗간으로 가서,

"엄마, 이거 풍금 아니우?"

하고 물으니까, 어머니는 빙그레 웃으시면서,

"그렇단다. 그건 어찌 알았니?"

"우리 유치원에 있는 풍금이 이것과 꼭 같은데 무얼. 그럼 엄마두 풍금 탈 줄 아우?"

하고 나는 다시 물었습니다. 그것은 내가 이때껏 한 번도 어머니가 이 풍금 앞에 앉은 것을 본 일이 없기 때문입니다.

어머니는 아무 대답도 아니 하십니다.

"엄마, 이 풍금 좀 타봐!"

하고 재촉하니까, 어머니 얼굴은 약간 흐려지면서,

"그 풍금은 너의 아버지가 날 사다 주신 거란다. 너의 아버지 돌아가신 후에는 그 풍금은 이때까지 뚜껑두 한 번 안 열어 보았다……."

이렇게 말씀하시는 어머니 얼굴을 보니까 금방 또 울음보가 터질 것만 같이 보여서 나는 그만,

"엄마, 나 사탕 주어."

하면서 아랫방으로 끌고 내려왔습니다.

6

아저씨가 사랑방에 와 계신 지 벌써 여러 밤을 잔 뒤입니다. 아마 한 달이나 되었지요. 나는 거의 매일 아저씨 방에 놀러 갔습니다. 어머니

는 나더러 그렇게 가서 귀찮게 굴면 못쓴다고 가끔 꾸지람을 하시지만 정말인즉 나는 조금도 아저씨를 귀찮게 굴지는 않았습니다. 도리어 아저씨가 나를 귀찮게 굴었지요.

"옥희 눈은 아버지를 닮았다. 고 고운 코는 아마 어머니를 닮았지, 고 입하고! 응, 그러냐, 안 그러냐? 어머니도 옥희처럼 곱지, 응?"

이렇게 여러 가지로 물을 적도 있었습니다. 그래서 나는,

"아저씨, *입때 우리 엄마 못 봤수?"

하고 물었더니, 아저씨는 잠잠합니다. 그래 나는,

"우리 엄마 보러 들어갈까?"

하면서 아저씨 소매를 잡아당겼더니, 아저씨는 펄쩍 뛰면서,

"아니, 아니, 안 돼. 난 지금 분주해서."

하면서 나를 잡아끌었습니다. 그러나 정말로는 무슨 그리 분주하지도 않은 모양이었어요. 그러기에 나더러 가란 말도 않고 그냥 나를 붙들고 앉아서 머리도 쓰다듬어 주고 뺨에 입도 맞추고 하면서,

"요 저구리 누가 해주지? ……밤에 엄마하구 한자리에서 자니?"

라는 둥 쓸데없는 말을 자꾸만 물었지요!

그러나 웬일인지 나를 그렇게도 *귀애해 주던 아저씨도 아랫방에 외삼촌이 들어오면 갑자기 태도가 달라지지요. 이것저것 묻지도 않고 나를 꼭 껴안지도 않고 점잖게 앉아서 그림책이나 보여 주고 그러지요. 아마 아저씨가 우리 외삼촌을 무서워하나 봐요.

하여튼 어머니는 나더러 너무 아저씨를 귀찮게 한다고 어떤 때는 저녁 먹고 나서 나를 꼭 방 안에 가두어 두고 못 나가게 하는 때도 더러 있었습니다. 그러나 조금 있다가 어머니가 바느질에 정신이 팔리어서 골몰하고 있을 때 몰래 가만히 일어나서 나오지요. 그런 때에는 어머

입때
여태.

귀애
귀엽게 여겨 사랑함.

니는 내가 문 여는 소리를 듣고야 퍼뜩 정신을 차려서 쫓아와 나를 붙
들지요. 그러나 그런 때는 어머니는 *골은 아니 내시고,

"이리 온, 이리 와서 머리 빗고……."

하고 끌어다가 머리를 다시 곱게 땋아 주시지요.

"머리를 곱게 땋고 가야지. 그렇게 되는 대루 하구 가문 아저씨가 숭
보시지 않니?"

하시면서, 또 어떤 때에는 머리를 다 땋아 주시고는,

"응, 저구리가 이게 무어냐?"

하시면서 새 저고리를 내어 주시는 때도 있었습니다.

7

어떤 토요일 오후였습니다. 아저씨는 나더러 뒷동산에 올라가자고
하셨습니다. 나는 너무나 좋아서 가자고 그러니까, 아저씨가,

"들어가서 어머님께 허락 맡고 온."

하십니다. 참 그렇습니다. 나는 뛰쳐들어가서 어머니께 허락을 맡았습
니다. 어머니는 내 얼굴을 다시 세수시켜 주고 머리도 다시 땋고 그리
고 나서는 나를 아스러지도록 한번 몹시 껴안았다가 놓아 주었습니다.

"너무 오래 있지 말고, 응."

하고 어머니는 크게 소리치셨습니다. 아마 사랑 아저씨도 그 소리를
들었을 거야요.

뒷동산에 올라가서는 정거장을 한참 내려다보았으나 기차는 안 지
나갔습니다. 나는 풀잎을 쭉쭉 뽑아 보기도 하고 땅에 누운 아저씨의

다리를 가서 꼬집어 보기도 하면서 놀았습니다. 한참 후에 아저씨가 손목을 잡고 내려오는데 유치원 동무들을 만났습니다.

"옥희가 아빠하구 어디 갔다 온다, 응."

하고 한 동무가 말하였습니다. 그 아이는 우리 아버지가 돌아가신 줄을 모르는 아이였습니다. 나는 얼굴이 빨개졌습니다. 그때 나는 얼마나 이 아저씨가 정말 우리 아버지였더라면 하고 생각했는지 모릅니다. 나는 정말로 한 번만이라도,

"아빠!"

하고 불러 보고 싶었습니다. 그리고 그날 그렇게 아저씨하고 손목을 잡고 골목골목을 지나오는 것이 어찌도 재미가 좋았는지요.

나는 대문까지 와서,

"난 아저씨가 우리 아빠래문 좋겠다."

하고 불쑥 말했습니다. 그랬더니 아저씨는 얼굴이 홍당무처럼 빨개져서 나를 몹시 흔들면서,

"그런 소리 하문 못써."

하고 말하는데 그 목소리가 몹시 떨렸습니다. 나는 아저씨가 몹시 성이 난 것처럼 보여서 아무 말도 못 하고 안으로 뛰어들어갔습니다. 어머니가,

"어디까지 갔던?"

하고 나와 안으며 묻는데, 나는 대답도 못 하고 그만 훌쩍훌쩍 울었습니다. 어머니는 놀라서,

"옥희야, 왜 그러니? 응?"

하고 자꾸만 물었으나 나는 아무 대답도 못 하고 울기만 했습니다.

8

　이튿날은 일요일인 고로 나는 어머니와 함께 예배당에를 가려고 차리고 나서 어머니가 옷을 갈아입는 동안 잠깐 사랑에를 나가 보았습니다. '아저씨가 아직두 성이 났나?' 하고 가만히 방 안을 들여다보았더니 책상에 앉아서 무엇을 쓰고 있던 아저씨가 내다보면서 빙그레 웃었습니다. 그 웃음을 보고 나는 마음을 놓았습니다. 아저씨가 지금은 성이 풀린 것이 확실하니까요. 아저씨는 나를 이리 보고 저리 보고 훑어보더니,

　"옥희 오늘 어디 가노? 저렇게 곱게 채리구."

하고 물었습니다.

　"엄마하고 예배당에 가."

　"예배당에?"

하고 나서 아저씨는 잠시 나를 멍하니 바라다보더니,

　"어느 예배당에?"

하고 물었습니다.

　"요 앞에 예배당에 가지 뭐."

　"응? 요 앞이라니?"

　이때 안에서,

　"옥희야."

하고 부드럽게 부르는 어머니 목소리가 들리었습니다. 나는 얼른 안으로 뛰어들어오면서 돌아다보니까, 아저씨는 또 얼굴이 빨갛게 성이 났겠지요. 내 원, 참으로 무슨 일로 요새는 아저씨가 그렇게 성을 잘 내

는지 알 수 없었습니다.

예배당에 가서 찬미하고 기도하다가 기도하는 중간에 갑자기 나는, '혹시 아저씨두 예배당에 오지 않았나?' 하는 생각이 나서 눈을 뜨고 고개를 들어 남자석을 바라다보았습니다. 그랬더니 하, 바로 거기에 아저씨가 와 앉아 있겠지요. 그런데 아저씨는 어른이면서도 눈 감고 기도하지 않고 우리 아이들처럼 눈을 번히 뜨고 여기저기 두리번두리번 바라봅니다. 나는 얼른 아저씨를 알아보았는데 아저씨는 나를 못 알아보았는지 내가 방그레 웃어 보여도 웃지도 않고 멀거니 보고만 있겠지요. 그래 나는 손을 흔들었지요. 그러니까 아저씨는 얼른 고개를 숙이고 말더군요. 그때에 어머니가 내가 팔 흔드는 것을 깨닫고 두 손으로 나를 붙들고 끌어당기더군요. 나는 어머니 귀에다 입을 대고,

"저기 아저씨두 왔어."

하고 속삭이니까 어머니는 흠칫하면서 내 입을 손으로 막고 막 끌어잡아다가 앞에 앉히고 고개를 누르더군요. 보니까 어머니가 또 얼굴이 홍당무처럼 빨개졌군요.

그날 예배는 아주 *젬병이었어요. 웬일인지 예배 다 끝날 때까지 어머니는 성이 나서 강대만 향하여 앞으로 바라보고 앉았고, 이전 모양으로 가끔 나를 내려다보고 웃는 일이 없었어요. 그리고 아

젬병
형편없는 것을 속되게 이르는 말.

저씨를 보려고 남자석을 바라다보아도 아저씨도 한 번도 바라다보아 주지 않고 성이 나서 앉아 있고, 어머니는 나를 보지도 않고 공연히 꽉꽉 잡아당기지요. 왜 모두들 그리 성이 났는지! 나는 그만 으아 하고 한 번 울고 싶었어요. 그러나 바로 멀지 않은 곳에 우리 유치원 선생님이 앉아 있는 고로 울고 싶은 것을 아주 억지로 참았답니다.

9

내가 유치원에 입학한 후 처음 얼마 동안은 유치원에 갈 때나 올 때나 외삼촌이 바래다주었습니다. 그러나 여러 밤을 자고 난 뒤에는 나 혼자서도 넉넉히 다니게 되었어요. 그러나 언제나 내가 유치원에서 돌아오는 때면 어머니가 옆대문(우리집에는 대문이 사랑대문과 옆대문 둘이 있어서 어머니는 늘 이 옆대문으로만 출입하시는 것이었습니다) 밖에 기다리고 섰다가 내가 달음질쳐 가면, 안고 집 안으로 들어가곤 하는 것이었습니다.

그런데 하루는 어쩐 일인지 어머니가 대문간에 보이지를 않겠지요. 어떻게도 화가 나던지요. 물론 머릿속으로는, '아마 외할머니댁에 가셨나 부다' 하고 생각했지마는 하여튼 내가 돌아왔는데 문간에서 기다리지 않고 집을 떠났다는 것이 몹시 나쁘게 생각되더군요. 그래서 속으로,

'오늘 엄마를 좀 곯려야겠다' 하고 생각하고 있는데, 옆대문 밖에서,

"아이고, 얘가 원 벌써 왔나?"

하는 어머니 목소리가 들리더군요. 그 순간 나는 얼른 신을 벗어 들고 안방으로 뛰어들어가서 벽장 문을 열고 그 속에 들어가서 숨어 버렸습

니다.

"옥희야, 옥희 너, 여태 안 왔니?"

하는 어머니 목소리가 바로 뜰에서 나더니,

"여태 안 왔군."

하면서 밖으로 나가는 모양이었습니다. 나는 재미가 나서 혼자 흐흥흐흥 웃었습니다.

한참을 있더니 집에서는 온통 야단이 났습니다. 어머니 목소리도 들리고 외할머니 목소리도 들리고 외삼촌 목소리도 들리고!

"글쎄, 하루 종일 집이라곤 안 떠났다가 옥희 유치원 파하고 오문 멕일 과자가 없기에 어머님댁에 잠깐 갔다 왔는데 고 동안에 이런 변이 생긴걸……."

하는 것은 어머니 목소리.

"글쎄 유치원에서 벌써 이십 분 전에 떠났다는데 원 중간에서……."

하는 것은 외할머니 목소리.

"하여튼 내 나가서 돌아댕겨 볼웨다. 원 고것이 어딜 갔담?"

하는 것은 외삼촌의 목소리.

이윽고 어머니의 울음 소리가 가늘게 들렸습니다. 외할머니는 무어라고 중얼중얼 이야기하는 모양이었습니다. '이젠 그만하고 나갈까?' 하고도 생각했으나, '지난 주일날 예배당에서 성냈던 앙갚음을 해야지' 하는 생각이 나서 나는 그냥 벽장 안에 누워 있었습니다. 벽장 안은 답답하고 더웠습니다. 그래서 이윽고 부지중에 나는 슬며시 잠이 들고 말았습니다.

얼마 동안이나 잤는지요? 이윽고 잠을 깨어 보니 아까 내가 벽장 안으로 들어왔던 것은 잊어버리고 참 이상스러운 데에 내가 누워 있거든

요. 어두컴컴하고 좁고 덥고…… 나는 갑자기 무서운 생각이 나서 엉엉 울기 시작했지요. 그러자 갑자기 어디 가까운 데서 어머니의 외마딧소리가 나더니 벽장 문이 벌컥 열리고 어머니가 달려들어서 나를 안아 내렸습니다.

"요 망할것아."

하면서 어머니는 내 엉덩이를 댓 번 때렸습니다. 나는 더욱더 소리를 내서 울었습니다. 그때에는 어머니는 나를 끌어안고 어머니도 따라 울었습니다.

"옥희야, 옥희야, 응 인젠 괜찮다. 엄마 여기 있지 않니, 응, 울지 마라, 옥희야. 엄마는 옥희 하나문 그뿐이다. 옥희 하나만 바라구 산다. 난 너 하나문 그뿐이야. 세상 다 일이 없다. 옥희만 있으문 바라고 산다. 옥희야, 울지 마라. 응, 울지 마라."

이렇게 어머니는 나더러 자꾸 울지 말라고 하면서도 어머니는 그치지 않고 그냥 자꾸자꾸 울었습니다. 외할머니는,

"원 고것이 도깨비가 들렸단 말일까, 벽장 속엔 왜 숨는담."

하고 앉아 있고, 외삼촌은,

"에, 재수, 메유다."

하면서 밖으로 나갔습니다.

10

이튿날 유치원을 파하고 집으로 오게 된 때 나는 갑자기 어제 벽장 속에 숨었다가 어머니를 몹시 울게 했던 생각이 나서 집으로 돌아가기

가 어쩐지 부끄러워졌습니다. '오늘은 어머니를 좀 기쁘게 해드려야
텐데…… 무엇을 갖다 드리문 기뻐할까?' 하고 생각했습니다. 그러자
문득 유치원 안에 선생님 책상 위에 놓여 있던 꽃병 생각이 났습니다.
그 꽃병에는 나는 이름도 모르나 곱고 빨간 꽃이 꽂히어 있었습니다.
그 꽃은 개나리도 아니고 진달래도 아니었습니다. 그런 꽃은 나도 잘
알고 또 그런 꽃은 벌써 피었다가 져버린 후였습니다. 무슨 서양꽃이
려니 하고 나는 생각하였습니다. 나는 우리 어머니가 꽃을 사랑하는
줄을 잘 압니다. 그래서 그 꽃을 갖다가 드리면 어머니가 몹시 기뻐하
려니 하고 생각하였습니다.

그래서 나는 도로 유치원 방 안으로 들어갔습니다. 마침 방 안에는
아무도 없었습니다. 선생님도 잠깐 어디를 가셨는지 보이지 않았습니
다. 그래 나는 그 꽃을 두어 개 얼른 빼들고 달음질쳐 나왔지요.

집에 오니 어머니는 문간에서 기다리고 있다가 나를 안고 들어왔습
니다.

"그 꽃은 어디서 났니? 퍽 곱구나."
하고 어머니가 말씀하셨습니다. 그러나 나는 갑자기 말문이 막혔습니
다. '이걸 엄마 드릴라구 유치원서 가져왔어' 하고 말하기가 어째 몹시
부끄러운 생각이 들었습니다. 그래 잠깐 망설이다가,

"응, 이 꽃! 저, 사랑 아저씨가 엄마 갖다 주라구 줘."
하고 불쑥 말했습니다. 그런 거짓말이 어디서 그렇게 톡 튀어 나왔는
지 나도 모르지요.

꽃을 들고 냄새를 맡고 있던 어머니는 내 말이 끝나기가 무섭게 무
엇에 몹시 놀란 사람처럼 화닥닥하였습니다. 그리고는 금시에 어머니
얼굴이 그 꽃보다도 더 빨갛게 되었습니다. 그 꽃을 든 어머니 손가락

이 파르르 떠는 것을 나는 보았습니다. 어머니는 무슨 무서운 것을 생각하는 듯이 방 안을 휘 한번 둘러보시더니,

"옥희야, 그런 걸 받아 오문 안 돼."

하고 말하는 목소리는 몹시 떨렸습니다. 나는 꽃을 그렇게도 좋아하는 어머니가 이 꽃을 받고 그처럼 성을 낼 줄은 참으로 뜻밖이었습니다. 어머니가 그렇게도 성을 내는 것을 보니까 그 꽃을 내가 가져왔다고 그러지 않고 아저씨가 주더라고 거짓말을 한 것이 참 잘되었다고 나는 속으로 생각했습니다. 어머니가 성을 내는 까닭을 나는 모르지만 하여튼 성을 낼 바에는 내게 내는 것보다 아저씨에게 내는 것이 내게는 나았기 때문입니다. 한참 있더니 어머니는 나를 방 안으로 데리고 들어와서,

"옥희야, 너 이 꽃 이얘기 아무보구두 하지 말아라, 응."

하고 타일러 주었습니다. 나는,

"응."

하고 대답하면서 고개를 여러 번 까닥까닥했습니다.

어머니가 그 꽃을 곧 내버릴 줄로 나는 생각했습니다마는 내버리지 않고 꽃병에 꽂아서 풍금 위에 놓아 두었습니다. 아마 퍽 여러 밤 자도록 그 꽃은 거기 놓여 있어서 마지막에는 시들었습니다. 꽃이 다 시들자 어머니는 가위로 그 대는 잘라 내버리고 꽃만은 찬송가 갈피에 곱게 끼워 두었습니다.

내가 어머니께 꽃을 갖다 주던 날 밤에 나는 또 사랑에 놀러 나가서 아저씨 무릎에 앉아서 그림책을 보고 있었습니다. 갑자기 아저씨 몸이 흠칫하였습니다. 그리고는 귀를 기울입니다. 나도 귀를 기울였습니다.

풍금 소리!

그 풍금 소리는 분명 안방에서 흘러나오는 것이었습니다.

"엄마가 풍금 타나 부다."

하고 나는 벌떡 일어나서 안으로 뛰어왔습니다. 안방에는 불을 켜지 않았었습니다. 그러나 그때는 음력으로 보름께나 되어서 달이 낮같이 밝은데 은빛 같은 흰 달빛이 방 한 절반 가득히 차 있었습니다. 나는 흰옷을 입은 어머니가 풍금 앞에 앉아서 고요히 풍금을 타는 것을 보았습니다.

나는 나이 지금 여섯 살밖에 안 되었지마는 하여튼 어머니가 풍금을 타시는 것을 보는 것은 오늘이 처음이었습니다. 어머니는 우리 유치원 선생님보다도 풍금을 더 잘 타시는 것이었습니다. 나는 어머니 곁으로 갔습니다마는 어머니는 내가 곁에 온 것도 깨닫지 못하는지 그냥 까딱 아니 하고 풍금을 탔습니다. 조금 있더니 어머니는 풍금 곡조에 맞추어서 노래를 부르기 시작하였습니다. 어머니의 목소리가 그렇게도 아름다운 것도 나는 이때까지 모르고 있었습니다. 어머니는 참으로 우리 유치원 선생님보다도 목소리가 훨씬 더 곱고 또 노래도 훨씬 더 잘 부르시는 것이었습니다. 나는 가만히 서서 어머님 노래를 들었습니다. 그 노래는 마치 은실을 타고 저 별나라에서 내려오는 노래처럼 아름다웠습니다. 그러나 얼마 오래지 않아 목소리는 약간 떨리기 시작하였습니다. 가늘게 떨리는 노랫소리, 그에 따라 풍금의 가는 소리도 바르르 떠는 듯했습니다. 노랫소리는 차차 가늘어지더니 마지막에는 사르르 없어져 버렸습니다. 풍금 소리도 사르르 없어졌습니다. 어머니는 고요히 풍금에서 일어나시더니 옆에 섰는 내 머리를 쓰다듬었습니다. 그 다음 순간 어머니는 나를 안고 마루로 나오셨습니다. 어머니는 아무 말씀도 없이 그냥 나를 꼭꼭 껴안는 것이었습니다. 달빛을 함빡 받는 내 어머니 얼굴은 몹시도 새하얗다고 생각되었습니다. 우리 어머니는 참으로 천사 같다고 나는 생각하였습니다.

　우리 어머니의 새하얀 두 뺨 위로 쉴새없이 두 줄기 눈물이 줄줄 흘러내리고 있는 것을 나는 보았습니다. 그것을 보니 나도 갑자기 울고 싶어졌습니다.

　"어머니, 왜 울어?"

하고 나도 훌쩍거리면서 물었습니다.

　"옥희야."

　"응?"

한참 동안 어머니는 아무 말씀도 없었습니다. 그러나 한참 후에,

　"옥희야, 난 너 하나문 그뿐이다."

　"엄마."

어머니는 다시 대답이 없으셨습니다.

11

　하루는 밤에 아저씨 방에서 놀다가 졸려서 안방으로 들어오려고 일어서니까 아저씨가 하얀 봉투를 서랍에서 꺼내어 내게 주었습니다.

　"옥희, 이것 갖다가 엄마 드리고 지나간 달 밥값이라구, 응."

　나는 그 봉투를 갖다가 어머니에게 드렸습니다. 어머니는 그 봉투를 받아 들자 갑자기 얼굴이 파랗게 질렸습니다. 그 전날 달밤에 마루에 앉았을 때보다도 더 새하얗다고 생각되었습니다. 어머니는 그 봉투를 들고 어쩔 줄을 모르는 듯이 초조한 빛이 나타났습니다. 나는,

　"그거 지나간 달 밥값이래."

하고 말을 하니까 어머니는 갑자기 잠자다 깨나는 사람처럼 '응?' 하고 놀라더니 또 금시에 백지장같이 새하얗던 얼굴이 발갛게 물들었습니다. 봉투 속으로 들어갔던 어머니의 파들파들 떨리는 손가락이 지전을 몇 장 끌고 나왔습니다. 어머니는 입술에 약간 웃음을 띄우면서 후하고 한숨을 내쉬었습니다. 그러나 그것도 잠깐, 다시 어머니는 무엇에 놀랐는지 흠칫하더니 금시에 얼굴이 다시 새하얘지고 입술이 바르르 떨렸습니다. 어머니의 손을 바라다보니 거기에는 지전 몇 장 외에 네모로 접은 하얀 종이가 한 장 잡혀 있는 것이었습니다.

어머니는 한참을 망설이는 모양이었습니다. 그러더니 무슨 결심을 한 듯이 입술을 악물고 그 종이를 차근차근 펴들고 그 안에 쓰인 글을 읽었습니다. 나는 그 안에 무슨 글이 씌어 있는지 알 도리가 없었으나 어머니는 그 글을 읽으면서 금시에 얼굴이 파랬다 발갰다 하고 그 종이를 든 손은 이제는 바들바들이 아니라 와들와들 떨리어서 그 종이가 부석부석 소리를 내게 되었습니다.

한참 후에 어머니는 그 종이를 아까 모양으로 네모지게 접어서 돈과 함께 봉투에 도로 넣어 *반짇그릇에 던졌습니다. 그리고는 정신나간 사람처럼 멀거니 앉아서 전등만 쳐다보는데 어머니 가슴이 불룩불룩합니다. 나는 어머니가 혹시 병이나 나지 않았나 하고 염려가 되어서 얼른 가서 무릎에 안기면서,

"엄마, 잘까?"
하고 말했습니다.

반짇그릇
'반짇고리'의 북한어.

엄마는 내 뺨에 입을 맞추어 주었습니다. 그런데 어머니의 입술이 어쩌면 그리도 뜨거운지요. 마치 불에 달군 돌이 볼에 와 닿는 것 같았습니다.

한잠을 자고 나서 잠이 채 깨지는 않았으나 어렴풋한 정신으로 옆을 쓸어 보니 어머니가 없었습니다. 가끔가다가 나는 그런 버릇이 있어요. 어렴풋한 정신으로 옆을 쓸면 어머니의 보드라운 살이 만져지지요. 그러면 다시 나는 잠이 들어 버리곤 하는 것이었습니다.

어머니가 자리에 없다는 것을 알게 되자 나는 갑자기 무서워졌습니다. 그래서 잠은 다 달아나고 눈을 번쩍 뜨고 고개를 돌려 살펴보았습니다. 방 안에는 불은 안 켰지만 어슴푸레하게 밝습니다. 뜰로 하나 가득한 달빛이 방 안에까지 희미한 밝음을 던져 주는 것이었습니다. 윗목을 보니 우리 아버지의 옷을 넣어 두고 가끔 어머니가 꺼내서 쓸어 보시는 그 장롱 문이 열려 있고, 그 아래 방바닥에는 흰옷이 한 무더기 널려 있습니다. 그리고 그 옆에는 장롱을 반쯤 기대고 자리옷만 입은 어머니가 주춤하고 앉아서 고개를 위로 쳐들고 눈은 감고 무엇이라고 입술로 소곤소곤 외고 있는 것이 보였습니다. 아마 기도를 하나 보다 하고 나는 생각했습니다. 나는 자리에서 일어나 기어가서 어머니 무릎을 뻐개고 기어들어갔습니다.

"엄마, 무얼 해?"

어머니는 소곤거리기를 그치고 눈을 떠서 나를 한참이나 물끄러미 들여다보십니다.

"옥희야."

"응?"

"가서 자자."

"엄마두 같이 자."

"응, 그래 엄마두 같이 자."

그 목소리가 어째 싸늘하다고 내게 생각되었습니다.

어머니는 돌아가신 아버지의 옷들을 한 가지씩 들고는 가만히 손바닥으로 쓸어 보고는 장롱 안에 넣었습니다. 하나씩 하나씩 쓸어 보고는 장롱에 넣곤 하여 그 옷을 다 넣은 때 장롱 문을 닫고 쇠를 채우고 그러고 나서 나를 안고 자리로 돌아왔습니다.

"엄마, 우리 기도하고 자?"

하고 나는 물었습니다. 어머니는 나를 밤마다 재워 줄 때마다 반드시 기도를 하는 것이었습니다. 내가 할 줄 아는 기도는 주기도문뿐이었습니다. 그 뜻은 하나도 모르지만 어머니를 따라서 자꾸자꾸 해보아서 지금에는 나도 주기도문을 잘 욉니다. 그런데 웬일인지 어젯밤 잘 때에는 어머니가 기도할 것을 잊어버리고 그냥 잤던 것이 지금 생각이 났기 때문에 나는 그렇게 물었던 것입니다. 어젯밤 자리에 들 때 내가,

"기도할까?"

하고 말하고 싶었으나 어머니가 너무도 슬픈 빛을 띠고 있는 고로 그만 나도 가만히 아무 소리 없이 잠이 들고 말았던 것입니다.

"응, 기도하자."

하고 어머니가 고요히 대답했습니다.

"엄마가 기도해."

하고 나는 갑자기 어머니의 기도하는 보드라운 음성이 듣고 싶어져서 말했습니다.

"하늘에 계신 우리 아버지시여."

어머니는 고요히 기도를 시작하였습니다.

"이름을 거룩하게 하옵시며 나라이 임하옵시며 뜻이 하늘에서 이루어진 것처럼 땅에서도 이루어지이다. 오늘날 우리에게 일용할 양식을 주옵시고 우리가 우리에게 죄지은 자를 용서하여 준 것처럼 우리 죄를

사하여 주옵시고, 우리를 시험에 들지 말게 하옵시고…… 우리를 시험
에 들지 말게 하옵시고…… 시험에 들지 말게…… 시험에 들지 말
게…….”

　이렇게 어머니는 자꾸 되풀이하였습니다. 나도 지금은 막히지 않고
줄줄 외는 주기도문을 글쎄 어머니가 막히다니 참으로 우스운 일이었
습니다.

　“시험에 들지 말게…… 시험에 들지 말게…….”
하고 자꾸만 되풀이하는 것을 나는 참다못해서,

　“엄마, 내 마저 할게.”
하고,

　“다만 악에서 구하옵소서. 대개 나라와 권세와 영광이 아버지께 영
원히 있사옵나이다.”
하고 내가 끝을 마쳤습니다. 어머니는 한참이나 가만 있다가 오래 후
에야 겨우,

　“아멘.”
하고 속삭이었습니다.

12

　요새 와서 어머니의 하는 일이란 참으로 알 수가 없는 노릇입니다.
어떤 때는 어머니도 퍽 유쾌하셨습니다. 밤에 때로는 풍금도 타고 또
때로는 찬송가도 부르고 그러실 때에는 나는 너무도 좋아서 가만히 어
머니 옆에 앉아서 듣습니다. 그러나 가끔가끔 그 독창은 소리 없는 울

음으로 끝을 맺는 때가 많은데, 그런 때면 나도 따라서 울었습니다. 그
러면 어머니는 나를 안고 내 얼굴에 돌아가면서 무수히 입을 맞추어
주면서,

"엄마는 옥희 하나문 그뿐이야, 응, 그렇지……."
하시면서 언제까지나 언제까지나 우시는 것이었습니다.

어떤 일요일날, 그렇지요, 그것은 유치원 방학하고 난 그 이튿날이
었어요. 그날 어머니는 갑자기 머리가 아프시다고 예배당에를 그만두
었습니다. 사랑에서는 아저씨도 어디 나가고 외삼촌도 나가고 집에는
어머니와 나와 단둘이 있었는데, 머리가 아프다고 누워 계시던 어머니
가 갑자기 나를 부르시더니,

"옥희야, 너 아빠가 보고 싶니?"
하고 물으십디다.

"응, 우리두 아빠 하나 있으문."
하고 나는 혀를 까불고 어리광을 좀 부려 가면서 대답을 했습니다. 한
참 동안을 어머니는 아무 말씀도 아니 하시고 천장만 바라다보시더니,

"옥희야, 옥희 아버지는 옥희가 세상에 나오기도 전에 돌아가셨단
다. 옥희두 아빠가 없는 건 아니지. 그저 일찍 돌아가셨지. 옥희가 이
제 아버지를 새로 또 가지면 세상이 욕을 한단다. 옥희는 아직 철이 없
어서 모르지만 세상이 욕을 한단다. 사람들이 욕을 해. 옥희 어머니는
*화냥년이다 이러구 세상이 욕을 해. 옥희 아버지는 죽었는데 옥희는
아버지가 또 하나 생겼대, 참 망측두 하지. 이러구 세상이 욕을 한단
다. 그리 되문 옥희는 언제나 손가락질받구. 옥희는 커두 시집두 훌륭
한 데 못 기구. 옥희가 공부를 해시 훌륭하게 돼두 에 그까짓 화냥년의
딸, 이러구 남들이 욕을 한단다."

화냥년
'화냥(서방질을 하는
여자)'을 비속하게 이르
는 말.

이렇게 어머니는 혼자말하시듯 드문드문 말씀하셨습니다. 그리고는
한참 있더니,

"옥희야."

하고 또 부르십니다.

"응?"

"옥희는 언제나, 언제나, 내 곁을 안 떠나지. 옥희는 언제나, 언제나
엄마하구 같이 살지. 옥희는 엄마가 늙어서 꼬부랑 할미가 되어두 그
래두 옥희는 엄마하구 같이 살지. 옥희가 유치원 졸업하구 또 소학교
졸업하구, 또 중학교 졸업하구, 또 대학교 졸업하구, 옥희가 조선서 제
일 훌륭한 사람이 돼두 그래두 옥희는 엄마하구 같이 살지. 응! 옥희는
엄마를 얼만큼 사랑하나?"

"이만큼."

하고 나는 두 팔을 짝 벌리어 보였습니다.

"응? 얼만큼? 응! 그만큼! 언제나, 언제나, 옥희는 엄마만 사랑하지.
그리구 공부두 잘하구, 그리구 훌륭한 사람이 되구……."

나는 어머니의 목소리가 떨리는 것으로 보아 어머니가 또 울까 봐
겁이 나서,

"엄마, 이만큼, 이만큼."

하면서 두 팔을 짝짝 벌리었습니다.

어머니는 울지 않으셨습니다.

"응, 그래, 옥희 엄마는 옥희 하나문 그뿐이야. 세상 다른 건 다 소용
없어, 우리 옥희 하나문 그만이야. 그렇지, 옥희야."

"응!"

어머니는 나를 당기어서 꼭 껴안고 내 가슴이 막혀 들어올 때까지

자꾸만 껴안아 주었습니다.

그날 밤 저녁밥 먹고 나니까 어머니는 나를 불러 앉히고 머리를 새로 빗겨 주었습니다. 댕기도 새 댕기를 드려 주고, 바지, 저고리, 치마 모두 새것을 꺼내 입혀 주었습니다.

"엄마, 어디 가?"
하고 물으니까,

"아니."
하고 웃음을 띄우면서 대답합니다. 그러더니 풍금 옆에서 새로 다린 하얀 손수건을 내리어 내 손에 쥐어 주면서,

"이 손수건, 저 사랑 아저씨 손수건인데, 이것 아저씨 갖다 드리구 와, 응. 오래 있지 말구 손수건만 갖다 드리구 이내 와, 응."
하고 말씀하셨습니다.

손수건을 들고 사랑으로 나가면서 나는 그 손수건 접이 속에 무슨 발각발각하는 종이가 들어 있는 것처럼 생각되었습니다마는 그것을 펴보지 않고 그냥 갖다가 아저씨에게 주었습니다.

아저씨는 방에 누워 있다가 벌떡 일어나서 손수건을 받는데, 웬일인지 아저씨는 이전처럼 나보고 빙그레 웃지도 않고 얼굴이 몹시 파래졌습니다. 그리고는 입술을 질근질근 깨물면서 말 한마디 아니 하고 그 수건을 받더군요.

나는 어째 이상한 기분이 돌아서 아저씨 방에 들어가 앉지도 못하고 그냥 뒤돌아서 안방으로 들어왔지요. 어머니는 풍금 앞에 앉아서 무엇을 그리 생각하는지 가만히 있더군요. 나는 풍금 옆으로 가서 가만히 그 옆에 앉아 있었습니다. 이윽고 어머니는 조용조용히 풍금을 타십니다. 무슨 곡조인지는 몰라도 어째 구슬프고 *고즈넉한 곡조야요.

고즈넉하다
고요하고 아늑하다.

밤이 늦도록 어머니는 풍금을 타셨습니다. 그 구슬프고 고즈넉한 곡
조를 계속하고 또 계속하면서.

<h1 style="text-align:center">13</h1>

　여러 밤을 자고 난 어떤 날 오후에 나는 오래간만에 아저씨 방엘 나
가 보았더니 아저씨가 짐을 싸느라고 분주하겠지요. 내가 아저씨에게
손수건을 갖다 드린 다음부터는 웬일인지 아저씨가 나를 보아도 언제
나 퍽 슬픈 사람, 무슨 근심이 있는 사람처럼 아무 말도 없이 나를 물
끄러미 바라다만 보고 있는 고로 나도 그리 자주 놀러 나오지 않았던
것입니다. 그랬었는데 이렇게 갑자기 짐을 꾸리는 것을 보고 나는 놀
랐습니다.
　“아저씨, 어디 가우?”
　“응, 멀리루 간다.”
　“언제?”
　“오늘.”
　“기차 타구?”
　“응, 기차 타구.”
　“갔다가 언제 또 오우?”
　아저씨는 아무 대답도 없이 서랍에서 이쁜 인형을 하나 꺼내서 내게
주었습니다.
　“옥희, 이것 가져, 응. 옥희는 아저씨 가구 나문 아저씨 이내 잊어버
리구 말겠지!”

나는 갑자기 슬퍼졌습니다. 그래서,

"아니."

하고 얼른 대답하고 인형을 안고 안으로 들어왔습니다.

"엄마, 이것 봐. 아저씨가 이것 나 줬다우. 아저씨가 오늘 기차 타구
먼 데루 간대."

하고 내가 말했으나, 어머니는 대답이 없으십니다.

"엄마, 아저씨 왜 가우?"

"학교 방학했으니깐 가지."

"어디루 가우?"

"아저씨 집으루 가지, 어디루 가."

"갔다가 또 오우?"

어머니는 대답이 없으십니다.

"난 아저씨 가는 거 나쁘다."

하고 입을 쫑긋했으나, 어머니는 그 말은 대답 않고,

"옥희야, 벽장에 가서 달걀 몇 알 남았나 보아라."

하고 말씀하셨습니다.

나는 깡총깡총 방 안으로 들어갔습니다. 달걀은 여섯 알이 있었습
니다.

"여스 알."

하고 나는 소리쳤습니다.

"응, 다 가지구 이리 나오너라."

어머니는 그 달걀 여섯 알을 다 삶았습니다. 그 삶은 달걀 여섯 알
을 손수건에 싸놓고 또 *반지에 소금을 조금 싸서 한 귀퉁이에 넣었습
니다.

반지
얇고 흰 일본 종이. 세
로 25cm, 가로 35cm
정도로 종이의 질은 질
기고 거칠며, 종류와 쓰
임이 다양하다.

"옥희야, 너 이것 갖다 아저씨 드리구, 가시다가 찻간에서 잡수시랜
다구, 응."

14

그날 오후에 아저씨가 떠나간 다음 나는 방에서 아저씨가 준 인형을
업고 자장자장 잠을 재우고 있었습니다. 어머니가 부엌에서 들어오시
더니,

"옥희야, 우리 뒷동산에 바람이나 쐬러 올라갈까?"
하십니다.

"응, 가, 가."
하면서 나는 좋아 덤비었습니다.

잠깐 다녀올 터이니 집을 보고 있으라고 외삼촌에게 이르고 어머니
는 내 손목을 잡고 나섰습니다.

"엄마, 나 저, 아저씨가 준 인형 가지고 가?"

"그러렴."

나는 인형을 안고 어머니 손목을 잡고 뒷동산으로 올라갔습니다. 뒷
동산에 올라가면 정거장이 빤히 내려다보입니다.

"엄마, 저 정거장 봐. 기차는 없군."

어머니는 아무 말씀도 없이 가만히 서 계십니다. 사르르 바람이 와서
어머니 모시 치맛자락을 산들산들 흔들어 주었습니다. 그렇게 산 위에
가만히 서 있는 어머니는 다른 때보다도 더한층 이쁘게 보였습니다.

저편 산모퉁이에서 기차가 나타났습니다.

"아, 저기 기차 온다."

하고 나는 좋아서 소리쳤습니다.

기차는 정거장에 잠시 머물더니 금시에 삑 하고
소리를 지르면서 움직였습니다.

"기차 떠난다."

하면서 나는 손뼉을 쳤습니다. 기차
가 저편 산모퉁이 뒤로 사라질 때까
지, 그리고 그 굴뚝에서 나는 연기가
하늘 위로 모두 흩어져 없어질 때까지,
어머니는 가만히 서서 그것을 바라다
보았습니다.

뒷동산에서 내려오자 어머니는 방으로
들어가시더니 이때까지 뚜껑을 늘 열어 두었던 풍금 뚜껑을 닫으십니
다. 그리고는 거기 쇠를 채우고 그 위에다가 이전 모양으로 반짇그릇
을 얹어 놓으십니다. 그리고는 그 옆에 있는 찬송가를 맥없이 들고 뒤
적뒤적하시더니 빼빼 마른 꽃송이를 그 갈피에서 집어 내시더니,

"옥희야, 이것 내다버려라."

하고 그 마른 꽃을 내게 주었습니다. 그 꽃은 내가 유치원에서 갖다가
어머니께 드렸던 그 꽃입니다. 그러자 옆대문이 삐걱 하더니,

"달걀 사소."

하고 매일 오는 달걀장수 노친네가 달걀 광주리를 이고 들어왔습니다.

"인젠 우리 달걀 안 사요. 달걀 먹는 이가 없어요."

하시는 어머니 목소리는 맥이 한푼 어치도 없었습니다.

나는 어머니의 이 말씀에 놀라서 떼를 좀 써보려 했으나 석양에 빨

히 비치는 어머니 얼굴을 볼 때 그 용기가 없어지고 말았습니다. 그래서 아저씨가 주신 인형 귀에다가 내 입을 갖다 대고 가만히 속삭이었습니다.

"애, 우리 엄마가 거짓부리 썩 잘하누나. 내가 달걀 좋아하는 줄 잘 알문성 생 먹을 사람이 없대누나. 떼를 좀 쓰구 싶다만 저 우리 엄마 얼굴을 좀 봐라. 어쩌문 저리두 새파래졌을까? 아마 어디가 아픈가 보다."
라고요.

「사랑 손님과 어머니」, 수선사, 1948.

아네모네의 마담

1

티룸 '아네모네'에 마담으로 있는 영숙이가 귀걸이를 두 귀에 끼고 카운터 뒤에 나타난 날, 아네모네 단골손님들은 영숙이가 머리를 움직일 때마다 한들한들 춤을 추는 그 자줏빛 귀걸이의 아름다움을 탄복하였다. 아니 그보다도 그 귀걸이가 가져온 영숙이 자신의 아름다움에 황홀하였다.

"아, 고것이 귀걸이를 달구 나서니 아주 사람을 죽이네그랴."

하고 한편 구석에서 차를 마시다 말고 수군거리는 사람도 있고,

"어, 마담이 아주 귀걸이루 한층더 뛔서 귀부인이 됐는걸, 허허허."

하고 크게 웃는 사람도 있고, 양주 두어 잔에 얼굴이 붉어진 신사 한 분은 돈을 치르러 와가지고,

"그 귀걸이 참 곱다."

하면서 귀걸이를 만지는 체하며 영숙의 매끈한 뺨을 슬쩍 만지는 것이었다.

오늘 영숙이 가슴은 사탕 도둑질해 먹다가 들킨 어린아이 가슴처럼 조이고 불안스러웠다. 그는 몇 번이나 변소로 들어가서 콤팩트를 꺼내 그 똥그란 면경에 비치는 얼굴, 아니 그 귀걸이를 보고 또 보았다. 카운터 뒤에 나서 있는 때에도 크게나 작게나 손님들이 귀걸이에 대해서 무슨 말이고 하는 것이 들릴 때마다 그는 그 한들한들하는 귀걸이를 손으로 어루만지었다. 그리고 거리로 통한 출입문이 열릴 때마다 그의 얼굴은 금시로 홍당무같이 빨개지고 두 손끝이 바르르 떠는 것이었다.

문이 열릴 때마다 가슴이 내려앉는 것 같았다. 그는 기다리는 것이

었다. 마치 자기 일생에 가장 큰 운명을 지배할 한 사건이 그 문을 열고 들어설 때를 기다리는 것처럼 조바심이 되는 것이었다.

문이 열릴 때마다 무슨 무서운 것이나 *예기하는 사람처럼 힐끗 그 쪽을 바라다보는 것이었다. 바로도 못 바라다보고 힐끗 곁눈으로 도둑질해 보는 것이었다.

문이 방싯이 열렸다. 시꺼먼 사각모가 먼저 나타났다. 이어서 사각모 아래로 어떤 창백한 얼굴이 보였다. 문을 조심스레 미는 손이 보였다. 전문학교 학생의 제복이 보였다. 그 순간 영숙이 가슴이 내려앉았다. 그는 도망을 가듯이 고개를 숙이고 카운터 뒤로 뚫린 *판장문 밖으로 나갔다. 귀걸이가 판장문에 부딪히어서 옥을 굴리는 듯한 쨍그렁 소리가 났다. 물론 그 소리는 영숙이 혼자서만 들을 수 있었다.

그 뒤는 바로 부엌이었다. 영숙이는 차 끓이는 *화덕 앞을 지나 변소로 또 들어갔다. 변소 문을 안으로 잠그고 그는 잠시 두 손을 가슴에 대고 *오도카니 서 있었다.

'어떡할까?'

하고 그는 스스로 물었다. 그는 콤팩트를 꺼내서 그 조그만 면경에 비친 콧잔등을 들여다보았다. 그는 무의식하게 분가루를 콧잔등에 두세 번 찰싹찰싹 두드리었다. 그러나 그가 콤팩트 면경을 꺼낸 목적은 거기 있는 것은 아니었다. 그는 살짝 고개를 돌려 똥그란 면경 앞에 나타나는 귀걸이를 보았다. 귀걸이가 한들한들 떨리었다.

'고만 빼고 말까?'

하고 그는 생각하였다.

그 순간, 그러나, 그는 결심한 듯이 콤팩트를 핸드백 속에 휙 집어넣고 살그머니 카운터 뒤로 기어나왔다. 그는 고요히 찻점 앞을 휘둘러

보았다. 역시 저편 그 구석자리에 그 학생은 와 앉아 있는 것이었다. 언제나와 마찬가지로 그 학생은 지금 영숙이를 정면으로 바라다보고 있는 것이었다. 그 언제나 무엇을 열망하는 듯한, 열정에 타고 넘치는 듯한 그 눈 모습으로!

영숙이는 얼굴이 화끈 다는 것을 인식했다. 그러자 귀밑에 달린 귀걸이가 찰락찰락 뺨을 스치는 것도 인식하였다. '귀걸이가 차기도 하다' 하고 그는 생각하였다.

축음기 소리판에서는 '뚜뚜르두두, 뚜뚜르두두' 하고 박자 잰 재즈가 숨이 찰 듯이 쏟아져 나왔다. 영숙이는 빨개진 자기 얼굴을 어둠 속에 감추고 서서 소리판을 한 장씩 한 장씩 골라 내고 있었다. 여러 장을 젖히고 나서 영숙이는 소리판 한 장을 들고 물끄러미 들여다보았다.

이 소리판 한 장! 영숙이에게 이상스러운 인연을 가져다준 소리판 한 장이었다.

2

그것은 아마 약 한 달 전 일이었다. 하얀 저고리를 입은 보이가 한 벌 접은 하—얀 종이를 영숙에게 전해 주던 것이! 그리고 보이는 고갯짓으로 저편 한구석에 혼자 앉아 있는 어떤 제복 입은 학생을 가리키었다. 그 학생을 바라다본 영숙이의 첫인상이 '몹시도 창백한 얼굴'이었다. 그 창백한 얼굴에서 반사되는 두 개의 시선, 그것이 영숙이를 이상스런 감정으로 인도하는 것이었다. 그 두 눈은 뚫어질 듯이 영숙이를 응시하는 것이었다. 그 눈 모습은 마치 몹시 사랑하는 애인을 건너다보는 순결하고도 열정에 찬, 그러한 눈이었다.

영숙이는 얼른 그 시선을 피하면서 종이를 펴들었다. 그때 영숙이 가슴속에서는 무엇이 털썩 소리를 내고 떨어지는 듯싶었다.

그러나,

'슈베르트의 미완성 교향곡을 한 장 틀어 주시면 고맙겠습니다.'

오직 이것이었다. 영숙이는 다시 그 학생을 건너다보았다. 역시 열정에 찬 두 눈이 영숙이를 집어삼킬 듯이 바라다보고 있는 것이었다. 영숙이는 그 소리판을 찾아서 축음기 위에 걸어 놓았다.

심포니의 조화된 멜로디가 담배 연기로 자욱한 방 안 구석구석에 울릴 때 그 학생은 잠시 빙그레 웃었다. 그 웃음은 얼굴이 창백한 탓이었던지 어째 몹시 구슬픈, *고적한 미소였다. 그러나 그 다음 순간 그 학생은 눈을 스르르 감았다.

영숙이에게는 이 학생의 얼굴은 어디서 한두 번 보았던 듯한 낯익은 얼굴이었다. 어디서 보기는 분명 보았는데 언제 어디서인지를 꼭 집어낼 수 없는 그러한 어슴푸레한 기억이었다. 아마도 그 학생이 이 찻집에를 더러 왔을 테니까 아마 이전에 무심히 몇 번 보았을 것이었다. 그러나 그 학생의 얼굴이 그렇게 창백하고 그 두 눈이 그렇게 열정과 애수에 차 있는 것은 이날 밤 비로소 처음 보는 듯싶었다.

영숙이는 가끔 곁눈으로 이 학생을 보았으나 그 학생의 마음은 심포니의 음악을 타고 허공으로 떠돌아다님인지 그는 눈을 감은 채 죽은 듯이 앉아 있었다. 소리판 한 면이 다 끝나고 스르르 턱 하고 멈추자 그 학생은 눈을 번쩍 떴다. 영숙이는 얼른 외면을 하고 축음기 바늘을 바꾸어 끼웠다.

그날 저녁 이후에 서너 번이나 영숙이는 보이를 통하여 그 창백한

고적(孤寂)
외롭고 쓸쓸함.

얼굴의 소유자로부터 편지를 받았다.

'슈베르트의 미완성 교향곡.'

오직 이 문구 하나뿐이었다.

그 학생은 매일 왔다. 매일 저녁 아홉 시쯤 되면 와서는 꼭 한구석에 마치 자기가 정해 논 자리라는 듯이 그 자리에 가 앉아서 홍차 한 잔 마시고는 두 시간 가량 앉았다가 가는 것이었다. 그는 와 앉아서는 정해 놓고 영숙이를 바라다보는 것이었다. 세상에 다른 아무런 존재도 없이 오직 영숙이만이 있다는 듯이 그 두 눈은 영숙이를 바라다보는 것이었다. 애정과 욕망과 정열에 가득 찬 눈이었다. 그런데 영숙이는 첫날부터 이 시선이 반가운 것을 감각한 것이었다. 어떤 때는 너무도 시선이 변치 않고 한곳에만 머물러 있는 것이 어째 남의 주의를 사게 되지 않을까 염려되는 때도 있었으나, 그가 용기를 내어 학생 쪽으로 시선을 돌릴 때 잠시라도 그 학생의 시선이 딴 데로 옮겨진 것을 발견할 때는 어째 서운한 생각이 드는 것이었다.

어떤 날 밤에는 한번 그 학생이 들어오는 것을 보자 영숙이는 자진하여서 '미완성 교향곡'을 축음기에 걸어 놓았다. 역시 그 구석에 혼자 앉았던 그 학생은 이 낯익은 음악이 들려 오자 잠시 빙그레 웃었다. 역시 그 어딘가 구슬픈 빛이 감추어져 있는 그런 웃음이었다. 영숙이는 얼굴뿐 아니라 제 전신이 빨갛게 물드는 것 같은 느낌을 얻었다. 혹 실없는 사내들이 가끔 농담을 걸기도 하고 돈 치르는 체하고 슬쩍 손목을 잡아보기도 할 때에도 얼굴을 붉히지 않으리만큼 벌써 마담생활에 익숙해진 영숙이었다. 그러나 이 말없는 시선 앞에서는 어쩐 일인지 전신이 수줍음으로 휩싸이는 것 같은 느낌을 억제할 수 없는 것이었다.

가끔 이 학생은 다른 학생 하나와 둘이서 올 때도 있었다. 둘이 와서도 그들은 남들처럼 이야기를 하지도 않고 둘이 다 벙어리 모양으로 우두커니 앉아서, 한 학생은 담배를 피우며 천장이나 바라다보고 있고 이 학생은 역시 영숙이만 바라다보는 것이었다. 그러다가 '미완성 교향곡'이 나오면 그는 역시 잠시 빙그레 웃을 뿐이었다. 이 빙그레 웃는 모양을 보면 영숙이는 몹시 기쁘기도 하고 몹시 슬프기도 한 야릇한 감정을 맛보는 것이었다. 그래서 이 빙그레 웃는 구슬픈 미소를 보기 위하여 어떤 날 밤에는 영숙이는 '미완성 교향곡'을 세 번, 네 번씩 걸어 놓기도 하였다.

그 학생은 그렇게도 영숙이를 열정에 찬 눈으로 바라다보면서도 한 번도 다른 사람들처럼 영숙이와 *수작을 건네 보는 일은 없었다. 아니 카운터에도 가까이 오는 일이 일체 없었다. 찻값도 반드시 보이에게 물고 가고 한 번도 친히 카운터에 와서 내는 법이 없었다.

영숙이는 그 학생의 이름도 기실 모르는 것이었다. 그러나 웬일인지 그 학생과 평범한 이야기라도 한마디 주고받았으면 하는 욕망이 걷잡을 새 없이 끓어오르는 때가 가끔 있었다.

'왜 사내가 저렇게 용기가 없을까! 슈베르트의 미완성 교향곡만 자꾸 써보내지 말구, 내일 오후 두 시에 아무 데서 좀 만날 수 없을까요? 이렇게 왜 좀 못 써낸담?'

하고 혼자 야속스럽게 생각한 때도 가끔 있었다. 사실 영숙이는 여러 사나이에게서 좀 만나자는 둥, 사랑의 여신이라는 둥, 나의 천사라는 둥 하는 문구를 늘어놓은 편지를 많이 받았다. 그러나 그는 한 번도 그 사나이들과 조용히 만나 본 일은 없었다. 그런데도 만일 이 이름도 모르는 학생이 그런 편지를 한 번만 보내 준다면 그는 곧 춤이라도 출 듯싶었다.

요새 와서는 무슨 일인지 이 학생은 '미완성 교향곡'이 나오기만 하면 곧 상 위에 두 팔을 올려놓고 그 속에 머리를 파묻고 죽은 듯이 엎디어 있는 것을 가끔 본 일이 있었다. 어쩐 일인지 영숙이에게는 이 학생이 그처럼 엎디어서는 소리 없이 울고 있는 것이라고 생각되는 것이었다. 소위 제 육감이라고 할까, 하여튼 그 학생은 남에게 말 못하는 무슨 고민과 슬픔을 품고 있는 것이라고만 영숙이에게는 생각되었다. 그리고 그 고민의 원인이 영숙이 자신에게 있는 것이나 아닐까 하고 생각되어서 퍽으나 송구스럽고 번민되는 것이었다.

'왜 나한테 모든 것을 털어놓고 이야길 못 할꼬?'
하고 영숙이는 가끔 초조하고 원망스런 눈으로 그 학생을 바라다보곤 하는 것이었다.

영숙이는 자기 자신도 인식하지 못하는 가운데 자연히 몸맵시에 대하여 더한층 주의를 하게 되었다. 그리고 어떻게 했으면 이 학생과 잠시라도 이야기를 해볼 도리가 없을까 하고 궁리궁리하던 끝에 마침내 이 귀걸이를 사서 달고 나선 것이었다. 귀걸이를 끼고 나서면 조선서는 흔치 않은 일이라 필연코 그 학생도 '귀걸이가 곱다'라든가, '얼굴과 어울린다'라든가 하는 무슨 말이고 건네어 보게 될 것을 바랐던 것이다.

3

영숙이는 지금 자기가 골라 든 '미완성 교향곡' 소리판을 들고 방금 뱅글뱅글 돌고 있는 재즈가 끝나기를 기다리었다.

그 학생은 웬일인지 오늘 밤에는 벌써부터 상 위에 올려놓은 두 팔 속에 머리를 파묻고 엎디어 있는 것이었다. 그와 함께 온 다른 학생은 담배를 피워 물고 앉아서 옆에 엎드린 친구를 무슨 불쌍한 동물이나 바라보듯이 딱한 표정으로 바라다보는 것이었다.

'자기 자신이 용기가 없으면 저 학생을 통해서라도 내게 말 한마디 해주면 될 것을!'

하고 영숙이는 그 학생의 행동이 안타깝게 생각되었다.

그때 온 방 안 공기를 쩌렁쩌렁 울리던 재즈 소리가 뚝 그치고 스르르스르르 턱 하더니 축음기가 멈추었다. 영숙이는 바늘을 갈아 끼우고 재즈판을 들어 내놓고 '미완성 교향곡'을 걸었다. 그 학생이 인제 자기를 바라다보며 빙그레 웃을 그 창백한 얼굴을 연상하면서 영숙이는 판을 돌리고 그 위에 바늘을 얹어 놓았다.

곱고 조화된 음률이 방 안을 가득 채웠다. 영숙이는 고개를 돌려 그 학생을 바라다보았다. 귀걸이가 찰싹찰싹 그 뺨을 스치었다―귀걸이가 매끄럽기도 매끄럽다―하고 그는 생각하였다.

웬일일까? 그 학생은 빙그레 웃어 보이기는커녕 두 팔 새에 파묻은 얼굴을 들지도 않는 것이었다. 영숙이는 이해할 수 없어서 멀거니 그 학생 쪽을 바라다보고 서 있었다.

잠시 동안의 시간이 흘렀다. 심포니의 음률은 방 안 구석구석을 신비경으로 변화시키는 것처럼 우아하고 신비스러웠다.

그러자!

그것은 마치 일종의 벼락처럼밖에 더 생각되지 않았다. 영숙이는 그때 그 순간에 돌발한 괴이한 사건을 순서적으로 기억할 수는 없었다.

"그때 그래 무슨 일이 생겼어?"

하고 누가 물으면 영숙이는 도무지 그 갈피를 찾아서 이야기할 수가 없을 것이다. 도무지 예기치 못했던 돌발사건이 생기는 때 사람의 신경은 놀라고 떨리어서 그 사건 진행의 참된 모양을 순서적으로 기억할 수는 없게 되는 것이다.

하여튼 영숙이가 맨 처음 본 바는 창백한 얼굴이었다. 상 위에서 번개처럼 휙 올라오는 창백한 얼굴이었다. 그리고는 그는 무슨 고함 소리를 들은 것처럼 기억되었다. 마치, 고막을 찢을 듯이 강렬한 무슨 외침이었다. 그 고함 소리가 무엇이라고 말했는지는 조금도 기억이 나지 않았다. 그 소리가 그 학생의 입에서 뛰쳐나왔다는 것만은 기억이 되었다.

그리고 그 다음 순간 영숙이는 카운터 앞에 우뚝 선 그 학생을 보았다. 성낸 호랑이처럼 씩씩거리는 그 숨소리를 똑똑히 들었다. 그러자 무엇이 와지끈 하고 깨지었다. 음악 소리는 뚝 그치고 사람들의 비명 소리가 들리었다. 영숙이는 귀걸이가 찰싹찰싹 뺨에 와서 스치는 것도 감각하지 못하리만치 어안이 벙벙해지고 말았다.

그 뒤에는 한참 동안 혼란이 있었다. 사람들이 외치는 소리가 들리고 창백한 얼굴의 소유자와 함께 왔던 학생이 무엇이라고 온 방 안을 향하여 몇 마디 소리를 지르고 그리고는 영숙이보고도 무엇이라고 한두 마디 했지마는 영숙이는 그 말을 깨달아 들을 수가 없었다. 그리고 그 다음 순간 영숙이는 한 학생에게 끌리어 문 밖으로 나가는 창백한 얼굴을 보았다.

한참 동안 와글와글 온 방 안이 끓었다. 영숙이는 넋을 잃은 사람처럼 교의 위에 한참을 주저앉아 있었다. 축음기에서 다시 음악 소리가 울려 나오는 것을 듣고야 비로소 영숙이는 정신을 수습하였다.

카운터 위에는 보이가 주워서 올려놓은 깨어진 소리판이 여러 조각 놓여 있었다. 깨진 소리판은 슈베르트의 '미완성 교향곡' 이었다.

4

한 두어 시간쯤 뒤에 아까 창백한 얼굴의 소유자를 억지로 끌고 나갔던 그 학생이 혼자서 다시 왔다. 그는 방 안을 한번 휘 둘러보더니 카운터로 가까이 와서 카운터 위에 팔을 기대고 섰다. 마침 찻집 주인이 와 있었으므로 그 학생은 주인에게 소리판 값을 물었다.

"참으로 미안하게 됐습니다."
하고 그는 사과하였다. 아까 그 소란이 있을 때 앉았던 손님은 다 가고 새로 손님들이 들어온 고로 손님들은 아까 그 소란을 모르는 모양이었다. 그래서 아무도 이 학생의 이야기를 들으러 모여들지 않았다. 오직 보이만이 곁에 와 서서 귀를 기울였다.

"이야기를 대강이라도 들으시면 용서해 주실 줄 믿습니다. 아까 그 학생은 내 가까운 친구입니다. 아주 똑똑한 수재지요. 그런데 무슨 운명의 장난인지 그는 어떤 남편 있는 부인을 사랑하게 되었습니다."

이때 영숙이는 가슴이 몹시도 들먹거리는 것을 감각하였다. 그는 고개를 축음기 쪽으로 돌리고 서서 이 학생의 말을 한 마디라도 놓치지 않으려고 바싹 귀를 기울였다.

"그 부인은 하필 다른 사람이 아니고 바로 우리 학교 교수 되는 이의 아내입니다. 언제 어디서 어떻게 기회가 되어서 서로 사랑하게 되었는지는 나도 잘 모릅니다. 또 지금 길게 이야기할 필요도 없겠지요. 하여튼 두 사람의 사랑은 순결하고 또 열렬하였습니다. 그러나 이러한 세상에 있어서 그 사랑은 언제까지나 비밀일 수밖에 없었습니다. 현 사회에서는 매음 같은 더러운 성관계는 인정하면서두, 집안 사정상 별로 달갑지 않은 혼인을 한 한 젊은 여인이 행이랄까 불행이랄까 남편 외의 딴사람에게서 한 사람이 한 번만 가져 볼 수 있는 그 고귀한 첫사랑을 바칠 수 있는 대상을 발견할 때 우리 사회는 그것을 더럽다고 낙인해 버리고 조금두 용서치를 않으니까요! 그 사랑이 얼마나 순결하구, 얼마나 열렬한 것을 이해해 줄 수 있는 사회두 아니고 또 이해해 보려구 하지두 않는 사회니까요. 더러운 기생 오입은 묵인하면서두 순결하고 고귀한 사랑은 그 사랑의 대상이 한 번 다른 사람과 결혼한 사람이라는 다만 한 가지 이유 하에 기생 오입보담두 더 나쁜 일처럼 *타매하구 비방하는 그런 우스운 사회니까요. 이거 설교가 너무 길어졌습니다.”

새로 손님이 들어왔으므로 보이는 주문을 받으러 다녀와서 다시 가만히 서서 귀를 기울였다. 영숙이도 얼른 부엌으로 뚫린 조그만 문으로 커피 두 잔을 얼른 주문한 후 카운터에 몸을 기대고 서서 묵묵히 귀를 기울였다.

“두 분의 사랑은 퍽으나 불행했습니다. 더구나 약 한 달 전에 그 부인이 병환으로 병원에 입원을 하게 되었습니다. 떳떳한 사이 같으면야 아침부터라두 병원에 가서 살 수도 있으련만 두 사람의 사이가 그쯤 되고 보니 어디 내놓구 문병인들 갈 수가 있나요? 만일 이 사회에서 조금이라두 이 연애관계를 알게만 된다면 이 사회는 통 떠들어 일어서서 그 부인을 무슨 파렴치한이나 되는 것처럼 타매할 것은 뻔한 일이니 어디까지든지 두 분의 사랑은 비밀 속에 감추어 두지 않을 수 없는 처지였지요."

영숙이는 자기도 모르게 몸을 떨었다. 그리고는 교의 위에 사뿐 내려앉아서 다시 귀를 기울이었다.

"문병두 한 번 못 가구 이 친구는 하루 종일 거리로 싸돌아다녔습니다. 아침마다 한 번씩 병원으루 전화를 걸어서 병의 차도나 물어 보고 그러구는 타는 가슴을 움켜쥐고서 헤매는 것이었습니다. 밤이 되니 잠 한숨 잘 수 있겠습니까? 나는 그의 마음을 좀 붙잡아 보려구 이리저리 많이 끌구 다녔지요. 그러다가 그 친구는 마침내 이 아네모네에 애착을 느끼게 되었답니다. 첫째 그는 여기서 슈베르트의 '미완성 교향곡'을 들을 기회가 있는 데 기뻐한 것이지요. 그 친구의 말에 의하면 이 슈베르트의 '미완성 교향곡'은 두 분 연인 사이에 가장 아름다운 추억을 실은 레코드인 모양입니다. 하루 종일 가슴속이 바작바작 타다가도 여기 와 앉아서 그 교향악 한 곡조를 듣고 있으면 지나간 날 아름다운 기억들이 마음속에 끓어오르고 마치 그 부인과 함께 어떤 아름다운 동산을 거닐고 있는 것 같은 그런 느낌을, 네, 잠시나마 그런 아름다운 환영 속에 취할 수 있고, 또 어쩐지 병도 그리 중하지 않고 곧 나아질 것처럼, 마치도 그 음악의 선율이 그 부인을 어루만져 병을 쾌차시킬 것 같은 그러한 환영에 잠겨진다구요. 또 그뿐 아니라 저기 저 그림!"

하고 말하면서 그 학생은 영숙이 등뒤에 있는 벽을 가리키었다.

"저 그림은 그 유명한 '모나리자'가 아닙니까?"

영숙이는 힐끗 뒤를 돌아다보았다. 거기에는 커단 '모나리자' 그림이 걸려 있는 것이다. 영숙이가 카운터 뒤에 서 있으면 바로 머리 뒤로 그 그림이 보일 것이었다. 영숙이는 또 한번 몸을 떨었다. 귀밑을 살짝살

모나리자

짝 스치는 귀걸이가 ─따갑기도 하구나─ 하고 느껴지었다. 그 학생은 이야기를 계속하였다.

"그 친구는 저 모나리자를 바라다보기 위해 매일 여기 왔습니다. 교향악은 다른 찻집에서도 들을 수 있지마는 저 모나리자를 걸어 논 집은 이 서울 장안에 여기 한 곳밖에 없으니까요."

부엌에서 차가 나왔다. 영숙이는 그 차를 보이에게 넘겨 주고서 다시 교의에 말없이 앉았다.

"모나리자! 그 친구는 자기 애인을 모나리자라고 불렀답니다. 애인의 얼굴이 저 그림과 같은 것은 아닙니다. 그러나 이상한 일로 얼굴 모습은 완전히 다르면서도 그 부인이 빙그레 웃을 때에는 꼭 저 모나리자를 연상시킨다구 합니다. 그래서 그 친구는 자기 방 벽에도 애인의 사진 대신으로 모나리자를 걸어 놓았더군요. 그러나 그 좁은 방 안에 앉아서 그 모나리자를 바라다보면 가슴이 터져 오는 고로 밤마다 이곳으로 뛰쳐나와서 저 그림두 바라보구 또 그 '미완성 교향곡' 두 듣구 이렇게 해서 그의 혼란한 마음을 위안시켜 왔던 것입니다."

저편에서 어떤 손님이 보이를 커다랗게 불렀다. 보이는 이야기가 더 듣고 싶은 모양이었으나 억지로 갔다.

"그런데, 그런데, 아까 저녁때에 입원해 있던 그 부인이 고만 세상을 떠났습니다. 거의 미친 사람처럼 된 내 친구를 겨우 이리루 끌구 왔었는데 그만 그 '미완성 교향곡'이 그의 가슴을 찢어 놓았나 봐요. 그래서…… 사정이 그만하니까 아까 그 행동은 용서해 주시기 바랍니다. 참으루 미안했습니다. 난 또 어서 가보아야 하겠습니다. 마음이 놓이지를 않으니……."

5

이튿날 밤.

찻집 아네모네에서는 언제나 그러한 것처럼 재즈 소리가 흘러나왔다. 방 안 공기는 어느새 담배 연기로 안개 낀 것처럼 자욱해 있었다.

"아, 그런데 이 마담이 웬 변덕이 그렇게 많단 말이야? 응, 어저께 귀걸이를 새로 낀 것이 썩 어울린다구 야단들이기에 한번 보려구 일부러 왔는데 그 귀걸인 어쨌소 그래?"
하고 어떤 사나이가 말했다.

영숙이는 아무 대답도 없이 빙그레 웃어 보일 따름이었다. 그 웃음은 어딘가 구슬프고 고적한 기분을 띤 웃음이었다.

『사랑 손님과 어머니』, 수선사, 1948.

주요섭 단편소설

북소리
두둥둥

1

　내 네 살 난 아들놈 장난감으로 북을 한 개 사다 주었던 것이 우리집에서 밥 짓고 있는 복실이 어머니에게 그렇게도 큰 슬픔을 가져다주리라고는 나는 꿈에도 생각 못했던 것이다.

2

　복실이 어머니가 우리집에 와 있게 된 것은 단순한 주인과 식모 간이라는 그런 주종관계로서는 아니었다. 복실이 아버지는 본래 내 큰삼촌과 *죽마지우로 자란 사람이었는데 장성하자 북간도로 건너가서 번개처럼 찬란하고 떠도는 생활을 하다가 그만 총부리 앞에서 찬이슬이 되어 버린 *호협한 사람이었다.

　복실이 아버지가 그처럼 외지에서 *횡사를 하자(그것이 벌써 이십년 전 옛 일이지마는) 과부가 된 복실이 어머니는 그때 여섯 살 나는 딸 복실이와 또 바로 남편이 죽던 날 아침에 세상에 나온 아들 인선이를 데리고 조선으로 돌아와서 이리저리 방황하다가 마침내는 남편의 죽마지우인 내 큰삼촌 댁에 *식객처럼 들어 있게 되었다.

　처음에는 식객처럼 와 있도록 했으나, 복실이 모는 그냥 앉아서 얻어먹고만 있기가 미안하다 하여 자진해서 부엌일을 돕기 시작하였다. 내 삼촌 모는 처음에는 부리기가 어렵다 하여 복실이 모가 부엌일하는 것을 꺼리었으나, 그러나 날이 감에 따라 어색한 기분이 차차 줄고 혹

죽마지우(竹馬之友)
죽마고우(竹馬故友). 대말을 타고 놀던 벗이라는 뜻으로, 어릴 때부터 같이 놀며 자란 벗.

호협하다
호방하고 의협심이 있다.

횡사(橫死)
뜻밖의 재앙으로 죽음.

식객(食客)
하는 일 없이 남의 집에 얹혀서 밥만 얻어먹고 지내는 사람.

시 이전 있던 식모가 나가고 새 식모가 아직 안 들어오거나 한 기간에는 복실이 모가 아주 식모 격으로 일을 하게 되고, 이럭저럭하여 마침내는 복실이 모는 내 삼촌 댁에 한 부리우는 사람으로 자연 화해 버리었다. 그래서 얼마 후에는 그렇게 무보수로 일만 시킬 수 없는 일이라고 내 큰삼촌이 주창해서 일정한 월급까지 정해 놓고 나니 아주 복실이 모는 식모가 되어 버린 것이었다.

이래 이십 년간, 복실이 모는 오직 두 자식을 위해서 살아온 것이었다. 딸은 몇 해 전에 함흥서 잡화상을 한다는 사람에게 시집을 보냈으니 그만했으면 시집을 잘 보냈다고 복실이 모는 만족해하고 있고, 인선이는 상업학교를 마치고 지금 어떤 백화점 점원으로 들어가서 일급 칠십 전을 받고 있으니 이 또한 복실이 모는 퍽으나 만족한 모양이었다.

그런데 복실이 모가 우리집으로 옮겨 오게 된 내력으로 말하면 재작년에 삼촌이 강원도 강릉으로 *솔가하여 이사를 가게 되었는데, 복실이 모는 될 수만 있으면 아들이 취직하고 있는 평양에 남아 있어서 아들과 함께 살고 싶다는 희망이어서 우리집으로 옮겨 오게 된 것이었다. 그때 마침 우리는 처음으로 어린애도 생기고 해서 내 아내가 혼자서 쩔쩔매던 판이라 복실이 모가 오겠다는 것이 결코 싫지 않았다. 그래서 복실이 모는 우리집에 와 있으면서 건넌방에서 아들 인선이를 데리고 있고, 월급은 없이 그저 그들 모자의 식사를 우리 식구 먹는 대로 먹기로 하고 와 있었다. 이리해서 인선이가 벌어들이는 월 이십 원이란 돈은 거기에서 옷이나 해입고 그대로 꽁꽁 모아서 이제 한 십 년만 그렇게 공을 들이면 그 모은 돈을 한밑천 삼아서 인선이를 가게나 놓도록 한 후, 며느리나 얌전한 색시를 하나 맞아서 살림을 차리고, 복실이 모는 늘그막에 손자애들이나 업어 보는 조그마한 *양상이나마 해

솔가
온 집안 식구를 거느리고 가거나 옴.

양상
'양광(분수에 넘치는 호강)'의 북한어.

볼 수 있으리라는 희망, 그것이 복실이 모의 생에 대한 전부였던 모양
이다.

3

　그런데 복실이 모에게는 아들 인선이에게 대한 꼭 한 가지의 불안이
늘 떠나지 않고 있어 왔다. 그것은 인선이가 어렸을 적부터 다른 아이
들과는 좀 별다른 성격을 가진 것에 있었다.
　그것은 인선이가 여남은 살 났을 적 일이라 한다. 하루는 복실이 모
가 저녁에 부엌에서 저녁을 짓다가 잠시 무엇 때문인가 방 안엘 들어
가 보았더니 인선이가 방 아랫목에 가만히 누워 있는데 모양은 잠자는
것 같으나 숨소리가 몹시도 가쁘고 별스러웠다 한다. 그래서 가까이
가서 들여다보니까 두 눈을 다 뻔히 뜨고 누워 있는데, 그 두 눈은 천
장만을 뚫어지도록 바라다보고 있고, 어머니가 옆에 오는 것도 안 보
이는 모양이더라 한다.
　그래 어머니는,
　"인선아, 너 자니?"
하고 물어 보았으나 아무런 대답도 없고 다시,
　"야, 인선아, 너 어디 아프냐?"
하고 물어도 아무 대답이 없더라고. 그래서 복실이 모는 인선이 어깨
를 붙들고 흔들어 보았으나, 인선이는 그것도 깨닫지 못하는 듯이 그
저 옴짝 않고 누워서 숨소리를 가쁘게 씨근거리면서 천장만을 바라다
보고 있더라고 한다. 그 증세가 * '지랄' 증세가 아니더냐고 내가 언젠

지랄
'간질(癎疾)'을 속되게
이르는 말.

가 한번 복실이 모에게 물었더니 결코 지랄 증세는 아니었다고 그는
단언하였다.

복실이 모는 놀라서 한참이나 붙들고 이름을 불러 보았으나 영 대답
이 없고 또 깨나지도 않는 고로 할 수 없이 나와서 내 삼촌 모에게 급
보하였다. 그래 삼촌 모도 놀라서 들어가 보니까 그 동안에 인선이는
일어나 앉아 있는데 몹시 피곤한 모양으로 벽에 기대 앉아서 씩씩하고
있더라 한다. 그래,

"너 어디 아프니?"

하고 물으니까, 고개를 살랑살랑 흔들고,

"목마르다."

하고 대답하더라고. 그래 물을 떠다 주니까 물을 한 대접 다 마시고는,

"오마니, 나 인제 자문성 별난 꿈 꿨다."

하고 말할 뿐, 무슨 꿈을 꾸었는가 자꾸만 캐물어도 인선이는 그 꿈의 내용 이야기는 안 하고 그저 이상스런 꿈을 꾸었노라고만 대답하더라고. 그런데 우리 삼촌 모는 인선이가 정신없이 누워서 씨근거리는 광경을 친히 보지는 못했는 고로 인선이 모더러 공연히 잠자는 애를 가지고 호들갑을 떨어서 남을 놀라게 했다고 도리어 복실이 모를 핀잔을 할 뿐이고 또 복실이 모도 무어라고 설명을 할 수가 없어서 그때는 그저 잠잠하였다고 한다.

그 후로 복실이 모는 인선이의 몸에 다시 무슨 이상이나 없나 해서 늘 조심히 보살폈지마는 아무런 별다른 이상을 발견 못 했고 해서 차차 복실이 모도 마음을 놓았다고 한다. 그러나 한 일 년 세월이 흘러간 뒤 어떤 날 역시 어슬한 저녁때인데 복실이가 부엌으로 갑자기 뛰쳐나오면서,

"오마니, 인선이 좀 보라우. 개가 별나게두 구누나."

하고 황망히 떠드는 고로 곧 뛰쳐들어가 보았더니 이번에도 인선이는 작년 그때 모양으로 눈을 뻔히 뜨고 누워서 숨소리를 씨근거리고 있었다. 그래 이름을 계속해 불렀더니 부시시 일어나 앉으면서,

"오마니, 나 별난 꿈 꿨다."

하더라고. 그래 무슨 별난 꿈을 꾸었는가 물으니까,

"사람들이 나팔을 자꾸 불두나."

하고 대답하였다. 복실이가 옆에 있다가,

"흥, 그것이 꿈인 줄 아니? 저녁땐 데―게 데 병대들이 늘 나팔 불더라. 나두 들었다 좀."

하고 말하니까 인선이는 열 살 난 애로는 너무 야무진 태도로,

"아니야, 꿈에 불어."

하고 대답하더라고.

그 후로도 몇 번 복실이 모는 아들 인선이가 죽은 듯이 한참씩을 누웠다가 일어나서는 냉수를 찾고, 그러고는 이상한 꿈을 꾸었노라고 하곤 하는 것을 *목도하였다. 그러나 이제는 복실이 모도 여러 번째 당하는 일이라 그렇게 과히 놀라지도 않았고 또 그런 일이 생기는 수도 그저 일 년에 한 번 가량밖에 더 안 되었고, 또 그 일 하나 외에는 별로 다른 거동이 없는 고로 차차 안심하게 되었다고 한다.

4

인선이가 열일곱 나던 해 늦은 가을 어떤 날 밤.

그날 밤엔 바람이 몹시 불고 비가 억수로 퍼부었다. 복실이는 바로 며칠 전에 시집을 가고 인선이와 어머니 둘이서만 한방에서 잠을 자고 있었는데, 새벽녘이 다 되었을 때 복실이 모는 몹시 추운 감각을 얻어서 잠이 깨었다. 잠을 깨고 보니 언제 문이 열렸던지, 문이 쫙 열렸는데 그리로 비바람이 쳐들어와서 막 얼굴을 때리고 이부자리를 적시고 아주 야단이었다. 복실이 모는 일어나서 문을 닫으려고 하다가 보니, 바로 문 밖 처마 밑에 무엇인지 시커먼 것이 우뚝 서 있더라고 한다. 복실이 모는 몹시 놀라서 외마딧소리를 질렀으나, 워낙 비바람 소리가 요란했기 때문에 안방에서는 그 비명 소리를 못 들었다. 복실이 모가 가까스로 정신을 수습하면서,

"인선아!"

하고 크게 불렀더니 누워서 자는 줄만 여겼던 인선이가 의외에도 문밖에서,

“응.”

하고 대답을 하였다.

“인선아!”

“응.”

그 대답은 바로 문 밖에 서서 비를 맞고 있는 그 시커먼 것에서 오는 것이었다. 복실이 모는 더한층 놀라서 윗목을 쓸어 보니 인선이는 과연 방에 없었다. 그래서 밖에 선 그 시커먼 것을 자세자세 보니, 그것이 다른 사람이 아니라 바로 인선이었다. 인선이는 쪽 벌거벗고 거기 우두커니 서서 비를 온몸에 맞고 있는 것이었다.

복실이 모는 너무도 놀라고 기가 막혀서,

“인선아! 너 이게 웬 짓이가?”

하고 물었으나 아무런 대답도 없었다.

“인선아, 야, 인선아, 인선아, 야.”

하고 여러 번 부르니까, 그제야 인선이는,

“오마니, 데게이 무슨 소리요? 데게이?”

하고 말하였다. 복실이 모는 귀를 기울여 한참을 들어 보았으나, 비바람 소리 외에는 아무런 다른 소리는 들려 오지 않았다.

“소리라니? 무슨 소리?”

하고 마침내 물으니까, 인선이는,

“아니, 오마니, 데 소릴 못 듣소? 저 북소리! 두둥둥 두둥둥 하는 거, 데거이 북소리 아니오?”

이 소리를 듣자 복실이 모는 기절할 듯이 놀랐다.

북소리!

다른 날도 아니고 바로 이날 이 새벽 이 시각에 북소리! 복실이 모의 귀에는 십오 년 전 옛날이 바로 방금 전인 듯 그때 그날처럼 요란한 북소리는 그의 고막을 찢어 놓을 듯이 요란히 사방에서 들려 오는 것 같았다.

두둥둥둥! 두둥둥둥!

십오 년 전 이날 이 새벽에 북소리는 요란히도 온 동리를 뒤흔들었다. 복실이 모는 밤부터 산기가 있어서 잠 한숨 못 들고 앓고 있었고, 석 달 동안이나 총을 메고 사방으로 싸다니다가 잠시 집에 들렀던 남편도 피곤한 몸을 잠도 못 자고 아내를 지키고 앉아 있었다. 그 날 새벽녘에 조금 더 있으면 먼동이 트리라고 생각되던 시각에 복실이 모는 복통이 더한층 심해져서 허리를 비비 꼬며 쩔쩔매었고 남편이 몸을 꽉 껴안아 주었었다.

그때, 쥐죽은 듯이 고요하던 동리에는 갑자기 요란한 북소리가 새벽 공기를 깨치고 울려 온 것이었다.

두둥둥둥! 두둥둥둥!

남편은 이 북소리를 듣자 흠칫 물러앉았다. 북소리는 차차 더 요란스럽게 울려 왔다. 사방에서 개 짖는 소리가 나고 총소리도 간혹 쨍쨍 섞여 들려 왔다.

"여보."

하고 마침내 남편이 떨리는 목소리로 불렀다.

"여보, 난 아무래두 가봐야 하겠소. 데 북소릴 듣소? 총출동하라는 명령이우."

아내는 아무런 대답도 못 하고 앓는 소리만 더 크게 할 따름이었다. 남편더러 가라고 하기도 어렵거니와 가지 말랄 수도 없는 줄을 그는 너무나 잘 알고 있는 것이었다. 북간도를 개척한 조선 사람의 생활에

있어서 이 끊임없는 투쟁은 한 일
과로 되어 있었고 용감한 아
내들은 언제나 남편이 총 메
고 나설 때 이를 만류하지
않아야 한다는 것을 잘 알고
있는 것이었다.

　잠들었던 어린 복실이는 소
란통에 깨어 눈을 비비면서 일어나 앉
았다. 남편은 벌떡 일어나서 머리맡에
놓였던 탄환 혁대를 허리에 바쁘게 두르면서,

　"아무래두 나가 봐야갔쉐다. 한 사람 있구 없는 데 승
부가 달렸으니깨니…… 총출동, 총출동……."

　혼자말하듯이 이렇게 중얼거리더니 벽에 기대 세웠던 총을 들고 황
망히 문 밖으로 뛰쳐나가면서,

　"복실아, 엄마 잘 봐라, 응."
하고 한마디 하고는 바깥 어둠 속으로 사라지고 말았다.

　그것이 남편의 이 세상에서의 마지막 목소리였던 것이다.

　남편이 나간 후 북소리는 더한층 요란해지고 콩볶듯 하는 기관총 소
리와 사람들의 아우성 소리, 숨이 막힐 듯이 짖어 대는 개소리, 이 모
든 소리들이 모두 뒤섞여서 아주 천지가 떠나가는 듯하였다. 복실이는
무서워서 어머니께로 바닥바닥 다가앉았으나, 어머니는 그것도 인식
못 하고 오직 그 두둥둥 울리는 북소리만이 온 몸뚱이를 속속들이 뚫
고 뻗고 채워서 그냥 전신, 온 우주가 그 북소리 하나로 뭉쳐 버리는
것 같은 환각을 느낄 따름이었다.

이런 아픔, 이런 소란, 이런 북소리…… 마치도 영원에서 영원까지 끊임없이 계속되는 듯이 생각되어, 조금만 더 그대로 계속된다면 몸도 으스러지고 천지도 으스러져 버리고, 세상 모든 것에 마지막이 이르리라고 생각 들 때 복실이 모는 갑자기,

"으아!"

하고 세차게 울리는 어린애 첫울음 소리가 그 북소리, 그 총소리 위로 쫙 퍼져서 온 방 안을 채워 버리고, 온 우주를 채워 버리는 듯한 것을 들었다. 동시에 복통이 문득 멎고 온몸에 기운이 확 풀렸다.

먼동이 환하니 터왔다. 북소리도 멎고 총소리도 멎고, 오직 '으아, 으아' 계속해 외치는 어린애 울음 소리만이 들렸다.

핏덩어리처럼 뻘건 해가 초가지붕들을 빤히 비칠 때에는, 그 동리 젊은 사람의 거의 절반이 시체가 되어 길거리에 넘어져 있었다. 복실이 아버지도 그들 중 하나이었다. 이것은 북간도 조선인 생활의 중요한 역사의 한 페이지였다.

십오 년! 그것이 벌써 십오 년 전 일이었다. 그러나 이날 새벽에 아들의 이야기를 듣고 귀를 기울일 때 복실이 모의 귀에는 그 폭풍우 소리가 십오 년 전 이날 이 새벽 인선이가 세상에 나오던 날 새벽에 북간도 한 촌에서 듣던 그 북소리와 총소리처럼 들려 왔다는 것을 순전히 복실이 모의 착각으로만 돌릴 것인가? 복실이 모는 한참이나 꿈꾸는 사람처럼 문턱에 엉거주춤하고 앉아 있었다.

두둥둥둥 울리는 북소리, 뼈까지 저린 복통, 그러고는,

"으아."

하고 터져 나오는 새 생명의 외치는 소리! 복실이 모는 마치도 그때 그 순간이 반복되는 듯싶은 환각을 느끼었다. 그런데 그 새 생명이 벌써

저렇게 살아서 *떠꺼머리 총각이 되었구나!

"인선아."

하고 마침내 부르는 어머니 목소리는 몹시도 떨리었다. 목소리만 떨리는 것이 아니라 온몸이 모두 푸들푸들 떨리는 것이었다.

"인선아, 북소린 웬 북소리가 난다구 그러니? 바람 소리밖엔 안 들린다."

그러나 인선이는 아무 말도 없이 그냥 비를 맞으면서 서 있었다.

"인선아, 어서 들어오너라."

그제야 인선이는 묵묵히 방 안으로 들어왔다. 비에 흠씬 젖은 몸을 수건으로 대강 문지른 후 이불을 쓰고 자리에 누웠다.

"인선아, 너 갑자기 왜 그러니?"

하고 어머니는 염려스럽게 물었다.

"북소리가 자꾸 들려서 그래요…… 또 아바지가…….."

"응? 아바지가?"

"아바지가 어디서 자꾸만 날 부르는 것 같아요."

복실이 모는 몸에 소름이 쪽 끼쳤다.

"오마니, 우린 아바진 싸우다가 총에 맞아 돌아가셨대디요?"

하고 인선이는 또 불쑥 물었다.

"응."

하고 복실이 모는 겨우 소리를 내었다.

"아바진 싸와야 되갔으니깐 싸왔갔디?"

"그럼."

"한 사람 있구 없는 데…… 오마니, 그게 무슨 소릴까요……? 한 사람 있구 없는데……."

"인선아, 너 어디서 그런 소릴 들었니?"

"몰라, 그저 아까부터 자꾸만 그 생각이 나요. 한 사람 있구 없는데, 한 사람 있구 없는 데 하구."

"너 아바지가 마지막 그런 말씀을 하시구 나가서 돌아가셨단다."

"응, 오마니, 나두 이제 그 뜻을 알아요…… 아바진 그 한 사람이 될라구 나가서 돌아가셨디요."

"인선아, 거, 무슨 소리가?"

"아니야요."

5

인선이의 이 심상치 않은 현상에 복실이 모는 몹시 놀라고 염려되어서 다시 잠도 못 들고 걱정을 하였다. 그러나 그 이튿날부터 인선이는 다시 아무런 별다른 이상이 없이 학교에 잘 다녔다. 그리고 그 생일날 새벽에 생겼던 일은 아주 잊어버렸는지 다시 북소리 이야기도 없고 아버지 이야기도 아니 하는 고로 다시 어머니는 마음을 좀 놓았다.

인선이는 나이에 비겨서 퍽 침착하고 우울한 성격의 소유자가 되었다. 언제나 무엇을 깊이 생각하는 듯한 태도였다. 특히 자기 생일 때가 가까워 오면 더한층 깊은 명상 속에 잠기는 것이었다. 한번은 이런 일이 있었다.

바로 인선이 생일이었는데, 그날 새벽 밝기 전에 인선이는 일어나서 어디론가 나갔다가 해가 뜬 후에야 몹시 피곤해진 몸으로 돌아왔다. 어머니는 놀라서 어디 갔다 왔느냐고 물을 때 그는 새벽 산보로 모란

봉엘 다녀왔노라고 대답해서 어머니 마음을 안심시켰지만, 사실에 있어서는 인선이는 자기도 모르게 용악산 쪽으로 자꾸만 가다가 조그만 개천에 첨벙 빠지면서 정신이 들어서 집으로 돌아온 것이었다.

학교를 졸업한 후 점원으로 취직이 된 후에는 인선이의 성격은 더 한층 침울해지고 밤이면 대개 혼자서 을밀대에 올라가서 한 시간씩 두 시간씩 깊은 명상에 잠기는 버릇이 생기었다.

그러다가는 갑자기 주먹을 부르쥐고는,

"동물원이란 말이냐?"

하기도 하고,

"원숭이들처럼."

하기도 하고,

"때가 이르면……."

하기도 하고,

"한 사람, 한 사람."

하고 어두운 밤 *홍두깨 격으로 소리를 버럭 지르곤 해서 가끔 다른 산보객들을 놀라게 하는 때가 있었다.

홍두깨
다듬잇감을 감아서 다듬이질할 때에 쓰는, 단단한 나무로 만든 도구.

6

내가 네 살 난 내 아들놈에게 북을 사다 준 것은 어떤 늦은 가을날 저녁때였다. 내 아들놈은, 두드리면 두둥둥 소리가 나는 북이 신기해서 자기 전에 한참이나 귀 시끄럽게 두드리고 놀다가 그 북을 손에 쥔 채 잠이 들고 말았다. 그런데 웬일인지 그 이튿날 새벽에 채 밝기 전에 내 아들놈은 갑자기 잠을 깨가지고 기를 쓰고 울기 시작하였다.

나와 내 아내는 그놈 울음 소리를 좀 멈추어 보려고 여러 가지로 *얼리어 보았지만 무슨 꿈에 몹시 가위가 눌렸는지 어찌 된 심판인지, 그냥 악을 쓰고 울기만 하고 그치지를 않는 것이었다. 마지막에는 그놈 자리 옆에 놓인 북을 들어서 두드려 보았다.

두둥둥! 두둥둥!

하고 북소리가 나자 아들놈은 울음을 뚝 그치었다. 나는 한참이나 요란하게 북을 두드렸다. 잠시라도 북을 그치면 아들놈은 또다시 울음을 터뜨리는 고로 나는 할 수 없이 오랫동안 계속해서 북을 두드리었다. 그러노라니까 갑자기 바깥 뜰에서,

"인선아, 야, 인선아."

하고 황급히 부르는 복실이 모의 목소리가 들리는 듯했다. 나는 북을 멈추고 귀를 기울였으나 아들놈이 또다시 울기를 시작하는 고로 또다시 북을 두드리었다. 그러노라니까 이번엔 어디 멀리서,

"야, 인선아, 야."

하고 부르는 복실이 모의 목소리가 들리는 둥 마는 둥하였다. 나는 별로 괴이하게 생각하지도 않고 그냥 계속해서 북을 두드렸다. 겨우 아들놈을 다시 잠을 들여 놓고서 다시 눈을 좀 붙였다가 해가 뜬 후에야 일어나서 뜰에 나가 보았으나 조반을 짓고 있어야 할 복실이 모가 보이지 않고 부엌은 비어 있었다. 그래 복실이 모의 방으로 들어가 보니까 방문은 쫙 열려 있고 이부자리도 개지 않은 채로 방은 비어 있었다. 우리는 새벽에 어디들을 갔을까 이상히 생각하면서 복실이 모가 돌아오기를 한참이나 기다려 보았으나 도무지 오지 않는 고로 아내가 나와서 조반을 지으러 부엌으로 가고 나는 거리에 나서서 이리저리 좀 돌

아다녀 보았으나 인선이도 없고 복실이 모도 보이지 않았다.

내가 회사로 출근할 시각까지에도 복실이 모는 돌아오지 않았다.

오후에 회사에서 집으로 돌아오니 그때까지도 복실이 모는 어디로 갔는지 돌아오지 않았다고 아내는 걱정 걱정하는 것이었다. 나는 슬그머니 염려가 되어서 인선이가 일하고 있는 백화점으로 나가 보았더니 인선이는 그날 애초에 출근을 아니 했다는 대답이었다. 무슨 영문인지는 알 수 없고 많이 염려되었으나 하여간 밤까지 기다려 보아서 소식이 없으면 내일 아침에는 어떻게 대책을 강구해 보기로 하고 기다렸다.

저녁을 먹어 치우고 밤이 어두웠으나 인선이 모자는 나타나지 않았다. 이게 필경 무슨 곡절이 생겼구나 싶어서 마음이 무척 초조해졌는데 마침내 복실이 모가 돌아왔다. 우리는 토방에 맥없이 주저앉는 복실이 모의 모양을 보고 놀라지 않을 수 없었다. 이 노파가 종일 어느 흙더미 위에 가서 뒹굴다가 왔는지 온통 옷은 흙투성이가 되었고 머리는 풀어져서 난발이 되어 있었다. 우리 내외가,

"아니, 웬일이오?"

소리를 한꺼번에 지르면서 뛰쳐나가니까, 복실이 모는 주저앉아서 엉엉 울기만 하였다.

가까스로 그를 달래서 띄엄띄엄 그에게서 나온 그날 새벽에 생긴 이상스러운 일의 대강을 적으면 아래와 같다.

그날 새벽은 바로 인선이의 스무 번째 생일이었다. 새벽이 채 밝기도 전인데 복실이 모는 어떻게 잠이 풀쩍 깨었는데 깨어 보니 바로 그때 인선이가 문을 열고 밖으로 나가는 참이었다. 그런데 그때 복실이 모를 기절을 할 만큼 몹시 놀라게 한 것은 복실이 모의 귀에는 너무나 똑똑하게 두둥둥 울리는 북소리가 어디선지 요란스럽게 들려 오는 것

이었다. 복실이 모는 제 귀를 의심했으나, 북소리는 갈데없는 북소리요, 그날이 또 인선이 생일인지라 복실이 모는 불안한 예감에 붙잡혀서 얼른 옷을 되는 대로 주워 입고 인선이를 따라 나섰다.

인선이는 벌써 대문을 열고 문 밖에 나서 있었다. 인선이는 횡하니 빠른 걸음으로 어디론가 가고 있었다. 북소리는 복실이 모의 귀에도 너무나 똑똑하게 두둥둥 자꾸만 들려 오는데 어떻게도 마음이 *황망한지 그 소리의 방향이 어딘지도 알 수 없었다고 한다. 그저 인선이가 그 북소리 나는 곳을 찾아서 가는 것이리라고만 직감이 되어서 허둥지둥 그 뒤를 따르면서 인선이 이름을 불렀다. 그러나 아들은 대답도 없이 뒤도 안 돌아다보고 그냥 횡하니 가고 있는 것이었다. 복실이 모는 숨이 턱에 닿아서 따라갔다.

그들 모자는 *보통강까지 다다랐다. 복실이 모 귀에는 인제는 북소리는 조금도 들리지 않는데, 인선이는 신도 안 벗고 그냥 절벅절벅, 정강머리에 차는 보통강을 건너갔다. 복실이 모도 따라 건너갔다. 강을 다 건너고 나더니 인선이는 우뚝 돌아섰다. 복실이 모는 달려들어서 아들을 붙들고 늘어졌다.

"인선아, 애, 너 어딜 가니? 엉, 너 왜 그러니? 엉?"

인선이는 아무 대답도 없이 한참을 물끄러미 어머니를 바라다보고 서 있더니, 아주 침착하고 매진 목소리로 이렇게 말했다.

"오마니! 난 아무래두 가야 돼요. 아바지를 따라가야 되디요. 날더러 어서 오래는데, 데 북소리가 들리지 않소? 날 부르는 아바지 목소리가 들리지 않소! 한 사람 더 있구 없는 데…… 아바지두 그 한 사람, 나두 또한 그 한 사람…… 그 한 사람, 그 한 사람 들이 가야 돼요. 가야 돼요."

그러고는 인선이는 어머니를 뿌리치고 달음질해서 보통벌 저편으로 달아났다. 복실이 모는 기를 쓰고 뒤를 쫓아갔으나 늙은 노파의 기력으로 젊은 아들과 경주하여 따라잡을 수는 도저히 없는 일이었다. 복실이 모는 대타령 부근까지 쫓아가 보았으나 아주 아들의 모양을 잃어버리고 말았다. 노파는 더 뛸 기운도 없어서 허덕거리면서 고개를 넘고 또 고개를 넘어가 보았으나 인선이의 그림자도 찾을 수 없었다.

복실이 모는 촌길가에 뒹굴면서 실컷 울었다. 그러나 그 울음이 이미 가버린 아들을 도로 불러올 수는 없는 것이었다. 북소리의 이끄는 힘은 어머니의 눈물의 힘보다도 더 힘센 것이었다.

보통강(普通江)
평안남도 평원군에서 시작하여 대동강으로 흘러 들어가는 강. 길이는 59km.

7

복실이 모를 겨우 달래서 방으로 내다 뉘고 나서 나는 방 안에 앉아서 담배를 피워 물고, 이 사건을 머릿속에 이리 굴리고 저리 굴리며 음미하여 보았다. 네 살 난 내 아들놈은 멋도 모르고 북을 목에다 걸고 박자도 없이 두드리면서 이 칸 방 안을 좁아라고 헤매이고 있었다.

그 박자 없는 북소리는 차차 내 머리를 점령하기 시작하였다.

한 사람, 한 사람을 끄는 북소리! 지금 멋도 모르고 북을 두드리며 안방을 헤매는 저 네 살 난 내 아들놈, 저놈이 또한 자라나서 한 사람이 된 때에는 한 사람을 부르는 그 북소리를 따라서, 나와 제 어미를 내버리고 가버리지 않겠다고 누가 담보하겠는가?

내 머리는 차차 이 북소리에 정복되어, 이 북소리 이외에는 다른 존재는 그 존재 가치를 잃어버린 듯이 느껴졌다. 내 머리, 내 전신, 온 집안, 마침내는 온 우주가 이 박자 없는 북소리로 가득 차서 울리고 흔들리고…….

두둥둥둥!

두둥둥둥!

「사랑 손님과 어머니」, 수선사, 1948.

추물

1

언년이가 아기를 뱄다는 일은 언년이 자신이 생각할 적에도 *거짓부렁처럼 생각되었다.

언년이를 한 번만 본 사람이면 누구나 다 언년이가 아기 뱄다는 소문을 들으면,

"원 그것두 그래두 서방이 있는 게지, 하하."

하거나,

"아니 세상에 그걸⋯⋯."

하거나 하고 무슨 큰 기적이나 발견한 듯이 서로 권하고 웃었을 것이다.

그처럼 언년이는 얼굴이 못생기디못생긴 *추물(醜物)이었다. 툭 불거진 이마가 떡을 두어 말 치리만큼 넓은데다가 그 밑에 툭 불거진 두 알의 왕방울 눈은 금붕어를 연상시키었다. 두 눈이 툭 불거진 사이로 콧마루는 아주 없는 셈이어서 이른바 '꺼꺼대 상판'인데다가 펀펀하게 내려오던 코가 입 바로 위에까지 와서는 몽톡하게 솟아오른 콧잔등 좌우쪽으로 *개발코가 벌룩벌룩하였다. 윗입술은 *언청이가 되어서 왼편이 *버그러졌는데 아랫니는 *뻐드렁니가 되어서 언제나 입을 꼭 다물 수는 없는 형편이었다. 턱은 웬일인지 앞으로 쭉 내뻗치어서 고개를 숙인다고 해도 남 보기에는 언제나 쳐들고 있는 듯이 보이는 것이었다.

서양서는 언젠가 추물대회를 열어서 가장 밉게 생긴 여자를 뽑아 추물 여왕을 삼고 무슨 상을 주었다던가 어쩐가 하거니와 우리 언년이가 그때 그 대회에 참석할 수만 있었던들 여왕은 떼어 논 당상이었을 것

거짓부렁
'거짓말'을 속되게 이르는 말.

추물
행실이나 됨됨이가 추잡한 사람을 낮잡아 이르는 말.

개발코
너부죽하고 뭉툭하게 생긴 코를 비유적으로 이르는 말.

언청이
선천적으로 윗입술이 세로로 찢어진 사람. 또는 그렇게 찢어진 입술.

버그러지다
짜임새가 물러나서 틈이 어긋나게 벌어지다.

뻐드렁니
밖으로 벋은 앞니.

인데 명색 없는 조선에 태어났기 때문에 그런 대회가 열렸었던 것을 알지도 못하는 것이었다.

조물주가 하도 할 일이 없어서 갑갑했던지 이런 실없는 장난질을 한 모양인데 그래도 그 얼굴에서 취할 데가 있다면 그 두 귀일 것이다. 자세히 보면 그 두 귀는 보통 귀 이상으로 곱게 생긴 귀이었다. 그러나 도리어 이것이 미운 얼굴의 조화를 깨뜨리어 그 얼굴을 더한층 밉게 만든 것이었다. 차라리 그 귀가 넓적 펀펀하고 좀더 올라 붙거나 좀더 내려 붙거나 했던들 얼굴의 조화는 망치지 않았을 것이었다.

예수는 이천 년 전에 '사람을 외모로 비판하지 말라'고 가르쳤지만 '원수를 사랑하라' 한 그의 가르침이 지상 공문으로 내려온 것과 마찬가지로 이 진리의 가르침도 또한 시행되어 보는 일이 없는 것이었다. 역시 사람은 무엇보다도 먼저 외모를 보는 것이고 외모가 훌륭하면 속에는 *개차반을 품고 다녀도 높은 사람이 되었고, 특히 여자에게 있어서는 얼굴의 미가 거의 그 일생을 결정짓는 가장 중요한 요소로 되어 있는 이러한 세상에서 추물인 우리 언년이는 불행할 수밖에 별수가 없었던 것이다.

어려서부터도 언년이는 별명도 많았다. '토끼'니, '꺼꺼대'니, '개발코'니, '황소'니, '언청이'니 하는 별명들로 불리었고 서울로 와서는 다시 '원숭이'니, '금붕어'니 하는 새로운 별명을 더 얻었다. 사람은 어릴 때부터 벌써 불구자나 추물의 불행을 멸시와 놀림감의 가장 좋은 대상으로 삼는 잔인성과 비열을 누구나 가지고 있다. 아마 자기는 그래도 저것보다야 낫지 하는 일종의 열등의 자가만족을 얻는 데 희열을 느끼는 모양이다.

물론 언년이는 아주 어려서부터 이 놀림을 받아 왔다. 그러나 어려

서는 그가 자기 얼굴이 그처럼 못난 데 대해서 별로 큰 설움을 느끼지
는 않았다. 동무들이 하도 따라다니며 놀려 대면 한바탕 싸우고 나서
는 잠시 훌쩍거리기도 했으나 오 분이 지나기 전에 모두 잊어버리고
또다시 그 짓궂은 애들과 더불어 숨바꼭질도 하고 땅재먹기도 하고 하
는 것이었다.

언청이가 된 입으로 음식을 먹는 것을 보고 '토끼새끼처럼 호물호
물 먹는다' 고 할아버지가 머리를 쓰다듬으면서 웃음의 말씀을 하던
그 시절이 어느덧 지나가 버리고 동리 총각들이 *꼴을 베다 말고 모여
앉아서,

"언년이 말이냐? 토끼처럼 히물히물 먹는 꼴이란!"
하고 박장대소를 하는 시절이 이른 때 차차 언년이는 자기 얼굴에 대
한 관심이 갑자기 더럭더럭 자라 가는 것이었다.

그러다가 그가 자기 얼굴이 그처럼 못난
것이 너무도 서러워서 차라리 죽어 버렸으면
하고까지 생각하게 된 때는 그녀가 열여섯
살 나던 봄이었다.

언년이가 물동이를 이고 오다가 먼발치
라도 그 총각이 보이면 혼자서 얼굴을 붉
히고 다리가 허둥허둥하여 어쩔 줄을
모르게 되고, 개나리꽃 울타리 안에
숨어 서서 앞길로 지나가는 그 총각
을 몰래 도둑질해 내다보면서 불룩불
룩하는 가슴을 두 손으로 누르고 있었
던…… 그 총각의 입으로부터서,

꼴
말이나 소에게 먹이
는 풀.

"흥! 꼴에다가! 우물에 가서 네 상판대길 비춰 봐라."

하는 싸늘한 비웃음을 받고 난 그날 밤에 언년이는 그 우물에다가 얼굴만 비춰 볼 것이 아니라 자기 몸 전체를 던져 버리고 싶어졌던 것이었다. 그러나 그렇게까지 할 용기는 나지 않고 그냥 집 뒤 언덕을 타고 졸졸졸 흐르는 작은 시냇물 속에 비친 둥근 달에다가 그 미운 얼굴을 들이밀어 보고 하면서 밤새도록 치마끈을 적시었던 것이다.

2

언년이의 부모도 언년이를 시집 보낼 일이 적이 걱정이 되었던 모양이었다. 그래서 꽤 일찍부터 *매파를 내세워 먼 동리로 구혼을 시작했던 것이었다. 그들도 같은 동리 안에서는 언년이를 데려갈 총각이 없을 줄을 잘 알았기 때문에 먼 동리 모르는 곳으로 시집을 보낼 심산이었던 모양이다.

"그저 복스럽게 생겼쉐다. 남자루 태났더라문 주원장이나 상산 됴자룡이가 됐을 상이디요. 그런데 네자루 태어났으니깐 집안 범절에 오죽하갔쉐까! 그까짓 상판이나 뺀뺀하문 멀 합네까? 그저 후해야디요. 부잣집 맏메누릿감입넨다. 일 년 내내 가야 고뿔 한 번 안 앓구 아홉에 나맹선부툼 글쎄 밥 짓구 농사하구. 하루같이 조밭 김을 혼차서 맸대문 그만 아니오! 어디 그뿐인가요. 바누질을 또 어떻게 곱게 하는디! 칠골 아낙을 다 뒈봐야 언년이만큼 바누질하는 체니가 하나투 없디요. 자, 이걸 좀 보소. 이게 그 체니 솜씨웨다가레!"

이렇게 매파는 언년이를 묘사하는 것이었다. 그리고 언제나 언년이

가 바느질한 저고리를 견본으로 가지고 다니면서 실물을 구경하라고
펴놓곤 하는 것이었다. 사실 언년이 바느질은 그 동리에서 유명할 만
큼 고운 바느질이었다. 얼굴로 올 재주가 모두 손가락으로 갔는지, 누
가 보든지 그 언년이가 바느질을 그렇게도 곱게 하리라고는 생각도 못
하리만큼 뛰어나는 바느질이었다. 물론 몇 해를 두고 밤을 새워 하며
배운 연습의 결과이었다. 언년이 어머니는 벌써부터 언년이의 사람 밑
천은 오직 '일 잘하는 것'이리라는 것을 간파했던지 아주 어렸을 때부
터 심하게 언년이를 가르쳐 주었던 것이었다.

언년이의 바느질 솜씨 견본인 그 저고리가 몇백 번이나 총각을 둔
집 안방에 펼쳐졌었는지는 오직 그 매파 늙은이 혼자만이 아는 일이
다. 매파의 노력이 성공을 했는지 또 혹은 언년이의 바느질이 성공을
가져왔는지 하여튼 백 리나 밖에 있는 어떤 농가와 혼사는 성립되었던
것이다.

소박
처나 첩을 박대함.

그러나 첫날밤에 언년이는 *소박을 맞고 말았다. 첫날밤 신방을 뛰
쳐나간 신랑은 언년이와는 마주 앉기도 싫어하였다. 언년이는 생과부
로 있으면서 소처럼 일하였다. 사실 그는 소처럼 건강했고 소처럼 꾸
준했고 소처럼 누그러져 있었다. 기회만 주었더라면 소처럼 젖도 듬뿍
내었을 것을!

이리하여 언년이는 남편이 오사카인가 어딘가로 간다고 집을 나가
버린 후에도 시부모를 모시고 여러 해를 살았다.

아무리 황소 같기로니, 아무리 꺼꺼대거니, 아무리 개발코거니, 아
무리 언청이거니 그도 젊음과 건강이 용솟음치는 한 개의 여자이었다.
날이 갈수록 그는 생애의 공허를 느끼고, 남편을 원망하는 마음, 사내
를 그리는 마음, 미지의 새 세계를 그리워하는 마음이 자꾸만 늘어나

가는 것이었다.

"팔젤 고티야갔수다."

하고 사주쟁이 늙은이까지 탁 터놓고 이야기해 주었다.

언년이로서 팔자를 고친다는 오직 한 가지 길은 여러 해 전부터 서울 가 살고 있는 일갓집을 찾아가는 일이었다. 언제나 장날처럼 사람들이 득시글득시글 뒤끓는다는 서울로 가보면 그렇게 사람이 많다니까 자기의 미운 얼굴도 그리 *유표스럽게 눈에 띄지도 않을 성싶었고 또 그렇게 떠들썩한 속에 묻혀 살게 되면 클클한 심화도 좀 나아지리라고 생각되었던 것이다.

그래서 언년이가 조그만 보따리를 한 개 꾸려 이고 시골 정거장에서 경성행 기차에 몸을 실은 것은 재작년 어떤 봄날이었다.

유표
여럿 가운데 두드러진 특징이 있음.

<h1 style="text-align:center">3</h1>

서울에는 창경원 벚꽃 구경이 한창이라고 사람 사태가 날 지경이었다. 정거장에 내리니 저고리에 빨간 헝겊 오라기들을 하나씩 꽂은 시골뜨기 남녀들이 하나 가득 차 있어서 어디로 가야 나갈 문이 나서는지 알 수 없었다. 그러나 다행히 봉네 어미(이 여자는 언년이의 사촌 형뻘이 되는 사람이었다)가 정거장까지 마중 나와 주었기 때문에 고생 안 하고 찾아갈 수가 있었다.

언년이는 자기도 다른 사람들처럼 빨간 헝겊 오라기를 하나 얻어 가슴에 꽂고 싶었으나 봉네 어미 수다 바람에 어리둥절한 채로 밖으로 끌려 나오고 말았다.

창경원 벚꽃 놀이

추물 279

"언년이, 서울 구경 첨이디! 너이 새수방한테선 상게두 아무 소식두 없니? *데건 관광단이야, 촌에서 꽃구경들 오누라구. 우리두 오늘 밤엔 창경원에나 가야디. 이 구름다리루 올라가야 돼. 넘어디디 말구, 발 아랠 잘 보라구, 응! 차푀 어드캤나? 꺼내 들구 있다가 주구 나가야 되디……."

서울 와 사는 지 오 년이 넘었건만 봉네 어미는 시골 사투리를 떼어 버리지 못한 것이었다.

"뎌게 데건 뎐차디! 이제 또 데 뎐찰 타구 한참 가야 우리집이 돼. 데 집덜 말이가? 데까지꺼이 무어 큰가? 이제 두구 보라우. 참 훌륭한 집이 많디. 이제 차차 다 구경하디."

이 모양으로 서울 구경 첨 하는 언년이보다도 봉네 어미가 더 신이 나서 지껄이는 것이었다. '이 모든 훌륭한 것들

을 나는 벌써 모두 다 잘 알고 있다' 하는 자랑스러운 마음이 언년이 앞에서 걷잡을 수 없이 발동되었기 때문이다. 아마도 봉네 어미로서는 이렇게 남 앞에서 뽐내 본 일이 일생에 이번 한 번밖에 없었다고 말할 수 있었을 것이다.

그날 밤으로 언년이는 봉네 어미와 그 밖에 처음 보는 여자들 몇몇이 함께 창경원 벚꽃 구경을 갔다.

말이 꽃구경이지 사실인즉 사람 구경을 가는 것이라 하지만 하여튼 사람이 그렇게도 많이 한곳에 모인 것을 처음 보는 언년이는 그저 입을 헤 하니 벌리고 섰을 수밖에 없는 것이었다.

몇 해 전에 한번 예수쟁이 양귀자가 왔다고 온 동리가 떠들썩할 적에 키가 구 척이나 되고 *홀태바지를 입은 사람이, 머리는 노랗고, 눈은 새파랗고…… 그야말로 그날 밤 꿈자리가 다 사납도록 괴상스럽고 무서운 양귀자를 한 번 본 일이 있는 언년이에게는 그 수없는 양귀자 남녀들이 서로 맞붙잡고 (원 망측두 하디) 궁둥이를 들썩거리면서 돌아가는 그림이 하얀 휘장 위에 번뜩번뜩 나타나는 것도 참으로 이상스럽고 재미있는 구경이려니와 얼굴에 분을 하얗게 바른 처녀애들이 낮같이 밝혀 논 무대 위에 나타나서 나붓나붓 춤도 추고 카랑카랑 노래도 부르고 하는 광경이야말로 천상 선녀가 하강한 것이거니 하고 멀거니 바라다보고 서 있었다.

이렇게 정신이 팔려 바라다보고 서 있을 적에 갑자기 그는,

"애고머니나!"

소리를 지르도록 놀라면서 몸을 흠칫 하였다. 그때 그가 어떤 감촉을 받고 그렇게 소스라치게 놀랐는지 언년이 자신으로도 꼭 집어서 그 감촉을 묘사할 수는 없었다. 그저 한 손이 짜르르하는 것 같았다. 그것

홀태바지
통이 매우 좁은 바지.

은 다못 한순간에 지나지 않는 것이었다. 그가 자기 몸을 돌아볼 적에는 벌써 그렇게 짜르르한 감촉을 준 원인이 어디 있었는지 알 수 없었다. 그녀는 손잔등을 가만히 다른 손으로 만져 보았다. 오늘따라 그 손잔등은 몹시도 매끄러운 것처럼 느껴졌다. 그리고 그 어떤 억센 손에서 꼭 쥐어지는 그 짜르르한 감촉이 몹시 그리워지는 것이었다. 그는 가만히 손을 내려 치마폭에 쌌다. 그러나 그 몹시 짜르르한 감촉의 기대는 그의 온몸을 폭풍처럼 휩싸 버리는 것이었다.

이제 그는 무대 위에 나타나는 온갖 신선놀음에서 정신이 떠났다. 그의 눈은 그냥 한 무대 쪽을 쳐다보고 있었지마는 그의 전 신경은 손잔등으로 모이는 것 같았다. 아니 손잔등뿐 아니라 그의 전신의 피부로 전 정신이 집중되는 것 같았다. 슬쩍 누가 몸을 스치고 지나갈 때마다 그는 몸을 바르르 떨었다. 이렇게 정신이 피부로 집중이 되고 보니 그를 스치고 지나가는 사람은 퍽 많은 것을 느끼었다. 때로는 팔과 팔이 맞닿도록 일부러 옆에 바싹 다가서 보는 남자도 있었다. 또 때로는 남자의 숨결이 그의 귀밑으로 바싹 스치는 것을 감각할 수도 있었다.

언년이는 지금 자기가 어디에 있다는 것까지 잊어버리게 되었다. 어쩐지 자기는 지금 이 세상에서 가장 어여쁜 색시가 된 것처럼 생각되었다. 그리고 저편 어디서 세상에 둘도 없을 귀공자가 자기를 기다리고 있는 것처럼 생각되는 것이었다. 언년이 자기는 지금 큰 정승의 외딸로 연당에서 글을 읽고 있고, 귀공자는 방금 담장에 드리운 무명필을 타고 넘어 들어오는 것 같은 환상을 느끼었다. 바로 그때,

"그 색시 맵시 곱다."

하고 바로 누가 귀밑에서 속삭이는 것이었다. 언년이는 그 자리에 자지러져 버릴 듯싶었다.

"저리 좀 갑시다."

하는 속삭임이 또 뒤에서 났다. 그것은 무명필을 타고 넘어 들어온 귀공자의 부드러운 속삭임이었다. 언년이는 꿈에 걷는 사람처럼 사람들 틈을 이리저리 피하여 빠져나왔다. 그 귀공자가 어디서 그녀를 기다리고 있는가? 그것은 생각할 여지도 없었다. 오직 황홀한 환상 속에서 그녀는 사람이 적은 으슥한 곳으로 향하여 발을 옮겨 놓았다. 오직 바로 옆으로 어떤 사내가 따르고 있다는 것만을 인식하였다.

언년이가 전등불로 장식해 놓은 환한 꽃가지 아래 이르렀을 때 비로소 그는 자기 혼자뿐임을 인식하였다.

"에, 재수 없다, 히히히."

하면서 두 남자가 급히 저편 어두운 속으로 사라지는 것이 보이었다. 바로 그 목소리는 조금 전에,

"저리 좀 갑시다."

하던 그 귀공자의 목소리가 아니던가!

그러나 바로 등뒤에서 이번에는,

"얘, 여기 하나 있다. 님을 홀로 기다리는가, 허허허."

하는 소리가 나더니 검은 제복을 입고 사각모자를 쓴 청년 셋이 언년이를 둘러싸다시피 하고 모여들었다. 그러나 바로 그 다음 순간,

"에키!"

하더니 세 학생은 뒤로 물러섰다.

"괴물일세, 괴물이야."

"그 꼴에 그래두 바람은 들어서……."

"하하하."

세 학생은 이런 소리를 주고받으면서 저편으로 가버렸다.

지금까지 아름다운 꿈속에 들었던 언년이의 환상은 산산이 부서지고 말았다. 그는 부지중 손으로 자기 얼굴을 만지어 보았다. 특히 언청이 된 입술이 먼저 만져지는 것이었다. 자기는 정승의 딸도 아니요, 연당에서 임을 기다리는 미인도 아니요, 꺼꺼대요, 언청이인 추물로서 소박맞고 갈 데 없어서 서울로 올라온 자기인 것이었다.

그녀는 갑자기 그 웅성웅성하는 사람떼가 미워졌다. 조금 전까지 선녀들처럼 보이던 그 분 바른 계집애들은 더한층 미웠다. 그는 이 수많은 군중으로부터 멀리멀리 떠나 버리고 싶었다. 그녀는 꽃나무를 떠나서 사람들 없는 어둑신한 곳을 향하여 달려갔다. 얼마 안 가서 밧줄로 막아서 더 못 가게 된 데에 이르러서 그녀는 풀밭에 펄썩 주저앉았다. 그러고는 하염없이 울었다.

"어머니는 나를 왜 낳았던고?"
하고 그는 자기를 세상에 낳아 준 어머니를 원망하였다.

"서울은 또 무얼 먹겠다구 왔던고?"
하고 자기 자신도 원망하였다.

언년이의 울음은 풀밭에서 '잃어버린 사람 수용소'로 옮겨 가고 다시 거기서 그 이튿날 아침에야 봉네 어미 집으로 옮겨 갔다. 그는 봉네 어미의 집 주소도 몰랐던 고로 봉네 아버지가 찾으러 올 때까지 수용소에 머물러 있지 않을 수 없었던 것이다.

"꽃구경이 훌륭하던가?"
하는 봉네 할머니 말에, 언년이는,

'다시 꽃구경 가는 년은 개딸년이다.'
하고 혼자 속으로만 대답하였다.

4

"숙자 어머닌 남편 뺏길 염려는 통 났구려."

"호호호, 그래두 일은 참 잘한다우."

"그래두 좀 웬만해야지. 그건 너무 못났어. 난 꿈자리 사나울까 봐 걱정인데!"

언년이가 일하고 있는 주인댁에 놀러 온 양장 미인이 주인아씨인 숙자 어머니와 이렇게 주고받고 하는 이야기를 언년이는 뜰 한 모퉁이에서 빨래를 하면서 모두 들었다. 언년이는 서울 온 지 두 달 만에 이 집으로 식모로 들어온 지 지금 며칠 안 되었다.

"흥, 내 원, 별꼬락서닐 다 보갔네. 제가 도깨비처럼 채리구 댕기는 년이 남의 흉 보구 있네. 상판대기나 빤빤하문 머이나 되나!"

안방의 화제가 언년이 자신을 중심으로 전개되었다는 것을 알게 되자 언년이는 혼자 이렇게 중얼거렸다.

"나두 첨엔 너무 꼴이 사나워서 그만 내보낼라구 그랬다우."

이것은 주인아씨의 목소리였다.

"그래두 그이가(아마 남편을 가리키는 모양) 불쌍한데 두어 두라고 해서…… 그래서 두어 보니 일은 참 잘해요. 또 튼튼하구 부지런하구…… 또 그리구 며칠 봐나니깐 이제는 눈에 익어서 그리 과히 숭치두 않은걸……."

"어디 시골서 왔대지?"

양장 미인의 목소리.

"응, 시집가던 첫날밤……."

하더니 그 아래는 소곤소곤 잘 들리지 않고 조금 있더니 하하하 히히히 호호호 하는 큰 웃음 소리가 터져 나왔다.

“봉네 어미가 모두 주둥이질을 해놔서…….”

하고 언년이는 분노가 치밀어오르는 것을 겨우 참으면서 다시 혼자 중얼거리었다.

“일 잘해 줬으문 됐디, 상판 타령들은 왜 하누!”

그러면서도 언년이는 이 끓어오르는 분노를 겉으로 발표할 수는 없었다. 그녀는 아무러한 모욕이라도 달게 받으면서 붙어 있어야 밥을 얻어먹을 수 있는 것을, 지나간 두 달 동안에 너무나 역력하게 경험한 것이었다. 그것은 지나간 두 달 동안 그는 조금도 과장 없이 열일곱 집을 경유하여 마침내 이 집에까지 온 것이었다. 그는 식모로 들어간 지 하루나 이틀 만에 으레 쫓겨 나오곤 한 것이었다.

“글쎄 일이야 어떨는지 모르지만, 이게야 꺼꺼대에다 언청이, 또 그 흥흥 하는 말소리야 어디 들어 줄 수 있어야지.”

해서 퇴짜 놓는 아씨,

“언청이 된 건 그래두 괜찮은데 원숭이 밑구멍처럼 얼굴이 왜 그래?”

해서 내보내는 아씨,

“여보, 일보다두 손님들 오문 챙피해서 안 됐쉐다.”

해서 내보내도록 아내에게 명령하는 사랑나리.

이리하여 언년이는 이틀 만에나 사흘 만에나, 고작 오래야 닷새 만이면 다시 봉네 어미 집으로 어정어정 기어들곤 하는 수밖에 없었던 것이다.

무엇보다도 봉네 어미가,

“오죽하문야!”

하고 웃곤 하는 꼴에는 창자가 모두 비틀어지는 듯싶어서 견딜 수 없
는 노릇이었다. 그래서 이제는 어떻게 해서든지 다시는 봉네 어미 집
으로 찾아들지 않도록 해야겠다고 마음을 다지고 또 다져 가면서 그녀
는 주인에게 잘 보이려고 부지런히 일을 해주는 것이었다.

여름도 어느덧 다 지나가고 가을이 된 어떤 일요일이었다. 주인 내
외는 방금 걸음발을 떼는 숙자를 데리고 문 밖으로 놀러 나간다고 나
가고 언년이 혼자서 집을 지키고 있었다.

그는 아깝도록 곱게 하는 그 바느질로 주인나리의 양말 구멍을 꿰매
고 앉아 있었다.

그러나 이날에 한하여 그의 바느질은 조금도 곱게 되어지지 않았다.
마침 여름내 몸이 빨아들였던 더위를 한목에 발산해 버리려는 듯이 그
녀의 전신은 열정으로 끓어오르는 것이었다.

'일생을 혼자 지내리라, 혼자 지내리라!'
하고 결심하는 것은 매일 저녁 자리에 누울 때마다 있는 일이었다. 그
러나 몸뚱어리의 자연스런 욕구는 그렇게 쉽사리 눌러지는 것이 아니
었다. 여름내 그는 이 욕구와 싸워 온 것이었다. 푹푹 찌는 더운 방에
서 빈대와 씨름하느라 밤을 밝히면서도 가끔 주인 내외가 나란히 누웠
을 생각이 머리에 떠오르면 그녀는 한참이나 멀거니 두 손에 머리를
파묻고 앉아 있는 것이었다.

빨랫감으로 주인나리의 옷이 나오면 어떤 때 그는 몰래 그 남자 옷
을 힘껏 움켜쥐어 보는 때도 있었다. 어떤 때는 밥상을 들고 들어가다
가 주인나리의 숨결이 갑자기 높아지는 것 같은 환각이 생기어 쓰러질
뻔한 때도 있었다. 그렇다고 언년이가 이 주인나리에게만 열정을 느끼
는 것은 아니었다. 때로는 매일 물을 길러 오는 그 *텁석부리 물지게꾼

텁석부리
짧고 더부룩하게 수염
이 많이 난 사람을 놀
림조로 이르는 말.

이 몹시 그리운 밤도 있었다. 또 어떤 때는 *비웃장수, 사랑에 간혹 찾아오는 남자 손님, 심지어 어떤 때는 대변 퍼가는 늙은이를 그리워하는 때까지 있었다. 또 때로는 생전 처음 보는 남자와 한자리에 눕는 꿈을 꾸고 소스라쳐 깨는 때도 여러 번 있었다.

'내가 이다지도 음탕한 년인가?'

하고 혼자 얼굴을 붉히고 저 자신을 책하는 때가 많았다. 그러나 콧구멍만한 뜰 하나를 격한 안방에서는 지금 주인 내외가, 하는 생각이 들 때마다 그는 싸늘한 벽을 안아 보려고 팔을 허우적거리는 것이었다.

가을이 되면서 언년이는 더한층 이 욕구의 *비등을 억제할 수 없는 것이었다.

이날도 그는 양말을 꿰매고 앉아서 특히 한가한 틈을 타는 이 악마의 유혹 앞에 몸을 떨고 있었다. 남자의 양말을 손에 잡기만 해도 온몸의 근육이 떨리는 듯싶었다.

이때다.

"대문 열우!"

언년이는 자기 귀를 의심하였다. 분명 남자의 목소리였다. 더구나 낯익은 목소리였다.

그는 벌떡 일어섰다. 그러나 웬일인지,

'대문을 열면 큰 죄를 저지른다.'

하는 예감이 그를 붙잡았다. 그녀는 주저주저하였다.

대문이 덜컹덜컹한다.

"대문 열어요!"

또다시 그 목소리다. 언년이는 자기 자신도 무엇을 하는지 모르게 고무신을 짝짝이 끌면서 나가서 대문 빗장을 덜컥 빼

고무신

었다.

대문이 열리자 텁석부리 영감은 물지게를 모로 돌리면서 대문 안으로 들어왔다. 언년이는 공연히 혼자 부끄러워서 고개를 숙였다. 그러고는 금시에 또 서운해지고 허전해졌다.

물지게

"오늘은 퍽 일르우."

하고 언년이는 물지게꾼을 따라 부엌으로 가면서 태연하게 말을 건넸다. 텁석부리는 그 소리를 들었는지 못 들었는지 아무 소리 없이 독에다 물을 주룩주룩 부어 넣더니 빈 지게를 지고 마당으로 나왔다.

"주인들은 모두 어디루 갔나?"

하고 텁석부리는 혼자말하듯 말하였다.

"오늘 공일이라구 문 밖으로 소풍 나간다구 애기꺼정 데리구 나갔다우."

"문 밖으로? 그럼 쉬 안 들어오시겠군!"

하고 텁석부리는 또 혼자말하듯이 중얼거리었다.

"저녁꺼정 자시구 들어오신답디다."

"흥, 혼자 집보기 무섭지 않은가?"

텁석부리는 역시 혼자말하듯 중얼거리면서 대문께로 갔다. 텁석부리는 대문을 열고 빈물지게를 한 통 밖으로 먼저 내보내고 몸이 반쯤 대문 밖으로 나가더니 금시에 몸이 다시 안으로 들어왔다. 그러더니 물지게를 도로 들어가다 대문 안에 벗어 놓고서 대문을 닫고 안으로 바로 제 집 대문 빗장 지르듯이 빗장을 질렀다. 언년이는 이때까지 여우에게 홀린 사람처럼 멀거니 보고만 있다가 텁석부리가 아주 안으로 대문을 잠가 버린 것을 보고서야 갑자기 정신을 차린 듯,

“왜 그라우?”

하고 눈을 크게 뜨고 보았다. 텁석부리는 아무 소리도 없이 언년이를 향하여 벙긋 웃어 보였다. 언년이는 오직 그 싯누런 이빨을 알아볼 수 있을 따름이었다. 언년이는 갑자기 몸을 날려 달아났다. 고무신이 한 짝 벗겨져서 땅에 구르는 것도 깨닫지 못하고 언년이는 단숨에 자기 방까지 뛰어들어갔다.

5

이 이야기 맨 시초에 말한 아기 뱄다는 것은 곧 언년이가 텁석부리 물지게꾼의 씨를 배 안에 키우고 있었다는 것이다.

일요일 낮에 그 일이 있은 후로 텁석부리는 영 *부지거처가 되고 말았다.

집에 물이 없어서 ‘그 망할 놈의 텁석부리 영감’을 애가 타게 찾아다니는 것으로 외면에는 보였으나, 기실 언년이 내심에는 남모르는 초조와 절망과 비애가 차 있는 것이었다. 그러나 텁석부리는 다시 나타나지 않았다. 물은 다른 지게꾼에게 사먹기로 교섭이 확정되어 문제는 귀결되었지만 언년이 가슴속 비밀은 귀결을 못 짓고 있었다.

그 일요일 밤새도록 언년이는 얼마나 그날 낮에 생겼던 일을 되풀이해 생각해 보았으며 또 얼마나 장래에 대한 단꿈을 꾸어 보았던고! 언년이는 이전부터 그 텁석부리는 홀아비라는 말을 어디선가 들어서 알았던 고로 이미 이만큼 일이 된 이상 그와 행랑살이라도 살림을 오붓하게 한번 차려 보리라 하는 달콤한 공상에 담뿍 취해 있었던 것이다.

그런데 이틀이 못 가서 그 꿈은 산산이 부서져 버리고 만 것이었다.

　‘그 망할 놈의 뒤상.’

하고 언년이는 혼자 욕을 하면서도 그래도 가끔가다가 집이 비고 혼자서 집을 보고 있게 되는 날은 속으로 은근히 또 그 일요일처럼,

　“대문 열우.”

하는 텁석부리 목소리가 금시에 들려 올 듯도 싶어서 안절부절을 못하는 때가 많았다. 그러나 날이 자꾸 흘러서 첫눈이 내리게 된 때 언년이는,

　‘이제는 그 뒤상을 다시 찾을 도리는 영영 없구나. 나를 버리구 갔구나.’

하는 사실을 확실히 인식하게 되는 그와 동시에,

　‘그 망할 녀석이 씨를 내 속에 넣어 주었고나?’

하는 인식이 또한 부인할 수 없는 사실로 되고 말았다.

　새로운 한 생명이 자기 몸 속에서 나날이 자라고 있다는 인식을 얻게 되자 언년이는 때로는 몹시 기쁜, 또 때로는 몹시 우울한 감정이 교차되는 것을 금할 수 없었다. 그 새로운 생명의 아버지를 생각할 때에도 어떤 날은 몹시 그립게 생각되었고, 또 어떤 날은 몹시 원망스럽게 느껴지고, 또 어떤 때는 아주 막 미워서 앞에 보인다면 얼굴에 침이라도 뱉어 줄 것처럼 서두를 때도 있었다.

　그러나 차차 다시 봄이 되면서 주인아씨의 입으로부터,

　“참 이상한 일두 다 있지. 다른 사람이라면 꼭 애기를 뱄다구 하겠는데. 원 그럴 리두 없구. 알 수 없는 노릇이야!”

하는 소리를 듣게쯤 되어서는 언년이는 세상만사에 모두 흥미를 잃고 오직 절반 이상을 자란 어린애의 출생을 기대하는 초조스러움과 일종

의 공포에 가까운 감정이 그녀의 가슴에 가득 차 있는 것이었다.

인제 그는 텁석부리가 다시 나타난다는 기대도 단념해 버리고 일편단심 뱃속에서 자라나는 어린것에 대하여 전 정신을 바쳤다. 그는 남들이 아비 모르는 아이를 낳았다고 비웃을 것도 두려워하는 바 아니었다. 자기도 다른 여자들처럼 아기를 낳을 수 있다 하는 이 기쁨은 넉넉히 그런 조소를 코웃음쳐 버릴 만큼 강한 것이었다.

그러나 그는 차차 이 장차 낳을 어린아기에게 대한 기대에 여러 가지 세세한 조목을 붙여서 생각하기에 이르렀다. 그리하여 마침내 그는 밤마다 남몰래 냉수를 떠놓고 *칠성님께 빌기를 시작하였다.

그가 칠성님께 비는 조목은 대개 아래와 같았다.

그는 아들은 싫다 하였다.

꼭 딸을 점지하시되 그야말로 오래전부터 주워 들은 대로 물찬 제비 같고, 돋아 오는 반달 같고, 양귀비 뒤태도 같은 그러한 일색을 보내 줍시사고 비는 것이었다.

그는 세상에서 가장 어여쁜 딸을 낳아 보고 싶었던 것이다. 그것은 그가 이 매정한 세상에 대하여 언년이로서 보낼 수 있는 오직 하나의 복수일 것이라고 그녀는 생각하는 것이었다. 한동리서 자라면서 어렸을 때부터 곱기 자랑을 하고 다니던 이쁜이보다도 더 고운 딸, 봉네보다도 더 고운 딸, 주인집 딸 숙자보다도 더 아름다운 딸을 낳고 싶었다. 그렇게 고운 딸을 낳아 가지고,

"자, 보아라."

하고 봉네 어미 앞에 내밀고 싶었다. 주인아씨 앞에 내대고 싶었다. 온 세상에 *광포하고 싶었다. 그리만 된다면 그가 이때까지 이 세상에서 받아 온 온갖 조소도 모두 잊어버릴 수 있다고 생각되었다. 자기 자신

칠성님(七星-)
'칠원성군(七元星君)'을 높여 이르는 말. 탐랑(貪狼), 거문(巨門), 녹존(祿存), 문곡(文曲), 염정(廉貞), 무곡(武曲), 파군(破軍) 따위 일곱 개의 별을 말한다. 밀교에서, 이것을 섬기면 천재지변 따위를 미리 막을 수 있다 하여 북두 만다라를 본존으로 하는 북두법이 최대 비법이었다.

광포(廣布)
세상에 널리 퍼뜨리거나 알림.

이야 아무리 불행한 일생을 보냈더라도 세상에서 제일 어여쁜 처녀의
어머니 되는 자랑만 가질 수 있다면 넉넉히 위안이 되고도 남음이 있
으리라고 생각하였다. 지금 그에게 있어서 이 세상 희망이라고는 오직
그것 하나밖에 없다고 단정하였다. 그의 온 장래가 여기에 결정지어진
다고 생각하였다.

기적을 비는 마음! 그것은 우리 못나고 천대받고 조롱받고 무능하고
또 눌림받는 인간들의 공통된 기원인 것이다.

6

이러구러 어느덧 열 달이 차매 언년이는 봉네네 집 건넌방 윗목에서
그렇게도 칠성님께 빌었던 딸을 순산하였다.

"에미나이로군."

하는 봉네 어미의 탄식 소리는 언년이의 귀에는 음악보다 더 좋았다.

딸이다! 내 일생의 자랑이 될 어여쁜 내 딸이다. 내 일생 받아 온 천
대와 조롱을 속해 줄 내 딸이다.

이렇게 생각하매 그는 자연 눈물이 흘러내림을 금할 수 없었다.

그의 눈물을 달리 해석한 봉네 어미는,

"아들이 쓸데 있나? 딸이 더 됴티."

하고 위로를 해주었다.

"어디 봐."

하고 언년이는 봉네 어미가 깜짝 놀라리만큼 크게 소리를 버럭 질렀다.

그러나 봉네 어미가 쳐들어 주는 새 생명을 바라다보는 순간 언년

이는,

　"억!"

하고 외마딧소리를 지르면서 눈을 감았다. 봉네 어미는 아기를 다시
옆에 뉘면서,

　"제 에미 고대루군."

하고 웃음 섞인 목소리로 말하는 것이었다.

　언년이는 앞이 캄캄해지는 것 같았다. 온갖 기대, 온갖 꿈, 온 생애
가 그냥 산산이 부서져 버리는 것을 느끼었다.

　그렇게도 백 날을 칠성님께 빌어서 낳은 딸이, 그렇게도 세상에 둘
도 없이 어여쁜 딸이 되리라고 상상하였던 것이 낳아 놓고 보니 언청
이였던 것이다.

"언청이가 언청이를 낳았다, 하하하하!"

이렇게 세상이 언년이 들으라고 소리소리 지르는 것 같았다.

언년이는 그래도 자기 눈이 잘못 보지나 않았나 하여 다시 고개를 돌려 옆에 누워서 배그각거리는 어린 살덩이를 들여다보았다. 그녀의 눈앞에 뚜렷이 나타나는 새로운 생명은 언년이의 일생의 부끄러움을 속해 줄 희망이 아니라, 그 부끄러움에 새로운 부끄러움을 끼얹어 주는 한 개의 절망이었다. 아무리 바라다보아야 그 얼굴이 그 얼굴이었다. 눈도 못 뜨고 배그각거리는, 아직 채 자리도 안 잡힌 그 얼굴이건만 윗입술이 둘로 갈라진 언청이는 너무도 뚜렷하였다. 더 자세히 들여다보면 콧마루도 언년이 모양으로 없었다. 더 자세히 보면 턱도 유난히 앞으로 삐죽 내민 것처럼 보이는 것이었다. 보면 볼수록 언년이 자신과 꼭 같이 생긴 것처럼 보였다.

그는 고개를 돌렸다. 생각하면 생각할수록 분하고 원통한 일이었다. 밖에서 간간이 사람들의 떠드는 소리와 웃는 소리가 들려 오면 그때마다 모두 언년이 자기와 또 어미를 닮고 세상에 새로 나온 이 새 생명을 조롱하고 비웃는 소리처럼만 생각되는 것이었다.

"추물이 추물을 낳았다!"

"하릴없이 판에 박아 낸 거야!"

"호호호호!"

언년이는 손으로 두 귀를 막았다. 그러나 그 조롱 소리는 더욱더 크게 그의 귀에 들려 오는 것 같았다. 눈을 감으면 웃는 얼굴들의 환영이 보였다.

봉네 어미의 웃는 얼굴! 숙자 어머니의 웃는 얼굴! 숙자 아버지의 웃는 얼굴! 텁석부리 물지게꾼의 싯누런 이빨!

그리고는 갑자기 밤에 혼자서 흘러내리는 냇물가에 앉아서 미운 얼굴을 물 속에 어른거리는 달 속으로 비춰 보고 또 비춰 보면서 끝도 없이 울고 있는 처녀의 환영이 나타났다.

'저것이 자라나면 또 그러한 쓰라린 일생을 되풀이할 것이로구나.'
하고 언년이는 생각하였다.

"차라리 *애저녁에 가거라!"
하고 그는 혼자 중얼거렸다.

그녀는 가만히 옆에 있는 바느질 곱게 된 저고리를 들어 이 바드락거리는 아기를 푹 덮어 버렸다. 그러고는 그 억센 손으로 말랑말랑한 살덩이를 지그시 눌러 보았다. 누르고 누르고 누르면서 그는 저도 모르게 중얼거리는 것이었다.

"뒈데라, 뒈데라, 뒈데라!"
갑자기 아기의 배그각 소리가 뚝 그쳤다. 언년이는 몸서리치면서 얼른 손을 떼었다. 바느질 곱게 된 저고리를 바라다보니 그 밑에 덮여 있는 아기가 그처럼 밉게 생긴 아기라고는 생각되어지지 않았다. 그가 지나간 반년 동안 꿈꾸던 그런 아주 이쁜 아기가 바로 그 아래 누워 있을 것처럼만 생각되는 것을 금할 수 없었다. 그 저고리가 달삭달삭하였다. 그러나 언년이는 그 저고리를 다시 들치고 그 아래 누워 있는 아기 얼굴을 다시 들여다볼 용기는 나지 않았다. 그는 고개를 돌렸다.

"그래두 자라나문 좀 나아디갔디…… 그래두 체니티가 나문 좀 고와디갔디!"
하고 그는 중얼거렸다.

"그래두 좀 크문…… 그래두 좀 크문야 설마……."
하고 되풀이하고 또 되풀이하면서 언년이는 불어오른 자기 젖을 두 손으로 꾹꾹 눌렀다.

젖을 짜고 또 짜면서 그는 긴장이 탁 풀리는 것을 느끼었다. 그가 누운 자리가 젖에 젖어서 끈적끈적해지는 것을 겨우 감촉하면서 그는 손을 더듬더듬하였다. 매끈매끈한 아기의 살을 그 억센 손에 감촉하면서 그는 스르르 잠이 들었다.

『사랑 손님과 어머니』, 수선사, 1948.

최서방

1

　새벽부터 분주히 뚜드리기 시작한 최서방
네 *벼마당질은 해가 졌건만 인제야 겨우 부
채질이 끝났다. 일꾼들은 어둡기 전에 *작석
을 하여 치우려고 부리나케 섬멍이를 튼다.
그러나 최서방은 아침부터 찾아와 마당질이
끝나기만 기다리고 우들부들 떨며 마당가에
쭉 둘러선 차인꾼들을 볼 때에 섬멍이를 틀
힘조차 나지 않았다. 그는 실상 마당질 끝나
는 것이 귀치않다느니보다 죽기만치나 겁이 난
것이다.

　그것은 하루에도 몇 번씩 찾아와 호밋값〔胡米價〕이라 약값〔藥價〕이
라 하고 조르는 것을 벼를 뚜드려서 준다고 오늘내일하고 미뤄 오던
것인데 급기야 벼를 뚜드리고 보니 그들의 빚을 갚기는커녕 송지주의
*농채(農債)도 다 갚기에 벼 한알이 남아서지 않을 것 같아서 으레 싸
움이 일어나리라 예상한 까닭이다.

　"열 *섬은 외상 없이 나지."

　사랑 툇마루 위에서 *수판을 앞에 놓고 분주히 계산을 치고 앉았던
송지주는 이렇게 물었다.

　"열 섬이야 아마 더 나겠지요."

　최서방은 열 섬이 못 날 줄은 으레 짐작하지만 일부러 이렇게 대답
을 했다.

"글쎄…… 그리고 벼는 충실하지."

지주는 놓았던 산알을 떨어 버리고 마당으로 내려와, 들여놓은 벼를 여물기나 잘하였나 하고 시험삼아 한 알을 골라 입 안에 넣고 까보았다.

"암, 충실하고말고요. 이거야 소문난 변데요."

이것은 일꾼 중에 한 사람의 이야기였다.

섬멍이 틀기는 끝이 나고 이제는 작석이 시작되었다. *차인꾼들은 제각기 적개책을 꺼내어 든다.

"십오 원이니 섬 반은 주어야겠소."

호밋값 차인꾼이 한 섬을 갓 되어 놓는 벼를 가로 깔고 앉으며 이렇게 말을 건넨다.

"글쎄 준다는데 왜, 이리들 급하게 구오."

최서방은 또 한 섬을 묶어 놓았다.

"오 원이니 나는 반 섬이면 *탕감이 되오."

이것은 포목값〔布木價〕 차인꾼이 들채는 소리였다.

"섬 반이고 반 섬이고 글쎄 벼를 팔아서야 돈을 갚아도 갚지, 있는 벼가 어디로 도망을 치겠기에 이리들 보채오."

최서방은 위선 이렇게밖에 대답할 수 없었다.

"벼도 돈이고 볏값도 빤히 금이 났으니 어서들 갈라 주소. 괜히 이 치운데 어둡기나 전에 가게."

약값 차인꾼이 이렇게 말을 붙이고 또 한 섬을 깔고 앉는다.

"여보, 그것이 무슨 버릇들이오. 남의 벼를 그렇게 함부로 깔고 앉으니."

"그러니 날래들 갈라 주어요."

“글쎄, 팔아서야 준다는데 무얼 갈라 달라고 그래요.”

“그러면 그럼 오늘도 안 주겠다는 말이오? 말이.”

“안 주겠다는 게 아니라 벼를 팔아서 주마 하는데 되어 놓는 족족 한 섬씩 덮쳐 깔고 앉으니 어디 체면이 되었단 말이오, 그럼.”

“그래 오늘내일하고 속여 온 당신의 체면은 그래서 잘됐단 말이오, 그래.”

“오늘이야 글쎄 벼를 팔아서야지요.”

“그럼 오늘도 정말 안 줄 테요?”

“아니 못 주지요.”

“정말.”

“정말 아니고.”

“정말.”

“정말이야 글쎄.”

“정말이야 글쎄가 무어야 이 자식!”

호밋값 차인꾼은 분이 치밀어 부들부들 떨리는 주먹을 부르쥐고 최 서방의 턱 앞으로 바싹 다가섰다. 그리고 주먹을 훌끈 내밀었다.

최서방은 ‘히’ 하고 뒷걸음을 쳤다. 그러나 아무 반항도 안 했다.

작석은 또한 끝이 났다. 열 섬을 믿었던 벼는 겨우 여덟 섬에 그치고 말았다. 송지주는 그것 가지고는 *청장이 빳빳하다는 듯이 머리를 흔들며,

“이번에도 회계가 채 안 되는군. 모두 오십이 원인데.”

하고 다시 계산을 틀어 본다.

“어떻게 그렇게 되오.”

최서방은 자기의 예산과는 엄청나게 틀린다는 듯이 깜짝 놀라며 이

청장(淸帳)
장부(帳簿)를 청산한다는 뜻으로, 빚 따위를 깨끗이 갚음을 이르는 말.

렇게 반문을 했다.

"본[元金]이 사십 원에 변[利子]을 십이 원 더 놓으니까."

"무어 그 돈에다 변까지 놓아요."

"변을 안 놓으면 어쩌나. 나도 남의 돈을 빚낸 것인데."

"그렇다기로 변은 제해 주세요."

"그 돈으로 자네 부처가 일 년이란 열두 달을 먹고 산 것인데 변을 안 물닷게. 안 돼 안 돼, 건."

그는 엉터리없는 수작이라는 듯이 '안 돼' 하는 '돼'자에 힘을 주었다.

최서방은 보통의 농채와도 다른 이 물 푼 삯[引水稅]에 고가의 변을 지우는 데는 젖 먹던 밸까지 일어났으나 송지주의 성질을 잘 아는 그는 암만 빌어야 안 될 줄 알고 아예 아무 말도 안 했다. 실상 그는 말하기도 싫었던 것이다.

"그러니까 태반이 넉 섬씩이지. 한 섬에 십 원씩 치고도 모자라는 십이 원을 어쩌나? 옳아 가만있자, 또 짚[藁]이 있것다. 짚이 마흔 단이니까 스무 단씩이지. 그러면 한 단에 십 전씩 치고 이 원, 응응, 겨우 우수 떼논 그래 십이 원은 어쩔 테야."

그는 최서방이 그리해 주겠다는 승낙도 얻지 않고 자기 혼자 이렇게 계산을 치고 다짜고짜로 일꾼들을 시켜 한 섬도 남기지 않고 모두 자기네 곳간으로 끌어들였다.

행여나 벼로나 받을까 하고 온종일 추움에 떨면서 깔고 앉았던 볏섬을 놓아 준 차인꾼들은 마치 닭 쫓아가던 개가 지붕을 쳐다보는 격으로 눈들만 멀뚱멀뚱하여 어쩔 줄을 모르고 멀거니 서서 송지주의 분주히 왔다갔다하는 꼴만 쳐다보고 있었다. 그들은 한껏 분하면서도 우스웠다. 그래서 하하 하고 웃었다. 그러나 다시,

“돈 내라, 이놈아.”

“오늘 저녁에 안 내면 죽인다!”

“저렇게 속이기만 하는 놈은 주먹 맛을 좀 단단히 보아야 아마 정신
이 들걸.”

하고 제각기 이렇게 부르짖으며 달려들었다. 그것은 마치 이제는 돈도
받기 글렀는데 그 사이에 품 놓고 다니던 분풀이로나 때워 버리려는
듯하였다.

그들은 골이 통통히 부어서 갖은 욕설을 거들이며 덤비었다.

호밋값 차인꾼은 최서방의 멱살을 붙잡았다.

“놓아, 이렇게 붙잡으면 누굴 칠 테야.”

최서방은 이제는 팔아서 준단 말도 할 수 없었다.

“못 치긴 하는데 이놈아.”

호밋값 차인꾼은 최서방의 귀밑을 보기 좋게 한 개 갈겼다.

약값 차인꾼과 포목 차인꾼도 각각 한 개씩 갈겼다.

“아이.”

최서방은 뒤로 비칠비칠하며 전신을 떨었다. 그리고 당연히 맞을 것
이라는 듯이 아무런 반항도 안 했다.

“돈 내라, 이놈아!”

호밋값 차인꾼은 이번에는 불두덩을 발길로 제겼다. 여러 차인꾼들
도 또한 같이 제겼다.

“아이고.”

최서방은 기절하여 번듯이 뒤로 나가넘어졌다. 넘어진 그의 코에서
는 피가 흘렀다.

추움에 떨던 차인꾼들은 땀이 흠뻑이 났다.

최서방은 죽은 듯이 넘어진 그대로 여전히 누워 있었다. 한참 만에 그는 알뜰히 아픔을 *강잉히 참는 듯이 얼굴을 찡그리고 이빨을 뿌득뿌득 갈며 손을 허우적거렸다. 그리고 불두덩을 한 손으로 움켜쥐고 간신히 일어섰다. 그의 일어선 자리에는 코피가 군데군데 빨갛게 물들어 있었다.

그가 완전히 걸어 막살이를 찾아 들어갈 때에는 날은 벌써 새까맣게 어두워 있었다.

2

최서방에게 있어서 여름내 피땀을 흘리며 고생고생 벌어 놓은 결정이라고는 오직 죽도록 얻어맞은 매가 있을 뿐이었다. 그 밖에는 아무러한 것도 없었다.

그는 밤이 깊도록 오력을 잘 못 썼다. 더구나 *불두덩이 아파서 잘 일지도 못했다. 그는 이렇게 남 못 보는 고초를 맛보지만 어느 뉘더러 호소할 곳도 없었다. 있다면 오직 사랑하는 아내가 있을 뿐밖에. 다만 자기 혼자서 아파할 따름이었다.

그는 참으로 불쌍한 사람이었다. 이같이 불쌍한 처지에 있는 소작인(小作人)이 이 나라에 가득 찬 것이 그것이지만 그 중에도 최서방처럼 불행한 처지에 앉았는 사람은 별로 없을 것이다. 이렇게 그가 불행한 처지에 앉았게 된 원인은 오직 단순한 두 가지가 있을 뿐이다. 하나는 악독한 독사 같은 지주를 가졌다는 것이요, 하나는 그가 본래부터 성질이 착하다는 것이니, 모든 사람들은 정의와 인도를 벗어나 남의 눈을 *감언이설로 속이어 가며 교활한 수단으로 목숨을 연명하여 가지만, 이러한 비인도적이요 비윤리적인 행동에는 조금도 눈떠 보지 않은 그에게는 밥이 생기지 않았다. 이따금 밥을 몇 끼씩 굶을 때에는 도둑질이란 것도 생각해 본 적이 한두 번이 아니었지만 이런 것을 생각할 때마다 비인도적이라는 것이 번개처럼 머리에 번쩍 떠오르곤 하여 그는 차마 그를 실행하지 못하였던 것이었다.

그가 이같이 착하니만치 그 방면에는 악독한 지주가 있어 이렇게 불쌍한 그의 피를 또한 빨아 내는 것이었다.

예년은 말고 금년 일 년만 하더라도 이 동리 앞벌에 지독한 가뭄이 들어 모두들 볏모를 말려 죽이다시피 하였지만 송지주의 작인치고도 오직 최서방 하나만이 인력으로는 도저히 인수(引水)할 수 없는 물을 빚을 얻어 가며 펌프를 세내어 물을 한 방울, 두 방울 빨아 올리게 하여 볏모를 꾸준히 구하여 온 것이었다. 이렇게 그는 오직 살겠다는 생존욕에서 남이 아니 하는 고생을 하여 가며 남 못 하는 수확을 하였지만 '수확'이라는 것을 *걸금 주었던 송지주의 빚이라는 것이 고가의 이자까지 쓰고 나와 그로 하여금 도리어 가해를 지게 하여 그들의 피땀의 결정은 결국 송지주네 *고방으로 들어가게 된 것이었다. 그리고 보니 그는 당장에 먹을 것이 없는 것이라, 농사를 지어 줄 셈 치고 안 쓸 수 없어 사소한 용처를 외상으로 맡아 썼던 것이 일이 이렇게 되고 보니까 차인꾼들한테 매를 얻어맞는 경우에까지 이른 것이었다. 실상 그들의 빚은 송지주의 그것과는 다른 관계로 감사히 절하고 갚아야 될 것이건만, 더구나 호밋값이란 잊을 수 없는 것이었다.

이 지방 풍속에 으레 소작인이 먹을 것이 없으면 추수를 할 때까지

식량을 지주가 당해 주는 법이건만 유독 송지주만은 먼저 당해 준 식량에 고가의 이자를 지워 계산을 틀어 가다가 추수에 넘치는 한이 있게 되면 예사로 그때에는 잡아떼고 작인은 굶어 죽든지 말든지 그것을 상관하지 않고 다시는 주지 않는 것이었다. 그래서 금년에 최서방은 사흘이라는 기나긴 여름날을 굶다 못하여 이전부터 친분이 있던 그 고을에서 *호미 장사하는 사람을 찾아가서 그런 사정을 말하였다. 그도 가난을 겪어 본 사람이라 지극히 불쌍히 여겨, 호미를 두 포대나 맡아 준 것이었다. 그래서 최서방네 내외는 주린 창자를 회복시켜 오늘까지 목숨을 이어 온 그러한 호밋값이었다.

그런데 그는 오늘 마지막으로 뚜드린 벼를 지주의 권력에 못 이겨, 이 아닌 추운 겨울에 쫓겨날까 두려워 호밋값을 미리 끊어 주지 못하고 그의 빚에 그만 탕감을 치워 버린 것이었다.

호미(胡米)
중국에서 나는 쌀.

3

최서방은 지금 불김이 기별도 하지 않는 차디찬 냉돌에 누워서 발길에 차인 불두덩과 주먹에 맞은 귀밑이 쑤시고 저림도 잊어버리고 불덩이같이 뜨거운 햇볕이 내리쪼이는 들판에서 등을 구워 가며 김매는 생각과 오늘 하루의 지난 역사를 머릿속에 그리어 본다.

'나는 왜 여름내 피땀을 흘리며 김을 매었노. 그리고 호밋값을 왜 미리 못 끊어 주었을꼬. 송지주는 왜 그렇게 몹시도 악할꼬. 나는 왜 그리 약한고. 나는 못난이다. 사람의 자식이 왜 이리 못났을까? 그런데 차인꾼들은 나를 왜 때렸노. 그들은 너무도 과하다. 아니 아니 그런 것이 아니다. 그들도 밥을 얻기 위하여 나와 그렇게 피를 보게 싸웠던 것이다. 그들은 내가 피땀을 흘리며 여름내 농사를 짓는 것과 조금도 다름이 없이 그래야만 입에 밥이 들어오기 때문일 것이다. 아니 그들은 농작이 없어 농사도 짓지 못하고 막벌이로 품팔이로 저렇게 남의 돈을 거두어 주고 목숨을 붙여 가는 그들이 나보다 도리어 불쌍하다. 나는 조금도 그들을 욕할 수 없다. 야속달 수 없다. 그러나 그러나 지주네들은 왜 아무러한 노력도 없이 평안히 팔짱 끼고 뜨뜻한 자리에 앉았다가 우리네의 피땀을 송두리째로 들어먹을까, 암만 해도 고약한 일이다. 금년만 하더라도 우리 부처가 얼음이 갓 녹아 차디찬 종아리를 찢어 내는 듯한 봄물에 들어서서 논을 갈고 씨를 뿌리었으며 불볕이 푹푹 내리쪼이는 볕에 살을 데어 가며 물 푸고 김매고 *가으내 단잠 못 자고 벼 베기와 실거리질이며 겨우내 추움을 무릅쓰고 굶어 가며 마당질을 하였는데 우리는 한 알도 맛보지 못하고 송지주네 곳간에 모조리 들여다 쌓았다. 괘씸한 일이다. 그리고 우리 부처가 이렇게 노력을 할 때 송주사는(그는 늘 송지주를 송주사라 부른다) 긴 담뱃대 물고 뒷짐 지고 할 일 없어 술 먹고 장기 두고, 더우면 그늘을 찾고 추우면 뜨뜻한 아랫목에서 낮잠질이나 하였것다.'

이까지 머릿속에 그리어 생각해 온 그는 실로 분함을 참지 못하였다.

"에이."

그는 자기도 모르게 이렇게 부르짖으며 두 주먹을 불끈 쥐었다. 그리고 부르르 떨었다.

"왜 그러우?"

산후에 중통을 하고 난 그의 아내는 발치목에서 어린애 젖을 빨리고 있다가 무엇을 생각하고 있는 듯하던 남편이 그같이 알지 못할 소리를 지르고 떠는 주먹을 보고 의아하게도 이렇게 물었다. 남편은 아무런 대답도 없이 여전히 부르쥔 주먹을 펴지 못하고 떨었다. 한참 만에 그는 입을 열었다.

"여보 마누라, 우리는 여름내 무엇을 하였소."

이 소리는 매우 친절하고 측은하고 어성이 고왔다.

"무엇을 하다니요. 농사하지 않았어요."

"그러면 지은 농사는 왜 없소."

아내는 이 소리에 실로 기가 막혔다. 정신이 아찔하여지고 대답이 나오지 않았다. 저녁때 남편이 매를 맞던 꼴과 송지주의 벼를 떼어 들어가던 현장이 눈앞에 갑자기 환하게 나타났다.

"에이."

그는 또다시 주먹을 부르르 떨었다.

아내는 어쩔 줄을 모르고 남편의 곁으로 다가앉으며 눈물을 흘렸다.

"울기는 왜 우오, 우리 의논 좀 하자는데."

하고 그는 다시 무엇을 생각하더니 아내를 노려보며 말끝을 이었다.

"마누라, 우리는 왜 빚을 졌는지 아시오?"

"호미와 강냉이(옥수수) 사다 먹지 않았어요?"

"그런데 우리는 그 호밋값을 왜 못 무오?"

강냉이(옥수수)

아내는 기가 막혀 또 말문이 막혔다. 지난 여름에 사흘씩 굶어 떨던 그때의 현상이 또다시 눈앞에 나타났다. 남편도 이렇게 묻고 보니 생각은 새로워 알지 못할 눈물이 눈초리에 맺혔다.

"우리가 이리로 이사 온 지가 몇 해지?"

"십 년째 아니오."

"옳아, 십 년째. 우리는 십 년째를 이 독사의 구덩이에서."

하고 그는 혼자말 비슷이 이렇게 부르짖고 한숨을 괴롭게도 한 번 길게 빼고 다시 말을 이었다.

"여보게 마누라, 남 보기에는 우리가 송주사네의 덕택으로 먹고 입고 사는 줄 알지만 실상 우리는 우리의 두 주먹으로 우리의 몸을 살린 것일세. 우리는 송주사의 은혜라고는 반푼 어치도, 도리어 그들한테 피를 빨리운 것일세. 내나 자네나 이렇게 핏기 없이 뽀독뽀독 마른 것이 모두 송주사한테 피를 빨린 탓일세. 우리가 그렇게 피와 땀을 흘리며 죽을 고생을 다하여 벌어 놓으면 그들은 그것을 가지고 잘 먹고 잘 입고, 그러고도 남으면 그 돈으로 또 우리의 피를 빠는 것일세. 그러면 금년의 우리가 벌은 그것으로 또 내년에 우리의 피를 줄 것이 아닌가. 어떻게 생각하면 그런 줄을 번연히 알면서 피를 빨리는 우리가 도리어 우스운 것일세. 그러기에 우리는 이제부터 피를 빨리우지 않게 방책을 연구하여야 되겠네. 그래서 자유롭게 살아야 되겠네. 만일 우리의 두 주먹이 없다 하면 그들은 당장에 굶어죽을 것일세. 죽고말고. 암 죽지, 죽어."

하고 그는 매우 흥분된 어조로 이렇게 장황히 부르짖었다. 그는 상당히 무엇을 깨달은 듯하였다. 아내는 이런 소리를 남편에게서 듣기는 실상 이번이 처음이었다. 그리고 가슴이 시원하다는 듯이 빙그레 웃었다.

"글쎄, 참 그렇긴 하지만 어찌하우?"

아내는 무엇을 생각하는 듯하더니 한참 만에 어찌할 바를 모르겠다는 듯이 이렇게 물었다.

"어찌해, 싸워야 되지. 싸울 수밖에 없네. 그들의 앞에는 정의도 없고 인도도 없는 것을 어찌하나. 아니 이 세상이란 또한 역시 그런 것이니까. 남의 눈을 어떻게 파칙한 수단으로라도 가리우지 않고는 밥을 먹을 수 없는 것을 나는 이제야 비로소 깨달았네. 우리는 이제부터 이 모든 더러운 독사 같은 무리와 필사의 힘을 다하여 싸워야 되겠네. 싸워야 돼. 그래서 우리는……."

하고 그는 무엇을 더 말하려다가 참기 어려운 듯이 주먹을 또다시 부르르 떨었다.

"글쎄요, 아이 참 낼 아침밥 질 게 없으니 이 일을 또 어찌하우."

아내는 새삼스럽게 잊히지 못하던 아침거리가 머리에 또 떠올랐다.

"그러기에 싸우잔 말이야."

해어진 창 틈으로 바람은 씽씽 들어오지만 추운 줄도 모르고 이렇게 그들 내외는 생활고에 쪼들려 닥쳐오는 고통을 서로 하소연하며 장차 어찌 살꼬 하는 앞잡이길에 온 정신을 잃고 깊은 명상 속에서 밤이 새도록 헤매었다.

4

그 이튿날 아침 일찍이 송지주는 최서방을 불러다 놓고 어젯저녁 벼에 탕감이 채 되지 못한 나머지 십 원을 들채기 시작했다.

어젯밤 밤새도록 한잠도 자지 못한 최서방의 눈은 쑨 죽처럼 풀어지고 눈알엔 발갛게 핏줄이 거미줄처럼 서리어 있었다.

"자네 농사는 참 금년에 장하게 되었네. 농사는 그렇게 근농으로 하지 않으면 이즘 전답 얻기도 힘드는 세상일세. 참 자네 농사엔 귀신이야. 그렇기에 그래도 근 백 원 돈을 이탁데탁 청당했지, 될 말인가."

하고 송지주는 점잖음을 빼고 최서방을 추어 하늘로 올려 보내며 다시,

"그런데 어제 오십이 원에서 사십이 원은 *귀정이 된 모양이나 이제 나머지 십 원은 어쩔 셈인가? 조속히 그것도 해물고 세나 쇠야지?"

최서방은 없는 돈을 갚겠다지도 또한 안 갚겠다지도 어떻게 대답을 하여야 좋을지 몰라 한참이나 주저주저하다가,

"금년엔 물 수 없습니다. 그대로 지워 주십시오."
하고 그는 낯을 들지 못했다.

"물 수 없으면 어쩐단 말이야."

"그럼 없는 돈을 어찌합니까?"

"물지도 못할 걸 쓰기는 그럼 왜 그렇게 썼어, 응!"

"그 돈 꿨기에 주사님네 농사를 지어 바치지 않았습니까."

"이놈, 나를 거저 지어 바친 것 같구나. 바루 원 천하의 말버릇 같으니. 에이 이놈."

그는 기다란 *댓새를 최서방의 턱 앞에 훌근 내밀었다.

"아니 그럼 아시는 바, 한 말도 없는 벼를 무엇으로 돈을 장만해 내라십니까."

"이놈, 그럼 없다고 안 물 테냐, 응! 이놈 아, 내가 너희들은 그래도 불쌍한 것이라고 특별히 먹여살렸건만, 에이, 이 은혜 모르는 놈, 이놈 썩 나가, 전답도 모조리 다 내놓고 이 도야지 같은 놈, 아직도 밥을 굶어 보지 못하였던 거로구나."
하고 그는 누구를 집어삼킬 듯이 벌건 눈을 훌근거리며 댓새로 최서방의 턱을 받쳤다.

최서방은 이렇게 여지없는 욕설을 들을 때에, 아니 턱을 댓새로 받치울 때 담박 달려들어 댓새를 부러치고 대항도 하고 싶었으나 그는

약하였다. 그리고 머리끝까지 치밀어오르는 분이 진정할 수 없이 가슴을 뛰게 하였지만 또한 그는 말을 못 하였다. 나오려던 말은 입 안에서 돌돌 굴다 사라지고 말 뿐이었다. 최서방이 집으로 나간 뒤끝에 송지주는 곧 멈돌을 불러 가지고 *막살이로 쫓아 나와서 약간한 가장으로 십 원을 또한 탕감치려 하였다. 위선 그는 멈돌을 시켜 김장을 하여 넣은 독과 부엌에 건 솥을 뽑아 내왔다.

이때에 최서방은 더 참을 수 없었다. 여러 해를 두고 곪기고 곪겨 오던 분은 일시에 탁 터져 나왔다. 마치 병의 물을 꿀덕꿀덕 거꾸로 쏟듯이,

"이놈!"

최서방은 주먹을 부르쥐었다. 그리고 입술을 푸들푸들 떨며 송지주와 마주 섰다.

"이놈이라니, 야이 이이 무지한 버릇없는 놈……아."

송지주는 어쩔 줄을 모르고 몽둥이를 찾아 사방을 살피며 덤볐다. 실상 그는 나이 오십에 이놈이라는 소리를 듣기는 이번이 처음이라, 젖 먹던 *밸까지 일어나 섰을 것도 그리 무리는 아니었다.

"에이, 이 독사 같은, 사람의 피를 빠는……."

하고 최서방은 허청 기둥에 세웠던 도끼를 들어 솥과 독을 단번에 부쉈다. '찌렁땡' 하고 깨어져 사방으로 달아나는 소리는 마치 폭발이나

막살이
아무렇게나 되는대로 사는 살림살이.

밸
'배알'의 준말. 배알은 '창자'를 비속하게 이르는 말 또는 '속마음'이나 '배짱'을 낮잡아 이르는 말.

터지는 듯이 요란하였다.

"독을 깨깨깨 깨치면 이이 십 원은."

"이놈아, 이이 내 피는."

그들의 형세는 매우 험악하였다. 최서방
은 앞에 들어오는 것이거든 무엇이든지 모조리 때려부술 듯이 주먹과
다리는 경련으로 와들와들 떨렸다.

이런 광경을 멀거니 보고 있던 그 아내는 세간의 전부인 독과 솥이
깨어져 없어지는 아까움보다 승리가 기쁘다는 듯이 빙그레 웃었다.

송지주는 멈돌의 손에 끌리어 못 이기는 체하고 끄는 대로 끌리어
들어갔다.

멈돌에게 독과 솥을 지워 가지고 들어가려 가지고 나왔던 지게는 멈
돌의 등에서 달랑궁달랑궁 빈 대로 쫓아 들어갔다.

도끼

5

겨울은 가고 봄이 왔다. 어느 일기 좋은 따뜻한 날 석양에 무순(撫
順) 차표를 손에다 각각 한 장씩 쥔 최서방 내외의 그림자는 S정거장
삼등 대합실 한구석에 나타났다. 그들의 영양부족을 말하는 수척한 얼
굴은 몹시도 핼끔한 것이 마치 꿈속에서 보는 요물을 연상케 하였다.
더구나 그 아내의 등에 업힌 겨우 두 살밖에 안 되는 어린애는 추움에
시달렸음인지 한줌도 못 되리만치 배와 등이 거의 맞붙다시피 쪼그린
데다가 바지저고리도 걸치지 못하고 알몸대로 업히어서 빼악빼악하고
울며 떠는 꼴이란 차마 볼 수 없었다.

방앗간

그들은 송지주와 싸운 그 자리로 그 막살이를 떠나, 끼니를 굶어 가며 혹은 방앗간에서 그도 없으면 한길에서 밤새워 가며 정처없이 일자리를 찾아 돌아다니다가 어떤 조그마한 도회지에서 최서방은 삯짐과 품팔이로, 아내는 삯바느질과 삯빨래로 간신간신히 차비를 장만하였던 것이었다.

그들이 그 막살이를 떠날 때의 본래의 목적은 어떻게 죽을지 몰라도 두 내외의 배를 채울 수만 있다면 내 고국은 떠나지 않으리라 생각하

였건만 그것조차 여의치 못하여 최후의 수단으로 마침내 서간도길을 단행한 것이었다.

그의 내외는 차 시간도 차차 가까워 와 몇 푼 격하지 않은 앞에 잔뼈가 굵은 이 땅, 같은 피가 넘쳐 끓는 동포가 엉킨 이 땅을 떠나 산 설고 물 선 이역의 타국에 고생할 것을 생각할 때에 실로 사무쳐 흐르는 눈

물을 금할 수 없었다.

　기차가 도착되자 플랫폼으로 앞서거니 뒤서거니 엉기엉기 걸어나가는 사람들 틈에는 그들 내외도 섞여 있었다. 시각이 있는 차 시간이다. 그들은 할 수 없이 차에 몸을 담았다. *호각 소리가 끝나자 차는 바퀴를 움직였다.

　"아! 차는 그만 가누나! 우리는 왜 이같이 눈물을 뿌리며 조국을 떠나지 않으면 안 되노?"

하고 그는 입 속으로 중얼거리며 바람이 씽씽 들이쏘는 차창으로 머리를 내밀고 차마 고국을 못 잊어하는 듯이 눈물에 서린 눈으로 사방을 힘없이 살펴보았다. 그리고 좀더 기차가 머물러 주었으면 하는 듯하였다. 그러나 내닫기 시작한 사정없는 기차는 흰 연기, 검은 연기 번갈아 토하며 세 생명의 쓰라리게 뿌리는 피눈물을 싣고 줄달음치기 시작했다.

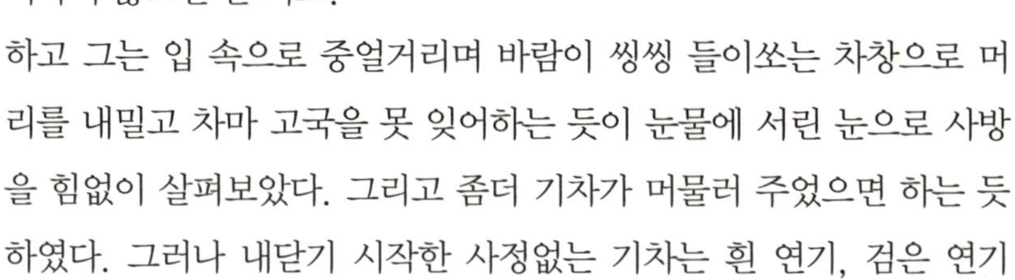

호각
불어서 소리를 내는 신호용 도구.

《조선문단》, 1927. 3.

계용묵 단편소설

백치 아다다

질그릇이 땅에 부딪치는 소리가 났다고 들렸는데, 마당에는 아무도 없다.

부엌에 쥐가 들었나? 샛문을 열어 보려니까,

"아 아 아이 아아 아야!"

하는 소리가 뒤란 곁으로 들려 온다. 샛문을 열려던 박씨는 뒷문을 밀 었다.

장독대 밑, 비스듬한 켠 아래, 아다다가 입을 헤 벌리고 넙 적 엎더져, 두 다리만을 힘없이 버지럭거리고 있다.

그리고 머리 편으로 한 발쯤 나가선 깨어진 *동이 조각이 질서 없이 너저분하게 된장 속에 묻혀 있다.

장독대

"아이구테나! 무슨 소린가 했더니 이년이 동애를 또 잡았구 나! 이년아! 너더러 된장 푸래든! 푸래?"

어머니는 딸이 어딘가 다쳤는지 일어나지도 못하고 아파하는 데 가 는 동정심보다 깨어진 동이만이 아깝게 눈에 보였던 것이다.

"어 어마! 아다아다 아다 아다다……."

모닥불을 뒤집어쓰는 듯한 끔찍한 어머니의 음성을 또다시 듣게 되 는 아다다는 겁에 질려 얼굴에 시퍼런 물이 들며 넘어진 연유를 말하 여 용서를 빌려는 기색이나 말이 되지를 않아 안타까워한다.

아다다는 벙어리였던 것이다. 말을 하렬 때에는 한다는 것이, 아다 다 소리만이 연거푸 나왔다. 어찌어찌 가다가 말이 한마디씩 제법 되 어 나오는 적도 있었으나, 그것은 쉬운 말에 그치고 만다.

그래서 이것을 조롱삼아 확실이라는 뚜렷한 이름이 있었지만, 누구 나 그를 부르는 이름은 '아다다'였다. 그리하여 이것이 자연히 이름으 로 굳어져, 그 부모네까지도 그렇게 부르게 되었거니와, 그 자신조차도 '아다다!' 하고 부르면 마땅히 이름인 듯이 대답을 했다.

"이년까타나 끌이 세누나! 시켠엘 못 갔으문 오늘은 어드메든지 나가서 뒈디고 말아라, 이년아! 이년아! 아, 이년아!"

어머니는 눈알을 가로 세워 날카롭게도 흰자위만으로 흘기며 성큼 문턱을 넘어선다.

아다다는 어머니의 손길이 또 자기의 *끌채를 감아 쥘 것을 연상하고 몸을 겨우 뒤채 비꼬아 일어서서 절룩절룩 굴뚝 모퉁이로 피해 가며 어쩔 줄을 모르고 일변 고개를 좌우로 둘러 살피며 아연하게도,

"아다 어 어마! 아다 어마! 아다다다다다!"

하고 부르짖는다. 다시는 일을 아니 저지르겠다는 듯이, 그리고 한 번만 용서를 하여 달라는 듯싶게. 그러나 사정 모르는 체 기어이 쫓아간 어머니는,

"이년! 어서 뒈데라. 뒈디기 싫건 시집으로 당장 가거라. 못 가간?"

그리고 주먹을 귀 뒤에 넌지시 얼메고 마주 선다.

순간, 주먹이 떨어지면? 하는, 두려운 생각에 오싹 하고 끼치는 소름이 튀해 논 닭같이 전신에 돋아나는 두드러기를 느끼는 찰나, '턱' 하고 마침내 떨어지는 주먹은 어느새 끌채를 감아 쥐고 갈지자로 흔들어 댄다.

"아다 어어 어마! 아 아고 어 어마!"

아다다는 떨며 빌며 손을 묻다.

그러나 소용이 없다. 한번 손을 댄 어머니는 그저 죽어 싸다는 듯이 자꾸만 흔들어 댄다. 하니, 그렇지 않아도 가꾸지 못한 텁수룩한 머리는 물결처럼 흔들리며 구름같이 피어나선 얼크러진다.

그래도 아다다는 그저 빌 뿐이요, 조금도 반항하려고는 않는다. 이

런 일은 거의 날마다 지나 보는 것이기 때문에 한대야, 그것은 도리어 매까지 사는 것이 됨을 아는 것이다. 집에 일이 아무리 밀려 돌아가더라도 나 모르는 체 손 싸매고 들어앉았으면 오히려 이런 봉변은 아니 당할 것이, 가만히 앉았지는 못했다.

선천적으로 타고난 천치에 가까운 그의 성격은 무엇엔지 힘에 부치는 노력이 있어야 만족을 얻는 듯했다. 시키건, 안 시키건, 헐하나, 힘차나, 가리는 법이 없이 하여야 될 일로 눈에 띄기만 하면 몸을 아끼는 일이 없이 하는 것이 그였다. 그래서 집안의 모든 고된 일은 실로 아다다가 혼자서 치워 놓게 된다.

그러나 어머니는 그것이 반갑지 않았다. 둔한 지혜로 마련 없이 뼈가 부러지도록 몸을 돌보지 않고, 일종 모험에 가까운 짓을 하게 되므로, 그 반면에 따르는 실수가 되레 일을 저질러 놓게 되어, 그릇 같은 것을 깨쳐 먹는 일은 거의 날마다 있다 하여도 옳을 정도로 있었다.

그래도 아다다의 힘을 빌리지 않고는 집안일을 못 치겠다면 모르지만, 그는 참례를 하지 않아도 행랑에서 차근차근히 다 해줄 일을 쓸데없이 가로맡아선 일을 저질러 놓고 마는 데에 그 어머니는 속이 상했다.

본시 시집을 보내기 전에도 그 버릇은 지금이나 다름이 없어 벙어리인데다 행동까지 그러하였으므로 내용 아는 인근에서는 그를 얻어가려는 사람이 없었다. 그리하여 열아홉 고개를 넘기도록 처묻어 두고 속을 태우다 못해 *깃부(지참금)로 논 한 섬지기를 처넣어 똥 치듯 치워 버렸던 것이, 그만 오 년이 멀다 다시 쫓겨와, 시집에는 아예 갈 생각도 아니 하고 하루 같은 심화를 올렸다. 그래서 어머니는 역겨운 마음에 아다다가 실수를 할 때마다 주릿대를 내리고 참례를 말라건만 그는 참는다는 것이 그 당시뿐이요, 남이 일을 하는 것을 보면 속이 쓰는 듯이 슬그머니 나와서 곁을 슬슬 돌다가는 손을 대고 만다.

바로 사흘 전엔가도 무명 김을 할 때 활짝 단 솥뚜껑을 마련 없이 맨
손으로 열다가 뜨거움을 참지 못해 되는 대로 집어 엎는 바람에 그만
자배기를 깨쳐서 욕과 매를 한바탕 겪고 났었건만 어제 저녁 행
랑 색시더러 오늘은 묵은 된장을 옮겨 담아야 되겠다고 이르는
말을 어느결에 들었던지 아다다는 아침밥이 끝나자 어느새 나
가서 혼자 된장을 퍼나르다가 그만 또 실수를 한 것이었다.

자배기

"못 가간? 시집이! 못 가간? 이년! 못 가갔음 죽어라!"

움켜쥐었던 머리를 힘차게 휙 두르며 밀치는 바람에 손에 감겼던 머
리카락이 끊어지는지 빠지는지 무뚝 묻어나며 아다다는 비칠비칠 서
너 걸음 물러난다.

순간 정신이 어찔해진 아다다는 넘어지지 않으려고 애써 버지럭거
리며 삐치는 다리에 겨우 진정을 얻어 세우자,

"아다 어마! 아다 어마! 아다 아다!"

하고, 다시 달려들 듯이 눈을 흘기고 섰는 어머니를 향하여 눈물 글썽
한 눈을 끔벅 한번 감아 보이고, 그리고 북쪽을 손가락질하여, 어머니
의 말대로 시집으로 가든지 그렇지 않으면 죽어라도 버리겠다는 뜻으
로 고개를 주억이며 겁에 질려 어쩔 줄을 모르고 허청허청 대문 밖으
로 몸을 이끌어 냈다.

나오기는 나왔으나 갈 곳이 없는 아다다는 마당귀를 돌아서선 발길
을 더 내놓지 못하고 우뚝 섰다.

시집으로 간다고 하였으나, 아무리 생각해도 남편의 매는 어머니의
그것보다 무섭다. 그러면 다시 집으로 들어가나? 이번에는 외상 없는

매가 떨어질 것 같다. 어디로 가야 하나? 갈 곳 없는 갈 곳을 뒤쩌 보자니 눈물이 주는 위로밖에 쓸데없는 오 년 전 그 시집이 참을 수 없이 그립다.

─치울세라, 더울세라, 힘이 들까, 고단할까, 알뜰살뜰히 어루만져 주던 시부모, 밤이면 품속에 꼭 껴안아 피로를 풀어 주던 남편. 아! 얼마나 시집에서는 자기를 위하여 정성을 다하던 것인가?

참으로, 아다다가 처음 시집을 가서의 오 년 동안은 온 집안의 사랑을 한몸에 받아 왔던 것이 사실이다.

벙어리라는 조건이 귀에 들어맞는 것은 아니었으나, 돈으로 아내를 사지 아니 하고는 얻어 볼 수 없는 처지에서 스물여덟 살에 아직 장가를 못 들고 있는 신세로 목구멍조차 치기 어려운 형세이었으므로, 아내를 얻게 되기의 여유를 기다리기까지에는 너무도 막연한 앞날이었다. 벙어리나마 일생을 먹여 줄 것까지 가지고 온다는 데 귀가 번쩍 띄어 그 자리를 앗기울까 두렵게 혼사를 지었던 것이니, 그로 의해서 먹고 살게 되는 시집에서는 아다다를 아니 위할 수가 없었던 것이다. 그러한 가운데 또한 아다다는 못 하는 일이 없이 일 잘하고, 고분고분 말 잘 듣고, 조금도 말썽을 부리는 일이 없었다. 그래서 생활고가 주는 역겨움이 쓸데없이 서로 눈독을 짓게 하여 불쾌한 말만으로 큰소리가 끊일 새 없이 오고 가던 가족은 일시에 봄비를 맞는 동산같이 화락한 웃음의 꽃을 피웠다.

원래 바른 사람이 못 되는 아다다에게는 실수가 없는 것이 아니었으나, 그로 인해서 밥을 먹게 된 시집에서는 조금도 역겹게 안 여겼고, 되레 위로를 하고 허물을 감추기에 서로 힘을 썼다.

여기에 아다다가 비로소 인생의 행복을 느끼며, 시집가기 전 지난날

어머니 아버지가 쓸데없는 자식이라는 구실 밑에, 아니, 되레 가문을
더럽히는 *앙화(殃禍) 자식이라고 사람으로서의 *푼수에도 넣어 주지
않고 박대하던 일을 생각하고는 어머니 아버지를 원망하는 나머지 명
절 목이나 제향 때이면 시집에서는 그렇게도 가보라는 친정이었건만
이를 악물고 가지 않고, 행복 속에 묻혀 살던 지나간 그날이 아니 그리
울 수가 없었다.

그러나 그날은 안타깝게도 다시 못 올 영원한 꿈속에 흘러가고 말
았다.

해를 거듭하며 생활의 밑바닥에 깔아 놓았던 한 섬지기라는 거름이
차츰 그들을 여유한 생활로 이끌어, 몇백 원이란 돈이 눈앞에 굴게 되
니, 까닭 없이 남편 되는 사람은 벙어리로서의 아내가 미워졌다.

조그만 실수가 있어도 눈을 흘겼다. 그리고 매를 내렸다. 이 사실을
아는 아버지는 그것은 들어오는 복을 차버리는 짓이라고 타이르나, 듣
지 않았다. 그리하여 부자간에 충돌이 때때로 일어났다. 이럴 때마다
아버지에게는 감히 하고 싶은 행동을 못 하는 아들은 그 분을 아내에
게로 돌려 풀기가 일쑤였다.

"이년, 보기 싫다! 네 집으로 가거라."

그리고, 다음에 따르는 것은 매였다. 그러나 아다다는 참아 가며 아
내로서의, 그리고 며느리로서의 임무를 다했다.

이것이 시부모로 하여금 더욱 아다다를 귀엽게 만드는 것이어서, 아
버지에게서는 움직일 수 없는 며느리인 것을 깨닫게 된 아들은 가정적
으로 불만을 느끼게 되어 한 해의 농사를 지은 추수를 온통 팔아가지
고 집을 떠나서 마음의 위안을 찾아 돌다가 주색에 돈을 다 탕진하고
동무들과 물거품같이 밀리어 안동현(安東縣)으로 건너갔다.

　그리하여, 이 투기적(投機的)인 도시에서 뒹굴며 노동의 힘으로 밑
천을 얻어선 ‘양화’와 ‘은떼루’에 투기하여 황금을 꿈꾸어 오던 것이 기
적적으로 맞아나기 시작하여 이태 만에는 이만 원에 가까운 돈을 손에
쥐게 되었다. 그리하여 언제나 불만이던 완전한 아내로서의 알뜰한 사
랑에 주렸던 그는 돈에 따르는 무수한 여자 가운데서 마음대로 흡족히
골라 가지고 집으로 돌아왔다.

　그리고는, 새로운 살림을 꿈꾸는 일변 새로이 가옥을 건축함과 동시
에 아다다를 학대함이 전에 비할 정도가 아니었다. 이에는, 그 아버지
도 *명민하고 인자한 남부끄럽지 않은 뻐젓한 새며느리에게 마음이
쏠리는 나머지, 이미 생활은 걱정이 없이 되었으니, 아다다의 깃부로
써가 아니라도 유족할 앞날의 생활을 돌아볼 때 아들로서의 아다다에
게 대하는 태도는 소모도 마음에 걸리는 것이 없었다. 그리하여 시부
모의 눈에서까지 벗어나게 된 아다다는 호소할 곳조차 없는 사정에 눈

명민(明敏)하다
총명하고 민첩하다.

감은 남편의 매를 견디다 못해 집으로 쫓겨 오게 되었던 것이니, 생각만 하여도 옛 매 자리가 아픈 그 시집은 죽으면 죽었지 다시는 찾아갈 생각이 없었던 것이다.

그래서 집에 있게 되니 그것보다는 좀 헐할망정, 어머니의 매도 결코 견디기에 족한 것이 아니다. 그리고 그것은 날마다 더 심해만 왔다. 오늘도 조금만 반항이 있었던들, 어김없이 매는 떨어지고 말았을 것이다.

그러나 어디로 가나? 아무리 생각을 해보아야 그저 이 세상에서는 수롱이네 집밖에 또 찾아갈 곳은 없었다.

수롱은 부모 동생조차 없이 삼십이 넘은 총각으로, 누구보다도 자기를 사랑하여 준다고 믿는 단 한 사람이었다. 그리하여 쫓기어날 때마다 그를 찾아가선 마음의 위안을 얻어 오던 것이다.

아다다는 문득 발걸음을 떼어 아지랑이 얼른거리는 마을 끝 산턱 아래 떨어져 박힌 한 채의 오막살이를 향하여 마당귀를 꺾어 돌았다.

수롱은 벌써 일 년 전부터 아다다를 꾀어 왔다. 시집에서까지 쫓겨난 벙어리였으나, 김초시의 딸이라, 스스로도 낮추 보여지는 자신으로서는 거연히 염을 내지 못하고 뜻 있는 마음을 건너 볼 길이 없어 속을 태워 가며 눈치만 보아 오던 것이, 눈치에서보다는 베풀어진 동정이 마침내, 아다다의 마음을 사게 된 것이었다.

아이들은 아다다를 보기만 하면 따라다니며 놀렸다. 아니, 어른까지도 '아다다, 아다다' 하고 골을 올려서 분하나, 말을 못 하고 이상한 시늉을 하며 두덜거리는 것을 보므로 좋아라고 손뼉을 치며 웃었다.

그래서 아다다는 사람을 싫어하였다. 집에 있으면 어머니의 욕과 매, 밖에 나오면 뭇사람들의 놀림, 그러나 수롱이만은 자기를 사랑하는 것이었다. 아이들이 따라다닐 때에도 남 아니 말려 주는 것을 그는 말려 주고, 그리고 매에 터질 듯한 심정을 풀어 주는 것이었다.

그리하여 아다다는 마음이 불편할 때마다 수롱을 생각해 오던 것이, 얼마 전부터는 찾아다니게까지 되어 동네의 눈치에도 이미 오른 지 오랬다.

그러나 아다다의 집에서도 그 아버지만이 지처(地處)를 가지기 위하여 *깔맵게 아다다의 행동을 경계하는 듯하고, 그 어머니는 도리어 수롱이와 배가 맞아서 자기 눈앞에 보이지 아니하고, 어디로든지 달아났으면 하는 눈치를 알게 된 수롱이는 지금에 와서는 어느 정도까지 내어놓다시피 그를 사귀어 온다.

아다다는 제 집이나처럼 서슴지도 않고 달리어 오자마자 수롱이네 집 문을 벌컥 열었다.

"아, 아다다!"

수롱은 의외에 벌떡 일어섰다.

"너 또 울었구나!"

울었다는 것이 창피하긴 하였으나, 숨길 차비가 아니다. 호소할 길 없는 가슴속에 꽉찬 설움은 수롱이의 따뜻한 위무가 어떻게도 그리웠는지 모른다.

방 안에 들어서기가 바쁘게 쫓기어난 이유를 언제나같이 낱낱이 말했다.

"그러기 이젠 아야, 다시는 집으로 가지 말구 나하구 둘이서 살아, 응?"

그리고 수롱은 의미 있는 웃음을 벙긋벙긋 웃어 가며 아다다의 등을 척척 두드려 달랬다. 오늘은 어떻게 해서든지 자기의 것을 영원히 만

들어 보고 싶은 욕망에 불탔던 것이다.

그러나 아다다는,

"아다 무 무서! 아바 무 무서! 아다아다다다!"

하고, 그렇게 한다면 큰일난다는 듯이 눈을 둥그렇게 뜬다. 집에서 학대를 받고 있느니보다는 수룡의 사랑 밑에서 살았으면 오죽이나 행복되랴! 다시 집으로는 아니 들어가리라는 생각이 없었던 바도 아니었으나, 정작 이런 말을 듣고 보니, 무엇엔지 차마 허하지 못할 것이 있는 것 같고 그렇지 않은지라 눈을 부릅뜨고 수룡이한테 다니지 말라는 아버지의 이르던 말이 연상될 때 어떻게도 그 말은 엄한 것이었다.

"우리 둘이 달아났음 그만이디 무섭긴 뭐이 무서워?"

"……."

아다다는 대답이 없다.

딴은 그렇기도 한 것이다. 당장 쫓기어난 몸이 갈 곳이 어딘고? 다시 생각을 더듬어 볼 때 어머니의 매는 아버지의 그 눈총보다도 몇 배나 더한 두려움으로 견딜 수 없이 아픈 것이다. 그러마고 대답을 못 하고 거역한 것이 금시 후회스러웠다.

"안 그래? 무서울 게 뭐야. 이젠 아야 집으루 가지 말구 나하구 있어, 응?"

"응, 아다 이 있어, 아다 아다."

하고, 아다다는 다시 있자는 수룡이의 말이 나오기를 기다렸던 듯이, 그리고 살 길은 이제 찾기었다는 듯이, 한숨과 같이 빙긋 웃으며 있겠다는 뜻을 명백히 보이기 위하여 고개를 주억이며 혓바닥을 손으로 툭툭 뚜드려 보인다.

"그렇지 그래, 정 있으야 돼, 응?"

“응, 이서 이서 아다 아다.”

“정말이야?”

“으, 응 저 정 아다 아다.”

단단히 *강문을 받고 난 수룡이는 은근히 솟아나는 미소를 금할 길
이 없었다.

벙어리인 아다다가 흡족할 이치는 없었지만, 돈으로 사지 아니하고
는 아내라는 것을 얻어 볼 수 없는 처지였다. 그저 생기는 아내
는 벙어리였어도 족했다. 그저 자기의 하는 일이나 도
와 주고 아들 딸이나 낳아 주었으면 자기는 게서 더
바랄 것이 없었다. 아내를 얻으려고 십여 년 동안
을 *불피풍우 품을 팔아 궤 속에 꽁꽁 묶어 둔 일백
오십 원이란 돈이 지금에 와서는, 아내 하나를 얻기
에 그리 부족할 것은 아니나, 장가를 들지 아
니하고 아다다를 꼬여 온 이유도, 아다
다를 꼬임으로 돈을 남겨서, 그 돈
으로는 살림의 밑천을 만들어 가
정의 마루를 얹자는 데서였던 것
이다. 이제 그 계획이 은근히 성
공에 가까워 오매 자기도 남과 같
이 가정을 이루어 보게 되누나 하
니 바라지도 못하였던 인생의 행복
이 자기에게도 이제 찾아오는 것 같
았다.

“우리 아다다.”

수룡이는 아다다의 등에 손을 얹으며 빙그레 웃었다.

"아다 다다."

아다다도 만족한 듯이 히쭉 입이 벌어졌다.

그날 밤을 수룡의 품안에서 자고 난 아다다는 이미 수룡의 아내 되기에 수줍음조차 잊었다. 아니, 집에서 자기를 받들어 들인다 하더라도 수룡을 떨어져서는 살 수 없으리만큼 마음은 굳어졌다. 수룡이가 주는 사랑은 이 세상에서는 더 찾을 수 없는 행복이리라 느끼어졌던 것이다.

그러나 영원한 행복을 위하연 이 자리에 그대로 박혀서는 누릴 수 없을 것이 다음에 남은 근심이었다. 수룡이와 같이 살자면, 첫째 아버지가 허하지 않을 것이요, 동네 사람도 부끄럽지 않은 노릇이 아니다. 이것은 수룡이도 짐짓 근심이었다. 밤이 깊도록 의논을 하여 보았으나 동네를 피하여 낯모르는 곳으로 감쪽같이 달아나는 수밖에 다른 묘책이 없었다.

예식 없는 가약을 그들은 서로 맹세하고 그날 새벽으로 그 마을을 떠나, '신미도'라는 섬으로 흘러가서, 그곳에 *안주를 정하였다. 그러나 생소한 곳이므로, 직업을 찾을 길이 없었다. 고기를 잡아 먹고 사는 섬이라, 뱃놀음을 하는 것이 제 길이었으나, 이것은 아다다가 한사코 말렸다. 몇 해 전에 자기네 동네에서도 농토를 잃은 몇몇 사람이 이 섬으로 들어와 첫 배를 타다가 그만 풍랑에 몰살을 당하고 만 일이 있던 것을 잊지 못하는 때문이었다.

그렇지 않은지라, 수룡이조차도 배에는 마음이 없었다. 섬으로 왔다고는 하지만 땅을 파서 먹는 것이 *조마구 빨 때부터 길러 온 습관이요, 손익은 일이었기 때문에 그저 그 노릇만이 그리웠다.

그리하여 있는 돈으로 어떻게, 밭날갈이나 사서 조 같은 것이나 심어 가지고 겨울의 *시탄과 양식을 대게 하고 짬짬이 조개나 굴, 낙지, 이런 것들을 캐어서 그날그날을 살아갔으면 그것이 더할 수 없는 행복일 것만 같았다.

그러지 않아도 삼십 반생에 자기의 소유라고는 손바닥만한 것조차 없어, 어떻게도 *몽매에 그리던 땅이었는지 모른다. 완전한 아내를 사지 아니하고 아다다를 꼬여 온 것도 이 소유욕에서였다. 아내가 얻어진 이제, 비록 많지는 않은 땅이나마 가져 보고 싶은 마음도 간절하였거니와, 또는 그만한 소유를 가지는 것이 자기에게 향한 아다다의 마음을 더욱 굳게 하는 데도 보다 더한 수단일 것 같았기 때문이다.

그런데다 본시 뱃놀음판인 섬인데, 작년에 놀구지가 잘되었다 하여 금년에 와서 더욱 시세를 잃은 땅은 비록 때가 기경시(起耕時) 라 하더라도 용이히 살 수까지 있는 형편이었으므로, 그렇게 하리라 일단 마음을 정하니, 자기도 땅을 마침내 가져 보누나 하는 생각에 더할 수 없는 행복을 느끼며 아다다에게도 이 계획을 말하였다.

"우리 밭을 한 떼기 사자, 그래두 농살 허야 사람 사는 것 같다. 내가 던답을 살라구 묶어 둔 돈이 있거든."
하고 수롱이는 봐라는 듯이 *실겅 위에 얹힌 석유통 궤 속에서 지전 뭉치를 뒤져 내더니, 손끝에다 침을 발라 가며 펄딱펄딱 뒤져 보인다.

그러나 그 돈을 본 아다다는 어쩐지 갑자기 화기가 줄어든다.

수롱이는 그것이 이상했다. 돈을 보면 기꺼워할 줄 알았던 아다

시탄(柴炭)
땔나무와 숯, 또는 석탄 따위를 이르는 말.

굴

낙지

몽매
잠을 자면서 꿈을 꿈. 또는 그 꿈.

실겅
시렁. 물건을 얹어 놓기 위하여 방이나 마루 벽에 두 개의 긴 나무를 가로질러 선반처럼 만든 것.

다가 도리어 화기를 잃은 것이다. 돈이 있다니 많은 줄 알았다가 기대에 틀림으로써인가?

"이거 봐! 그래봐두, 이게 일천오백 냥(일백오십 원)이야. 지금 시세에 밭 이천 평은 한참 놀다가두 떡 먹두룩 살 건데."

그래도 아다다는 아무 대답이 없다. 무엇 때문엔지 수심의 빛까지 역연히 얼굴에 떠오른다.

"아니 밭이 이천 평이문 조를 심는다 하구, 잘만 가꿔 봐, 조가 열 섬에 조짚이 백여 목 날 터이야. 그래, 이걸 개지구 겨울 한동안이야 못 살아? 그럭허구 둘이 맞붙어 몇 해만 벌어 봐? 그 적엔 논이 또 나오는 거야. 이건 괜히 생……."

아다다는 말없이 머리를 흔든다.

"아니, 내레 이게, 거즈뿌레기야? 아 열 섬이 못 나?"

아다다는 그래도 머리를 흔든다.

"아니, 고롬 밭은 싫단 말인가?"

"아다 시 싫어."

그리고 힘없이 눈을 내리깐다.

아다다는 수롱이에게 돈이 있다 해도 실로 그렇게 많은 돈이 있는 줄은 몰랐다. 그래서 그 많은 돈으로 밭을 산다는 소리에, 지금까지 꿈꾸어 오던 모든 행복이 여지없이도 일시에 깨어지는 것만 같았던 것이다. 돈으로 인해서 그렇게 행복할 수 있던 자기의 신세는 남편(전남편)의 마음을 악하게 만들므로, 그리고, 시부모의 눈까지 가리는 것이 되어, 필야엔 쫓겨나지 아니치 못하게 되던 일을 생각하면, 돈 소리만 들어도 마음은 좋지 않던 것인데, 이제 한푼 없는 알몸인 줄 알았던 수롱이에게도 그렇게 많은 돈이 있어 그것으로 밭을 산다고 기꺼워하는 것을 볼 때, 그 돈의 밑천은 장래 자기에게 행복을 가져다 주기보다는 몽둥이를 가져다주는 데 지나지 못하는 것 같았고, 밭에다 조를 심는다는 것은 불행의 씨를 심는다는 것만 같았기 때문이다.

아다다는 그저 섬으로 왔거니 조개나 굴 같은 것을 캐어서 그날그날을 살아가야 할 것만이 수롱의 사랑을 받는 데 더할 수 없는 살림인 줄만 안다. 그래서 이러한 살림이 얼마나 즐거우랴! 혼자속으로 축복을 하며 수롱을 위하여 일층 벌기에 힘을 써야 할 것을 생각해 오던 것이다.

"고롬 논을 사재나? 밭이 싫으문?"

수롱은 아다다의 의견을 알고 싶어 이렇게 또 물었다.

그러나 아다다는 그냥 힘없는 고개만 주억일 뿐이었다. 논을 산대도 그것은 똑같은 불행을 사는 데 있을 것이다. 돈이 있는 이상 어느 것이든지 간 사기는 반드시 사고야 말 남편의 심사이었음에 머리를 흔들어 댔자 소용이 없을 것이었다. 그리하여 그 근본 불행인 돈을 어찌할 수 없는 이상엔 잠시라도 남편의 마음을 거슬리므로 불쾌하게 할 필요는 없다고 아는 때문이었다.

"흥! 논이 좋은 줄은 너두 아누나! 그러나 가난한 놈에겐 밭이 논보다 나았디 나아."

하고, 수롱이는 기어이 밭을 사기로, 그 달음에 거간을 내세웠다.

그날 밤.

아다다는 자리에 누웠으나 잠이 오지 않았다.

남편은 아무런 근심도 없는 듯이 세상모르고 씩씩 초저녁부터 자내건만, 아다다는 그저 돈 생각을 하면 장차 닥쳐올 불길한 예감에 잠을 이룰 수가 없었다. 이불을 붙안고 밤새도록 쥐어뜯며 아무리 생각을 해야 그 돈을 그대로 두고는 수롱의 사랑 밑에서 영원한 행복을 누릴 수 있으리라고는 믿기지 않았다.

짧은 봄밤은 어느덧 새어 새벽을 알리는 닭의 울음 소리가 사방에서 처량히 들려 온다.

밤이 벌써 새누나 하니, 아다다의 마음은 더욱 조급하게 탔다. 이 밤으로 그 돈에 대한 처리를 하지 못하는 한, 내일은 기어이 거간이 밭을 흥정하여 가지고 올 것이다. 그러면 그 밭에서 나는 곡식은 해마다 돈을 불려 줄 것이다. 그때면 남편은 늘어 가는 돈에 따라 차차 눈은 어둡게 되어 점점 정은 멀어만 가게 될 것이다. 그 다음에는? 그 다음에는 더 생각하기조차 무서웠다.

닭의 울음 소리에 따라 날은 자꾸만 밝아 온다. 바라보니 어느덧 창은 희끄스럼하게 비친다. 아다다는 더 누워 있을 수가 없었다. 옆에 누운 남편을 지그시 팔로 밀어 보았다. 그러나 움찔하지도 않는다. 그래도 못 믿기는 무엇이 있는 듯이 남편의 코에다 가까이 귀를 가져다 대고 숨소리를 엿들었다. 씨근씨근 아직도 잠은 분명히 깨지 않고 있다. 아다다는 슬그머니 이불 속을 새어 나왔다. 그리고 실경 위의 석유통을 휩쓸어 그 속에다 손을 넣었다. 그리하여 마침내 지전뭉치를 더듬어서 손에 쥐고는 조심조심 발자국 소리를 죽여 가며 살그머니 문을 열고 부엌으로 내려갔다.

그리고는 일찍이 아침을 지어 먹고 나무새기를 뽑으러 간다고 바구니를 끼고 바닷가로 나섰다. 아무도 보지 못하게 깊은 물 속에다 그 돈을 던져 버리자는 것이다.

솟아 오르는 아침 햇발을 받아 붉게 물들며 잔뜩 밀린 조수는 거품을 부걱부걱 토하며 바람결조차 철썩철썩 해안에 부딪힌다.

아다다는 바구니를 내려놓고 허리춤 속에서 지전뭉치를 쥐어 들었다. 그리고는 몇 겹이나 쌌는지 알 수 없는 헝겊조각을 둘둘 풀었다. 헤집으니 일 원짜리, 오 원짜리, 십 원짜리 무수한 관 쓴 영감들이 나를 박대해서는 아니 된다는 듯이, 모두들 마주 바라본다. 그러나 아다다는 너 같은 것을 버리는 데는 아무런 미련도 없다는 듯이, 넘노는 물결 위에다 휙 내어뿌렸다. 세찬 바닷바람에 채인 지전은 바람결 쫓아

공중으로 올라가 팔랑팔랑 허공에서 재주를 넘어 가며 산산이 헤어져, 멀리, 그리고 가깝게 하나씩 하나씩 물 위에 떨어져서는 넘노는 물결조차 잠겼다 떴다 *소꾸막질을 한다.

어서 물 속으로 가라앉든지, 그렇지 않으면 흘러 내려가든지 했으면

하고 아다다는 멀거니 서서 기다리나 너저분하게 물 위를 덮은 지전조
각들은 차마 주인의 품을 떠나기가 싫은 듯이 잠겨 버렸는가 하면 다
시 기웃거리며 솟아 올라서는 물 위를 빙글빙글 돈다.

하더니, 썰물이 잡히자부터야 할 수 없는 듯이 슬금슬금 밑이 떨어
져 흐르기 시작한다.

아다다는 상쾌하기 그지없었다. 밀려 내려가는 무수한 그 지전조각
들은 자기의 온갖 불행을 모두 거두어 가지고 다시 돌아올 길이 없는
끝없는 한 바다로 내려갈 것을 생각할 때 아다다는 춤이라도 출 듯이
기꺼웠다.

그러나 그 돈이 완전히 눈앞에 보이지 않게 흘러 내려가기까지에는
아직도 몇 분 동안을 요하여야 할 것인데, 뒤에서 허덕거리는 발자국
소리가 들리기에 돌아다보니 뜻밖에도 수룡이가 헐떡이며 달려오는
것이 아닌가.

"야! 야! 아다다야! 너, 돈 돈 안 건새핸? 돈, 돈 말이야, 돈?"
청천의 벽력 같은 소리였다.

아다다는 어쩔 줄을 모르고 남편이 이까지 이르기 전에 어서어서 물
결은 휩쓸려 돈을 모두 거둬 가지고 흘러 버렸으면 하나, 물결은 안타
깝게도 그닐그닐 한가히 돈을 이끌고 흐를 뿐, 아다다는 그 돈이 어서
자기의 눈앞에서 자취를 감추어 버리는 것을 보기 위하여 거덜거리고
있는 돈 위에다 쏘아박은 눈을 떼지 못하고 쩔쩔매는 사이, 마침내 달
려오게 된 수룡이 눈에도 필경 그 돈은 띄고야 말았다.

뜻밖에도 바다 가운데 무수하게 지전조각이 널려서 앞서거니 뒤서
거니 둥둥 떠내려가는 것을 본 수룡이는 아다다에게 그 연유를 물을
필요도 없이 미친 듯이 옷을 훨훨 벗고 첨버덩 물 속으로 뛰어들었다.

그러나 헤엄을 칠 줄 모르는 수룡이는 돈이 엉키어 도는 한복판으로 들어갈 수가 없었다. 겨우 가슴패기까지 잠기는 깊이에서 더 들어가지 못하고 흘러 내려가는 돈더미를 안타깝게도 바라보며 허우적허우적 달려갔다. 차츰 물결은 휩쓸려 떠내려가는 속력이 빨라진다. 돈들은 수룡이더러 어디 달려와 보라는 듯이 휙휙 소꾸막질을 하며 흐른다. 그러나 물결이 세어질수록 더욱 걸음발은 자유로 놀릴 수가 없게 된다. 더퍽더퍽 물과 싸움이나 하듯 엎어졌다가는 일어서고, 일어섰다가는 다시 엎어지며 달려가나 따를 길이 없다. 그대로 덤비다가는 몸조차 물 속으로 휩쓸려 들어갈 것 같아 멀거니 서서 바라보니 벌써 지전 조각들은 가물가물하고 물거품인지도 분간할 수 없으리만큼 먼 거리에서 흐르고 있다. 그러나 그것도 한순간이었다. 눈앞에는 아무것도 보이는 것이 없다. 휙휙 하고 밀려 내려가는 거품진 물결뿐이다.

수룡이는 마지막으로 돈을 잃고 말았다고 아는 정도의 물결 위에 쏘아진 눈을 돌릴 길이 없이 정신빠진 사람처럼 그냥그냥 바라보고 섰더니, 쏜살같이 언덕켠으로 달려오자 아무런 말도 없이 벌벌 떨고 섰는 아다다의 중동을 사정없이 발길로 제겼다.

"흥앗!"

소리가 났다고 아는 순간, 철썩 하고 *감탕이 사방으로 뛰자 보니, 벌써 아다다는 해안의 감탕판에 등을 지고 쓰러져 있다.

"이— 이— 이……."

수룡이는 무슨 말인지를 하려고는 하나, 너무도 기에 차서 말이 되지를 않는 듯 입만 너불거리다가 아다다가 움찍하는 것을 보더니 아직도 살았느냐는 듯이 번개같이 쫓아 내려가 다시 한 번 발길로 제겼다.

"푹!"

감탕
갯가나 냇가 따위에 곤죽처럼 풀어져 깔려 있는 진흙.

하는 소리와 같이 아다다는 꺼꿉센 언덕을 떨어져 덜덜덜 굴러서 물속
에 잠긴다.

한참 만에 보니 아다다는 복판도 한복판으로 밀려가서 솟구어 오르
며 두 팔을 물 밖으로 허우적거린다. 그러나 그 깊은 파도 속을 어떻게
헤어나랴! 아다다는 그저 물 위를 둘레둘레 굴며 요동을 칠 뿐, 그러나
그것도 한순간이었다. 어느덧 그 자체는 물 속에 사라지고 만다.

주먹을 부르쥔 채 우상같이 서서, 굽실거리는 물결만 그저 뚫어져라

쏘아보고 섰는 수롱이는 그 물 속에 영원히 잠들려는 아다다를 못 잊어함인가? 그렇지 않으면, 흘러 버린 그 돈이 차마 아까워서인가?

짝을 찾아 도는 갈매기떼들은 눈물겨운 처참한 인생 비극이 여기에 일어난 줄도 모르고 '끼약끼약' 하며 흥겨운 춤에 훨훨 날아다니는 깃치는 소리와 같이 해안의 풍경만 돕고 있다.

『한국문학전집』, 민중서관, 1959.

계용묵 단편소설

병풍에
그린 닭이

사흘이면 끝을 내던 이 굵은 넉새 삼베 한 필을 나흘째나 짜는데도 끝은 안 났다. 오늘까지 끝을 못 내면 메밀알 같은 그 시어미의 혀끝이 또 오장육부까지 한바탕 할퀴어 낼 것을 모름이 아니나, 손에 붙지 않는 바라 하는 수 없다.

박씨는 몇 번이나 이래서는 안 되겠다 마음을 새려먹고, 놓았다가는 다시 북을 들어 들고 쨍쨍 놓고 쨍쨍 분주히 짜보나, 북 속에 잠긴 실은 풀려만 가는데도 가슴에 얽힌 원한은 맺혀만 가, 그만 저도 모르게 북을 놓고는 설움에 잠기게 되는 것이다.

메밀알

베틀

생각하면 참 눈에서 피가 쏟아지는 듯하였다. 하기야 애를 못 낳는 죄가 자기에게 있다고는 하지만 남편까지 그렇게도 정을 뗄 줄은 참으로 몰랐던 것이다. 어떻게도 섬겨 오던 남편이었던고? 돌아보면 그게 벌써 십 년 전—시집이라고 와보니 남편이란 것은 코 간수도 할 줄 몰라서 시퍼런 콧덩이를 입에다 한입 물고 훌쩍이지를 않나, 대님을 바로 칠 줄 몰라서 아침 한동안을 외로 넘겼다 바로 넘겼다—남이 볼까 창피하여 시부모의 눈을 피해 가며 짬짬이 코를 닦아 주고, 아침마다 대님은 쳐까지 주어 자식같이 길러 낸 남편이요, 그날그날의 끼니에 쫓아 군색하여 먹기보다 굶기를 더 잘 하는 가난한 살림살이를 어린 몸이 혼자 맡아 가지고 삯김, 삯베, 생선 자배기는 몇 해나 였으며, 심지어는 엿 광주리까지 이어, 그래도 남의 집에 쌀 꾸러는 아니 다니게 만들어 신세를 고쳐 놓은 것이 결코 죄 될 일은 없으련만, 이건 다자꾸 애를 못 낳는다고 시어미는 이리도 구박이요, 남편은 이리도 정을 떼는 것이다.

글쎄 뉘가 애를 낳고 싶지 않아 안 낳나? *성주님께 빌기는 몇 번이나 했는데…… 불공도 드리기를 철따라 게을러 본 적이 없다. 그래도 안 생기는 것을 어쩌자고…….

생각할 때마다 아픈 눈물이 가슴을 찢으며 나왔다.

그러나, 그것이 자기의 죄임에는 틀림없다. 집안의 절대를 생각해도 그렇거니와, 아니 근 사십에 남 같으면 벌써 아들이라, 딸이라, 삼사 형제를 슬하에 오롱오롱 낳고 흥지낙지(興之樂之)할 것인데, 도무지 사람 사는 것 같지가 않게 밤낮 수심으로 한숨만 짓고 앉았는 남편이 하도 *가긍해서 언젠가는,

"이전 난 아들 못 낳갔넝거우다, 첩이래두 얻어 보구레."

하니,

"글쎄 첩을 얻으문 집안이 편안하야디. 그르문 *님재레 더 불상하디 않갔습마?"

이렇게 자기를 위하여 자제까지 하다 얻은 그러한 첩이다.

그렇게 얻은 첩에게 이제 남편은 빠졌다. 처음에는 그래두 며칠 만에 한 번씩은 자기 방에도 들어와 잘 줄을 알더니, 이 봄을 잡으면서는 그림자도 얼씬하지 않는다. 이것이 무엇을 말하는 것일꼬. 시어미야 아무리 구박을 주어도 남편의 정만 있으면 살지 하고 한뜻같이 그 시어미를 섬겨 왔고, 남편은 또, 어머니를 *글다 자기 편을 들어 왔다. 그러나 이젠 남편마저 어머니 편이다. 누굴 믿고 살아야 하나? 아무케서도 첩년보다 자기가 시퍼런 아들을 하나 먼저 낳아, 가시 돋친 시어미의 혀끝을 다듬고, 첩년에게 빼앗긴 남편의 정을 온통 끌어다 평화로운 가정을 만들어 놓아야 할 텐데. 그래서 어디 선달네 굿에나 한 번 더 가서 애를 빌어 보리라 총알같이 별러 왔으나, 그것도 *임의롭지 못하다. 어제도 굿 이야기를 했다가 *퉁바리를 썼다. 그러나, 오늘 밤까

지 굿은 끝나고 만다. 아무리 생각해도 욕이 무섭다고 이 좋은 기회를 놓치기는 차마 아깝다. 박씨는 다시 잡았던 북을 놓고 베틀을 내려 건넌방으로 건너갔다. 한 번 더 시어미의 의향을 *품해 보자는 것이다.

"오마니! 아무래두 굿에 가보야가시요?"

시어미는 들었는지 말았는지 머리를 숙인 그대로 *겯던 *꾸리만 그저 겯을 뿐이다.

"그래두 알갔소, 선앙님(성황님)이 복을 줄디."

"아—니 이년이 요즘엔 바람이 났나 보더라. 짜래는 베는 안 짜구 날마다 먼산만 멍하니 바라보고 앉았더니 글쎄, 무슨 일을 내구야 말디. 시퍼렇게 젊은 년이 가랭이를 벌리구 서나딜이 우글우글하는 굿 구경을 간다!"

과하다. 가슴이 미어지는 듯하다. 이렇게도 말을 할 수가 있나? 분한 생각을 하면 마주 대항을 하여 될 대로 되라 가슴속에 구긴 분을 풀어도 보고 싶었으나, 시어미의 말 대답을 며느리 된 도리에 받는 수가 없다.

"아이고 오마니! 거 무슨 말씀이오? 그래두 내 몸에 자식이 나야 안 되갔소? 온나줴〔今夜〕오마니 제레 아무래두 명미 한 되만 개지구 가볼래요."

"아이구 참 집안이 망헐내문 페난이나 망하디. 메느리 바람 닐었대는 소문 냉기구 망할 건 머잉고, 귀떼기레 있으문 너두 동내서 너까타나 쉴쉴 허는 소리를 들었갔구나. 에 이년아."

"놈이야 아무랬댐 멜 허우, 나만 안 그랬음은 되디요. 아무래두 갔다 올내요."

"아 이년아! 아무래두 갔다 오갔댐엔 나 있는 덴 와 와서 이리 수선

실꾸리 감기

이냐? 수선이. 응, 이년이 굿 핑계를 대구 무슨 수를 푸이누라구? 다 알디 다 알아, 이년 네, 오늘 저녁 선달네 굿엘 어디 갔단 봐라. 내 집 문턱에 발을 못 들여놓으리라, 본래 야(자식)레 미물이디 미물이야. 그래두 네따운 년을 에미네라구……."

박씨는 더 말하고 싶지 않았다.

만일 남편이 이 소리를 들었다면 나를 화냥년이라고 당장 내어쫓을까? 아니, 아무리 정은 첩년에게 갈렸다고 하더라도 십여 년을 같이 살던 내 마음을 몰라줄 리는 없을 거야. 이 입에 담지 못할 험담으로 나를 집어먹으려는 그 입놀림을 남편이야 *마뜩해 곧이들으리! 박씨는 도리어 남편이 이 소리를 좀 들었더면 오히려 속이 시원할 것 같다. 아무리 몰인정한 사람이기로 애매한 누명을 뒤집어쓰는 이 나를 보고 짐승이 아닌 다음에야 내 이 터져 오는 가슴을 마음으로라도 어루만져는 주겠지 하니, 남편이 그립기 그지없다. 장에서 돌아오기만 하면 이런 소리를 반반이 외워 바치고 가슴속에 서린 분을 풀어 보고 싶다. 그래서 남편이 내 맘을 알아만 준다면 명미도 아니 줄 리 없을 것이니…….

생각을 하며 박씨는 가슴에 넘쳐흐르는 울분을 삼키고 다시 베틀로 돌아왔다.

참으랴 참을 수 없는 눈물이 가슴을 할퀴기 시작한다. 마음놓고 실컷 울기나 하면 분이 풀릴까. 참

마뜩하다
제법 마음에 들 만하다.

기도 어려웠으나 참으려고도 아니 하고 그냥그냥 울다 보니 벳바닥 위에는 어느새 벌써 은하수같이 기다란 해 그림자가 꼬리를 달고 가로누웠다.

벳바닥 위에 해 그림자가 가로누우면 또 저녁을 지어야 하는 것이다. 박씨는 치마폭을 걷어 들어 눈물을 씻고 일어섰다.

저녁을 먹고 나서도 남편은 돌아오지 않는다. 이제나 돌아오려나 문 밖에 나서니, 은은히 들려 오는 선달네 굿소리!

둥 둥둥 둥둥둥!

둥 둥둥 둥둥둥!

한참 흥에 겨워 치는 장구 소리다.

이 소리에 박씨의 마음은 더욱 초조하다. 그래도 달려가기만 하면 신령님은 복을 한아름 콱 안겨 줄 것 같다.

아이, 그이가 오늘은 또 속상하는 김에 술을 잡수셨나 보지. 들락날락 기다리나 어둠이 짙어 가는데도 돌아오는 기척이 없다. 박씨는 안타까웠다. 어둠은 점점 짙어 가는데 그러나 굿이 끝나면 하는 생각은 그대로 참지는 못하게 했다. 아이를 못 낳는 한, 그러지 않으면 시어미의 그 욕을 면해 볼 도리가 있을까? 시어미 눈이야 얼마든지 피해갈 수 있을 것이나, 시어미의 치마끈에 매달린 고방문 쇠를 어찌할 수 없음에, 복을 빌 명미를 낼 수 없음이 자못 근심일 따름이다. 그러나, 그렇다고 또한 이 밤을 그대로 보낼 수는 없다. 생각다 못하여 박씨는 애지중지 농 밑에 간직해 두었던 은바늘 통을 뒤져 냈다. 이것은 어머니가 시집올 때 노리개도 못 해주는데 이것이나 하나 해줘야 된다고 옥수수 엿 말을 팔아서 만들어 준 것으

노리개

로 자기의 세간에 있어선 다만 하나의 보물이었다. 그러나 박씨는 이제 자식을 빌러 가는 그 명미의 밑천으로 그것을 팔자는 것이다.

바늘통을 뒤져 든 박씨는 한점의 미련도 없이 그것을 들고 동구 앞 주막집 뚜쟁이 늙은이를 찾아가 일금 이 원에 팔아서 입쌀 한 되, 백지 두 장을 사들고 부랴부랴 선달네 굿터로 달려갔다.

굿은 한창이었다. 사내, 계집, 어린이, 큰애, 늙은이, 젊은이 할 것 없이 동네 사람들은 거의가 다 모인 성싶게 마당으로 하나가 터질 듯 둘러섰다. 보니 그 안에선 떡이라 고기라 즐비하게 차려 놓은 상을 좌우에 놓고, 남색 쾌자에 흰 고깔을 쓴 무당이 장구에 맞추어 흥겨운 춤이 벌어져 있다.

박씨는 선달네 마누라에게 온 뜻을 말하고 *놋바리 두 개를 얻어 담뿍담뿍 쌀을 담아 정하게 백지를 깔고 굿상 위에 받쳐 놓았다.

복을 빌러 온 사람은 박씨 자기만이 아니었다. 남편이 앓아서 *무꾸리를 온 색시, 자손들을 잘살게 해달라 공을 드리러 온 늙은이, 소를 잃고 점을 치러 온 사내…… 무어라 꼽을 수 없이 수두룩하다.

무당은 춤을 한참 추고 나더니, 복 빌러 온 사람들을 차례로 불러 복을 주기 시작한다. 박씨는 여덟째 번이었다.

"야들아!"

큰무당은 한참 장구에 흥겨운 사내들을 소리쳐 부른다.

"에—이!"

"어허니야 신애들아! 너이들 들어 봐라. 김해에 김만복이 서얼훈에 무자하야 목욕재계 사흘 후에 성주님께 자식 빌려 명미 놓고 *등대했다. 성주님을 모셔다가 오옥동자 금동자를 오늘루서 주게 해라. 자—노자! 노자 노자아 하!"

쾌자

고깔 쓴 무당

장구

놋바리
놋쇠로 만든 여자의 밥그릇. 오목주발과 같으나 아가리가 조금 좁고 중배가 나왔으며 뚜껑에 꼭지가 있다.

무꾸리
무당이나 판수에게 가서 길흉을 점침.

등대
미리 준비하고 기다림.

큰무당은 다시 팔을 벌려 춤을 을신을신 추기 시작하니 신애들은 또 엉덩춤에 장구다.

둥둥 둥둥 둥둥둥…….

둥둥 둥둥 둥둥둥…….

큰무당은 한참이나 춤을 추고 나더니, 박씨를 불러 자기가 입었던 쾌자를 벗어 입히고 고깔을 씌운다.

박씨는 자못 그것이 사람 많은 가운데서 부끄러운 노릇이나, 그것을 가릴 차비가 아니다. 무당이 시키는 대로 정성껏 받지 않으면 안된다. 그러나, 다만 한 가지 근심은 추어 보지 못한 춤이라, 어떻게 팔을 벌리고 다리를 놀려야 할지 알 수 없는 것이요, 그것이 서툴러서 뭇사람들의 웃음거리가 되면 하는 것이 순간 낯을 붉히었으나, 자식을 비는 춤이거니 하면 저도 모르게 온 정신이 춤에만 쏠려들었다.

"성주님 오셨나이까. 김해에 김만복이 임전에 자식 빌려 가노이다. 금동자를 주소서. 금동자를 주옵소서. 야들아! 신애들아! 자— 때려라. 노자 노자—"

"에—이!"

큰무당의 호령에 신애들은 또 일제히 받으며 춤장구를 울린다.

"쿵!"

박씨는 한 팔을 들었다.

"쿵!"

또 한 팔을 들었다.

"쿵! 쿵! 쿵덕쿵!"

장구 소리에 맞추어 박씨의 팔은 올라가고 내려오고, 처음 그 한 팔을 들기에 힘이 들었지 들고 나니 아무것도 아니다. 들었다 놓았다 춤도 아주 곱다.

얼마 동안을 추고 난 뒤, 큰무당은 또 신애들을 불러 장구 소리를 멈추게 하고 박씨를 붙들어 쾌자와 고깔을 벗긴 다음, 명미 바리에 쌀을 한줌 집어 내어 공중으로 올려 던졌다. 다시 그것을 잡아 가지고는 그것이 쌍이 맞나 안 맞나를 검사하여 안 맞으면 버리고, 맞으면 박씨를 준다. 그러면 박씨는 그것을 받아서 잘근잘근 그러나, 경건한 마음으로 씹어서 삼킨다. 그것이 복인 것이다. 무당은 그 쌍이 맞는 쌀알이 박씨의 나이와 같이 될 때까지 몇 차례를 거듭하고 나더니,

"어허니야아…… 어허니야아……."

큰무당은 춤을 얼신얼신 추며,

"성주님이 김해에 김만복이 무자하사 천복 디복 다 주시다. 서른여섯 다섯 쌍이 다 맞아떨어졌다. 옥동자 금동자가 머지않어 생기리라. 성주님을 박대 마라. 서낭님을 박대 마라. 야! 박씨야아!"

하더니 굿상 위에 괴어 놓았던 흰떡 한 개를 박씨의 치마를 벌리래서 집어넣는다.

"이건 금동자니라."

또 한 개를 집어넣고,

"이건 옥동자니라."

그리고 나서 냉큼냉큼 세 개를 연거푸 집어 주며,

"옥동자 금동자 오 형제를 두었더라. 이 복 받아 성주님께 물려 주고 성공을 드려라 아—하아!"

하니, 박씨는 받은 떡을 떨어질세라 조심히 치맛귀를 둘러 싸안고 대문으로 빠져 집으로 돌아왔다.

그리고는 무당이 가르친 대로 뒤란 밤나무 밑 구석 오쟁이

밤나무

에 싸고 온 떡을 정성스레 하나하나 집어넣고 공손히 읍을 하여 허리를 굽혀 절을 하였다.

"성주님! 아무케두 자식을 낳게 해줍소사."

또 한 번 절을 하고 나서,

"시어머니 마음을 고쳐 줍소사."

또 절을 한 다음,

"남편을 제 방으로 건너오게 해줍소사."

그리고 또 한 번 절을 하고는 조심조심 물러나 뒤란을 돌아왔다.

변씨의 방에는 불빛이 익은 꽈리처럼 지지울리게 창을 비친다.

남편이 장에서 돌아왔나 가만가만히 문 앞으로 걸어가 엿들으니 사람이 없는 듯이 방 안은 고요한데 남편의 고무신도 변씨의 그것과 같이 가지런히 토방 위에 놓여 있다. 돌아오기는 왔다. 그러나 아직 잘 때는 아닌데 왜 이리 조용할꼬? 해어진 창 틈으로 가만히 엿보니 남편은 술이 취한 양 아랫목에 번듯이 누웠고, 변씨만이 등잔 앞에 펼짝이 앉아 남편의 해진 양말 뒤축을 꿰매고 있다.

꽈리

박씨는 전에 달리 남편이 더욱 그리웠다. 행여나 오늘 밤은 제 방으로 건너와 주무시지 않으시려나? 자기의 돌아온 뜻을 알리려고,

"아까 어둡두룩 안 돌아오시더니 언제 돌아오셨나."

하며 벌컥 문을 열었다.

그러나 남편은 세상모르게 잠에 취했고, 변씨가 한번 힐끗 마주 쳐다보더니,

"아니! 이 밤중에 *함자 어딜 갔더랬소!"

가시가 숨은 말을 그저 한 번 던질 뿐, 눈은 다시 양말 뒤축으로 떨

함자
'혼자'의 방언(경남, 평북, 황해).

어진다. 남편이 그리운 생각을 하면 그 옆에라도 좀 앉았다 나오고 싶었으나 눈에 가시같이 변씨가 거슬린다.

"술을 또 잡샀디?"

박씨는 남편의 얼굴을 한번 들여다보고는 돌아나와 자기 방으로 건너왔다. 등잔에 불을 켜고 앉으니, 울적한 마음 더한층 새롭다. 이불도 펴놓을 생념이 없어 그대로 초조하게 앉아서 혹시 남편의 잠이 깨지나 않나 정신을 변씨 방으로만 모았다.

그러나 아무리 앉아서 기다려야 남편의 깨는 기척은 들리지 않는다. 한 번 더 건너가 보리라 문을 여니 어느덧 변씨 방에는 불이 없다. 불 없는 방에 건너가선 안 된다. 우두커니 문을 열어 잡고 새카만 변씨 방을 건너다보는 박씨의 마음은 안타깝기 그지없었다. 울고 싶도록 마음은 아프다. 그러나 할 수 없는 일이다. 서러운 한숨을 저도 모르게 꺼질 듯이 쉬고 힘없이 문을 되닫았다.

처마

새벽녘에야 겨우 눈을 붙였던 박씨는 참새 소리에 그만 잠이 깨었다. 처마 밑에 배겨 자던 참새가 포득포득 기어나올

때면 아침밥 차비를 하여야 되는 것이 습관적으로 그의 잠을 깨우는
것이었다.

박씨는 졸림에 주름지는 눈을 애써 비벼 뜨며 뒤란으로 돌아가 재
*삼태를 들고 부엌으로 내려갔다.

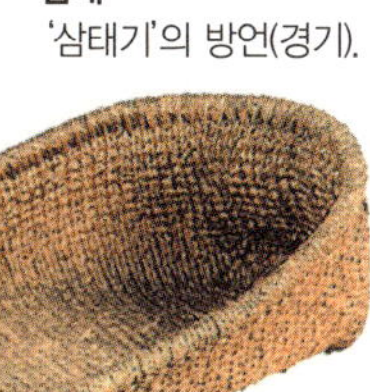

삼태
'삼태기'의 방언(경기).

삼태기

그러나 부엌에 발을 막 들여놓으려는 순간, 박씨는 뜻밖의 사실
에 놀라고 문득 걸음을 세우지 않을 수 없었다. 어느새 언제
나왔는지 전에 없이 시어미가 부엌에 나와 앉아서 쌀을
일고 있는 것이었다. 이상한 일이다. 박씨는 한참이나 그
것을 멍하니 바라보다가,

"아니 오마니! 와 일쯔거니 나오셨소."

한 발을 마저 문턱 너머로 들여놓았다.

시어미는 일던 쌀만 일 뿐 아무 대답도 없다.

"아이구 오마니두! 아침엔 요좀두 추운데."

박씨는 자기가 쌀을 일려고 *함박을 붙들었다.

함박
함지박.

"해가 대낮이 되두룩 자빠져 자다가 이제야 나와서 이
리 수선이야, 이년이! 어드메 가서 밤을 밝헤 개지구 와
선…… 너 같은 더러운 년이 짓는 밥은 이젠 더러워 먹을 수
없다. 이거 썩 놔? 어즌나 어디멜 갔던 게냐, 이년!"

박씨는 쥐었던 함박을 놓지도 주지도 못하고 섰다.

"아, 이년이 더럽대두 안 나가구 버티구 섰네. 안 나갈 테냐? 그래!
야 있네? 야! 야! 만복이 있네? 이, 이년을 그래, 그대루 둔단 말이가?
계집년이 밖에 나가 밤을 새고 들어온 년을!"

시어미는 소리를 질러 아들을 부른다.

이에 응하여 쿵 하는 건넌방 문소리가 난다고 듣고 있는 순간 턱 하

는 소리와 같이 박씨는 함박을 쥔 채 부엌 바닥에 엎드러졌다. 어느새 남편은 달려와 발길로 사정없이 중동을 *제겼던 것이다.

"이년! 이 개만두 못한 쌍년! 어즌나 어드메 갔더랜? 나래는 새끼는 못 낳구 한대는 게 서방질이로구나, 잉? 이년! 제 서나두 모르게 바늘통을 내다 팔아 개지구 밤을 새와 들어오는 년이 화냥년이 아니구 그럼 머이가? 바늘통을 몰래 팔문 내레 모를 줄 알았든? 내레 주막에서 다 들어서. 이년 그래 내레 이년을 에미네라구 데리구서, 에! 참 분하다."

박씨는 기가 막혔다. 정은 변씨한테 빼앗겼다 하더라도 그래도 어디론지 한껏 믿고 있던 남편의 입에서 이런 말이 나올 줄은 참으로 몰랐다. 아무리 시어미가 불어넣었기로니 밉지만 않다면야 이런 행동까지는 차마 않았을 것이다. 분한 생각을 하면 이 자리에서 죽더라도 같이 맞싸워 보고 싶으나, 그래도 남편이다. 그래서는 안 된다.

"아니 여보! 이게 무슨 일이오? 난 당신이 이렇게 내 속을 몰라줄 줄은 몰랐수다레. 굿이 어즌나줴꺼지래기 당신은 장에 가서 오시지 않구 해서 아, 거길 갔다가 이내 와서 잤는데 멀 그르우?"

박씨는 아무렇지도 않다는 듯이 치마를 털고 일어나서 청백한 나를 좀 보아 달라는 듯이 남편의 턱 아래로 기어들었다.

"이전 네까진 쌍년 소린 백 번 해두 곧이 안 듣겠다. 이 쌍년 같으니, 썩 게 나가너라."

그 억센 손이 끌채를 덥석 감아 쥐는가 하더니 사정없이 흔들며 끌어 낸다.

"이년, 다시 내 집에 발길을 또 들여놓아라. 어디 가서 뒤지든지 도와허는 놈허구 맞붙어 살던지 내 집엔 다시 못 두로리라."

휙 잡아 둘러 놓으니, 박씨는 넘어지지 않으려고 비칠비칠 힘을 주다 못해 *개바주 꿉에 번듯이 나가자빠진다.

　박씨는 다시 일어나고 싶지도 않았다. 그냥 그 자리에서 죽고 싶었다. 남편에게까지 이 더러운 누명을 쓰고 살아서는 무엇 하나? 차라리 죽는 것이 편하리라. 그러나, 목숨을 임의로 하는 수가 있나? 죽지 못할 바엔 남이 볼까 창피하다. 박씨는 일어났다.

　그러나, 대문은 걸렸다. 갈 데가 없다. 갑자기 몰렸던 설움이 물에 밀리는 모래처럼 터져 나왔다. 친정이나 있으면 남같이 어머니나 찾아가지 않겠나? 아버지의 뒤를 좇아 어머니마저 돌아가신 지 오래다. 박씨는 생각다 못해 이 집에서 학대를 받고 붙어 사느니보다는 어디로든지 가는 것이 차라리 편하리라. 가다가 죽으면 죽고, 살면 살고 아무리 계집이기로 제 몸 하나야 치지 못하리. 또, 치기 어려우면 시집이래두 가지. 남이라구 두번 세번 서방을 얻을까? 에구 그 시어미 달년, 첩년의 눈독―그만한 시집이야 어딜 가면 없으리 생각을 하며 박씨는 마을을 어이돌아 신작로 큰길을 더듬어 나섰다.

　하지만, 무슨 미련이 뒤에 남았는지 차마 발길이 앞으로 내달아지지 않았다. 한 발 걸음 두 발 걸음 촌중을 살펴보고, 그리고 자기의 집을 찾아내고는 눈물을 흘렸다. 그런데다 방향조차 없는 길이다. 가다가는 산 모퉁이에 힘없이 주저앉아 한숨을 짓다가는 다시 일어서 걷고, 걷다가는 또 쉬고 하기를 몇 번이나 반복을 하다가 이윽고 해는 저물어 색시 적에 같이 엿장수를 다니던 조씨라는 엿장수 늙은이의 집을 찾아 들어가 그날 밤을 쉬기로 하고 저녁을 얻어먹었다.

　그러나 먹고 누워서 피곤을 풀며 가만히 생각해 보니, 자기가 예까지 떠나온 것이 열 번 잘못 같게만 생각되었다. 비록 갈 데는 없으되

어디나 가서 자리를 잡고 정을 붙이면 못 살 것은 아니지만 아무리 악한 시어미요 이해 없는 남편이라 하더라도 이미 자기는 그 집 사람이었다. 어떠한 고초가 몸에 매질을 하더라도 그것을 무릅쓰고 그 집을 바로 세워 나가얄 것이 자기의 반드시 하여야 할 의무요, 짊어진 책임 같았다. 욕하면 먹고, 때리면 맞자. 욕도, 매도, 다 참으면 그만이 아닌가. 내가 왜 그 집 대문을 떠나 시퍼렇게 젊은 년이 뉘 집이라고 이 늙은이네 집에서 자려고 할까? 그만 것을 참지 못하여 마음을 달리 먹고 떠나온 것이 여간 마음에 뉘우쳐지는 것이 아니다. 병풍(屏風)에 그린 닭이 홰를 치고 우는 한이 있다 하더라도 나는 그 집을 못 떠나야 옳다. 죽어도 그 집에서 죽고, 살아도 그 집에서 살아야 할 몸이다.

박씨는 다시 발길을 돌렸다.

이미 어둡기 시작한 날이라 이십 리나 걸어야 할 밤길이 적이 근심되었으나, 가다가 죽는 한이 있다 하더라도 아니 돌아설 수가 없었다. 아득한 밤길을 헤엄이나 치듯 갈팡질팡 *어릅쓸어 마을 앞까지 이르렀을 때는 밤도 이미 자정에 가까웠으리라 고요한 정적에 잠겼는데, 이따금 개소리만이 컹컹 하고 건너 산에 반영을 일으킨다.

박씨는 요행히 주막집에 불이 켜 있는 것을 보고 달려가 아직 주머니 귀에 남아 있는 바늘통을 판 밑천으로 양초 두 자루, 백지 다섯 장을 사들고 우선 뒷산 서낭당으로 올라갔다. 자기의 지금까지의 그 잘못을 서낭님께 뉘우쳐 보자는 것이다.

초에다 불을 켜서 *서낭님의 앞에 가지런히 한 쌍을 꽂아 놓고 공손히 읍을 하고 서서 오늘 하루의 지난 일을 눈물을 흘리며 뉘우쳤다.

그리고 시어미의 마음을 고쳐 달라 빌고, 남편을 이해시켜 달라 빈

서낭당

다음 아무케 해서도 자손을 보게 하여 남편의 그 수심을 하루바삐 풀게 해주고 집안의 대를 이어 달라 간곡히 빌었다. 그리고 다시 절을 하고 나서 백지 다섯 장을 연거푸 *소지를 올렸다.

그런 다음, 집으로 발길을 돌리며 내려다보니, 남편의 방에도 시어미의 방에도 아직 불은 다 빨갛게 켜져 있는데, 오직 자기의 방만이 홀로 어둠에 싸여서 어서 주인이 돌아와 밝혀 주기를 기다리는 듯하였다.

박씨는 불빛을 향하여 걸음을 재촉했다.

개 짖는 소리가 *사탁 아래 또 들린다.

소지
부정(不淨)을 없애고 신에게 소원을 빌기 위하여 흰 종이를 태워 공중으로 올리는 일. 또는 그런 종이.

사탁(思度)
생각하고 헤아림.

『청춘도』, 조선문화교육문화사, 1949.

계용묵 단편소설

유앵기
(流鶯記)

1

앞문보다는 뒷문 쪽이 한결 마음에 든다.

—끝이 없이 마안하니 내다만 보이는 바다, 그렇게 창망한 바다 위에 떠도는 어선, 돛대 끝에 풍긴 바람이 속력을 주었다 당기었다……결코 마음에 드는 풍경이 아니다. 어딘지 거기에는 세속적인 정취가 더할 수 없이 담뿍 담기운 듯한 것이 싫다. 무엇이 숨었는지 뒤에는 꿰뚫어볼 수도 없이 빽빽히 둘러선 송림, 오직 그것밖에는 바라보이지 않는 뒷문 쪽의 풍경이 턱없이 좋다.

성눌은 마침내 뒷문 곁에 책상을 놓았다.

놓고 나서 마지막 정리인 책상 위까지 정리를 하여 놓은 다음, 뒷산을 대해 마주 앉으니 병풍을 두른 듯이 앞을 탁 막아 주는 데 마음이 푹 가라앉는다. 가라앉으니 앞은 막혔건만 앞이 트인 바다보다 눈앞은 더 환하니 내다보이는 것 같다. 역시 끝없는 바다와도 같은 현상이다. 그러나 거기에는 세속적인 생선을 실은 배가 아니고, 그렇지 않은 그 무엇이 필시 실려 있는 듯한 그러한 배가 오락가락한다.

환상일시 틀림없으나, 이러한 것을 사색게 하는 그러한 자리가 성눌에게는 좋았다.

시원하다. 산으로 내려오는 바람도 시원하거니와, 마음도 시원하다. 비록 산경의 초라한 *모옥이라 하여도 서울의 *여사보다는 기분일지 모르나 마음이 붙는다. 앞문 쪽을 현실이라면 뒷문 쪽은 확실히 초현실적이다. 마음에 부딪치는 세속적인 모든 것을 떠나, 이런 마음의 바다 속에서 영원히 산들 어떠리. 신상도 희망도 생활의 목적도 모두 다

모옥(茅屋)
띠나 이엉 따위로 지붕을 인 초라한 집.

여사(旅舍)
여관(旅館).

잃고 가장 이상적이어야 할 청춘의 정열까지 마저 식은 생활의 패배자라고 비웃어도 좋다.

성눌은 마음을 풀어 놓고 새생활이 비롯하는 첫 끼를 이 산속에서 먹었다.

2

새생활이라고는 하지만 성눌은 무슨 이렇다 원대한 포부를 품고 선조의 산막을 찾은 것도 아니요, 수양이나 정양 같은 것을 염두에 둔 것도 물론 아니다. 다만 벗이 *미쁘지 않으니 마음 둘 곳이 없다. 마음 둘 곳이 없으니 고독하다. 고독이 떠나지 않을진댄 차라리 미쁘지 않은 벗을 보지 않음으로 고독함이 한결 덜어질 것도 같은 데서 어디 한번 하여 보자는 데 지나지 않는다.

누가 성눌만한 생활의 과거를 안 가졌으랴만 성눌은 그것을 결코 평범시하고 싶지 않았다.

—유족하지 못한 가산을 털어 바치고 공부를 하였다. 사회의 가장 참된 일원으로 일을 하기에 목숨을 바치자던 정열의 이상은 사회생활의 첫 관문에서 부서졌다. 난치의 병이 그의 몸을 아주 단단히 붙든 것이다. 더할 줄만 아는 각혈은 절망에 가까운 공포를 주었다. 사회의 참된 일원이 되기 전에 죽는다! 아까운 일이다. 살아야 되겠다! 아무리 해서도 살아야 되겠다! 약으로 병을 다스려야 한다! 그러나 십여 년 동안의 닦은 공부는 전 가산을 새빨갛게 긁어 먹고 오직 남은 것이라고는 빈손 안에 앞길의 운명을 판단하고 있을 손금밖에 쥔 것이 없었다.

미쁘다
믿음성이 있다.

거기, 도와 주려는 사람도 없고, 집으로 내려와 누웠으면 병에는 좀 더 나을 것 같으나, 역시 손금밖에 쥔 것이 없는 아버지에게 가난의 설움을 더 끼치기 싫다. 도리어 집에서는 알까 두렵게 곧장 병든 몸을 알키우려는 법도 없이 운명에 목숨을 맡겨 그저 한산한 여사에 누웠다.

가끔 친구들이 찾아온다. 과자도 가지고 오고, 철따라선 과실도 들고 온다. 먹기를 권하고 병을 근심한다.

그러나 근심하는 것만으로는 그들도 탈이 낫지 않을 줄을 모를 리 없다. 갈 때마다 하는 말이 공기 좋은 산간으로 *전지요양을 가란다. 그것이 약물치료보다 낫다고 간곡히 간곡히 권한다.

과자나 과실을 권하는 것은 인사요, 전지요양을 권하는 것은 생명이란 거룩한 거기에 정성을 표시하는 말일 것이다.

그러나 전지요양에조차 여유가 없는 줄을 모르는 벗들이 아닌 그들이 이런 말을 할 때는 이것도 역시 과자나 과일이나의 권과 같은 인사말에 지나지 않는다. 전지요양을 백번 권했댔자 탈이 나을 수 없는 것이다.

"왜 전지요양을 가래두 안 가?"

자꾸만 이렇게 권할 때는 딱도 하다.

벗과 벗이 서로 대하는 의무는 이런 말로 다해지는 것일까.

모르는 사람은 모르니 서로 지나치고, 아는 사람은 아니 서로 모자 벗고 인사하고, 벗은 벗이니 악수하고, 가령 점심때면 점심이나 노느고, 그리고 술잔이라도 들게 되면 한 일 원 정도에서 오 원, 십 원도 비용은 나게 된다. 이것이 친한 벗 사이에서 가장 벗다운 성의를 표하는 인사다. 벗 아닌 사람보다 더한 것이 그것이다. 다만 그것이 벗의 필요성인 듯싶다. 점심 한 그릇 술 한 잔 그것으로 벗으로서의 사명이 다하

전지요양(轉地療養)
기후나 환경이 좋은 곳으로 옮겨 쉬면서 병을 치료함.

는 것이라면 그것을 원치 않을 때는 벗의 필요성은 없는 셈이 된다.

성눌은 그런 것을 원치 않고도 벗의 필요성이 있을 그 무슨 두터운 성의와 정열이 있어야 할 것을 믿고 싶고, 그 정열이 서로의 마음을 얽어 놓으리라야 사람의 벗 됨에 부끄러울 것이 없을 것 같다.

병 앓아 누우니 성눌은 전에 못 느끼던 벗이 이렇게도 미쁘지 못하다. 외로운 여사에는 벗밖에 의지할 데가 없고, 또 따뜻한 정이 벗에게로만 향한다. 그러나 벗은 벗대로의 인사가 있을 뿐, 성눌의 생각과 같

은 그런 두터운 성의는 그들의 염두엔 없는가 싶다. 건강을 잃은 성눌의 베갯머리는 언제나 외롭고 쓸쓸한데 세월은 그대로 가고 병세는 차도를 모른다.

이러한 때 어떻게 알았는지 아버지가 성눌을 찾아 올라왔다. 집을 팔고 밥을 빌어먹어도 병은 고쳐야 아니 하느냐고 병을 속이고 누웠음을 꾸짖고 시골로 데려 내려갔다. 성눌은 아버지의 아들에 대한 성의

에 눈물이 났다.

아버지, 아버지가 아들에게 대하는 그러한 성의로 사람들은 서로 대할 수는 없는 것인가, 아버지는 죽음 속에서 자기를 꺼내 가지고 가는 듯싶었다. 처음에 돼지를 팔아 약을 사오고 또 소를 팔고, 그래도 차도가 없어서 집을 저당하여 금융조합에서 빚을 내다 뜸을 뜬다 침을 놓는다 할 수 있는 자력과 할 수 있는 정성을 다 들여 치료하는 동안이 삼 년, 무엇에 효과를 얻었는지 그렇게도 난질이란 관사를 달고 다니던 병이 씻은 듯이 나았다.

성눌은 생활의 무대에 다시 나섰다. 서울로 올라온다. 벗들은 반갑게 악수하고 투병 축하회를 연다. 그것도 성대하게 요릿집에다 기생을 셋씩이나 불러 놓고 성눌을 위하여 축배를 드린다. 누구나가 성눌을 위하여 지성으로 술을 권하고 기분을 상치 않으려 될 수 있는 데까지 즐겁게 놀기를 위주한다. 기생도 제일 이쁜 것은 제각기 사양하고 성눌에게 맡긴다. 마치 성눌을 위한 세상 같다.

그러나 성눌은 이런 자기의 세상에서 응당히 기분이 즐거울 것이나 즐겁지 않았다. 만일 자기가 구사의 일생에서 생을 건지지 못하였더라면 물론 이런 축하회는 없었을 게고, *조전(弔電)이나 조문이, 그리고 추도회를 여는 정성이 있었으리라, 병이 나으면 반가우니 축하회, 죽으면 슬프니 추도회, 왜 축핑회와 추도회를 여는 그런 정성으로 병들어 누웠을 때 목숨을 건져 주기 위한 구조회는 못 열었던가? 살아 반가우니 축하회를 여는 정성이라면 죽음의 슬픔도 그만한 성의에 못지 않았으리라고 보인다. 요행 살아났으니 말이지 죽고 말았더라면 그들의 이러한 성의는 보람 없는 슬픈 일이 되고 말았을 것이 아닌가.

사람을 위한다는 것은 다 제 자신을 위하는 일임에 틀림없다. 과일

조전
조문(弔問)의 뜻을 표시하기 위하여 보내는 전보.

꾸러미도 축하회도 그것이 다 실질에 있어 자기에게 도움이 되지 못하는 한 그들 자신이 낯밖에 더 나지는 것이 없다. 그렇다면 지금 술 먹기를 그렇게도 권하는 십여 인의 벗들은 그럼 자기를 위하는 정성보다 제 자신을 위하는 정성이 더 클 것인가 하니 세상이 금시 어두워지는 것 같다. 성눌은 아버지의 사랑이 그리웠다. 아버지는 왜 자기 때문에 당신의 재산을 희생하여 세간을 팔아 공부를 시키고 알뜰히 죽음에서 자기를 또 구해 내시고는 지금 밥에 *구차를 받고 계시나?

"아버지!"

입 밖에 나오지는 않았으나 확실히 불러는 졌다.

"왜."

아버지의 대답도 분명히 귀에 들렸다.

"저는 이번에 꼭 죽을 걸 아버지의 정성에 살아났습니다."

"애, 부끄럽다. 그게 무슨 말이냐, 내가 네 소원껏 다 해준 일이 있니? 내가 돈을 좀더 모았더라면 너는 네 마음을 팔지 않고도 살 수 있을걸……."

"아버지, 무슨 말씀입니까? 저 때문에 세간을 팔으시고 늙으신 몸이 농사를 짓느라 다리를 부르걷으시고……."

"애, 별말 마라. 누구 때문에 사는 줄 아니, 내가."

눈가죽이 뜨거워 온다고 느끼는 순간,

"자, 어서 잔을 따세요."

간드러지게 청하는 소리가 고막을 울린다. 바라보니 아버지는 간데없고, 기생의 동글하게 쥐인 손깍지 위에서 남실거리는 술잔이 턱 앞에 와 기다린다.

환상! 환상에 왔던 아버지! 누구 때문에 사느냐는 그 한마디, 그 한

구차
살림이 몹시 가난함.

마디가 어떻게도 성눌의 마음을 찔렀는지 모른다. 그리고 그것은 지금까지 성눌의 마음을 지배하고 있다.

성눌은 그 후 곧 어느 회사에 취직을 하였으나 '누구 때문에' 하는 그 한마디를 잊을 수가 없었다.

누구 때문에? 자기는 누구 때문에 사는 것인가? 아버지는 자기 때문에 모든 사랑과 정성을 다하심으로 삶을 일삼으신다. 그러면 자기는 누구를 위하여 사랑과 정성을 바침으로 삶을 다해야 될까? 자기에게도 아버지가 자기를 위하듯 그러한 사랑과 정성은 아버지 못지않게 마음속에 간직되어 있다고 알고 또 그것을 믿고 싶다. 그리고 무엇에든지 지성으로 사랑을 베풀고 싶고 또 마음을 다하고 싶음이 못 견디게 가슴속에서 용솟음치고 있음을 느끼기도 한다. 그러나 그 사랑과 정성을 베풀 길이 없이 그저 그날 그날을 밥을 위하여 비위에도 맞지 않는 일을 하고 있다. 문화사업이란 미명 아래서 사람을 속이고 돈을 빼앗고 하는 회사의 정책에 자기도 따라가야 한다. 지난날 '사회의 일원으로'라던 정열의 이상이 병마의 간섭에 식어 감이 안타까워 아무케서도 살아야겠다던 그 욕망을 생각하니 얼굴이 뜨거웠다. 그러나 그렇게 아니 하고는 생활의 방편이 도모되지 않는다. 먹어야 사는 것이 사람이다. 역시 범속한 한낱 사회의 일원임에 틀림없고 또 그러한 존재의 사람의 벗임에 언제나 충실하게 된다. 그러니 그 어떤 공허감에 생활의 정력은 자꾸만 식어 간다. 도무지 마음 가는 데가 없고 손이 붙는 데가 없다. 회사를 박차고 나왔다. 식어 가는 정력 속에 도리어 자기의 존재가 있음을 어찌하는 도리가 없었던 것이다.

그러나 우울과 고독은 여전히 깃을 들고 속속들이 파고든다. 그러면서도 그것은 그 무슨 진리를 담은 껍데기 같게도 그 속에는 찾아질 진리가 있는 듯싶었다. 그리고 그 우울과 고독은 알을 낳을 때의 그 모체의 괴로움인 듯이도 생각이 된다. 그리하여 그것을 족히 이겨 벗기기만 하면 그 속에서는 노른자위와 흰자위를 제대로 가진 진리의 알이 쏟아져 나올 것 같다. 그러나 그 우울과 고독은 못 견디게 사람을 괴롭힌다. 성눌은 불 속에나 뛰어든 것같이 몸 가질 바를 몰랐다. 이리도 뛰어 보고 저리도 뛰어 보고 싶다. 그래서 몸을 뒤재 본다는 것이 이렇게 농촌으로 발길을 돌리게 된 것이요, 비교적 한적한 곳을 찾는다는 것이 이 산막이었다.

3

*산막은 언제나 조용하다. 건넌방에는 산지기 늙은이가 자식 오뉘를 데리고 있다고는 해도 있는지 마는지다. 늙은이는 신소리 한번 크게 마당을 거닐 기력이 이미 진했고, 아들은 식구를 벌어먹이기에 종일을 산속에서 *부대를 패다가는 밤이면 곤한 잠에 곯아떨어지고, 과년한 처녀의 거동은 늙은이의 거동보다도 조심성이 있다. 아침 저녁 밥상을 들여다 놓을 적에도 치맛자락 한번 허투루 날리지 않는다.

이렇게 고요한 속에서도 성눌은 여전히 고독하다. 언제나 떠나지 못하는 그 공상, 그 사색은 주위가 더할 수 없이 고요하니 여느 때보다도 더한층 차지게 달라붙는다. 그러나 그렇다고 이렇다 찾은 것은 없다. 그러니 무언지도 모르게 그리운 것은 더한층 알뜰해진다. 손을 내어밀면 잡힐 듯이 그 무엇은 눈앞에 있는 것 같으나 내어밀고 보면 역시 아득한 공허다. 우울하다. 찾다 못 찾으면 그것은 언제나 *선철에게서밖

산막
사냥꾼이나 숯쟁이 및 약초를 캐는 사람이 임시로 쓰려고 산속에 간단히 지은 집.

부대
'화전(火田)'의 북한어.

선철(先哲)
옛날의 어질고 사리에 밝은 사람.

에 찾을 곳이 없을 것 같아 생각이 진하면 놓았던 책을 또 집어 든다. 하이데거, 야스퍼스, 파스칼, 니체…… 그러나 또 속아넘는다. 언제나 같이 거기에서도 또 이렇다 개운한 위안을 얻지 못한다. 시원한 바람이 그립다. 산으로 올라간다. 이것이 날마다 반복되는 생활이다.

오늘은 또 키에르케고르를 안은 채 산으로 올라간다.

가을의 산속은 귀뚜라미 소리에 누른다. 밤새도록 귀뚜라미가 울고 나면 이튿날의 산속은 알아보게 누른빛이 짙는다. 오늘도 어제보다는 확실히 색채에 가난하다. 산기슭에 매어달린 풀밭에는 혼자 우쭉 솟아서 기세를 뽐내는 듯하던 *방초도 이제는 나도 늙었쉐 하는 듯이 새하얀 머리를 힘없이 풀어 놓고 *호들기처럼 말라드는 잎사귀는 소생할 힘조차 없는 듯이 늘어졌다. 아니, 산간의 거족에 흘림 없는 아름드리 나무들도 벌써 잎사귀에 누런 물이 들었다.

인간 사회는 세파에 누르듯이 산속은 서릿바람에 누른다. 지금 서리를 실은 한줄기 바람이 떡갈나무 숲으로 스치다가 그 숱 많은 잎사귀 속을 헤어나지 못해 몸부림을 치는 바람에 이리 갈리고 저리 갈리면서도 애써 제자리에 부지하려고 매어달려 악을 쓰는 잎사귀들—그것은 꼭 세상 사람의 운명과도 같은 것이 아닌가. 자기도 분명히 저 나무 잎사귀가 이리 갈리고 저리 갈리면서도 애써 제 자리를 잃지 않으려고 악을 쓰듯이 속세의 세파에 쫓기어 시달리는 존재에 틀림없다고 생각을 하는 순간, 마침내 한 잎의 떡갈나무 잎사귀는 더 저항할 힘이 없이 그만 제 자리를 떠나 바람 쫓아 공중으로 뜬다.

성눌의 눈은 그 잎사귀를 따라간다. 잎사귀는 바람에 풍겨 그냥 그냥 하늘 높이로 솟아오르더니 한 마리의 새같이 키를 돌리어 서쪽 하늘로 방향을 꺾어 돈다. 성눌은 왠지 그 잎사귀가 가는 방향을 알

방초(芳草)
향기롭고 꽃다운 풀.

호들기
'호드기(봄철에 물오른 버드나무 가지의 껍질을 고루 비틀어 뽑은 껍질이나 짤막한 밀짚 토막 따위로 만든 피리)'의 방언(강원).

떡갈나무

고 싶어서 가슴을 넘는 풀밭 속을 허방지방 헤치며 맞은편 언덕까지 쫓아넘다가 뜻 않았던 인기척 소리에 문득 발길을 멈추었다.

"엄메야! 여긴 *멀구가 그대로 있구나? 막."

머루

다래

머루와 다래 덩굴이 엉킨 경사진 언덕 아래, 언제 올라왔는지 산지기 늙은이 모녀가 머루를 따며 지껄이고 있었다.

얌전이는 일찍이도 머루나 다래 사냥을 다니는 일은 있었으나, 아무리 집 뒷산이라고는 해도 늙은이가 이 험한 산길에 얌전이를 대동하고 올라옴을 본 적은 없다. 그리고 머루 따러 온 모녀가 다 새옷을 갈아입고 떠난 것은 수상하다. 얌전이는 전에 볼 수 없던 자주 길소매를 단 흰 옥양목 적삼에 구김살도 가지 않은 싯누런 삼베 치마를 입었다. 웬일일까, 성눌은 한 그루의 커다란 소나무에 등을 지고 그들의 대화에 귀를 기울인다.

그러나 그들은 다시 아무 말이 없고, 늙은이는 회돌아진 *모롱고지의 좁은 길을 이따금씩 기웃거리며 넘석거리는 품이 필시 누구를 기다리고 있는 모양이었다.

조금 만에 한 삼십이나 되어 보이는 장대한 농군 한 사람이 역시 바구니를 들고 무엇을 찾는 듯이 일변 모롱고지 길을 살피며 걸어 내려오는데 보니 그 어머니인 듯한 역시 백발이 헛나는 늙은이 하나가 그 뒤에 덧달렸다.

이 사람들을 본 산지기 늙은이는 별안간 얌전이에게 눈을 주며 바람에 약간 거슬린 머리칼을 고이 쓸어 재우고 저고리 앞섶까지 단정하게 여며 준다.

산턱까지 미친 농군은 뚝 떨어진 언덕 위로 올라가고 늙은이만이 그냥 풀밭길을 지팡이로 헤치며 산지기 늙은이의 앞까지 오더니 지팡이에다 힘을 잔뜩 주며 우뚝 걸음을 멈추고 허리를 뒤로 편다.

"후우, 여긴 멀구가 많기두 많수다! 후우, 노친은 어디서 오셨나요?"

그리고 얌전이를 힐끗 한번 쳐다본다.

"우린 요 아래서 왔어요. 노친은 어디서 왔소?"

"난 더 너메 샘골 사는 늙은이우다. 그래 이 각신 댁집 딸이오? 아이구 머리두 끔찍이두 자랐수다레!"

엉덩이 밑까지 치렁치렁하게 땋아 늘인 머리채를 탐스러운 듯이 쓸어 본다.

"예에, 딸이우다."

"저고리두 꼭 맞게두 지어 입었다! 옷은 네가 다 지었니?"

"그러문요. 걔가 못 하는 일이 없답네다. 베두 잘 짜구요. 김두 잘 매

모롱고지
'모롱이(산모퉁이의 휘어 둘린 곳)'의 방언(평북).

구요. 뭐 못 하는 일이 있나요."

얌전이는 대답할 겨를도 없이 어머니는 딸의 칭찬이다.
하는 양이 꼭 얌전이의 선을 보러 온 것 같다. 사나이도 머루 딸 생각
은 아니 하고 얌전이를 볼 것만이 하여야 할 일인 듯이 언덕 위에 마음
놓고 앉아서 주의 깊은 시선을 얌전이에게로만 보내고 있는 것이 아니
었던가.

얌전이의 *간선! 하고 깨닫는 순간 성눌은 새파란 칼날이 가슴 한복
판을 스쳐가는 것처럼 오싹하고 전신이 위축됨을 느낀다. 이상한 감정
이었다. 얌전이의 선을 보이는데 자기의 마음에 동요가 생길 필요는
없지 않은가? 그러나 분명히 가슴이 뛰고 있음을 제 자신 인식한다.
그러면 일찍이 자기는 얌전이를 사랑하고 있었나, 성눌은 생각해 본
다. 그러나 결코 그러한 생각을 가져 본 일이 기억에 없다. 다만 속정
에 물들지 않은 순진한 그 마음씨가 좋았을 뿐이다. 그러나 그렇다고
그것으로 얌전이의 간선에 마음이 흔들릴 이치는 없는 것이다. 무슨
때문인가? 그렇게 순진한 처녀가 아무것도 모르고 땅이나 파는 우둔
한 농부의 손 안에서 구애될 것임이 얌전이를 아끼는 동정심에서 생기
는 마음일까? 성눌은 제 마음이면서도 제 마음을 알 수가 없었다.

늙은이는 너도 가까이 와서 얌전이를 자세히 보라는 듯이 두어 걸음
떨어진 낭떠러지 *섶으로 걸어가며 다래는 여기가 많다고 아들을 불
러 내린다. 그리고는 무어라고 소곤거리며 아들도 어머니도 얌전이 편
을 힐끗힐끗 바라본다.

이런 눈치를 살필 때마다 얌전이는 모르는 체 그저 수굿하고 머룬지
다랜지를 따기는 따나 어딘지 그 몸가짐은 더욱 조심성을 요하는 듯하
고 또 초조해하는 빛이 역연히 눈에 뜨인다.

간선
선을 봄.

섶
'옆'의 방언(평안, 함남).

틀림없는 간선이다. 성눌은 진정되지 않는 가슴에 물결을 뛰놓으며 애써 그들의 이야기를 엿들으려고 일거일동에 주의 깊이 살피었으나 그들이 돌아갈 때까지 이렇다 한마디도 비밀한 내용 이야기는 엿들을 수가 없었다.

4

산막으로 내려온 성눌은 전에 없이 얌전이가 그리움을 느낀다. 용모에서보다 그 소박한 순결한 마음씨가 자기의 마음을 붙잡는 것 같다. 눈 코 입 그 어느 것에 흠잡을 곳이 없다고는 해도 결코 미인은 아니다. 어디서든지 찾아볼 수 있는 한 평범한 여자에 지나지 않는다. 이러한 얌전이가 이제 그렇게도 그립다. 그리고 얌전이를 그 사나이가 아무렇게나 제 마음대로 할 수 있겠거니 하니 그 사나이가 못 견디게 밉기까지 하다.

아니, 내 마음이 왜 이럴까? 생각에 잠겨 보는 동안, 얼씬하는 그림자에 주위를 살피니 어느새 밥상이 들어온다. 얌전이는 저녁상을 조심스레 들고 문턱을 넘어서 사뿐사뿐 성눌의 앞으로 걸어오고 있었다. 그리고 상을 놓는가 하니 어느새 얌전이는 벌써 문 밖으로 사라지고 만다.

그러나 성눌의 눈앞에는 여전히 얌전이가 있다. 환상임을 깨닫고 밥그릇을 연다. 따뜻한 김이 모락모락 피어오르는 하얀 이밥 속에도 얌전이는 있다. 고사리나물 위에도 있다. 조기 토막 위에도 있다. 눈이 가는 곳마다 얌전이는 있다. 성눌

고사리 나물

은 정신을 깨닫는다. 마지막 넘어가는 해그림자가 불그레하게 밥상 위에 물을 들인다. 그러나 그것도 한순간뿐이다. 얌전이는 그대로 있다. 숭늉에다 밥을 말아 뜨니 밥숟갈 위에까지도 얌전이는 떠올라 온다.

"상 가져가거라."

실로 성눌은 얌전이가 차마 그리워 이렇게 밥숟갈을 놓기가 바쁘게 소리를 질러 보기는 이번이 처음이었다.

곧 달려온 얌전이는 떠넣었던 밥을 채 씹어 삼키지도 못한 것같이, 그래서 그것을 어떻게 비밀히 처리하려는 것처럼 입 안을 꼭 다물었다.

"너 낮에 머루 얼마나 따왔니?"

돌연한 질문에 얌전이는 밥상을 들다 말고 멈칫 선다.

"너 낮에 머루 따러 산에 올라왔두나."

별안간 얌전이는 홍당무같이 발개지는 얼굴을 말없이 숙인다. 그럼 낮에 성눌은 자기가 그 사내에게 선을 보이는 꼴도 보았겠구나 하는 생각이 처녀의 마음에 더할 수 없이 수줍었던 모양이다.

그러니 또 성눌은 얌전이의 그 난처해하는 태도에 자기의 마음도 꼭 같이 난처하다. 공연히 그런 말을 하였나 보다, 얌전이의 난처해함이 스스로 변해될 그러한 말은 없을까 생각에 바쁜 동안,

"이예."

대답을 남긴 얌전이는 어느새 벌써 허리를 굽히어 상을 집어 든다. 그리고는 돌아서기가 바쁘게 한걸음 한걸음 물러나는 얌전이. 그렇게 물러나서 부엌으로 사라지니, 또 뒤이어 허공에 나타나는 얌전이, 그 얌전이도 마찬가지로 수줍음에 고개를 숙인 얌전이었다.

사나이의 버릇인 탐욕이 이렇게도 얌전이를 자꾸만 눈앞에 끌어내 놓는 것인가? 성눌은 생각해 본다. 그러나 결코 그러한 종류의 탐욕이

아닌 것을 곧 양심은 증명한다. 지금까지 알뜰히도 마음이 괴롭게 찾아오던 그것은 얌전이를 찾는 데 있었던 것 같고, 또 얌전이를 찾았다고 안이 비었던 마음에 그 무엇이 꽉 들어차는 것 같았다.

성눌은 언제나처럼 불을 켜고 책을 펴놓는다. 그러나 책 위에도 얌전이는 따라온다. 그리고 책보다도 얌전이를 보는 것이 더 마음이 즐겁다. 만 가지의 공상도 얌전이와 같이 아름다워 본 적이 없었고, 책 속에서도 얌전이와 같이 아름다운 구절을 일찍이 찾아본 적이 없다. 얌전이를 영원히 자기의 것을 만듦으로 아름다움에 주린 공허한 마음을 얌전이로 채우고 싶다. 그리고 그것은 못 견디게 마음을 짓누른다. 며칠을 두고 누를래 누를 수 없는 마음이었다.

마침내 성눌은 사람을 내놓아 혼담을 전하기로 한다.

5

이튿날 성눌은 전에 없이 명랑한 기분을 안고 산으로 올라온다. 얌전이와의 청혼 교섭 전말을 여기서 들려 주기로 그 사나이와 약속하였던 것이다.

산토끼처럼 제 길을 잊지 않고 제 발부리에 닦여진 풀밭길을 성눌은 언제나같이 밟아서 언덕 위 바위 위에 자리를 잡는다.

바위의 주위는 여전히 어지럽다. 치리가미(휴지) 조각, 담배꽁다리, 성냥개비, 말라붙은 가래침, 근 한 달 격이나 버릴 줄만 알고 쓸어 보지 않은 생활의 찌꺼기다. 누가 보든지 그것은 뚜렷하게도 사람이 살아난 자취로 아니 볼 수 없으리라.

그러나 여기서 살았다는 자취는 오직 그것을 뿌려 이 산속을 어지럽힌 것밖에 없다. 하지만 지금 성눌은 이 산속에서 무심히 낙엽만을 지우고 있는 자신이 아니었던 것을 믿고 싶다. 그것은 얌전이를 찾은 때문이다. 많은 여자 가운데서 흔들려 보지 못하던 마음이 얌전이를 위해서 흔들린 것이 아닌가. 분명히 자기는 바람에 시달리다 시달리다 못해서 제 자리를 떠나 공중으로 끝없이 날아 올라가는 낙엽을 쫓아가다가 머루를 따는 얌전이를 보고 마음에 동요가 생겼던 것이다. 그것은 결코 자위도 아니요 공상도 아닌 버젓한 현실인 것을 다시금 따져 보며 통혼의 보고가 올라오기를 기다린다.

그러나 그것은 그리 초조한 것도 아니었다. 언제나 생각해도 그것은 자기의 위신에 미루어 산지기 늙은이 내외는 일언에 쾌히 승낙을 하리라 믿는 까닭이다.

오히려 근심은 이런 데 있었다.

얌전이로 더불어 어디서 어떻게 살림을 차려야 할 것인가? 서울은 싫다. 얌전이의 마음을 더럽히지 않을 이 산속에서 차라리 농사를 지으리라. 그리하여 속세에 눈을 감는 것만으로도 무거운 짐을 벗는 듯이 한결 몸은 가벼워질 것 같고 따라서 마음은 한결 후련해질 것 같다. 생활의 진리를 담은 껍데기 같게도 우울하던 마음은 여기에 완전히 벗겨지고, 가슴속 깊이 들어찬 정열은 샘물처럼 터져 흘러서 우울과 고독을 깨끗하게 씻어 낼 것 같다. 아름다운 공상 속에 여념이 없는 동안, 보고를 안은 사나이가 언덕으로 기어오른다.

성눌의 가슴은 뛰었다. 그러나 그 사나이가 안고 올라온 보고는 뜻밖에도 성눌의 뛰는 가슴을 여지없이 짓밟아 놓는다. 산지기 늙은이 내외의 말은, 성눌이와 얌전이는 마치 기름과 물과 같아서 도저히 서로 합할 수가 없는 존재이니 그것이 어떻게 작혼이 될 수 있겠느냐고 일언에 거절을 하더라는 보고다. 그래 얌전이를 농갓집으로 출가를 시켜서 고생을 시키느니보다는 성눌이와 작혼을 하여 월급생활로 고칠 팔자를 왜 마다느냐고 따지어 권해도 보았으나 산지기 내외는, 월급생활보다 땅을 파서 먹는 것이 더 귀하다고 하면서 손발 두었다가는 무얼 하는 것이냐고, 성눌이 같은 사람이야 모 한 대 김 한 이랑 꽂고 맬 줄 알 것인가, 우리 얌전이는 백이 백말 해도 모 잘 꽂고 김 잘 매는 농갓집의 장정일꾼을 얻어 주겠다고 하더라는 것이다.

성눌의 가슴은 그냥 뛰었다. 뛰는 의미만이 달랐을 뿐이다. 말을 듣고 나니 자기는 과연 얌전이에게 있어 손톱만한 필요도 없는 존재인 것을 순간 깨달은 것이다.

그렇다면 이 세상에서 자기의 존재성은 어디 있는 것일까, 성눌은 생각을 해본다. 아무 데도 없다. 앞날의 일은 추측할 바 못 되지만 현재에는 없다. 과거에도 없었다. 모 한 대 밭 한 이랑을 임의로 처리할 줄 아는 능력을 이미 배양하지 못했다. 그것만 배웠더라도 이렇게 불필요한 존재로 얌전이에게서 일언으로 거절은 아니 당하였으리라! 성눌은 자책의 부끄러움에 가슴이 더한층 뛰었다. 이 한 달 동안의 자기의 생활로 미루어 보더라도 산지기 늙은이의 눈에서뿐이 아니라, 자기 자신 무능한 한개 생활의 패배자에 틀림없었다. 얌전이는 늙은 어버이를 위하여 있는 정성과 노력을 다 들여 하루갈이에 가까운 터앞밭에서 옥수수를 혼자 거둬들이던 것을 빤히 눈으로 보았다. 그러나 자기는 그 동안 무엇을 하였던가, 밤이나 낮이나 계속해서 하는 독서, 그리고 공상, 그러나 책 속에서도 공상 속에서도 이렇다 얻어진 것은 없다. 역시 보람 없는 그날의 생을 보내고 있었을 뿐이다.

성눌은 피워 물었던 담배를 한숨과 같이 저도 모르는 사이, 바윗등에다 힘없이 썩썩 비벼 다시 못 올 그 순간의 생애를 표시하는 한 토막의 자취를 또 무심히 바위 위에 기록을 하였다. 그리고 나서, 그것이 자기임을 그 순간 또 인식할 뿐이었다.

6

성눌은 힘없는 발길을 또 산막으로 돌린다.

돌릴 때까지는 조용한 틈을 타서 자기가 직접 한번 산지기 늙은이에게 말을 건네 보리라 은근히 마음을 먹었던 것이, 먹었던 마음을 건네 볼 겨를도 없이, 건네 볼 용기를 잃고 말았다. 들어오는 저녁 밥상이

전에 없이 얌전이의 손에서 그 늙은 어머니의 손에 바뀌어 들려 들어
왔던 까닭이다. 그러니 그것은 도시 자기라는 인물은 인제 다시는 믿
을 수가 없는 것이니 얌전이를 예전대로 함부로 들여보낼 수가 없다는
반증이 아닐 수 없다.

성눌은 상을 받기보다 짐을 꾸리지 않아서는 안 될 것이란 생각이
앞서 들었다. 창피하기가 이를 데 없었던 것이다.

그러나 그렇다고 얌전이는 눈앞에서 깡그리 사라지는 것이 아니다.
하지만 *자리끼도 여전히 늙은이의 손에 들려 들어오기를 잊지 않는
것을, 그리고 얌전이의 그림자는 마당으로도 한번 얼씬하지 않는 것
을…….

성눌은 밤을 두고 생각하여 보았다. 그러나 다시 말을 건네 본다는
것은 그것은 결국 낯만 더 *무지는 쑥스러운 짓만이 될 것 같아서 이튿
날 아침에도 의연히 늙은이의 손에 잊지 않고 들어오는 밥상을 낯간지
럽게 받아 물리고는 도망이나 치듯 산막을 떠나 집으로 돌아왔다.

자리끼
밤에 자다가 마시기 위
하여 잠자리의 머리맡
에 준비하여 두는 물.

무지다
'깎다'의 옛말.

7

집에서는 뜻하지도 않았던 한 장의 편지가 성눌을 기다리고 있었다.

먹고 살기 위한 단체를 만들어 놓았으니 지체 말고 빨리 서울로 올
라오라는 예의 그 벗 여섯 사람의 편지로, 김군이 대표가 되어 있었다.

성눌은 이 편지를 읽는 순간 저도 모르게 낯이 뜨거워 옴을 어찌하
는 수가 없었다. 자기의 마음이 끌리는 얌전이에게는 절대로 필요치
않는 존재가 믿기지 않는 벗들에게서는 이렇게도 신임을 받게 되는 것

이다. 미더운 데서는 버림을 받고 미덥지 못한 데서는 신임을 받는다. 그것은 결국 자기라는 인물은 그런 유에서나 신용할 수 있는 그러한 존재임에 틀림없는 것을 증명하는 것이 되는 것이다. 성눌은 순간 그 것을 마음 아프게 깨달은 때문이다.

즉석에서 성눌은 회답을 썼다.

이 순박한 농촌의 자연처럼 자기의 마음을 살찌워 주는 데는 없다. 차마 농촌을 떠나기가 싫다. 내일부터 나는 농촌의 자연인의 한 사람 이 되어서 머리에 수건을 동이고 낫을 들고 들로 벼 가을을 나서련다. 군들과 나는 인제 너무나 차이가 있는 동떨어진 사람이 되련다. 나 같 은 사람은 서울 장안에도 그득 들어찬 게 그것일 테니 나는 인제 아주 잊어 주는 것이 좋을 것이다. 그리고 그것을 나는 두 번 세 번 당 부하고 바랄 뿐이다.

이런 사연이었다.

그리고 성눌은 며칠 후에는 실제로 낫을 들고 들로 나섰다.

늙은 아버지가 자기를 위하여 모든 것을 다 희생하시고 생전 쥐어 보지 못하던 낫을 들고 여름내 피땀을 흘리며 지어 놓은 벼 가을을 또 한 손수 하시고 그것의 마당질 품으로 남의 품벼를 베다가 그만 서투 른 낫에 다리를 상하여 꼼짝못하고 누워 있으니 마당질만은 혼자로서 는 도저히 할 수가 없는 일인데 이제 품을 들여놓지 못하면 아버지 혼 자서 하여야 될 앞날의 마당질 처리를 내다볼 때 성눌은 그대로 앉아 있을 수가 없었던 것이다.

"벼 가을이 바루 그렇게 헐한 줄 아니? 너마자 어디 또 다치려구?"

아버지는 한사코 말리는 것을 성눌은 뿌리치고 품벼를 베러 나섰다.

낫

 천여 석의 씨를 뿌린다는 이 넓은 들에는 *논배미마다 모두 다리와 팔뚝을 걷어 올리고 무슨 진리를 거두기나 하는 듯이 오직 거기에만 정신을 쏟고 낫들을 놀린다.

 성눌이도 그들과 같이 발을 뽑고 논배미로 들어섰다. 이른 새벽이라 아직 햇볕을 완전히 보지 못한 아침 물은 어지간히 차다. 발바닥에 짚이는 물이 산듯산듯 소름을 끼쳐 주는 정도거니 하였더니 차츰 발가락에는 얼음이 꽂히는 듯이 아려 왔다.

 그러나 이 논에 같이 들어선 칠팔 인의 가을꾼들은 그런 것쯤은 느끼지도 못하는 듯이 흥에 실린 낫만이 그저 분주하였다. 발가락은 못 견디게 아려 왔으나 성눌은 그것을 참기 어려워서 뛰어나와서는 안 된다. 강잉히 이빨에 힘을 주어 가며 그들과 같이 의연히 한편 쪽으로 열을 지어 가며 낫을 놀려야 했다. 그러나 일꾼들을 따를 수는 없다. 겨우 다섯 단을 묶어 놓고 보니 그들은 벌써 십여 단씩이나 뒤로 남겨 놓고 서너 발 가량이나 앞서 나가고 있다. 성눌은 좀더 속력을 내어 일단의 정열을 다해 본다. 그러나 그러한 속력으로도 손익은 그들의 일에는 미치지 못했다. 맞은편 논둑까지 다 나가서 허리를 펼 때 보니 성눌은 겨우 논배미의 한복판에 서 있었다. 하지만 그것도 얼마 동안의 일이었다. 낮밤을 지나고 났을 때에는 끊어져 내는 허리를 펼 수가 없었다. 그런 것을 그대로 우기자니 기력이 당해 내질 못한다. 일의 능률은 오히려 처음보다도 나지 않았다. 그래도 성눌은 시늉이라도 하게 남아 있는 힘이 제 자신 기적 같음을 느끼면서 견디어 냈다. 그리고 그런 힘이나마 한껏 남아 있기를 바랐으나 온몸은 땀에 뜨고 코로는 단김이 몰려 나왔다. 해가 지기까지 베는 시늉을 하고 또 베어 놓은 볏단을 등짐으로 메어 내다가 배까지 치고 났을 때에는 실로 *촌보의 자유도 능치 못하게 전신의 동맥은 굳어진 듯이 제대로 움직여지질 않는다.

농사일이란 눈으로 보고 상상하던 짐작의 노력만으로는 도저히 미치지 못할 일임을 성눌은 이제 깨달았다. 그리고 얌전이에게서 거절을 당하게 된 이유의 일단도 여기서 서언히 밝아지는 듯하였다.

일꾼들은 논둑으로 나와 담배를 한 대씩 피워 물고 또 내일의 품꾼들을 제각기 따지고 다들 일어섰다. 그러나 오늘의 일꾼 중에서 내일의 품에 빠진 사람은 다만 성눌이 한 사람뿐이었다. 오늘 수고를 하였다는 인사가 있었을 뿐 누구나가 하나같이 성눌에게는 내일의 품을 말하는 사람이 없었다.

성눌은 모욕이나 당한 것같이 마음이 좋지 않았다. 여기서도 그들은 무언중에서 자기는 의연히 필요치 않은 인물인 것을 말해 주었던 것이다. 마음이 붙지 않는 곳에서는 반겨 청하고 마음이 붙는 데서는 거역을 당한다. 성눌의 눈앞은 또다시 어두워졌다. 이 넓은 세상에서 자기의 마음은 여전히 담을 데가 없는 것이다. 숨이 막히는 듯이 가슴이 답답했다.

그러나 숨이 끊기지 않는 것을 보면 분명히 숨을 쉬고 있는 것으로 공기를 호흡하고 있는 것은 사실이나, 마음의 호흡이 괴로운 것을 보면 분명히 세상의 공기는 탁해진 것 같았다.

가슴이 막힌 것 같은 답답한 날을 보내는 며칠 동안, 자기의 답장이 강경함을 안 벗들은 성눌을 기어이 끌어 올리려고 김군이 그 대표로 성눌을 찾아 내려오기까지 하였다.

자기를 이처럼 기어이 끌어 올리려는 벗들의 그 우정에는 아니 감사할 수 없었다. 그들의 주위에도 실직으로 밥을 땅땅 굶고 있는 친구가 수두룩함을 모르는 바 아닌데 하필 자기를 끌어 올리자는 것은 자기에

게 대한 그들의 정의 발로 이외에 다른 아무 생각도 있는 것이 아니리
라 생각을 하니 성눌은 주위의 탁하던 공기가 얼마쯤 완화되는 듯이
가슴이 좀 후련해지는 것도 같았다. 그리운 서울이 아니었으나 벗들이
벗을 위하는 그 충성에 성눌은 반항할 용기를 문득 잃는다. 어디를 가
도 자기의 마음을 담을 데가 없다. 그럴진대, 터럭만한 도움도 되지 못
하는 존재가 피땀을 흘리어 벌어 놓은 늙은 아버지의 등을 파먹고 있
기보다는 다시 서울로라도 올라가 자기의 손으로 벌 수 있는 일을 하
여 먹는 편이 차라리 나으리라, 생각을 돌려 굳히게 된 성눌은 두말없
이 이튿날 아침차에 김군과 같이 몸을 싣기로 했다.

8

　진고개의 어느 요정이다. 성눌이 올라오는 바로 그날 저녁에 벗들은
또 명색 성눌의 환영회를 열었던 것이다.
　밤늦도록 소리하고 마신다. 성눌은 오래간만에 얼근히 취해 본다.
괴로움을 잊는 즐거운 밤이었다.
　한 시 가까이 좋은 기분에 벗들과 어깨를 나란히 하고 귀로에 나섰
다. 깊은 밤의 장안거리는 어지간히 고요하다. 행인이 딱 끊긴 바는 아
니나, 이 성눌의 환영회 일행의 세상인 듯이 아스팔트 바닥에 그들의
구두 뒤축 닿는 소리만이 장안에 찬다.
　좀 신중하지 못한 벗 한 사람은 기분일 탓일까, 목이 찢어져라 소리
높이 유행가를 불러도 보고, 타지도 않을 택시를 손을 들어 스톱도 시
키고, 지나가는 여인의 옷자락도 부딪쳐 보고……

하지만 거리 사람들이 그의 주기에 다 같이 호의로 그를 대하려고 하
지는 않는다. 한번은 지나가는 행인의 어깨를 길을 어이다가 잘못된 체
힘껏 들이받았다. 그러나 받고 보니 그건 안 되었다. 싸움을 건 셈이다.
옳거니 글커니 밀치며 젖히며 시비를 서로 따지어야 하게 되는 판.

성눌은 중재를 위하여 나선다. 붙은 싸움을 떼고 사이에 들어섰다.
그러나 들어서고 보니 친구는 날쌔게도 빠져나 구두 소리 높이 거리의
정적을 깨치며 도망을 친다. 그 친구를 놓친 적은 분함을 참지 못하는
듯이 성눌에게로 돌려붙는다.

"이 새끼! 그래 네가 쌈을 도맡을 작정이냐? 뎀벨 템 뎀베라!"

볼 새도 없이 들어오는 주먹은 턱 하고 번개같이 성눌의 턱밑을 받
아 낸다. 그뿐이면 좋았다. 단 한 주먹에 성눌은 쾅 하고 뒤로 나가둥

그러지며 돌같이 단단한 아스팔트 바닥에 머리를 바쫏는다. 그것뿐이면 또 좋았다. 두부에서는 검붉은 피가 계제하게 흘러서 순식간에 머리는 핏속에 파묻힌다. 성눌은 죽었는지 살았는지 혼도한 채 일어나지를 못한다.

잘못은 어느 편에 있었든지 간, 죽었는지 살았는지 나가둥그러진 그대로 꼼짝못하고 피만 쏟아 내는 벗, 이 벗을 위하여 일행은 응당히 복수의 의무를 느껴야 옳을 것이나, 일견 적진의 행색은 거리의 불량배에 틀림없다. *즈봉을 땅에다 찰찰 끌며 샤쓰 바람에 캡을 비스듬히 쓴 사람이 둘, 노타이에 머리를 반반히 재워서 바른 골을 쪽 갈라 붙이고 모자도 없이 와이샤쓰 소매를 팔뚝까지 걷어 올린 사람이 하나. 싸움에는 아무런 기술도 갖지 못한 벗들은 그들에게 손을 대기는커녕 도리어 그들의 손이 올까 두렵게 말로라도 한마디 대항해 볼 용기조차 잃고 다만 자기네의 신변을 지키기에만 급급해서 쩔쩔매고 있는 동안,

즈봉
'양복바지'의 잘못.

"이 쌔끼들아! 다음엘람 술을 먹더라도 점잖게 먹고 다녀라!"

약점을 본 그들은 사람을 핏속에 묻어 놓고도 오히려 뻐젓이 버티고 서서 큰소리를 치면서 서서히 골목 안으로 사라진다.

그제야 일행 중의 한 사람이던 조군은 제 자신 모욕을 느꼈는지, 실로 벗의 치명상이 분했던지, 또는 성눌에게 대한 자기의 체면을 유지하자는 데선지 웃통을 벗고 넥타이를 끄르며 고함을 친다.

"이 자식들아! 네 자식들이 가면 어디로 갈 테냐? 뎀벨 템 뎀베 보자!"

그러나 사람을 핏속에 묻혀 놓고 그들이 설사 이 소리를 들었댔자 돌아서 대들 이치 만무하다. 반응이 없는데 조군의 기세는 더 높아진다.

"이 자식들아! 내 단주먹에 가루를 만들리라! 어디를 숨어? 이 자식

들······."

그리고 있는 힘을 다하여 땅바닥이 깨어져라 발을 탕탕 구른다.

남은 벗 세 사람은 여기에도 격동할 용기가 없는 듯이 어리둥절해서 조군의 태도만 묵묵히 바라보고 섰다가 움찍 하고 몸을 뒤채는 것 같은 성눌의 거동이 눈에 뜨이자 죽지는 않았다는 그 동작이 그지없이 반가워서,

"성눌이! 성눌이! 정신 차려, 응? 성눌이!"

제각기 부르짖으며 김군은 성눌의 팔목을 잡아당긴다. 성눌은 일어서려고 전신에 힘을 주는 눈치였으나 몸을 가누지 못하고 빗둑 모로 쓰러진다. 피를 너무 많이 쏟은 탓일까, 달빛에 어린 얼굴이 몹시도 창백하게 보였다.

조군은 혼자서 덤비나마나, 겁이 시퍼렇게 난 세 사람의 벗은 성눌을 부축하여 병원을 찾아 내달았다.

9

하얀 붕대로 머리를 겹겹이 둘러 감고 병원 침대에 고요히 몸을 눕힌 성눌은 또 다시 한번 무심히 눈을 떴다. 천장에 매달린 휘황한 백오십 촉 전등이 번개같이 눈에 꽂히며 시력을 압도한다.

주위에는 여전히 벗들이 졸리는 눈에 잠을 싣고 그린 듯이 앉았다. 그 모양은 자기에게 대해 심히 미안해하는 거동같이 짐작되었다. 그것이 그에게는 한껏 불쌍하게 보였다. 이미 받은 상처니 앉아서 밤을 새며 자기에게는 하등 필요가 없는 것을 인사상 자기의 곁을 떠나지 못

하고 졸고 있는 것이다. 자기의 신변에 위험이 미칠 염려가 있을 경우
에는 인사에 그렇게 무디다가도 신변의 위험을 느끼지 않을 때에는 이
렇게도 마음놓고 거룩하게 인사를 베푸는 벗들이다. 이 벗들이 자기의
벗이요, 자기는 또 그 벗들의 벗이 된다. 그리고 자기는 그들에게 절대
의 우정의 대상이 된다. 절대의 우정의 대상이 됨으로 서울로 다시 올
라오게 되어 받은 상처가 지금 머리에 크다. 아니, 마음에 크다. 성눌
은 한숨과 같이 다시 눈을 내리감았다.

"꼭 의사의 지시대로 치료를 받아야 하네."

벗의 손에 흔들림을 받고 또 힘없이 눈을 떴을 때는 어느새 불은 전
등에 없고, 동편 유리창을 통하여 아침 햇발이 줄기차게 들여 쏘고 있
었다. 그 적에야 벗들은 돌아갈 차비인 모양이다.

"진단은 삼 주간이래두 보름이면 퇴원이 될 게라."

"어젯밤 일은 말끔한 신수야."

그리고 돌아갔다가 다시 찾아온 김군의 손에는 미깡(귤)꾸러미가 들
려 있었다.

이것을 본 성눌은 떴던 눈을 힘없이 또다시 내리깔았다.

『한국문학전집』, 민중서관, 1959.

마부

응팔은 한 손에 고삐를 잡은 채 말을 세우고 부르쥐었던 한켠 손을 또 펴며 두 눈을 거기에 내려 쏜다.

번쩍 하고 나타나는 오십 전짜리의 은전이 한 닢, 그것은 의연히 땀에 젖어 손바닥 위에 놓여져 있는데, 얼마나 힘껏 부르쥐었던지 위로 닿았던 두 손가락의 한복판에 동그랗게 난 돈 자리가 좀처럼 사라지질 않는다.

이것을 본 응팔은 그 손질이 한 번도 가보지 못한 이제야 겨우 발이 잡히기 시작하는 거친 수염 속에 검푸른 입술을 무겁게 놀리며,

"제 제레 이 이렇게 까 깎 부르쥤는 데야 어디루 빠 빠져나가?"

하고 돈을 잃지 않은 자기의 지능을 스스로 칭찬하고 만족해하는 미소를 빙그레 짓는다.

응팔은 오늘도 장가드는 신랑을 태워다 주고 돈을 얻어선 여기까지 십 리 길을 걸어오는 동안, 아마 다섯 번은 더 이런 짓을 반복했으리라. 그러니 아직도 집까지 닿기에는 또한 십 리 길이나 남아 있다. 몇 번이나 또 이런 짓을 되풀어야 되는지 모른다.

무엇이나 귀한 것이면 응팔은 두 개의 주머니가 조끼의 좌우짝에 멀쩡하게 달려 있건만 넣지 못한다. 손에서 떠나 있으면 마음이 놓이지를 못하는 것이다. 살에 닿는 그 감촉이 있어야 완전히 그 물건이 자기에게서 떠나지 않고 있다고 안심이 된다.

그러나 응팔의 이런 의심증은 결코 그에게 이로운 것이 아니었다. 한번은 그때도 역시 사람을 태워다 주고 오십 전 한 닢을 얻어, 손에다 쥐고 오다가 문득 말을 세우고 줌을 펴보았다. 손에는 돈이 없었다. 조금 전에 오줌을 누며 허리춤을 뽑을 때 그만 쥐고 있던 돈을 깜박 잊었던 것이 뒤미처 생각히었다. 그리하여 돈은 그때에 떨어졌으리라는 것

은 분명히 알 수 있었으나, 그래도 그는 그 후부터도 돈을 주머니에 넣지 못하고 줌에 부르쥐기를 의연히 잊지 않으며 그저 펴보는 그 번수만을 자주할 뿐이었다.

그러면서도 그는 또 사람을 대해서는 이상히도 의심을 못 가지는 것이 특색이다. 사람이라면 그는 누구나 믿으려고 한다. 자기를 해치려는 말에까지도 넘겨짚을 줄을 모른다. 자기의 마음이 곧으니 남의 마음도 곧으려니 맹신을 한다. 이것이 또한 그에게 이로움을 주지 않았다. 아내까지 남에게 빼앗기고 의지 없이 이렇게 남의집살이를 하며 말을 끌고 떠돌아다니게 된 것도 바로 그 때문이었다.

십 년 전까지라도 응팔은 남의 집에 쌀 꾸러는 다니지 아니하고, 비록 몇 날 갈이의 밭뙈기에서 더 되는 것은 아니었으나 부모가 물려 준 것을 받아 가지고 제 손으로 벌어서 목구멍에 풀칠을 하기에는 그리 군색함이 없었다.

그러나 장가를 들자부터 생활은 차츰 쪼들려 오게 되었고, 그렇게 몇 해를 지나는 동안, 저도 모르는 사이 그야말로 꿈같게도 하루 아침에 아내도, 세간도, 다 남의 손으로 넘어가고 알몸만 댕그라니 돌리워 *한지에 나서게 되었던 것이니, 속살 모르는 아내를 아내로서만 믿고 돈을 벌어다는 의심 없이 맡겨 오던 것이, 그 근본 불찰이었다. 남 같은 지혜를 못 가졌다고 보이는 그 남편을 아내는 형식으로서밖에 섬기지 아니하고 은근히 따로이 정부를 두고는 돈을 솔곰솔곰 뒤로 빼어돌리다가 나중에는 도장까지 훔쳐 내어 남편의 이름에 있는 밭날갈이, 아니 집까지 옮아 가지고 어디론지 뺑소니를 쳤던 것이다.

그리하여 생계가 어려워진 응팔은 거지처럼 이리저리 밀려 돌다가 이 진초시네 머슴을 살게 되기까지의 쓰라린 경험이 이미 있었건만 그

한지
'한데(사방, 상하를 덮거나 가리지 아니한 곳. 곧 집채의 바깥을 이른다)'의 북한어.

래도 그는 사람을 믿기에는 의심이 없었다. 오직 자기를 해친 그 사람만이 대하지 못할 사람이라 욕을 해 넘길 뿐, 그 사람의 마음에 비추어 다른 사람까지도 의심할 생각은 조금도 않았다.

이렇게도 이상히 사람을 믿는 그라, 주머니에도 못 넣고 손에 쥐고 다녀야 안심할 수 있는 그런 돈이었건만 마치 지난날 아내를 의심 없이 믿고 돈을 맡기듯, 주인 진초시에게도 돈을 벌어다가는 이렇게 맡기기를 잊지 않았다. 그것은 오히려 자기의 손에 있는 것보다 더 튼튼하다는 듯이, 한 점의 의심도 없이 마음을 턱 놓고,

'헤— 일 일천칠백 냥(일백칠십 원)에 꼬 꼬리가 다 달리누나!'

응팔은 이미 초시에게 맡긴 일백칠십 원에 지금 그 오십 전을 또 가져다 맡기면 일백칠십 원하고도 또 오십 전이 붙는 것을, 그리하여 또 그렇게 불어만 나가 큰 돈이 자꾸 뭉쳐지는 것을, 그리고 이제 그 돈이 아내를 또 얻어 주리라는 것을, 은근히 생각해 보며 부르쥐었던 줌을 금시에 다시 펴서 손바닥 위에 나타나는 돈을 물끄러미 내려다보고 쯸쯸쯸 혀를 까리며 다시 혁을 채었다.

집에 닿기까지에는 해도 저물었다. 마구간에 들어서니 마지막 숨을 쉬는 그날의 붉은 노을 줄기가 용마루에 길이 쏘아져 걸렸다.

"오늘은 또 얼마 얻어 옴마아?"

드르르 밀리는 밀창 소리와 같이 언제나 찡기지 못하는 초시의 풍만한 얼굴이 쑥 내민다.

"다 단 냥(오십 전)이오."

말을 *구유에 매고 사랑으로 들어간 응팔은 초시의 앞으로 나가 벌떡 줌을 폈다. 그리고 열병 환자같이 땀에 뜬 돈을 즈르르 *삿자리에

구유
소나 말 따위의 가축들에게 먹이를 담아 주는 그릇. 흔히 큰 나무 토막이나 큰 돌을 길쭉하게 파내어 만든다.

말구유

삿자리
갈대를 엮어서 만든 자리.

미끄러쳐 놓는다.

너무나 눈에 익은 응팔의 행동이라, 초시는 그 태도를 이상히 여길 것도 없이 돈만을 당기어 장부에 기입을 한다.

이런 기색을 눈치챈 초시는 또한 맞방망이로 응팔의 비위를 맞추느라고 묻기도 전에 장부에 기입을 하고 나서는 인제는 얼마가 된다고 미리 알리어 주곤 한다.

지금도 초시는 붓대를 놓자 응팔의 말이 건너오기도 전에,

"일백칠십 원 오십 전이 됨메. 꽃 같은 색시가 이제 차차 돈 속에서 왔다갔다하눈, 하하하하……."

하고 응팔을 보고 웃는다.

"대 대주디 않아두 다 다 알아요. 일 일천칠백단 낭인 줄."

응팔은 말을 끌고 오는 동안 도중에서 벌써 그 액수를 외워 넣었던 것이다. 자기가 먼저 다 계산하고 있다는 것을 자랑삼아 대답을 했다.

그리고 그것이 맞는 줄은 알면서도 입버릇으로 중얼중얼 '일천칠백단 낭'을 입 안에다 다시 굴려 보며 나간다.

초시는 응팔이가 그 돈의 액수를 똑똑히 아는 것이 마음에 *키었다. 그것을 그가 알므로 그의 입은 뭇 입에다 다리를 놓아 온 동네가 다 알게 되면 재미없으리라는 것이 자못 근심이었던 것이다. 그리하여 응팔이가 행여 이것을 잊어 주지 않을까 며칠만큼씩 초시는 그것을 따져 본다.

"님잰 글을 모르니 머릿속에다 단단히 *치부를 해두어야 하느니!"

하고 이르는 듯이 말을 하면, 응팔은,

"아, 안 잊어요. 일 일 일천칠백단 단 낭을 잊어요?"

키었다
마음에 걸리었다.

치부
금전이나 물건 따위가 들어오고 나감을 기록함. 또는 그런 장부.

하고 거침없이 쭉 뱉어 놓는다. 그러면 초시는,

"그렇지, 잊어선 안 돼."

하고 이르는 듯이 말은 하나, 실인즉 속으로는 너무도 똑똑한 그의 기억에 '하하아!' 하고 탄식을 하는 것이었다.

초시는 여기에 한 계획을 세웠다. 이것은 비로소 세운 계획이 아니라, 이미 계획하여 오던 것을 급히 다가놓는 데 지나지 않는 것이었다. 그것은 안심부름감으로 길러 오던 종의 새끼 삼월이를 그와 맞붙여 줌으로 장가 비용을 *빙자해서 액수가 밝아진 그 돈을 우선 흐려 버리자는 심계였다.

그러면 흔히는 길러 내면 서방을 얻어 뺑소니를 치는 버릇이 있는 종의 습성이라, 삼월의 발목도 붙드는 수단이 되고 삼월의 인물이 또한 깨끗하니 그러지 않아도 제법 수작을 붙이고 다니는 눈치인 응팔이라 흡족해하지 않을 리 없을 것이고, 그럼으로써 마음은 더욱 가라앉을 것이니 그렇게 하는 것이 그들 둘을 다 영원히 붙들어 두게 하는 수단도 될 것이므로서였다. 그러면 종이라는 것은 딸을 낳아서 그 딸이 시집을 갈 만한 나이가 아니고는 임의로 그 집을 떠날 수가 없는 법임은 이미 그들도 잘 알고 있을 것이므로 설사 그들이 나갈 의향을 혹 가졌다 하더라도 거연히 염을 못 내고 딸을 낳아서 십여 살까지의 성장을 기다려 그 딸을 바치고야 나가게 될 것이니 그 적에는 나가지 않아도 걱정이다. 오십이 넘게 된 응팔이니 무슨 소용이 있으랴.

초시는 이런 이해타산을 일단 세운 다음, 어느 날 응팔에게 조용히 말을 걸었다.

"내 님재 색싯감을 참헌 걸 하나 골라 놨음메. 날래 당개를 들으야디, 늘 호래비루야 적적해서 어떻게 살갔음마?"

“고 고로므뇨, 당 당개 가가가 가가시요.”

응팔은 그러지 않아도 인젠 모은 돈이 장가 밑천이나 된다고 속으로는 은근히 색시의 물색을 하던 참이었다. 눈이 번쩍 띄어 대답을 했다.

“그래 내가 작년부터 색싯감을 골라 왔디만, 암만 두구 골라 봐야 그저 고년만큼 참헌 년이 없어.”

“어디메 있소? 색 색시레?”

“아, 그 삼월이 말이야. 내 참 고년을 뉘가 얻어 가노 했더니 그년이 님재게로 감메게레.”

이 말을 들은 응팔은 말없이 잉큼 놀라며 눈이 둥글해진다.

삼월이를 얻어 준다면 입이 헤 하고 벌어질 줄 알았던 초시는 까닭을 몰라 더 말을 못 하고 응팔의 태도만 이상히 바라보니,

“머 머시요? 삼 삼월일?”

하고 응팔은 자기의 귀를 의심하는 듯이 재쳐 묻는다.

“고년 참 오즐기 똑똑헌 년인가, 사람은 그저 인물이 밴밴해야……님재두 늘 지내 보디만 고년 참 얌전허디 않아?”

“글쎄 삼 삼월이 말이디요?”

“글쎄 삼월이 말이야.”

“아 아니요, 삼 삼 삼월인 시시시 싫에요, 난.”

“싫다니! 삼월이가 싫어?”

“그 그 그렇게 곱 곱게 생 생긴 걸 누 누구레 얼 얻갔소!”

응팔은 진저리가 난다는 듯이 머리를 절레절레 흔든다.

이상히도 사람을 믿는 그였지만 삼월이 같은 애교 있고 반반한 계집은 생각만 해도 이에 신물이 돌았던 것이다. 이미 자기를 옭아먹고 달아난 그 아내가 그것을 말하는 것이었다.

　동네 사람들이 밤마다 모여서 시시덕거리는 걸 그저 놀기 좋아 그러거니 했더니 후에 알고 보니 고년의 애교에 모두들 반하였던 것이다. 열 번 찍어 안 넘어가는 나무가 없다. 근덕시니 요년은 휘어져서 자기를 돌려따던 것이다. 그러면서 없는 정을 있는 체, 속으로는 딴전을 펴는 그것은 그 여자의 밴밴한 데 숨어 있는 요염이 시키는 짓이라 하여 저 여자가 이쁘다 하고 눈에 띄는 여자면 그는 장래 아내로서의 대상을 삼자는 데는 마음에도 두지 않았던 것이다. 그저 좀 못난 듯하면서도 입이 무겁고 상판이 좀 넓적지근하고 두터운 가죽에 털색인, *두미두미한 여자가 아내로서의 영원한 대상 같았고, 그리하여 그런 여자를 꿈꾸어 왔던 것이다. 응팔이가 삼월에게 눈치를 달리 가졌다는 것은 그것은 다만 홀아비로서의 여자임으로써 대하는 그러한 행동에 지나지 않았던 것이지 결코 삼월에게 마음이 쏠렸던 것은 아니었다.

　"응팔이, 상 좀 내가우!"

하고 이상히 재깟하는 삼월의 그 감기는 듯한 눈초리는 웃지 않아도 웃는 것 같은 옛날 아내의 그 사내들을 호리는 그 맛보다 어딘지 더 힘센 매력이 있어 보였고, 그것은 그대로 거짓말 같았다. 이제 그 아름다움으로만 되었다고 볼 수 있는 삼월이를 응팔이는 아내로 얻을 수가 없었다.

　"초 초시님! 난 그 그 서마울댁 행낭영감 딸 닌 닌네가 마 맘 있어요."

　응팔은 이 동네의 처녀들 가운데서 그 닌네를 제일이라고 눈여겨보고 점을 쳐두었던 것이다.

　"이 사람! 그걸 아, 그 믹째길! 그년이 임재 왜 시집을 못 가구 스믈이 넘도록 파묻혀 있는 줄 알마? 어찌면 색이라니 계집이란 첫째 인물이야. 아, 게다가 눈을 두다니! 아여 생각을 돌리시."

두미두미
몸이 크고 뚱뚱한 모양.

이것은 지어서 하는 말만이 아니라, 초시의 실지이기도 했다.

"그래두 난 난 이 이미네(아내) 고 고훈 건 시 싫에요. 재 재미있게 대리구 살내기 이미네디 보기만 고 고흠은 머 멀 허갔소, 그까짓 거."

"안 그렇대두 그래. 어서 내 말을 들으시? 내 말이 그저 옳슴머니. 내 이 봄으루 아여 성례꺼지 시켜 줄 터인데, 머, 날 받아서 삼월이 머리만 얹으문 될걸."

초시는 누가 듣기나 하겠다는 듯이 혼자 이렇게 단정을 하고 문갑 위에서 역서를 집어 들고 손마디를 짚어 돌아가더니,

"사월 보름이 대통일이로군."

하고 인제 작정은 다 되었으니 다시 더는 여기에 이의를 말라는 듯이, 그리고 위엄으로 응팔의 마음을 누르려는 듯이 애햄 하고 시침을 따며 도사리고 앉아 재떨이에다 담뱃대를 타앙탕 뚜드린다.

이런 일이 있은 후부터 응팔은 손에 일이 오르지 않았다. 가복(家覆), 개바주, 담뜸, 이런 것들이 어서 치워져야 또 자롱 논에 거름도 실을 터인데 초시는 삼월이를 기어이 붙여 주게 차부이니 도무지 일에 기운이 탁 빠졌다. 그러면서 삼월이야 무슨 죄련만 그년은 보기만 하여도 머리칼이 오싹거리고 눈꼴이 가로 서 볼 수가 없었다.

삼월이 귀에도 이런 말이 벌써 들어갔는지 전에 달리 자기는 대하기를 수줍어하며, 그러는 태도에 나타나는 그 얌전한 듯한 가운데 마음을 끄는 매력엔 천하에 있는 간사와, 요염과, 표독이 다 숨어 있는 듯이 생각되었다. 그리고 이것이 한데 얼크러져 꼬리를 두르는 날에는 영락없이 자기는 옛날의 그 아내적 운명을 벗어나지 못하고 말 것만 같았다.

그러니 삼월에게 대한 홀아비로서의 마음조차 삼월에게는 느껴지지 않고, 무슨 못 볼 요물을 보는 때와 같이 삼월은 먼발치에서 빛만 보여도 등어리에 찬물이 와 닿는 듯이 몸이 오싹거렸다. 그러면서 자연히 나가지는 말에도 삼월을 대해서는 밉게만 쏘아지는 것을 어찌하는 수가 없었다.

언제인가 한번은,

"응팔이, 새 좀 뽑아 디리우?"

하고 삼월이가 이를 때,

"구 구 구무 여우 같은 년, 넌 넌 손 손목재기가 부러졌네? 쌍 쌍년 같으니!"

하고 응팔은 저도 모르게 욕을 쏘아붙였다.

그러니 삼월이 감정이 또한 좋을 리 없다.

"하 좋다! 꼴이 꼴 같지두 않은 게…… 누구레 욕 주머닐 달구 다니나! 야하, 참!"

하고 응팔을 능멸히 보는 삼월은 가늣하게 감기는 눈이 새침하게 흰자위만을 반득이며 코웃음이다.

그러면 응팔은 또 약이 오른다.

"요 요 패 패라한 년, 머 머시 어드래?"

"욕 안 허군 말 못 허나?"

"요 요 요년 봐라! 요 요 요 마 마주 서는 꼴!"

"아이구 저것두 머 수커라구 계집을 업수이여기나!"

"아 아니 요 요년이 누 누 누굴 보구!"

"어서 새나 뽑아 거리라우? 잔말 말구?"

그러니 응팔이가 참나, 삼월이가 지나, 마주서 입론만 되게 되면 흔히는 둘이 다 볼이 부어서 하나는 씨근시근, 하나는 쌔근쌔근 겯려 댄다.

이럴 때면 초시는 화해를 붙이느라고,

"닭쌈 또 하나 머? 내외 쌈은 칼루 물 베긴걸……."

하고 이미 부부가 다 되었다는 뜻으로 이렇게 능청스럽게 사이에 들어서 중재를 시킨다.

그러나 아무리 삶아야 응팔은 삶기지 않았다.

초시의 속살을 넘겨 짚지 못 하는 응팔은 초시가 자기를 그처럼 생각하고 인물이 깨끗하고 된 품이 얌전하다고 삼월이를 얻어 주려 싫대도 우기는 초시의 그 자기를 위하는 정성에는 이심으로 감사하나 백년

해로를 눈앞에 놓고 일생을 바라볼 땐 아무리 마음을 지어서 먹으려
하여도 삼월이와는 살 수가 없었다.

그리고 그 반면으로 서마울댁 행랑 영감의 딸 닌네만이 자꾸만 잊혀
지지 아니하고 알뜰하게 마음을 붙들었다. 푸르뎅뎅한 살빛, 넓적한
상판, 웃을 때 헤 하고 있는 대로 벌어지는 커다란 입, 비록 그것이 색
으로 마음을 끄는 것은 아니었으나, 그러한 모습에 담긴 순진한 마음
은 조금도 사람을 속일 것 같지 않았다. 그리하여 그러한 계집이 언제
든지 자기의 짝이리라 생각하면 그저 그리운 것이 닌네뿐이었다. 그래
서 그 닌네를 만일 얻는다면 하고 장래의 살림 배포까지 짬만 있으면,
아니, 일을 하다가도 문득 손을 놓고는 머릿속에다 베풀어 본다. 그러
면 그것은 몇 번이라도 전날의 그 아내 적 살림보다는 순조로, 그리고
단란한 가정이 웃음 속에서 깨가 쏟아져 보였다.

"내 내 거 돈 거 일 일천칠백단 단 냥이디요?"

응팔은 사월 보름이 오기 전에 그 돈을 초시에게서 찾아내어 닌네를
사려고 액수를 다시금 단단히 따지었다.

"그래 거 잊어선 안 됨메."

"이 잊다니요! 나 이전 거 거 다 달라구요?"

초시는 뜻밖의 돈 *채근에 눈을 치뜬다.

"돈, 내 돈 이전 다 달란 말이우다."

"아니 머시? 이 사람이 정신이 있나 원! 삼월이 몸값을 이백 원으루
친대두 삼십 원 돈이나 부족헌데 거 무슨 말이야?"

"자 이 이건! 걸 누 누구레 삼 삼월일 머 얻갔대기 그르우?"

"아, 머시? 아 사월 보름으루 날까지 받아 놓지 않았나?"

"난 난 삼 삼월인 글쎄 시 싫어요. 다 다른 데 난 당 당갤 갈래는 데
머 멀 그루우?"

"아아니 건 안 될 말이야. *천부당만부당두 푼수가 있디. 내가 님재
장갤 보낼라구 오륙 년을 힘써 왔는데 또 이건 동네에서두 다 아는 일
이웨. 그러니 님재가 장갤 잘못 들었다면 그래 남들이 누굴 욕하겠나?
날 욕할 테야, 날. 그래서 내가 여지껏 똑똑한 계집을 고르누라구 힘을
써왔는데 삼월일 마대구 다른 델 가겠대면 난 그 돈 못 줘. 못 주구말
구. 돈 주구 욕 얻어먹으려구? 바루 내가 삼월일 싫대면 또 다른 데 얻
어 볼 법은 해두, 그렇지 않아? 생각을 해보시."

"글쎄 난 닌 닌넬 얼을래는데 머 멀 그루우? 일 일천칠백단 단 낭 다
달라우요."

응팔은 날마다 졸랐다. 그러나 초시는 종시일관 들으려고 하지 않
았다.

이러는 가운데 갈 줄만 아는 세월은 사월 보름도 며칠밖에 앞으로
더 남겨 놓지 않았다. 이 며칠 안으로 성공을 못 하는 날이면 삼월은
꼬리가 떨어질 것이요, 그럼으로써 자기는 행랑방으로 옮아 앉아야 될
판이다.

그러면 삼월은 명색이 아내, 그렇게 밴밴한 계집이…… 생각하면 뒤
에 올 것은 이를 악물고 다한 머슴살이 육 년의 결정이 삼월의 요염 속
에서 제멋대고 놀아나는 밑천밖에 더 될 것이 없을 건 빤한 일 같았다.

응팔은 생각하다 못하여 한 방도를 생각했다. 받을 수 없는 돈을 받
자면 돈을 훔쳐 낼 수밖에 없다는 어리석은 지혜가 그것이었다. 훔쳐
낸다고는 하지만 내 돈이기에 내가 임의로 하는 것이니 죄라기보다는
당연한 일일 것 같았고, 또 훔쳐 내서는 곧 그 뜻을 알릴 것이니 죄랄

것이 없으리라는 것이었다.

일단 이런 계획을 세워 놓고는 응팔은 날마다 밤이면 돈을 훔쳐 낼 그 기회만을 엿보는 것이 게을리하지 않는 일이었다.

오늘 밤도 사랑 윗목에서 그렇게 억센 일에 종일을 지친 피로한 몸이었건만 깊이 잠이 들지 못하고 이불 속에서 초시의 드는 잠만을 엿보기에 온 정신을 모으고 있었다.

원체 한번 잠이 들면 깰 줄을 모르고 내자는 습성이 있는 초시인 것은 예전부터 알아 오는 일이었지만 그래도 하고 *용단을 못 내오던 것이, 오늘 밤은 거기에 콧소리까지 높이 들려 아주 잠이 깊이 들었다는 것이 용기를 돋우게 했다. 그런데다가 벽장문 열쇠를 열어야 할 것이 늘 근심이던 판에 오늘따라 낮에 벼 판 돈이 그대로 초시의 조끼 호주머니 속에 들어 있다는 것을 안 응팔은 더 참을 수가 없었다.

응팔은 마침내 이불을 젖히고 일어나 숨소리를 죽였다. 그리고 어둠 속을 두 다리 두 팔로 짐승같이 조심조심 초시의 머리맡으로 기어가 낮에 보던 그 불룩한 누런 봉투를 조끼 주머니에서 그대로 들어 냈다.

이튿날 아침 봉투가 없어졌다는 것은 곧 탄로가 되고, 한방에서 잤다는 이유로 혐의의 화살은 응팔에게 쏘였다.

응팔은 자기가 가져야 할 액수만을 갈라 가지고 나머지를 미처 들여 놓지 못한 것만이 미안했다. 초시의 눈앞에서 봉투를 가르자니 초시가 그 봉투를 보고는 그대로 있지 않을 것 같아 주위의 화살이야 오건 말건 그 돈을 가르기까지 넣어 두리라 사랑 부엌 아궁에 불을 지피고 있는 동안, 뜻밖에도 시꺼면 그림자가 문 앞에 마주 선다. 순사였다.

"난 난 죄 죄 없어요. 일 일천칠백단 단 낭을 내구, 디 디리노문 회

용단
용기 있게 결단을 내림. 또는 그 결단.

부지깽이

포승
죄인을 잡아 묶는 노끈.

회계가 돼요. 일 일천칠백단 단 낭은 다 내 돈이에요.”

응팔의 목소리는 부지깽이를 잡은 손과 같이 떨렸다.

“정 정말이에요. 일 일천칠백단 단 낭은 다 다 내 내 돈이에요.”

그러나 순사는 그의 팔목을 묶는 데만 열심이었다. 그리고 꽁꽁 묶어서 뒤로 늘이운 *포승의 끝을 말고삐처럼 붙들고 끌어냈다.

응팔은 분명히 자기가 주재소로 끌리어가고 있는 것은 현실인 줄 알면서, 왜 끌리어가는지, 무엇이 죄 될 것인지를 똑똑히 분간할 수 없는 것이 그저 꿈속 같았다.

『한국문학전집』, 민중서관, 1959.

별을 헨다

1

산도 상상봉 맨 꼭대기에까지 추어 올라 발뒤축을 돋우 들고 있는 목을 다 내빼어도 가로놓인 앞산의 그 높은 봉은 눈아래 정복하는 수가 없다.

하늘과 맞닿은 듯이 *일망무제로 끝도 없이 마안히 터진 바다, 산너머 그 바다, 푸른 바다, 고향의 앞바다, 아아 그 바다, 그리운 바다.

다시 한번 발가락에 힘을 주어 지끗 뒤축을 들어 본다. 금시 키가 자랐을 리 없다. 역시 눈앞에 우뚝 마주 서는 그놈의 산봉우리.

"으아—"

소리나 넘겨 보내도 가슴이 시원할 것 같다. 목이 찢어져라 불러 본다.

"으아—"

그러나, 소리 또한 그 봉우리를 헤어 넘지 못하고 중턱에 맞고는 저르릉 골 안을 쓸데도 없이 울리며 되돌아와 맞는 산울림이 켠 아래서 낙엽 긁기에 *배바쁜 어머니의 가슴만을 놀래 놓는다.

별안간의 지랄 소리에 어머니는 흠칠 놀라고 갈퀴를 꽁무니 뒤로 감추며 주위를 둘러 살핀다. 소리의 주인공을 찾는 모양이다.

어머니의 귀에는 사람의 입에서 나오는 큰 소리가 총소리보다도 더 무섭게 들린다. 집이라고 가마니 한 겹으로 겨우 둘러싼 산

일망무제(一望無際)
한눈에 바라볼 수 없을 정도로 아득하게 멀고 넓어서 끝이 없음.

배바쁘다
'분주하다'의 방언(평북).

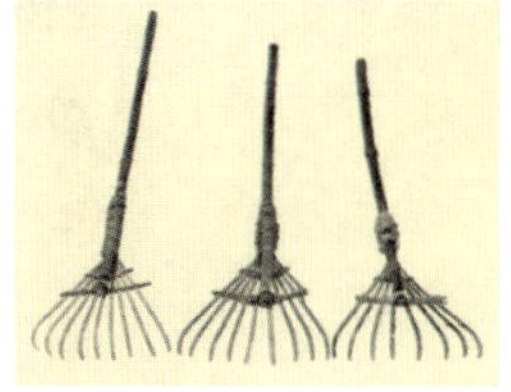

갈퀴

경의 단칸 초막, 날은 추워 온다. 겨울 준비가 없을 수 없다. 그러나 산 등성이에 자연히 자라난 풀도 금단의 영역에 속한다. 풀이 없으면 눈비의 사태질이 산밑의 집들을 위협하는 줄을 모르느냐는 핏줄 서린 눈알이 엄한 호령과 같이 군다. 가슴이 뜨끔거리는 낙엽 긁기다. 위로와 도움은 못 드릴망정 부질없는 고함 소리로 어머니를 놀래었다. 자기인 줄을 알려야 할 텐데…… 어서 알리고 싶어 몸짓을 하며 목을 내빼어 보나 어머니가 그 형용을 알아줄 리 없다. 눈을 둘러 주다가 자기의 그림자를 산상에서 찾고는 긁어 모은 낙엽도 모르는 채 그대로 버리고 슬며시 돌아선다. 필시 자기를 아침마다 호령하는 그 눈 붉은 사나이로 아는 모양이다.

"소나무 위에서 까치가 푸뜩 하구 날아만 나두 가슴이 막 내려앉는 것 같구나! 글쎄―"

어제 아침에도 낙엽을 한아름 긁어 안고 들어오며 한숨과 같이 허리를 펴는 어머니의 말을 무어라 받아얄지 몰랐다.

귀국한 지가 일년, 지난 겨울이 곱돌아 오도록 집 한 칸을 마련 못 하고 초막에다 어머니를 그대로 모신 채 이처럼 마음의 주름을 못 펴 드리는 자기는 구관을 제대로 가진 옹근 사람 같지가 못하다. 가세는 옛날부터 가난했던 모양으로 아버지도 나와 한가지로 만주에서 시달리다 돌아가셨다지만 제 나라에 돌아와서도 이런 가난을 대로 물려 누려야 하는 것이 자기에게 짊어진 용납 못 할 운명일까. 만주에서의 생활이 차라리 행복이었다. 노력만 하면 먹고 살기는 걱정이 없었고 산도 물도 정을 붙이니 이국 같지 않았다. 노력도 믿지 않는 고국―무슨 일이나 이젠 하는 일이 내 일이다. 힘껏 하자, 정성껏 하자, 마음을 아끼지 않아 오건만 한 칸의 집, 한 자리의 일터조차도 이렇게 정에 등졌다. 일본이 물러가고 독립이 되었다. 자기도 반가웠거니와 제 땅에 뼈를 묻게 된다고 기꺼워하시던 어머니—아버지도 *고토에 뼈 못 묻힘을 못내 한하셨다. 자기만 고토에 묻힐 욕심이 있으랴, 아버지의 유골도 같이 모시고 나가야 한다. 밤잠을 못 자고 무덤을 파서 뼈마디를 추려 가지고 나온 것이 산 사람의 잠자리도 정하지 못하였다. 나올 때에 보자기에 싸가지고 나온 그대로 어머니의 곁에서 초막살이다. 묻기야 어딘들 못 묻으련만 고국도 고향이 그렇게 그립다.

고향은 찻길이 직로라 차로 오자던 고향이 배편이 안전타고 뱃길로 돌아왔다. 어디는 제 땅이 아니냐. 아무 데나 내려서 가자. 인천에 와 닿고 보니 뜻도 않았던 삼팔선이 그어져 제 나라가 아닌 것처럼 남과

북이 제멋대로 굳었다. 그래도 내 땅이라 못 갈 리 없다고 삼팔의 경계 선을 넘다가 빵 하고 산상에서 터져 나오는 총소리에 기겁들을 하고 서성거리다 보니 동행자 중 한 사람이 거꾸러졌다. 삼팔의 국경 아닌 국경을 넘기란 이렇게도 모험인 것을 체험하고 고향이래야 일가 친척 도 한 사람 없는 그리 *푸진 고향도 아니다. 어디를 가도 제 손으로 터 를 닦아야 살 차비다. 서울도 내 땅이라 보퉁이를 풀러 놓고 터를 닦자 니 날로 어려워만 지는 생활, 겨울까지 눈앞에 떨어졌다. 초막의 추위 는 지금도 고작이다. 밤새도록 담요 한 겹에 째워 신음하는 어머니, 가 슴이 답답하다. 시원한 바람이 그립다. 눈이 짝해지자 산을 탔다. 산을 타니 산바람이나 시원할까 고향이 그립다. 배꼽줄이 떨어져서부터 놀 던 바다, 고향의 앞바다, 푸른 바다, 시원한 바다, 그 바다나 마음껏 바 라보았으면 바다 끝같이 가슴이 뚫릴 것 같다. 부질없이 봉우리를 추 어 올라 지랄을 부려 보나 마음이 후련할까. 아침이 늦었다고 시장기 만이 구미를 돋운다.

2

마음이 배바빠 아침도 덤비어 치이기는 하였으나 쓸데도 없는 호의 에 걸음만이 더디다. 백 번 생각해도 그것은 실행할 일이 아닌 것 을…….

진고개 너머 어떤 일본집에 수속 없이 제 집처럼 들어 있는 사람이 있는데, 정식 수속을 밟아 내어쫓고 들어가게 해준다고 부디 오늘 오 정 안으로 만나자는 친구가 있다. 집이 없어 한지에서 겨울을 날 생각을 하면 마음이 으슬하다가도 그러니 있는 사람을 내어쫓고 들다니 생각을 하면 내어쫓긴 사람이 역시 자기와 같은 운명에 놓여질 것이 아니 근심일 수 없다. 자기도 처음 서울에 짐을 푼 것은 한지가 아니었다. 푸진 것은 아니었으나 그래도 일본집 다다미방 한 칸이 베풀어지는 호의를 힘입어 겨울을 나게 되었음은 다행이었다 할까. 해춘도 채 못미처 수속이 없다 나가라 하여 쫓겨난 이후로 이래 아홉 달을 한지에서 산다. 남을 한지로 몰아내고 그 집으로 들어가겠다고 눈을 감을 염치가 없다. 이런 기회는 몇 번이고 있었다. 비로소 듣는 이야기가 아니요 받아 보는 호의가 아니다. 일언에 거절을 하였더니,

"이 사람아, 고양이 쥐 생각두 푼수가 있지 그런 맘 쓰다가는 이 세상에선 못 사네."

친구는 어리석은 생각임을 비웃는다.

"그런 얌전만 피다가는 자네 금년 겨울에 동사하네, 동사."

아닌 게 아니라 듣고 보니 그것이 말만이 될 것 같지도 않다.

"글쎄, 그 사람이 쫓겨 나왔어두 집을 잡을 수가 있어야 말이지……."

"흥, 아, 그럼 자네처럼 제 집 없으문 한디에서 겨울 날 줄 아나. 그저 별생각 말구 눈 딱 감구 내 말만 듣게. 집이 생길 게니."

친구는 승낙도 없는 상대방의 의견을 임의로 무시하며 혼자 약속을 하고 갔다.

해를 두고 마음을 바꾸며 사귄 친구도 아니다. 만주에서 나올 때 우연히 같은 배를 타게 되어 뱃간에서 사귄 것밖에 없는 교분이다. 복덕방을 뒤타 돌아가다가 어젯저녁 뜻밖에도 거리에서 만나 된 이야기다. 염려하여 주는 호의는 열 번 감사하다.

그러나 호의에만 맡겨지는 호의가 반드시 바른 길이라고 생각할 수는 없다. 욕심껏 마음을 제대로 누르고 살아오지는 못했을망정 제 뜻을 버리지 않고도 삼십을 넘어 살았다. 호의가 무시되는 나무람에 자제하여서는 안 된다. 복덕방을 찾아 나가야 할 것이 오늘도 의연히 자기에게 던져진 떳떳한 길이다. 그러나 친구는 혼자 약속이라도 기다리기는 기다릴 눈치였다. 그를 거쳐 가는 것이 걸음의 순서는 된다. 결론을 짓고 나선다.

남대문시장의 남미창정 어구라고만 하여 놓은 것이 하도 사람이 많고 뒤섞여 좀 해서는 찾을 수가 없다. 어른, 아이, 늙은이, 색시까지 뒤섞여 물건들을 안고 지고 밀치며 제치며 비비튼다. 같이 비비고 끼여들어 보니 안쪽 구석으로 낯익은 그림자가 시야에 들어온다. 잠바 흥정이 붙었다. 친구는 양복 위에다 잠바를 입었다. 물건 주인은 값이 맞지 않는 모양으로 어서 벗으라고 잠바 앞섶을 한 손으로 붙들고 당긴다. 조금도 다라진 맛이 없는 것 같은 스물다섯이 채 되었을까 한 청년이다.

"안 팔다니! 팔백 원이면 제 시센데 시세를 다 줘두 안 팔아? 이건 누굴 히야카시루 가지구 나와서?"

친구는 눈을 매섭게 부릅뜨고 팔을 뿌리친다.

"글쎄, 그르켄 못 팔아요. 이천 원 다 줘야 돼요."

청년의 손은 다시 잠바로 건너간다. 친구의 눈은 좀더 매섭게 모로 빗기더니,

"받아요."

지전 묶음을 청년의 호주머니 속에 넣어 주고 돌아선다. 넣어 준 돈을 청년은 다시 드러내 부르쥐고 뒤를 쫓는다.

"여보!"

친구의 옷자락을 붙든다.

"누구야! 왜, 붙들어? 바쁜 사람을……."

"인 줘요."

"주다니 뭘 줘?"

"잠바 말이에요."

"당신 정신 있소? 물건을 팔구 돈까지 지갑에 넣구 다니다가 딴생각을 허구선…… 이건 누굴 바지저고리만 다니는 줄 알아? 맘대루 물건을 팔았다 물렀다……."

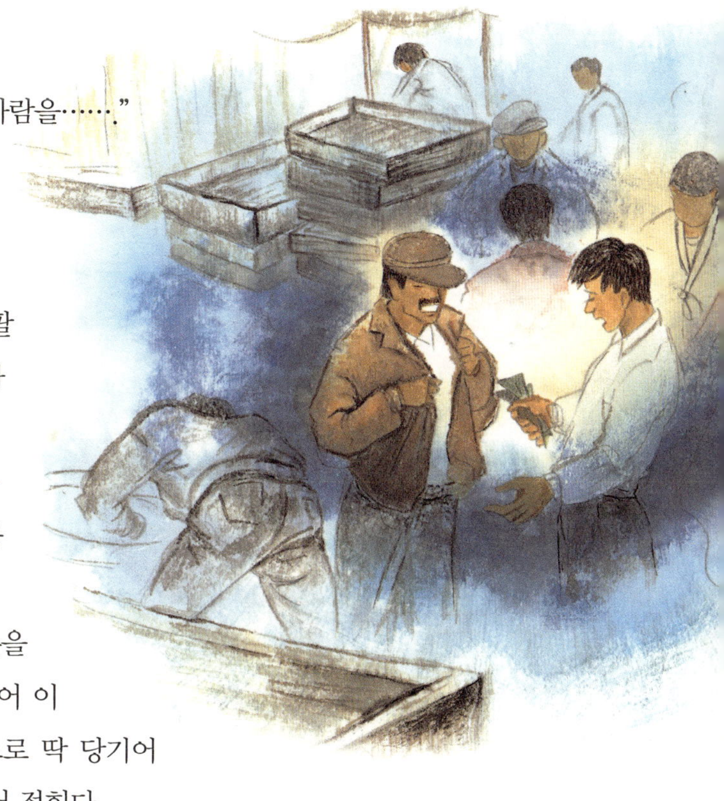

몸부림을 쳐 청년의 붙든 손을 떨구고 떨어진 손을 와락 붙들어 이마빼기가 맞닿으리만치 정면으로 딱 당기어 세우고 눈을 흘기며 가슴을 밀어 젖힌다.

"이러단 좋지 못해 괜히……."

밀어젖히운 대로 물러난 청년은 더 맞잡이를 할 용기를 잃는다. 멍하니 친구를 바라보고만 섰더니 어처구니없는 듯이 뭐라고 혼자 중얼거리며 그대로 쥐고 있던 돈을 세어 보고 집어넣는다.

무서운 판이었다. 총소리 없는 전쟁 마당이다. 친구는 이 마당의 이러한 용사이었던가. 만나기조차 무서워진다. 여기 모여 웅성이는 이 많은 사람들은 다 그러한 소리 없는 총들을 마음속에 깊이들 지니고 있는 것일까. 빗맞을까 보아 곁이 바르다.

“아, 여 여보!”

어서 이 자리를 떠나고 싶어 자기를 찾는 듯이 살피는 친구를 꾹 질러 부른다.

“지금 왔소?”

“나 좀 바뻐 먼저 가얄까 봐. 기다리겠기에 들렀지.”

“바쁘긴 내 다 아는걸…… 글쎄 그래 가지군 백만 날 돌아다녀야 집 못 얻는달밖에. 난 아직 아침도 못 먹구…… 우리 점심 같이 허구 잠깐 집에 들러 옷 좀 갈아입구 나가세.”

“아니 정말 난…….”

“글쎄 이리 와요.”

손목을 잡아끌어 앞세운다. 강박히 부딪칠 수가 없다.

점심이람보다 술이었다. 실로 얼마 만에 소고기찜을 실컷 하고 확확 다는 얼굴을 느끼며 남산 밑을 돌아 후암동으로 따라간다. 어느 커다란 회사의 중역이 살던 숙사인 듯 빨간 기와집이다.

“이 집도 그렇게 얻었거든.”

친구는 전령의 단추를 누른다.

꼭 같은 알몸으로 보퉁이 한 개씩을 등에 걸머진 채 인천에 내려서 헤어진 지 일 년, 친구의 살림은 벌써 틀이 잡혔다. 가구의 준비까지도 완비가 된 듯 장롱이니 의걸이니 놓아야 할 건 제대로 다 들여놓였는데 놀랐다.

“팔백 원 참 싸구나! 이건.”

들고 온 잠바를 친구는 다다미 위에 내던진다.

“거긴 하루 한 때만 들러두 밥벌이 되거든. 일자린 없것다, 쌀값은 비싸것다, 그대로 댕그라니들 앉아서 배겨날 장사가 있나. *전재민이

가지구 나오는 물건이 여간 많은 게 아니야. 능지에서 자라난 풀대 모양으로 희멀쑥한 얼굴이 물건을 제대루 내놓지두 못허고 옆에다 끼구선 비실비실 주변으루만 도는 걸 붙들기만 하면 그건 그저 얻는 폭이지. 잠바도 만주 건가 봐. 가죽이니 좀 좋아? 작자가 어리숭해 가지구 그래두 첫마디엔 안 놓아 주구 제법 쫓아오던데? 글쎄 외투루부터 저구리 바지 차례루 다들 팔아 자시군 쪽 발가벗고들 눈이 멀뚱멀뚱하여 누워서 천장에 파리똥만 세구 있는 사람두 있대나? 하 하…… 자네도 이런 데 눈뜨지 않으면 파리똥 세게 되네 괜히…….”

“파리똥두 집이 있어야 헤지, 난 별만 헤네.”

농으로 받기는 하였으나 친구의 상식과는 대잡이가 되지 않는다. 기만 막히는 소리뿐이다.

“난 가겠네.”

“아, 이 사람아! 같이 나가? 내 정말 한 놈 내쫓구 집 들게 해준달 밖에.”

“우리 단 두 식구 살 집 그리 커선 뭘 허나. 난 방이나 한 칸 얻을까 봐.”

“방은 그래 얻을 듯싶어? 보증금이 만 원두 넘는다데.”

“방두 못 얻으면 이북으루 가지.”

“저런! 이북선 누가 그저 집 주나! 다 저 헐 나름이라누. 여기서 못살면 거기 가두 못살아. 괜히 고집 부리지 말구 앉게.”

“그래두 가는 사람이 많던데?”

“아, 가는 사람만 봤나? 오는 사람이 더 많은 건 못 보구. 이 좋은 시세에 서울서 못 살면 어디서 산다는 게여.”

“아니 정말 이러단 오늘두 참 내가…….”

일어서는 옷자락을 친구는 붙든다.

"글쎄 앉아."

"놓아."

"앉으라니깐."

그래도 뿌리치고 기어코 돌아선다.

"저런 *반편이…… 태만 길러서!"

좇아 나와 중얼거리는 소리를 층층대를 내려서며 듣는다.

3

낮의 거리는 여전히 사람들의 발부리에 닦인다. 거리가 비좁게 발부리를 닦는 무리들, 허구한 날을 이렇게도 많을까. 겨레도 모르고 양심에 눈감은 무리들은 골목마다에 차고, 땀으로 시간을 삭이는 무리들은 일터마다에 찼다. 차고 남아 거리로 범람하는 무리들이 이들의 존재라면 '반편이야 태만 길러서' 의 축에 틀림없다.

이 반편의 축들은 다들 밤이면 별을 세다가 오라는 데도 없는 걸음이 이렇게도 싱겁게 배바쁜 것일까. 언제까지나 싸늘한 별을 가슴에다 부둥켜안고 세어야 태 속에서 벗어나 거리에의 정리에 도움이 될까. 피난민 구제회의 알선으로 어떤 문화사에 이력서를 내고 총무부장과의 인사 끝에 집이 있느냐고 묻기에 솔직히 대답한 한마디가 다된 죽에 떨어진 코 격이었다. 기별이 있겠으니 그리 알라고 돌리어 온 채 이래 반년을 감감소식임이 문득 생각히며 집이란 것이 사람으로서 존재의 인정을 받는 데 그렇게도 큰 역할을 하고 있는 것임을 새삼스럽게 느끼다가 펄럭이는 복덕방의 휘장을 본다. 골목을 접어들다가 깜짝 놀란다. 별안간 총소리가 귓전을 때리는 것이다.

"타앙."

건설이냐. 파괴냐.

"타앙."

연거푸 또 한 방.

아로새겨지는 역사의 페이지에 단 한 점 콤마점이라도 찍혀지는 역할일까.

분주히 눈을 둘러 살핀다. 시야에 들어오는 짐작이 없다. 어디서 날 아났는지 기겁을 하고 공중에 뜬 까치 두 마리가 날음아 날 살려라 몸이 무거움을 느끼는 듯이 깃 부츰만이 바쁘게 북악으로 날아 달릴 뿐, 언제나같이 평온한 골목이다.

거리에도 이상이 없다. 전차도 오고 간다. 자동차도 달린다. 사람들도 여전하다.

어디서 난 총소릴까.

듣고만 있을 총소릴까.

이윽고 밤도 아닌데 이마빼기에 쌍불을 달고 아앙 소리를 냅다 지르며 서대문 쪽을 향하여 종로 한복판을 질풍같이 달리는 한 대의 하이얀 미군 구급차에 풍진이 일었다.

무슨 일인지 단단히 난 모양이다.

총소리와 관련된 차일까 생각을 더듬다가 또 골목으로 들어선다. 복덕방의 깃발이 헤기는 것이다.

"방 있습니까?"

"방 얻을 생각은 말어요."

안경 너머로 눈알이 비죽 하다 말고 맞붙은 장기판 위에 도로 떨어진다.

"그렇게도 없습니까?"

쓸데도 없는 소리를 되묻는다는 듯이 거들떠보려고도 않고 장훈이 소리만을 기세 있게 허연 수염 속으로 내뿜으며 무릎을 조인다.

다시 더 두말이 긴치 않을 눈치다. 골목을 되돌아나온다. 어디나 매일반인 대답, 가으내나 다름이 없다. 싹도 찾을 수 없는 방, 날마다 종일을 품만 놓는 방이다. 마음도 지쳤거니와 다리도 지쳤다. 다시 뒤탈 생념에 정열이 빠진다. 지푸둥 흐린 날씨는 눈까지 빚는 것인가. 젊은 놈이야 한지에선들 마득해 얼어야 죽으랴만 어머니는 환갑이 넘었다. 정말 이북으로 가보나 생각을 하니 생각마다 간절한 이북이다.

4

아들이 돌아오는 발자국 소리가 그렇게도 기둘키었을까. 말라 까부러진 낙엽이 발밑에 바서지는 사각 소리가 벌써 어머니의 귀에 스치었나 보다. 산곡을 접어들기가 바쁘게 반짝 초막에 불이 켜진다.

"진지 잡수셨어요?"

"오늘두 저물었구나. 집은 얻었네?"

앉기도 전에 어머니는 냄비를 밀어내 놓는다. 저녁이었다. 밀가루떡이 네 개 소복이 담기었다.

"어머니, 더 잡수시지요. 오늘두 집 못 얻었습니다."

“아이구, 집이 그렇게 힘들어 어떡허간. 큰일났구나. 오늘은 너 들어
오길 어떻게 기다렸는데…….”

전에 없던 한숨이 힘없이 길다.

“왜, 늘 벅작 고는 눈 붉은 사람 있디 않네? 그 사람이 곽쟁이(갈퀴)
를 빼트러 갔구나!”

“네?”

“아까 저녁때 새를 또 좀 해볼라구 나섰다가 그 사람헌테 붙들려서
욕을 보았구나. 방공호두 하두 많은데 하필 이 산속에 들어박혀 남꺼
지 못살게 할라구 그러느냐구 눈을 부르대이누나.”

“그러세요?”

“우리가 여기서 겨울을 나면 산이 새빨개지구 말 터이니 봄에 나가
면 산 아래 집들은 하나 없이 사태에 묻히겠다구 어디서 거지 같은 것
들이 성화냐구 막 욕을 퍼붓디 않갔네?”

“욕을 퍼버요! 그래서요?”

“그래서 집을 얻는 중이라구 그랬더니 거지 쌈지 보구 누구레 집을
빌리리라구 하멘서 피난민 소굴루 가래누나. 당춘단이 소굴이라나….”

“네에 그래요.”

“이거 좀 보람 글쎄. 가두 당당 가라구 눈을 훌근댕이며 곽쟁이루 이
가마니짝들을 그러댕겨서 다 떨러 놓지 않안? 그래서 내레 저녁 한곁
을 돌아가멘서 데르케 잡아매 놨구나.”

“네 알겠습니다. 아무래두 이북이 인심이 날까 봐요. 이북으루 떠나
가십시다, 어머니!”

“야 봐라! 그 끔찍헌 삼팔선을 어드케 또 넘갔네.”

“남들이라구 다 오구 가구 허겠어요?”

“그래 가는 사람두 있던? 머—”

“아, 있구말구요.”

“고롬 가자꾼 우리두. 위선 네 아버지 뻬다굴 처티허야디 그걸 어드케 늘 안구 있갔네. 그래 거긴 인심이 살기 도태던?”

“여기 같기야 허겠습니까.”

“야 그롬 가자.”

두 개 남았던 초를 밤이 깊도록 다 태우고 이튿날 아침 담요를 팔아 여비를 마련한 다음 밤차에 대어 어머니와 아들은 청단(靑丹)까지의 차표를 한 장씩 들고 서울역에 나타났다.

간단한 짐이었다. 아들은 하나 남은 담요에다 아버지의 유골을 덧말아 등에 지고 남비 두 개에 바가지 하나는 어머니가 꿰어 들었다.

사람은 확실히 거리로 범람한다. 가는 곳마다 이렇게도 많을까. 정거장 안도 촌보의 여지가 없이 들어찼다. 비비고 들어가 겨우 벤치의 한 자리를 뚫어 어머니를 앉히었다.

“아아니! 이게 공경골짓 아즈마니 아니오?”

옆에 앉았던 여인의 눈이 둥글해서 어머니의 손목을 붙든다.

“너 박촌짓 딸 아니가?”

어머니도 알아본다.

아래윗동네에서 살다가 만주로 들어가게 되어 서로 떨어졌던 고향사람끼리 우연히도 여기서 만났다. 아들과 여인의 남편도 서로 알아본다.

“아, 이게 십 년 만이구나!”

감격한 악수가 손안에 다정하다.

“아니 그른데 아즈마니 어드케 여기서 만내요? 되따에선 원제 나오셨기?”

"참, 넌 어드케 여기서 만내네?"

"우린 지금 이북서 넘어와요. 살기가 너무 어려워서 듣는 말이 이남이 도타구 그래 강원도루 가는 길이에요."

"머이! 살기가 어려워? 우린 이북으루 가는 길인데……."

"이북으루요? 아이구 갈 렴 마르우. 잘사는 사람은 잘살아두 못사는 사람은 거기 가두 못살아요. 돈 있는 사람 덴답과 집들을 다 떼슴 멀 허갔소. 없던 사람들이 당사들을 해서 그만침은 또 다 잡아 났는데…… 우리두 그른 당살 했음 돈 잡았디요. 우리 옥순이 아바진 그른 당사엔 눈두 안 뜨구 피익픽 웃기만 허디요. 그르니 살긴 어려워만 가구 좀 허믄 그르케 힘든 국정(국경)을 넘어오갔소?"

"아이구, 우리 아와 신통이두 같구나. 만주서 같이 나온 사람덜은 야미(암거래) 당사들을 해서 돈 몬 사람덜이 많은데 우리 아가 그런 건 피익픽 웃디 밥을 굶으맨서두. 거기두 고롬 그르쿠나 거저. 살기가 같을 바에야 멀 허레 그 끔즉헌 국껑을 넘어가간."

"그르믄요. 아이, 여기두 고롬 살기가 그르케 말째우다레 잉이? 머 광다부〔廣木〕한 자에 삼십 원 헌다 사십 원 헌다 허더니."

"우리 가제 와선 그르케두 했단다. 어즈께레 옛날인데 멀 그르네. 거기 집은 어드르니 그른데. 얻긴 쉬우니?"

"쉽다니요! 발라요. 거저 집이라구 우명헌 건 내만 노문 훌떡훌떡 허디요. 그르기 어디 빈칸이 있게 그르우? 만주서 나와 집 찾는 사람두 있디요? 제 집 쬐께나서 어디 빈칸이나 있을까 허구 돌아가는 사람두 있디요? 머 촌이나 골이나 딱 같습두다. 난이에요, 난."

"여기두 그르탄다. 우린 집을 못 얻구 한디에서 내내 살았단다. 밥이라군 밀가루떡만 먹구."

"여기두 고롬 그르케 집이 없어요! 것두 같수다레 고롬?"

"글쎄 네 말을 들으니께니 집 없는 것꺼지 신통두 허게 같구나 참."

"아이, 괜히 넘어왔나 봐."

"우린 괜히 넘어갈라구 허구."

두 여인만이 서로 한심해하는 게 아니다. 사내들도 같은 말을 바꾸고는 난처해 마주 섰다.

앉았던 사람들이 별안간 일어서며 웅성인다. 개찰이 시작되는 모양이다.

"어머니!"

"와 그르네."

"고향 가두 시언헌 건 없을까 봐요."

"글쎄 박촌짓 딸 네기(이야기) 들으니께니 그르태누나."

한심해서 서성이는 동안 승객들은 다 빠져나가고 개찰구는 닫긴다.

물 썬 바다같이 갑자기 휑해진 대합실 안엔 한기만이 쩽하게 휘이 떠돈다.

『별을 헨다』, 수선사, 1949.

1894년 _1세 1월 18일 평안남도 강서 출생. 전석영과 강순애 사이의 4남 4녀 중 3남. 아명은 인길. 호는 늘봄, 상춘(常春), 추호(秋湖), 불수레, 추오(秋悟).

1904년 _11세 부친이 설립한 보동(保東)학교 입학.

1908년 _15세 평양 대성 학교 입학. 부친의 별세로 대성 중학 중퇴.

1911년 _18세 서울 관립 의학교 입학 후 서울로 이사.

1912년 _19세 일본 동경 청산학원 중학부 4년 편입.

1915년 _22세 청산학원 중학부 졸업 후 고등학부 인문과 입학.

1918년 _25세 청산학원 신학부 입학. 12월에 김동인, 주요한, 김환과 문예지 ≪창조≫ 발간.

1919년 _26세 도쿄 학생운동 가담. 3월말 귀국. 채혜수와 결혼. 단편 「혜선의 사」, 「천치냐 천재냐」, 「운명」(≪창조≫) 발표.

1920년 _27세 중편 「생명의 봄」(≪창조≫) 발표.

1921년 _28세 일본 청산학원 신학부에 복교. 단편 「독약을 마시는 여인」, 「K와 그 어머니의 죽음」(≪창조≫) 발표.

1923년 _30세 장녀 산초 출생. 서울 감리교 신학교 교수. 청산학원 신학부 졸업.

1925년 _32세 단편 「화수분」과 「흰닭」(≪조선문단≫), 「바람부는 저녁」(≪영대≫)을 발표.

1926년 _33세 창작집 『생명의 봄』(설화서관) 간행.

1927년 _34세 목사 안수를 받음. 아현교회 목사.

1929년 _36세 「자기의 길」을 ≪조선일보≫에 연재.

1930년 _37세 미국 태평양신학교 입학. 시카고에서 흥사단 입단.

1932년 _39세 태평양신학교 수료, 귀국.

1934년 _41세 「흥부와 놀부」(≪신가정≫) 발표.

1936년 _43세 「오무니」(≪삼천리≫), 「충부원」(≪중앙≫), 「청춘곡」(≪매일신보≫) 연재.

1938년 _45세 평양 요한학교와 여자성경학교 근무. 장편 『창춘곡』(≪매일신보≫) 연재. 단편 「보리 고개」, 「복성이 어머니」 발표. 성극(聖劇) 『순교자』 간행.

1944년 _51세 평양 신리교회 목사로 있다가 설교 사건으로 구금.

1945년 _52세 광복과 함께 조선 민주당 문교부장직 역임.

1946년 _53세 문교부 편수국 편수관.

1947년 _54세 국립맹아학교 교장.

1949년_56세 「하늘을 바라보는 여인」(≪문예≫), 「냉혈동물」(≪신천지≫), 「서한」(≪학풍≫),
「혼명」(≪문예≫) 발표.

1950년_57세 「소」를 ≪백민≫에, 「새봄의 노래」를 ≪학풍≫에 발표.

1955년_62세 「김탄실과 그 아들」(≪현대문학≫) 발표.

1959년_66세 「해바라기」와 「금붕어」(≪자유문학≫) 발표.

1960년_67세 「눈 내리는 오후」와 「차돌멩이」(≪자유문학≫) 발표.

1961년_68세 한국문인협회 초대 이사장. 서울시 문화상 수상.

1963년_70세 대한민국 문화포장 대통령장 수상. 기독교 계명협회장.

1968년_75세 1월 16일 교통사고로 사망.

1969년 크리스천 문학가협회의 주선으로 금촌묘지에 묘비가 세워짐.

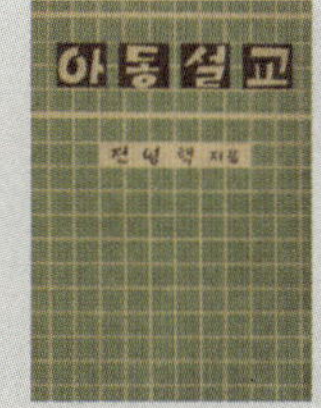

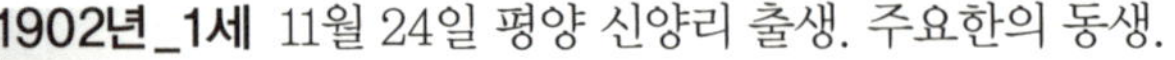

1902년 _1세 11월 24일 평양 신양리 출생. 주요한의 동생.

1909년 _8세 숭덕소학교 입학.

1915년 _14세 숭덕소학교 졸업 후 숭실중학 입학.

1918년 _17세 숭실중학 3학년 중퇴, 도일 후 동경 청산학원 중학부 3년 편입.

1919년 _18세 3·1운동 후 귀국, 평양에서 등사판 지하신문 ≪무궁화 소년회≫를 발행하다가 출판법 위반으로 10개월간 구금.

1920년 _19세 중국 소주(蘇州) 안성중학교 3학년 편입, 형 주요한이 있는 상해로 옮겨 호강대학 중학부 3학년 재 편입.

1921년 _20세 단편 「깨어진 항아리」가 ≪매일신보≫에 3등 입선, 문단 데뷔. 단편 「추운 밤」(≪개벽≫) 발표.

1923년 _22세 상해 호강대학 입학.

1924년 _23세 단편 「기적」(≪신여성≫) 발표.

1925년 _24세 단편 「인력거꾼」(≪개벽≫), 「살인」(≪개벽≫) 발표. 중편 「첫사랑값 1」 발표.

1927년_26세 호강대학교 졸업. 미국 스탠퍼드 대학 교육학 석사과정 입학.
단편 「개밥」(≪동광≫) 발표. 중편 「첫사랑값 2」(≪조선문단≫) 발표.

1929년_28세 스탠퍼드 대학 석사과정 수료. 귀국.

1931년_30세 ≪신동아≫주간.

1934년_33세 북경 보인대학 교수 취임, 이후 1943년까지 재직.

1935년_34세 단편 「사랑 손님과 어머니」(≪조광≫) 발표.

1936년_35세 북경에서 김자혜와 재혼. 단편 「아네모네의 마담」(≪조광≫), 「북소리 두둥둥」
(≪조선문단≫), 「추물」(≪신동아≫) 발표. 중편 「미완성」(≪조광≫) 연재.

1938년_37세 일본의 대륙 침략에 협조하지 않는다는 이유로 일본 영사관 내 유치장에 투
옥. 단편 「의학박사」(≪동아일보≫), 「죽마지우」(≪여성≫) 발표.

1943년_42세 일본 경찰에 의해 추방되어 귀국. 고향 평양에서 해방을 맞음.

1946년_45세 상호출판사 주간, 단편 「입을 열어 말하라」(≪신문학≫) 발표.

1948년_47세 단편 「대학 교수와 모리배」(≪서울신문≫) 발표.

1949년_48세 단편 「혼혈」(≪대조≫) 발표.

1950년_49세 ≪코리아 타임스≫ 주필, 단편 「이십오년」(≪학풍≫) 발표.

1953년_52세 경희대학교 영문과 교수 부임.

1954년_53세 국제 펜클럽 한국본부 사무총장, 한국문학번역협회 회장. 단편 「해방 1주년」
(≪신천지≫) 발표.

1958년_57세 단편 「잡초」(≪사상계≫), 「붙느냐, 떨어지느냐」(≪자유문학≫) 발표. 장편 「망
국노군상」(≪자유문학≫) 연재 시작.

1963년_62세 1년간 미국 대학을 순회하며 아시아 문학에 대해 특강. 영문소설 「The
Forest of the White Lock」 발표.

1965년_64세 한국아메리카학회 초대 회장. 단편 「세 죽음」(≪현대문학≫) 발표.

1967년_66세 「열 줌의 흙」(≪현대문학≫) 발표.

1969년_68세 단편 「나는 유령이다」(≪월간문학≫) 발표.

1972년_71세 「마음의 상채기」(≪월간문학≫) 발표. 11월 14일 심근경색증으로 사망.

1904년_1세 평북 선천 출생, 계덕성의 1남 3녀 중 장남.

1909년_6세 4년간 「천자문」, 「동몽선습」, 「소학」, 「대학」, 「맹자」 등을 배움.

1914년_11세 삼봉공립보통학교 입학.

1918년_15세 평남 안주 출신 안정옥과 결혼.

1920년_17세 시 「글방이 깨어져」가 소년 잡지 ≪새소리≫에 2등 당선.

1921년_18세 상경 후 중동학교 입학, 염상섭, 김동인 등과 교유. 조부의
반대로 낙향.

1922년_19세 휘문고보 입학 후 조부에 의해 재차 낙향. 독학을 결심하고
4년여 동안 세계 명작 탐독, 시 「봄이 왔네」가 ≪생장≫에 당선.

1925년_22세 단편 「상환」이 ≪조선문단≫에 당선되어 등단.

1927년_24세 단편 「최서방」이 ≪조선문단≫에 재차 당선.

1928년_25세 일본 동양대학 동양학과에서 수학. 정칙학교에서 영어 학
습. 단편 「인두지주」(≪조선지광≫) 발표.

1931년_28세 귀국. 건강의 악화로 낙향 후 요양. 장편 「지새는 달그림자」
와 중편 「마을은 자동차를 타고」 탈고.(이후 원고가 유실됨).

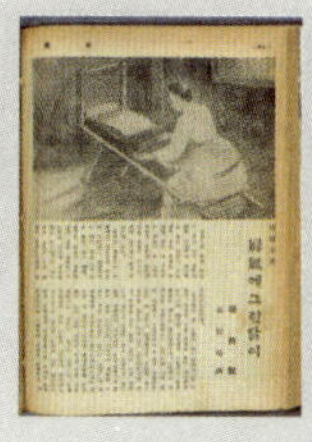

1935년_32세 단편 「백치 아다다」(《조선문단》) 발표 후 본격적인 작가활동 시작. 단편 「금
순이와 닭」(《학등》), 「신사 허재비」(《신인문학》), 「장벽」(《조선문단》) 발표.

1938년_35세 조선일보사 출판부 입사. 단편 「심원」(《비판》), 「청춘도」(《조광》) 발표.

1939년_36세 단편 「병풍에 그린 닭이」(《여성》), 「유앵기」(《조광》), 「마부」(《농업조선》),
「캉가루의 조상이」(《조광》), 「준 광인전」(《신세기》) 발표.

1941년_38세 단편 「시골 노파」(《야담》) 발표.

1943년_40세 일본 천황 불경죄로 2개월간 수감. 단편 「자식」(《야담》) 등 발표.

1944년_41세 일제의 탄압을 피해 낙향. 소설집 「병풍에 그린 닭이」 발간.

1945년_42세 중간파적 입장을 고수하면서 정비석과 함께 종합지 《대조》 창간.

1946년_43세 단편 「금단」(《민주일보》), 「별을 헨다」(《동아일보》) 발표. 소설집 「백치
아다다」 발간.

1947년_44세 단편 「인간적」(《백민》), 「바람은 그냥 불고」(《백민》) 발표.

1948년_45세 출판사 '수선사' 설립.

1950년_47세 단편 「물매미」(《문예》), 「환롱」(《문학》) 발표.

1951년_48세 제주도 피난.

1952년_49세 제주도에서 월간 ≪신문화≫ 창간.

1954년_51세 귀경.

1955년_52세 수상집 『상아탑』 간행.

1961년_58세 ≪현대문학≫에 「설수집」을 연재 중 8월 9일 장암으로 사망.

낭만적 인정의 문학

김 한 식 (상명대학교)

1. 문학으로 이끄는 힘

문학에 관심을 가지고 직접 작품을 창작하게 하는 힘은 어디에서 오는 것일까? 전문적인 작가가 된 후에는 창작을 통해 인정을 받고, 경제적인 문제도 해결해야 하겠지만 작가들을 문학으로 이끄는 최초의 동력은 사람과 세상에 대한 관심이다. 자신과 같은 공기를 마시고 같은 땅을 밟고 살아가는 사람들에 대해 애정을 가지고 살펴보는 일, 그들이 살아가는 세계에 대해 이해하고 설명하려는 노력이 문학, 특히 소설의 바탕이다. 그 밖의 동력으로는 '나'라는 존재를 표현하고자 하는 욕구 정도를 추가할 수 있겠다.

전영택, 주요섭, 계용묵의 소설은 최초의 문학적 충동에 충실하다. 타인에 대한 따스한 시선을 놓지 않으면서도 그들이 살아가는 냉정한 세상의 이치를 가감 없이 보여준다. 그들의 소설은 작가의 생각을 직접적으로 들려주려 하기보다는 인물의 살아가는 모습을 보여주는 데 주력한다. 또, 화려한 수사를 배제한 담백한 문체, 복잡한 서사를 피한 단선적 구성, 뚜렷한 성격의 인물 배치를 통해 독자의 공감을 이끌어낸다.

그들 작품의 주요 인물들은 많이 배우고, 많이 가진 사람들이 아니라 배운 것이 없거나 어리석고, 가난 때문에 하루하루의 생계마저 위태로운 이들이다. 그러면서도 남들에게 해될 일을 전혀 하지 않는 순박한 인물들이기도 하다. 그런 순박함 때문에 속악한 사람들의 술수에 쉽게 넘어가고, 자신도 모르게 세상의 상식에 어긋나는 일을 저지르기도 한다. 세상은 이들에게 냉정하기만 해서 우연이 만들어주는 기회나 때 없는 행운을 선물하지 않는다. 처음의 형편이 나아지기는커녕 더욱 어려운 처지로 떨어지는 경우가 많다.

세 작가 소설에서 발견되는 이런 인물들은 '토속적 인간형'의 범주에 속한다. 토속적이라는 말은 속세에 때 묻지 않은 애초의 인간성을 간직하고 있다는 의미로 사용된다. 약삭빠르거나 이해 타산적이지 않고 본능과 욕망에 충실하다는 의미이기도 하다. 소설은 이러한 인물을 주인공으로 내세움으로 해서 현실에서 발견할 수 있는 부정적 인간상들을 간접적으로 비판하는 효과를 거둔다. 이러한 인물들이 끝내 불행해지거나 비극으로 떨어질 수밖에 없는 현실을 고발하기도 한다. 소박하고 단순한 인물들이 살기 어려운 현실이라면 그런 현실에 문제가 있다는 의미가 되기 때문이다. 물론 현실의 문제를 분석적으로 풀어내지 못하고 피해 받는 인물들에 대한 동정의 시선에 머문다는 점을 이들 문학의 한계로 지적할 수는 있다. 그래서 이들의 문학을 공감과 동정의 문학이라 부르기도 한다.

작품만큼 작가들의 이력에도 비슷한 점이 많다. 모두 평안도 출생이라는 점, 1920년대 중반 본격적인 문학 활동을 시작했다는 점, 장편보다는 단편을 주로 창작했다는 점 등을 대표적인 공통점으로 꼽을 수 있다. 또, 전영택과 주요섭은 독실한 기독교인이었다. 세 작가의 작품 경향은 몇 가지로 나눌 수 있다. 작품의 주제를 중심으로 첫째는 태생이 어리석어 가련한 인물을 다룬 소설, 둘째는 타고난 가난에서 생기는 문제를 다룬 소설, 셋째는 이룰 수 없는 사랑에 대한 안타까움을 다룬 소설이다.

2. 난처하고 가련한 인물

앞서 말한 대로 세 작가가 다루고 있는 인물들은 가난하고 어리석고 그래서 동정심을 유발한다. 직업으로는 인력거꾼, 소작인, 가정부 등이고, 타고난 추물이거나 벙어리, 숙맥인 경우도 있다. 이와 반대로 인물들이 살아가는 세상은 속악하고 교활하며 때로는 몰인정하기도 하다. 그들 주위는 기진하여 쓰러진 사람을 두고 포교에만 신경을 쓰는 사람(「인력거꾼」), 가혹하게 소작인을 다루는 지주(「최서방」), 아이를 낳기 위해 굿을 따라다닌 며느리를 쫓아내는 시어머니(「병풍에 그린 닭이」) 들이 둘러싸고 있다. 성격이나 환경에서 대립적인 위치에 있는 이런 인물들은 주인공들의 처지를 더욱 곤란하게 하고 그들의 불행을 선명하게 만드는 역할을 한다.

계용묵의 대표작 「백치 아다다」는 말은 못하지만 심성이 곱고 꿈이 소박한 주인공 아다다가 '돈'에 의해 변화하는 세상인심에 희생되는 이야기이다. 그녀는 경제적으로는 부족하지 않은 집에서 태어났으나 정상적인 결혼은 하지 못하고 나이 많고 가난한 남자에게 팔려가듯 시집을 간다. 아다다의 부모는 한 가족의 생활이 어렵지 않을만큼의 재산을 딸에게 딸려 보냈던 것이다. 그녀는 지참금으로 인해. 먹고 살게 된 시집 식구들에게 처음에는 사랑을 받는다. 그러나 돈을 벌게 된 남편과 시집 식구들은 예전의 고마움을 모두 잊고 아다다를 구박한다. 구박을 견디다 못한 그녀는 집으로 돌아오고 말지만 집에서도 환영을 받지는 못한다. 부모의 구박에 시달리던 그녀는 자신에게 애정을 보이던 동네 노총각 수롱이를 만나 새로운 삶을 꾸리게 된다. 아다다의 진정한 비극은 여기서 시작된다고 할 수 있는데, 모아둔 돈을 기반으로 새롭게 출발하려는 수롱이와 '돈' 때문에 쫓겨난 경험을 안고 있는 아다다의 상반된 생각이 그들을 파국으로 이끌어 간다.

아다다는 바구니를 내려놓고 허리춤 속에서 지전뭉치를 쥐어 들었다. 그리고는 몇 겹이나 쌌는지 알 수 없는 헝겊 조각을 둘둘 풀었다. 헤집으니 일 원짜리, 오 원짜리, 십 원짜리 무수한 관 쓴 영감들이 나를 박대해서는 아니 된다는 듯이, 모두들 마주 바라본다. 그러나 아다다는 너 같은 것을 버리는 데는 아무런 미련도 없다는 듯이, 넘노는 물결 위에다 휙 내어뿌렸다. (계용묵, 「백치 아다다」, 333쪽)

아다다에게 필요한 것은 남편의 따뜻한 사랑이었다. 돈은 그에게서 남편의 사랑을 빼앗아 가는 요사스런 물건에 불과했다. 이런 '악'의 근원이라고 할 수 있는 돈을 아다다는 수롱이 몰래 들고 나와 바다에 뿌린다. 수롱이가 평소에 자신에게 관심을 가지고 있다는 것을 알았고 자신을 아껴 줄 것이라 예상한 그녀는 돈 때문에 자신에 대한 수롱의 태도가 변할 것을 미리 걱정한 것이다. 비록 어리석은 아다다지만 돈을 가지게 된 남자들이 못난 자신을 구박하게 될 것이란 짐작은 할 수 있었다. 한 푼 없는 알몸인 줄 알았던 수롱이가 많은 돈을 가지고 그것으로 밭을 산다고 좋아하는 모습을 볼 때, 그 돈은 자기에게 행복이 아니라 '몽둥이'를 가져다주는 데 지나지 않다고 생각했던 것이다. 그러나 바다에 돈을 버림으로 해서 오히려 수롱과 아다다는 가정을 꾸리지도 못하고 파탄에 이르고 만다.

아다다의 이런 생각과 행동은 상식으로 이해하기 어려울 뿐 아니라 어리석어 보이기도 한다. 이런 어리석음이 그녀의 불행을 불러왔다고 해도 좋을 것이다. 그러나 그녀의 행동에는 세상과의 불화가 어느 정도 포함되어 있음도 간과할 수는 없다. 경험을 절대화하는 것이 그녀의 성격적 결함이었다면 그런 경험을 제공한 것은 그녀를 둘러싼 환경이었다. 책임을 그녀에게도 돌리기도 세상에 돌리기도 난처한 경우라 할 수 있다. 여하튼 소설 문법으로 보면 그녀의 단순한 행동은 세상인심의 한 면을 보여주는데 매우 효과적이다. 「백치 아다다」는 현실 논리를 떠나 이런 난처하고 가련한 상황을 그려낸 것 자체로 공감을 주는 작품인 셈이다.

세상 물정에 어두운 어리석은 인물이 겪게 되는 몰락 과정을 다루고 있다는 점에서 「마부」는 「백치 아다다」와 비교할만하다. 역시 현실적인 세상살이에 익숙하지 못한 주인공 응팔은 "속살 모르는 아내를 아내로서만 믿고 돈을 벌어다는 의심 없이 맡겨 오다" 아내에게 배신을 당하고 한 푼 없는 가만한 신세가 되어 남의 집에서 마부 일을 하게 되었다. 그러면서도 여전히 돈에 대해 서툴러 마부 일을 해서 번 돈을 주인 초시에게 맡겨 놓는다. 잇속만 챙기려는 욕심 많은 초시는 삼월이를 아내로 얻어 준다는 핑계로 응팔의 돈을 돌려주려 하지 않는데, 예쁜 아내에게 호되게 당한 기억이 있는 그는 예쁜 색시를 얻지 않으려 한다. 마침내 웅팔은 자신의 돈을 돌려주지도 결혼을 시켜 주지도 않는 초시의 방에 들어가 돈을 꺼내오려다 순사에게 잡히고 만다. 끌려가면서도 "웅팔은 분명히 자기가 주재소로 끌리어가고 있는 것은 현실인 줄 알면서, 왜 끌려가는지, 무엇이 죄 될 것인지를 똑똑히 분간할 수 없는 것이 그저 꿈속 같다."고 느낀다. 마부의 도둑질은 인정으로 옳은 것임에도 세상의 질서에서는 이해되지 않는 행동이었다. 그 역시 자신의 처지에 비추어 남을 이해하다 낭패를 본 가련한 인물인 셈이다. 세상에 전혀 해가 되지 않는 인물이 외부적 요인에 의해 죄를 저지르게 되는 이러한 상황은 안타까움을 자아내게 한다.

성격적 문제 때문이 아니라 흉측한 외모 때문에 변변한 삶을 살아가지 못하는 인물을 그리고 있는 「추물」의 경우도 난처한 상황에 놓인 가련한 인물을 다룬 경우에 속한다. 워낙 못난 외모 탓에 결혼할 엄두도 못내는 언년이는 두 달 동안 열일곱 집을 경유하여 식모살이를 할 만큼 서러운 생활을 한다. 그래도 남자를 그리워하는 마음이 없지는 않았는데, 우연히 텁섭부리 물지게꾼의 아이를 갖게 된다. 언년이는 "꼭 딸을 점지하시되 그야말로 오래전부터 주워들은 대로 물찬제비 같고, 돋아 오는 반달 같고, 양귀비 뒤태도 같은 그러한 일색을 보내 줍시사고 비는 것"이었지만 실제는 그와 반대로 되어 또 다른 추물을 얻게 된다. 자신을 닮아 놀림거리가 될 것이 분명한 딸에게 자신의 설움을 물려주기 싫은 마음에 어린 아이를 죽이고 마는 것으로 이야기는 마무리된다.

자신의 아이를 이불로 눌러 죽이는 행위를 현실의 논리에 의해 파악하는 것은 이 소설에서 큰 의미가 없다. 아다다가 돈을 바다에 뿌려 버리는 행위나 마부가 예쁜 색시를 마다하고 초시의 돈을 꺼내오는 행위처럼 자신의 경험에 충실한 이런 인물의 행위에서 느끼는 감상이 중요할 뿐이다. 아이를 죽이는 어머니의 마음에는 자신을 생각하는 이기심이 전혀 개입된 바 없다. "추물이 추물을 낳았다."는 주변의 놀림이 아니라 '저것이 자라나면 또 그러한 쓰라린 일생을 되풀이할 것이로구나.'라는 생각이 살인을 낳은 것이고, 그것은 일종의 모성이라 할 수 있기 때문이다.

이상 살펴본 작품들은 모두 가련한 인물들의 난처한 상황을 다루고 있다. 각 인물들은 자신의 아픈 경험을 새로운 일에 투영하여 새로운 문제를 일으키게 된다. 지혜로운 사람들이었으면 피해갈 수도 있었을 파멸의 길을 자신의 어리석음으로 인해 자초한 면이 없지 않다. 그렇다고 이들만을 향해 비판의 시선을 던질 수만도 없는 이유는 이들의 인간성은 그것 나름대로 긍정적으로 다가오기 때문이다.

3. 벗어나기 어려운 가난

이들 소설이 동정할 수밖에 없는 어리석고 가련한 인물들을 다루면서 전제하고 있는 환경은 가난이다. 정도의 차이는 있어도 가난한 현실은 이들의 삶을 어렵게 만들고 주요 갈등의 원인이 된다. 벗어나기 위한 노력을 하지 않는 것도 아닌데 가난이라는 환경은 웬만해서는 극복되지 않는다. 인물들이 가난한 데에는 그들이 가지고 있는 태생적 어리석음이 원인이 되기도 한다. 그러나 애초에 가진 것이 없는 개인들의 노력으로는 극복하기 어려운 사회적 환경이 전제되어 있기도 하다. 농사지을 땅이 없거나, 고향을 잃었거나, 몸 말고는 생산할 수 있는 자본이 없는 것이 근본적인 원인이다.

전영택의 대표작이기도 한 「화수분」은 가난의 비참함을 담백하게 보여주는 소품이다. 구체적인 삶의 곤란을 상세히 보여주지는 않지만 화수분이라는 인물의 성격과 그 가족의 삶, 그리고 눈길에서의 비참한 죽음을 관찰자의 시선으로 전달해준다.

우선 눈에 띠는 것은 '화수분'이라는 이름이다. 화수분이란 보물이 계속 나오는 보물단지를 뜻하는데, 그 안에 온갖 물건을 담아 두면 끝없이 새끼를 쳐 그 내용물이 줄어들지 않는다는 설화상의 단지이다. 그의 가난한 삶과 부를 상징하는 이름은 역설을 준비하고 있다. 화자의 방을 얻어 쓰고 있는 화수분의 가족은 이름과 달리 단벌 홑옷과 조그만 냄비 하나밖에 가진 것이 없다. 세간도 없고 입을 옷도 없고 덮을 이부자리도 없고, 밥 담아 먹을 그릇도 없고, 밥 먹을 숟가락 한 개가 없는 것이 그들의 형편이다.

아범은 밝기도 전에 지게를 지고 나갔다가 밤이 어두워서 들어오지만, 하루에 두 끼를 못 끓여 먹고, 대개는 벌이가 없어서 새벽에 나갔다가도 오정 때나 되면 일찍 들어온다. 들어와서는 흔히 잔다. 이런 때는 온종일 그 이튿날 아침까지 굶는다.

(전영택, 「화수분」, 136쪽)

지게를 져서 하루하루를 먹고 사는 화수분 가족은 일이 없는 날은 하루를 굶어야 하는 형편이다. 그대로 가족으로 함께 모여 있었을 때에는 가난해도 절망적이거나 비극적이지는 않았는데 가족이 흩어지게 되면서 화수분 가족의 비극은 시작된다. 우선 화수분 부부는 두 딸 중 큰 딸 귀동이를 강화 사람에게 양녀로 주고 만다. 이어 시골 형 거부가 일하다가 발을 다쳐 일을 못하고 누워 있다는 소식을 듣고 화수분은 시골집으로 떠난다. 화수분은 간 지 일주일이 되고 열흘이 되고 보름이 지나도 돌아오지 않고, 기다리다 못한 아내는 화수분을 찾아서 길을 나선다. 공교롭게 비슷한 시기 서울을 향해 떠난 화수분은 둘째 딸 옥분과 그의 어머니가 나무 밑에서 떨고 있는 것을 본다. 추운 겨울 들판에서 가족은 밤을 새게 되었던 모양이다. 이튿날 나무장수가 지나가다 젊은 남녀의 껴안은 시체와, 그 가운데 아직 막 자다 깬 어린애를 발견하고 아이만을 안고 집으로 돌아오게 된다. 이렇게 화수분 내외는 딸 둘을 남의 집에 남겨두고 세상을 떠나게 된 것이다.

이처럼 슬픈 결말을 대하고 어찌하여 길가에서 얼어 죽은 만큼 내외가 무력했는지를 묻는 독자는 많지 않다. 이 소설은 그러한 죽음이 자아내는 슬픔과 안쓰러움을 독자에게 전달해주는 것으로 그 주제를 다하고 있기 때문이다. 보통 사람의 상식에 비추어 볼 때 가난하지만 순박한 이들이 처지를 극복하지 못하고 죽게 되었고 그런 상황에서도 딸만은 따뜻하게 감싸고 있었다는 서사는 정서적 반향을 일으키기에 충분하다. 시대적 배경이나 인과 관계를 따지기 전에 보편적 정서에 호소하는, 인정적 경향의 작품이라 할 수 있다.

그나마 가족도 없이 혼자 몸도 감당하지 못해 죽음에 이르는 주인공 아찡의 하루를 다루고 있는 주요섭의 「인력거꾼」은 중국 상해를 배경으로 하고 있다. 팔 년째 인력거를 끌며 근근이 살아가고 있는 아찡은 일을 하다 갑자기 쓰러졌고 주위 사람들의 권유로 청년회관에서 의사를 만나려 한다. 그러나 청년회에서는 예수를 믿으라는 전도만 듣고 정작 의사는 만나지 못하고 집으로 돌아온다. 집에 돌아온 아찡은 변변한 약조차 써보지 못하고 허무하게 삶을 마치고 만다.

정작 충격적인 것은 그의 죽음 이후인데, 같이 기거하던 '뚱뚱보'에 의해 시체가 발견되자 순사 부장(경창)은 "무얼요, 저 죽을 때가 다 돼서 죽었군요. 팔 년 동안이나 인력거를 끌었다니깐요. 남보다 한 일년 일찍 죽은 셈이지만, 지난번 공보국 조사에 보면 인력거 끌기 시자한 지 구 년 만에는 모두 죽는다구 하지 않습니까?"라고 말한다. 이 말을 들은 의사도 고개를 끄덕이고 공보국에서는 아찡의 시체를 거적에 담아 실어간다. 현장을 보고 있던 같은 인력거꾼인 뚱뚱보는 아무 일 없다는 듯이 다음 날도 일하러 나간다. 짧은 결말 부분이지만 죽음을 대하는 태도나, 예고된 죽음을 알면서도 같은 일을 해야만 하는 사람들의 비참함이 드러나는 장면이다. 인력거를 끄는 사람들의 곤고한 삶을 응축적으로 보여줄 뿐 아니라 벗어날 수 없으므로 그 운명을 따라야 하는 더 큰 비참까지 암시한다 할 수 있다.

가난의 구체적인 이유와 그것에 대처하는 인물의 적극적인 행동이 가장 잘 드러난 소설은 계용묵의 「최서방」이다. 빚쟁이들이 가득 한 타작마당에서 시작하여 고향을 버리고 만주로 떠나는 열차를 타는 장면으로 마무리되는 이 소설은 식민지 궁핍한 농촌의 현실을 다룬 동시대 소설들의 문법을 비교적 잘 따르고 있다. 사건이나 갈등이 구체적이어서 세 작가의 다른 소설들처럼 막연한 연민이나 동정심을 일으키는 데는 부족하지만 현실인식이라는 면에서 다른 소설들보다 뛰어난 면이 있다.

최서방은 먹고 살기는 어려워도 농사를 천직으로 알고 있는 성실한 농군이다. 한 해 벼를 추수하고 마당질을 하는 자리에는 호밋값, 포목값, 약값 등 빚을 받기 위해 많은 사람들이 기다리고 있다. 그러나 최서방은 이들에게 아무것도 주지 못한다. 농지의 주인인 송지주에게 갚아야 할 것이 너무 많기 때문에 다른 차인꾼들에게는 돌아갈 몫이 없는 것이다. 최서방은 송지주에게 소작료에 농채, 거기에 물 값까지 갚아야 했다. 특히 이 해는 가뭄이 들어 대부분의 농부들은 거둘 것조차 없었는데 최서방 하나만이 제대로 된 수확을 낼 수 있었다. 빚을 얻어 가며 펌프를 세내어 물을 한 방울, 두 방울 빨아올리게 하여 볏모를 꾸준히 구하여 온 것이었기에 지주에게 모든 것을 빼앗겨야 하는 아픔은 더 클 수밖에 없다.

이 소설에서도 '착한' 주인공 최서방에 대한 묘사는 앞서 살펴본 소설들과 크게 다르지 않다. 본래부터 "성질이 착하여 남의 눈을 속이고 교활한 수단으로 목숨을 연명하는 수단을 사용할 줄 모른다."는 것이 그의 성격이다. 주목할 것은 악역이라 할 수 있는 송지주에 대한 묘사이다. '악'에 대해 분명히 말하고 있다는 것이 앞의 소설들과 구분되는 점이다.

이 지방 풍속에 으레 소작인이 먹을 것이 없으면 추수를 할 때까지 식량을 지주가 당해 주는 법이건만 유독 송지주만은 먼저 당해 준 식량에 고가의 이자를 지워계산을 틀어 가다가 추수에 넘치는 한이 있게 되면 예사로 그때에는 잡아떼고 작인은 굶어 죽든지 말든지 그것을 상관하지 않고 다시는 주지 않는 것이었다.

(계용묵, 「최서방」, 305~306쪽)

송지주는 작인들의 삶에 대해서는 전혀 생각하지 않고 자신의 이익만을 추구하는 못된 인물이다. 위에 설명된 대로라면 현재의 가난이 최서방의 성격적 결함 때문이 아니라 악독한 인물 때문이라는 점이 분명해진다. 최서방은 이러한 지주에 대해 일방적으로 당하고 있지만은 않다. 비록 현실적으로 지주를 당해낼 방법은 없지만 소작을 얻기 위해 비굴해지기보다 지주의 패악에 강력히 대항하는 방법을 택하는 것이다. 그것이 자신의 권리를 지키기 위한 구체적인 행동으로 나아가는 것이 아니라 감정적 저항과 화풀이(장독을 부수거나 빚을 받으러 온 지주에게 공격적으로 대하는 수준이다)에 그친다는 한계는 있지만 유순하게 물러서지 않는다는 점은 주목할 만하다.

결국 겨울은 가고 봄이 왔을 때 최서방 가족은 무순(撫順) 차표를 손에 한 장씩 쥐고 S 정거장 삼등 대합실 한구석에 나타난다. 고향을 버리고 타지를 향해 떠나려 하는 것이다. "아! 차는 그만 가누나! 우리는 왜 이같이 눈물을 뿌리며 조국을 떠나지 않으면 안 되노?"라는 마지막 구절은 최서방의 심정인지 서술자의 심정인지 구별하기 어려운, 당시 우리 농민들의 삶이 갖는 어려움에 대한 공감과 동정을 이끌어내는 표현이라 할 수 있다.

4. 이룰 수 없는 사랑

안타까움과 동정심을 유발한다는 점에서는 사랑 이야기도 크게 다르지 않다. 주요섭의 「사랑 손님과 어머니」와 「아네모네의 마담」은 이룰 수 없는 사랑에 대해 다루고 있다. 남편의 친구에게 연정을 느끼는 미망인과 은사의 부인을 사랑하는 학생이 그 주인공이다. 젊은 남녀 사이의 사랑에서 느낄 수 있는 행복과 활기가 없는 대신 안타깝고 애처로운 감상이 지배적인 정서가 되는 작품들이다.

널리 알려진 작품 「사랑 손님과 어머니」는 유치원 다니는 딸을 둔 어머니와 그 집 사랑방에서 잠시 하숙을 하게 된 '손님'과의 애뜻한 감정을 읽을 수 있는 소설이다. 어린 딸 옥희를 화자로 하여 사건의 전말을 구체적으로 확인해주지 않는다는 점은 이 소설의 장점이다. 독자들은 화자의 상세한 설명 없이 몇 가지 에피소드들을 통해 둘의 관계를 미루어 짐작할 수 있다.

옥희의 시선을 통해 비추어져 독자에게 속마음을 들키는 인물은 어머니이다. 사랑손님이 좋아하는 달걀을 빠뜨리지 않고 준비해준다거나, 옥희가 손님에게서 받아온 봉투에 얼굴을 붉히는 어머니의 태도에서 심상치 않은 마음의 파동을 읽을 수 있다. 옥희가 꺾어온 꽃을 선물로 알고 소중히 간직하거나 젊은 시절 켜다 만 풍금을 다시 열어 새삼스럽게 연주를 하는 모습도 같은 맥락으로 읽힌다.

이런 암시들은 작품의 결말에 가면 사실로 드러난다. 사랑 손님이 떠나도 무감각한 듯 아무 표를 내지 않던 어머니가 옥희를 데리고 동산에 올라 기차가 떠나는 장면을 슬픈 듯 바라보는 장면이 그것이다. 가슴 속에 담았던 마음을 전혀 표현하지 못하다가 사랑 손님이 떠나는 모습을 바라보며 슬픔과 아쉬움을 달래는 것으로 볼 수 있다.

뒷동산에서 내려오자 어머니는 방으로 들어가시더니 이때까지 뚜껑을 늘 열어

두었던 풍금 뚜껑을 닫으십니다. 그리고는 거기 쇠를 채우고 그 위에다가 이전 모

양으로 반짇그릇을 얹어 놓으십니다. (주요섭, 「사랑 손님과 어머니」, 237쪽)

기차가 떠나는 장면을 보고 돌아온 어머니는 시집 온 후 닫아두었다가 사랑 손님이 든 후 열어 연주를 시작했던 풍금을 다시 닫는다. 어머니가 닫은 것은 단순히 풍금이 아니라 자신의 마음이었으리라는 것을 쉽게 알 수 있다. 사랑 손님을 위해 준비하던 계란도 더 이상 사지 않는다. 옥희 어머니는 달걀 장수에게 더 이상 먹을 사람이 없어서 달걀은 필요 없다고 한다. 옥희의 생각으로는 자신이 달걀을 좋아하는 데 먹을 사람이 없다는 말은 이해가 안 된다.

어머니나 사랑 손님이 서로에게 어떤 감정 표현을 했는지 무슨 이유로 손님이 집을 떠나게 되었는지는 구체적으로 밝혀져 있지 않다. 옥희를 화자로 내세웠기에 애초에 복잡한 어른들의 세계가 드러날 가능성은 크지 않았다.(옥희는 많은 일을 모른 척 하지만 '어쩌문 저리두 새파래졌을까?' 하고 어머니의 얼굴을 읽어낼 정도로는 친절한 서술자이다.) 그래도 짐작할 수 있는 상황이 전혀 없는 것은 아니다. 아이를 키우고 있는 미망인의 사랑이 허용되기 어려운 현실, 친구의 아내였던 여자에게 이성으로서의 감정을 갖는다는 것의 어려움(거기다 사랑손님은 교사이다) 등이 그 예가 될 것이다. 옥희 어머니나 사랑 손님은 이런 제약을 수용할 만큼 충분히 착하고 도덕적이다.

티룸 '아네모네'의 마담 영숙의 착각과 젊은 손님의 사랑 이야기를 다루고 있는 「아네모네의 마담」 역시 이루지 못한 사랑의 안타까움을 다룬 소설이다. 티룸을 관찰하고 있는

듯한 삼인칭 서술자가 영숙을 관찰하면서 동시에 젊은 손님의 친구 이야기를 전달해준다.

영숙은 매일 찾아와 슈베르트의 미완성 교향곡을 신청하고 자신을 뚫어지게 관찰하고 돌아가는 전문학교 학생이 자신에게 깊은 관심을 가지고 있다고 생각한다. 소설은 오후에 찾아오게 될 학생에 대한 영숙의 설렘과 기대로 시작한다. 그날 학생의 관심을 끌기 위해 귀걸이를 하고 한껏 멋을 부린 마담은 신청서를 받기도 전에 학생을 위해 미완성 교향곡을 튼다. 그러나 노래를 듣던 학생은 갑자기 난폭해져 음반을 부시고 소리를 지른다. 놀란 마담이 알게 된 학생의 이야기는 영숙의 착각을 깨워주기에 충분했다. 학생은 전문학교 교수의 아내를 사랑했는데, 그녀는 병에 걸렸고 병문안 한번 갈 수 없는 자신의 처지를 비관해 왔다. 그가 위로를 받은 것은 사랑하는 여인이 좋아하던 음악인 미완성 교향곡과 그녀를 닮은 모나리자였다. 그가 늘 뚫어지게 쳐다 본 것은 영숙이 아니라 그녀 자리 뒤에 걸려 있던 모나리자 그림이었던 것이다. 그러던 중 병에 걸린 교수의 부인은 결국 죽게 되었고, 죽음을 슬퍼하던 학생은 영숙이 틀어준 음악을 듣고 자신의 감정을 억제할 수 없었던 것이다. 남에게 말할 수도 없고 말해본 적도 없는 영숙의 착각과 사랑하면서도 사랑을 이룰 수 없었던 전문학교 학생의 처지는 어찌 보면 비슷하지만 또 매우 다르다. 학생의 것에 열정이 있었다면 영숙의 것은 가벼운 에피소드에 불과하기 때문이다. 또, 영숙의 생각은 단순한 착각에 불과했고 학생의 사랑을 막은 것은 사회적·도덕적 제약이었다.

이렇듯 이룰 수 없는 사랑에 실망하고 돌아서는 사람들을 다루고 있는 두 작품은 슬프면서도 아름답다. 이들 사랑의 실패가 인생의 전부를 흔들 만큼 강한 아픔을 동반하지는 않기 때문이다. 앞서 살핀 작품과 달리 생활의 문제가 결부되어 있지 않다는 점도 이 작품의 인상에 기여한다. 또, 사회적으로 용인되기 어려운 사랑은 실패가 더 큰 감동을 주기도 한다. 일상적인 사랑에서의 일탈을 보여주면서도 보통 사람들의 윤리 감각을 위태롭게 만들지 않기 때문이다. 이들 작품에서도 감상적이고 인정적인 태도는 일관되게 유지된다고 할 수 있다.

5. 낭만적 경향과 인정주의

감상적인 시선으로 세상을 바라보고 안타깝고 곤란한 처지에 놓인 사람들을 다루는 소설 전통은 우리 신문학이 시작되면서부터 지속적으로 이어져 오고 있다. 1920년대 김동인, 현진건, 나도향이나 1930년대의 이태준, 김유정의 많은 작품에서 이런 특징을 발견할 수 있다. 앞서 말한 대로 이런 소설 경향은 세상을 대하는 작가의 태도나 시선의 문제와 연결된다고 할 수 있다.

이런 작품들은 현실의 모순을 과학적으로 설명하고 갈등의 인과를 치밀하게 설명해주지는 못하지만 현실적으로 존재하는 세상과 인간들에 대한 애정 어린 인정(認定)의 길을 보여주기는 한다. 인물들의 운명이 슬프지만 그 슬픔이 절망적인 것이 아니고, 세상은 잘못되었을 수 있지만 그 안에도 긍정적인 가능성은 남아 있다는 사실을 보여준다.

아다다나 응팔이라는 어리석은 인물들을 보면서 우리는 그들의 삶을 안타까워한다. 그러면서도 평소에 잊고 살던 순수한 인간성의 일단을 확인하게 된다. 최서방이나 인력거꾼 아찡 그리고 「추물」의 언년이는 불쌍한 사람들이다. 하지만 그들에게 남아 있는 착한 마음은 작품의 비극적 결말에도 불구하고 독자들의 마음에 작은 빛을 던져준다. 「사랑손님과 어머니」, 「아네모네의 마담」의 경우는 말할 것도 없이 그것 자체로 아름다운 이야기이다. 여러 작품에서 드러나는 이러한 감상은 작가들이 가진 기본적인 성향, 즉 낭만적 경향과 인정주의적 경향에서 비롯된다고 할 수 있다. 지금까지 확인했듯, 현실을 차가운 시선으로 보지 않고 그 너머의 고귀한 무엇을 상상하려는 노력, 인간에 대한 긍정적 시선을 놓치지 않으려는 노력은 그 결과인 셈이다.